국학美來학술총서

이병주 연구

김윤식

국학자료원

미리말

연구자로 감히 칭한 곡절에 대하여

저자는 일찍이『이병주와 지리산』(국학자료원, 2010)을 쓴 바 있습니다. 이 저서에서 저자가 중점적으로 다룬 것은 일제가 강요한 조선인 학(도)병 제도 및 그 주변 문제에 대한 검토, 아울러 총 4385명의 학병(1944. 1. 20일 동시 입대) 중의 한 사람인 이병주였습니다.

이 책에서 저자가 밝혀낸 점은 이병주가 일본의 메이지대학(明治大學) 전문부 문예별과別科에 다녔다는 것과 1943년 9월에 졸업했다는 것. 이는 출세작인 장편『관부연락선』(『월간중앙』연재, 1968. 4~1970. 3)의 작가 소개에서 사진과 함께 제시되었던 <와세다 대학 재학 중> 학병으로 나갔다는 사실과 전혀 다르다는 점 등입니다. 이를 토대로 다각적인 관점으로 살펴 나가다보니, 평전 형식의 성격으로 쓰게 되었습니다.

이 저서는 비록 이병주의 처녀작이『내일 없는 그날』(『부산일보, 1957년 연재)라는 점, 그리고 계간『민족과 문학』에 연재하다가 중단된 장편『별이 차가운 밤이면』의 자료를 발굴했다는 점(이 작품은 저자와 김종회 교수가 공동 편집으로 <문학의 숲> 출판사에서 2009년 단행본으로 간행 등의 성과를 내었으나 감히 연구서라고 칭하기에는 부족한 점이 없지 않았습니다. 또한 이병주의 대표작인『지리산』에 대한 문학적 해석 및 연구를 곁들이기는 했으나, 본격적인 <이병주 연구>라 하기에는 어딘가 맞지 않아 보였습니다.

그 후로 저자는 이병주기념사업회 공동대표(정구영 전 검찰총장과 함께)로 있었기에 일 년에 두 차례(봄, 가을) 나림 이병주의 고향에 있는 이병주문학관에 내려가서 기조논문을 발표했고, 또 지금까지 해오고 있습니다. 그러는 동안에 저자는 이병주의 문학세계에 대해 좀 더 깊이, 또 넓게 파악할 수 있었습니다. 가령, 학병과 관련해서는 작가 선우휘의 통렬한 고발소설에 접했고, 또한 조정래의 대작『태백산맥』에 등장하는 학병출신 주인공들의 반미주의 근원(OSS 출신인 조정래의 외숙 박순동이 모델)을 살펴볼 수 있었으며, 황용주와 이병주의 관계와 거기서 이른바 이병주 작법의 키워드라 할 수 있는 <가아(假我)의 사상>을 찾아낼 수 있었습니다. 이후에는 어째서 그것이 황용주≠이병주인가, 또 어째서 정몽주≠정도전인가에로 연결시키며 추론할 수조차 있었습니다. 또한 남재희의 회고록과 리영희의『대화』를 통해서 각각 이병주의 통 큰 인물상을 파악할 수 있었으며, 박정희에게로 전향한 곡절도 알아낼 수 있었습니다. 이와 더불어 학병세대와 교양주의의 문제점도 심화하기에 이르렀고,『소설·알렉산드리아』와『세대』지의 관계에 뜻밖에도 이를 수조차 있었습니다. 특히 학병이었던 이병주가 8·15 직전에 일본군 육군 소위로 임명되었음은 저자에게 큰 충격으로 닥쳐왔습니다.

이제 저자는『지리산』은 어떤 소설인가를 어느 수준에서 가늠할 수 있다고 생각했습니다. 저 이태의『남부군』과『지리산』이 어떻게 같고, 또 어떻게 다른가. 이를『지리산』의 두 주역 이규와 박태영을 통해 비로소 확인할 수 있었습니다.

　『지리산』의 참주제는 바로 <허망한 정열>이라는 사실.

　이 저서의 표제를『이병주 연구』라 감히 표현한 것은 이런 곡절에서 말미암았습니다.

　끝으로, 책을 내기까지 많은 사람들의 도움을 크게 받았지만, 여기에 꼭 적어두고 싶은 분들은 안경환 교수, 임헌영 선생, 남재희 선생입니다.

목차

학병세대와 교양주의

『관부연락선』의 경우

1. 메이지대학 문예과와 유태림의 선 자리

고바야시 히데오(小林秀雄, 1902~1983)이냐 미키 기요시(三木淸, 1897~1945)이냐. 이 두 가지가 1940년 무렵의 메이지대학 전문부 문예과 학생들의 최대 관심사였다. 이 무렵 일본 지식인의 관심사가 여기 있었던 만큼 학생층에도 그대로 반영될 수밖에 없었다. 이 메이지대학 문예과에서 벌어진 논쟁 한 장면을 보이면 아래와 같다.

> (H) 그런데 이 학교에 와서 고바야시 히데오 선생의 강의를 받으면서부터는 완전 전향을 했어. [……] 그런 뜻에서 내겐 고바야시 선생이 중요한 거야. 선생의 강의로써 공산주의를 극복하게 된 게 아니라 공산주의와 무관한 사상으로 되레 인생을 발랄하게 파악하고 날마다 새롭게 살 수 있다는 계시를 받은 게지.
>
> (E) 모래알 속에 빛나는 진주 같은 것, 그런 것이 고바야시 선생에겐 있지. 그러나 그러한 편편(片片)의 진실은 있을지언정 고바야시 선생을 통해서 진리에 이를 수 있을 것 같진 않은데……

(H) 그 편편의 진실이 소중한 게 아냐? 내가 커다란 충격을 받은 것도 그런 진실에서였다. 고바야시 선생은 사관을 지도에 비유하고 있거든, 유물사관도 일종의 지도와 같은 것이라고 했다. 지도는 그것이 아무리 정교하게 꾸며진 것이라도 실제로 있는 토지와는 다르다는 거다. [……] 마찬가지로 유물사관이란 지도를 가졌다고 해서 역사를 파악한 것으로는 되지 않는다는 얘긴데 공산주의자들은 일종의 지도에 불과한 것을 절대 최고의 지도인 양 알고, 그걸 지도라고 생각하고 있는 정도면 또 괜찮은데 그것이 바로 역사 자체인양 알고 있고 남에게도 그렇게 덮어씌우려고 하니 탈이란 뜻의 말을 했거든

— 이병주 『관부연락선』, 동아출판사, 1995, pp.213~215.

이것은 문예과 교실에서, 감옥에서 나온 H와 동북지방 부호의 아들이자 수재인 E의 대화의 일부이다. 요약하면 고바야시 히데오(메이지대학 문예과 교수 역임)와 미키 기요시의 비교론이었다.

(E) "고바야시는 작품을 일류의 요리사가 재료를 다루듯 탁월한 센스를 가지고 먹음직하게 쟁반에 담아 보이는 솜씨꾼에 불과하고 미키는 세계의 문제 속에서 가장 본질적인 것을 골라 그것을 테마로 독창적인 진리를 발굴하려는 철학자."

(H) "미키야말로 선배가 지시한 노선에 따라 충직하게 길을 걸으며 탁월한 센스로써 뜻밖의 열매를 줍기도 하는 솜씨꾼이며 고바야시는 예리한 감정으로써 문제의 핵심을 파악해선 희귀한 지성으로써 그것을 분석하고 재구성함으로써 시대를 지도하는 일류의 평론가."

(E) "고바야시는 레토릭(수사)을 추구하는 과정에 메리트가 나타나고 미키의 경우는 메리트가 레토릭을 동반한다."

고바야시 히데오 쪽이냐 미키 기요시 노선이냐를 두고 토론을 벌이고 있거니와 이 논쟁은 끝이 있을 수 없다. 그럼에도 그 판결이 조선인 유태림

(『관부연락선』의 주인공)에게 주어졌다면 어떠할까. 작가 이병주는 아래와 같이 유태림의 말을 옮겼다.

　　미키는 노선을 정하고 착실하게 광맥을 찾아 나가고 고바야시는 진실이 있다고 생각한 곳이면 아무 곳이든 파헤친다. 그렇다고 해서 전자에는 체계가 있는 데 장점이 있고 후자에겐 체계가 없으니 단점이라고 말할 수 없다. 이 두 사람이 죽고 난 뒤에 평가해야 할 문제로서 남는다. 체계, 반드시 장점이 될 수 없는 것이지만 지금은 이곳저곳을 파헤쳐 놓은 것같이 산만한 느낌이지만 평생을 끝낼 때는 그것이 훌륭한 광장으로 닦아져 건물이 세워질지도 모르는 까닭이다.
　　조잡하게 말하면 미키는 아직까지는 명치 이래의 계몽적 교양적 선상에서 일하고 있고 고바야시는 일약 문화적인 국면 속에서 화려하게 활약하고 있다고 할 수 있다. 그러나 고바야시의 활약은 미키와 같은 계몽적 교양적 노력을 꾸준히 하고 있는 존재를 전제로 해야만 결실이 있다고 생각한다. 그러니 그들의 우열을 말할 단계도 아니고 황차 이자택일을 할 성질도 아니며 꼭 같이 선생으로서 모셔야 할 사람이다.
　　　　　　　　　　　　　　　　　　　　－『관부연락선』, pp.217~218.

　　유태림＝이병주의 도식에서 볼 때, 미키냐 고바야시냐의 비교론은 바로 메이지대학 문예과에 다닐 때의 문학 지망생인 이병주의 판단이 아닐 수 없다. 미키 쪽이 <계몽적 교양적>이라면 또 그것이 체계성을 앞세우는 것이라면 고바야시의 그것은 비체계적이자 <교양적 계몽적>인 것과 구별되는 <문화적인 국면>이라고 이병주는 말했다.
　　<교양적 계몽적>과 <문화적인 국면>이란 어떤 차이성을 내포하고 있는 것일까. 레토릭이냐 체계냐, 단편적/ 촌철살인적 수사학이냐 설사 좀 둔하더라도 일관된 체계 속의 사유냐에서 유태림＝이병주의 입장은 어느 쪽도 버릴 수 없다는 것으로 정리된다. 촌철살인적이고 단편적이며 화려한

수사학도 포기할 수 없지만 엉성해도 체계적 사유도 떠날 수 없다는 것. 이를 증명해 보이고자 한 것이 『관부연락선』(1970)이고 대표작 『지리산』(1978)이 아닐 수 없다. 미키의 <교양적 계몽적>인 것에다 고바야시의 레토릭을 결합시킴에 그 창작 의도가 놓여 있었기 때문이다. 이 사실의 중요성은 아무리 강조되어도 지나침이 없는데, 당초부터 작가가 되기 위해 정규대학 문예과를 다닌 거의 유일한 조선인이 이병주인 까닭이다. 우연한 계기로 작가가 된 것이 아니라는 사실이야말로 이병주의 고유성인데, 이를 최대한으로 충격케 한 것이 바로 학병체험이었다. 학병체험 속엔 미키적인 <교양적 계몽적>인 것과 고바야시의 레토릭이 들끓고 있음은 이런 곡절에서 왔다.

2. 입신출세주의 교육과 교양주의

학병을 문제 삼을 경우 먼저 연상되는 것은 근대의 학교제도가 낳은 <학력 귀족>의 개념과 분리되지 않는다는 점이다. 특히 프랑스와 일본의 경우가 그러했다. 19세기까지만 해도 프랑스의 중앙집권적 국민국가는 교육문제를 해결하지 못했다. 그동안 관례적으로, 특히 초등학교의 경우는 강력한 교회 측의 몫이었다. 프랑스 혁명 이후 강력한 국가를 지향할 때 걸림돌인 이 교육문제를 교회로부터 쟁탈함이었고, 교회 측의 반발도 만만치 않았다. <교회—가족>에서 <학교—가족>에로의 제도적 전환이 이에 해당된다. 그 결과는 종래의 교회에 해당하는 것이 학교였다. 그만큼 교회의 힘이 쇠약해졌고, 국가는 반대로 강력해졌다. 교사는 사제의 몫을 하게 되었고, 따라서 교원양성의 사범계 교사를 국가가 전면적으로 지배, 통제하기에 이르렀다. 한편 이 학교는 평등을 전제로 한 것이며 그 연장선상에서 <입신출세>가 보장되었다. 이 평등과 입신출세주의를 국가가 보증했고, 그 최고의 단계를 고등교육에 두었다. 농촌에서 도회에 나온 지식인이라는, 근대가 낳은 인간 유형이야말로 근대적 학교제도와 그것에 동반된 장학금제도가 만들어낸 것이었다. 근대, 고등교육, 입신출세주의의 삼위일체가 이로써 성립된 것이었다. "교육만이 우리들에게 평등을 준다. 교육받은 노동자는 모두 평등한데, 왜냐면 사방으로 상승하기가 가능하기 때문이다"(「1867년의 만국박람회에 파견된 노동자대표의 보고서」, 사쿠라이 데쓰오, 桜井哲夫의 글에서 재인용).

일본의 경우는 어떠했을까. 메이지 유신의 주도자들이 서구에 가서 근대를 배울 때, 헌법은 독일, 육군도 독일, 해군은 영국, 교육은 프랑스 쪽의 것이었다. 그러나 일본 국가는 프랑스 국가보다 훨씬 용이했다. 교회가 없었기 때문에 어떤 장애물도 국가와 맞설 수는 없었다. 요컨대 제로 지점에서 프랑스식 교육제도를 옮겨왔고, 그 결과는 <학교-종교>의 놀라운 도식을 낳았다.

1872(메이지 5년)년, 일본 정부는 프랑스의 교육제도를 참고하여 학제 學制를 공포했다. <반드시 각 읍邑에는 배우지 않은 집이 없고 배우지 않은 사람이 없도록 할 것>을 기한 이 학제는 전국을 8대 학군, 각 대학군은 32 중학군, 각 중학군은 210 소학군으로 나누었다. 전국에 총 5만 3760 개의 소학교를 설치할 계획을 세웠다. 동시에 <학제 의견서>를 포고했다. 거기에 이렇게 주장했다. "사람은 능히 그 재주 있는 바에 따라 공부하여 이에 종사하고, 그런 연후에 삶을 도모하여 사업에 종사해야 한다. 그러니까 학문은 입신출세, 재물과 근본을 함께하고자 하는 사람은 누구나 이를 배워야 옳지 않겠는가"(사쿠라이 데쓰오, 桜井哲夫,『근대의

의미-제로로서의 학교와 공장』, 일본방송협회, 1984, p.178).

학문하는 것이 입신출세에 이어짐을 지적한 이러한 주장은 그 후 일본 사회의 기본적 신념이었다. 국가의 강렬한 힘으로 밀어붙인 이 학제는 메이지 말기(1911)엔 의무교육이 98%에 이른다. 입신출세의 수단으로서의 교육-학교 제도란 일본의 경우는 <학교-종교>의 도식을 낳은 것이다. 평등을 기반으로 한 이 학제가 근대국가의 절대적 보장 아래 놓였던 만큼 종교 그것처럼 신성한 것이 아닐 수 없었다. 그 신성함의 정점에 놓인 것이 이른바 <제국대학>이었다. 이 대학만 나오면 국가가 나서서 <학력귀족>이라는 신분상승을 보장하고 있었다.

그렇다면 이 <학력귀족>이 갖추어야 될 기본 소양이란 무엇이었을까. <학교-종교>인지라 이 종교가 지향하는 저만치 지평선 너머로 보이는 <이념>이란 과연 무엇이었을까. 이 물음에 응해온 것이 이른바 <교양주의>이다.

제국대학에 이르는 과정의 최대 관문이 일본의 경우, 이른바 학제 고등학교였다. 국가는 이 고등학교를 (A) 넘버스쿨과 (B) 지역스쿨로 대별했다. (A)에는 제1고에서 출발, 제8고까지를 세웠고, 나머지는 지방고교로 충당했는바, 이 고등학교에서 연마해야 할 목표가 바로 교양주의였다(일제는 조선에 고등학교를 두지 않았다. 따라서 조선인은 일본 본토에 있는 어떤 고등학교를 택해야 했다. -경성제국대학이 1926년 서울에 개교했을 때, 편법으로 예과를 먼저 세워 고등학교에 준하는 자격을 부여했다).

고등학교에서 갖추어야 될 필수과정이 문과의 경우 갑(영어권), 을(독일어권), 병(프랑스어권) 등으로 분류되지만 어느 쪽이나 제1외국어와 제2외국어를 철저히 공부함을 원칙으로 삼았고, 따라서 원서 읽기를 피할 수 없게 되어 있었다. 문제는 이 <원서>에서 왔다. 곧 이 원서의 중심점이 교양주의였기 때문이다. 이 교양주의가 철학의 다른 명칭임을 인식함이야말로 사태 파악의 지름길이다.

　대체 철학이란 무엇인가. 여기에는 <계몽적 체계적인 것>과 <촌철살인적/ 직관적/ 예술적/ 단편적인 것>으로 대별되려니와 어느 쪽이든 서양사상사를 일방적으로 모방함에 놓여 있었다. 미키 기요시냐 고바야시 히데오냐의 문제에서 볼 때 이를 통틀어 교양주의라 불렀다. 톨스토이, 도스토예프스키, 나쓰메 소세키, 니체, 쇼펜하우어 등이 이른바 그들이 통과해야 될 교양으로서의 문학과 철학이었다. 이것이 <부르주아의 현상유지의 구실>에 지나지 않음을 간파한 뒤에는 사회를 개조해야 한다는 마르크스주의가 교양의 중심점으로 놓였을 때가 1920년대였다. 마르크스, 엥겔스, 크로포트킨 등을 읽어야 했다. 마르크스주의 신인회가 학교 내에서 조직되자 탄압이 심해졌고 불안 사조가 유행했다. 미키 기요시와 고바야시 히데오의 시대가 온 것은 1930년대였다.

　이러한 고교에서의 교양주의의 변화과정은 별도로 하더라도, 제도로서의 교양주의는 어떠했을까, 과연 인격주의를 표방하는 교양주의가 교과과정 속에 어떻게 편성되었을까.

　　1919년 구제고교에 있어서의 과목별 매주 수업시간표는 문과와 이
　　과의 경우 외국어가 1/3을 점했다. 구제고교에 있어 영어나 독일어, 불
　　어는 독일의 지나지움이나 영국의 퍼블릭 스쿨, 프랑스의 리세 등 유
　　럽의 학력 귀족학교 수업시간수의 절반 가깝게 차지한 라틴어나 희랍
　　어에 상당하는 것이었다. 외국어에 역사나 윤리학 등의 인문계의 과
　　목을 보태면 문과계는 수업시간의 80%, 이과계는 50%에 가까운 것
　　이 인문학적 교양 과목이었다.
　　　　　　　　　－ 다케우치 요우, 竹內洋, 『학력 귀족의 영광과 좌절』,
　　　　　　　　　　　中央公論新社, 1999, p.256.

학교 교과과정의 정규체제가 외국어 중심주의였다는 것, 이 외국어교재 자체가 서양의 인문학적 교양에 바탕을 둔 것인 만큼 입신출세주의나 인격완성은 분리불가능한 동시적 사항이었다. 이 사실의 하나의 증거물로 제시된 것이 『독일 전몰학생의 편지』라는 문건이었다. 제1차 대전에 참전했던 독일의 대학생들이 참호 속에서 쓴 편지들이 태평양 전쟁에 투입된 일본의 학병 세대에 미친 영향은 어떠했을까. 이 물음이야말로 교양주의의 핵심을 엿보는 한 가지 지름길일 수 있다.

3. 『독일 전몰 학생의 편지』 분석

『독일 전몰 학생의 편지』는 프라이부르크 대학 독문학과의 위드코프 교수가 편찬한 것으로 1918년에 출판된 것이다. 이후 1928년에는 증보판이 나왔고 1935년에는 보급판이 나왔다. 무려 140판을 찍을 만큼 이 책의 위치는 확고했고, 당시의 독일 지성인에게 군림했음이 드러났다. 당초 이 책은 편자가 제자들의 편지를 모은 것인데, 이것이 전국적인 파급력을 갖게 된 것이다. 편자는 서문에서 간략하게 이렇게 썼다. "이 편지들은 집필자들이 바라는, 또 그 때문에 목숨마저 버린 이상적 조국을 실현하기 위해 그들이 우리들에게 보낸 유언장이다. 젊은 전사자들은 패배한 독일의, 새로운 독일의 순교자이다. 우리들은 이 새로운 독일의 창조자, 이 국민이고자 원한다"라고. 유언장, 순교자라는 표현의 내실은 과연 어떠했을까. 이 책의 일역본(1938)에서 역자는 편지 중 마지막에 실린 고드프리트 슈미트 학생의 편지 일절을 인용하면서 이렇게 요약했다.

이 책의 의의에 대해서는 원저 서문의 간략하고도 힘센 설명에 더 이상 덧붙일 것이 많지 않으나, 되풀이하여 읽을 적마다 이 책 마지막의 편지에 적힌 "이토록 비할 바 없이 용감하게 싸운 국민이 멸망하지 않으면 안 된다는 점은 믿기지 않는다."라는 부분은 느낌을 새롭게 한다. 그리하여 패전의 독일이 20년이 지난 오늘 눈부신 부흥을 보인 것은 결코 우연이 아니다. 그러나 그들이 용감히 싸웠음은 결코 외적인 것만이 아니다. 대전 당시 독일의 책방에는 괴테의『파우스트』, 니체의『짜라투스트라는 이렇게 말했다』, 휠덜린의 시들 등 제일의 적인 문학책이 엄청나게 팔렸다는 사실은 <전쟁 중 독일 문학은 참호 속에서 가장 진지하게 읽혔다>라는 문학사가의 말을 보증한 것이다. 그 구체적인 사례를 이 책 속의 한 편지에서 엿볼 수 있다. 결론적으로 말하자면 내일을 기약할 수 없는 전장에 임한 그들 학생의 정신에 관한 것이 이 책에 얼마나 깊게 잠겨 있는가의 문제는 비장한 전투의 기술에 뒤지지 않게 감동적이다.

　　　－ 다카하시 겐지, 高橋健二,『독일 전몰 학생의 편지』, 岩波親書,
1938, pp.2~3.

목숨을 돌보지 않고 싸운 학병들의 조국애, 용감성, 우정 등등의 기술이 감동적이지만 이에 못지않게 독일의 위대한 문학전통에 대한 기술도 감동적이라는 것. 전자는 전쟁 일반의 것이어서 굳이 학병에게만 보이는 것은 아니지만 후자의 경우는 오로지 학병만의 영역이 아닐 수 없다. 역자인 일본인은 국외자이며 또 독일어 교수인지라 문학 쪽에 관심이 컸을 터이다(역자 다카하시가 문학을 넘어서 히틀러를 영웅시하고 독일 침략을 정당화하는 나치스 문학도로 변신한 것은 <대정익찬회>에 가담한 이후였다(다카다 리에코, 高田里恵子,『문학부를 둘러싼 병(病)』, 松籟社, 2001, p.72)).

<문학>에서 출발하여 문학을 넘어선 곳에 일본식 병집이 있다는 것.

그 대표적인 것이 역자 다카하시라는 사실이 지적될 때 주목되는 것은 독일 문학의 전통일 터이다. 원저자는 이 책의 서문에서 힘껏 이렇게 주장해 보였다.

영원의 모습 아래에 있어서의 이러한 정신적 태도는 이러한 기록에 대해 만든 전쟁소설이나 얘기에 대한 것보다 깊이 혼돈되지 않는 개인적 역사적 진실을 보증하고 있다. 일리아드, 오디세이, 니벨룽겐의 노래 등과 같은 오래된 민족 서사시는 민족정신의 본원적 힘에서 생긴 자연발생적 문학으로서 오랫동안 연구자들에게 인정된 바이다. 독일 민족 정신의 이러한 본원적 · 창조적 힘을 이들의 편지가 표현하고 있다. 그것은 세계전쟁의 위대한 독일적 노래 및 신화의 소재가 되는 것처럼 그 제일절인 듯이 사람의 마음을 움직인다. 독일정신의 이러한 고귀함이 탄혼 투성이의 전장과 참호 속에서도 잃지 않는 종교적 내면성, 예술적인 직관력, 자연의 아름다움과 풍요로움에 대해 넘쳐흐르는 감정, 계급을 초월한 죽음조차 사양치 않는 충실한 전우의 우정이 무쇠와 같은 용감함과 영웅적 인내, 신성한 희생심과 결합되어 있다.
　　　　　　　　　　　　　　　　　　　－『독일 전몰 학생의 편지』, pp.8~9.

이만 명에 이르는 유언장으로서의 전몰장병의 편지, 새로운 독일의 순교자의 편지를 묶는 마당에서 편자 위드코프Philpp Witkopp 교수는 이제 그 유언장을 집행할 시기임을 강조했다. 그는 이 문학적, 예술적인 것과 전쟁의 비극을 하나로 결합해 보였는데, 그것은 어디까지나 새로운 독일 국가를 위한 것으로 수렴시켰다. 그러나 국외자인 일본 측 역자는 조국, 전쟁 등과 문학적인 것을 분리시켜 이해하고자 했던 것이다.

이러한 분리된 인식은 <문학적 현상>이라 부를 만한 것이다. 아직 전장에 투입되기 전의 학생들에게 있어 중요한 것은 바로 이 <문학적 현상>이었다. 그것은 고등학교에서 대학으로 진입하는 과정에서 익힌 이른바 교양주의에서 온 것이었다. 일본 특유의 전장체험에서 얻은 문학적 내실이란 바로 서양문학 및 사상이었다. 전쟁 말기 악명 높은 특공대의 정신적 기반에 놓인 것이 적어도 이 문학적 현상과 무관하다고 보기 어렵다. 이 점을 깊이 검토한 연구서에 따르면 다음과 같은 사실로서 드러나 있어 충격적이었다.

4. 오오누키 교수의 가미가제 특공대와 교양주의

『뒤틀린 사쿠라』(2003)로 큰 반응을 일으킨 저자가 그 여세를 몰아 저술한 책이 『학도병의 정신지(精神誌)』(岩波書店, 2006)이며 저자는 오오누키 에미코(大貫惠美子)이다. 위스콘신 대학의 교수이자 미국학사원 정회원인 오오누키 여사가 분석한 것은 이른바 특공대에 대한 것이었다.

<미의식과 군국주의>를 부제로 삼은 『뒤틀린 사쿠라』는 국가민족주의(state nationalism)가 어떻게 발전했고 그것이 어떻게 국민에게 수용됨에 성공 또는 실패했는가를 다루었는바, 이를 분석함에 있어 그 최종 판단기준을 <특공대>에서 찾았다. 프로 · 파리아 · 모리(국가를 위해 죽는다)를 지상목표로 한 태평양전쟁 말기의 특공대란 대체 무슨 사상적 근거를 가진 것일까. 이 문제를 탐구함에서 저자가 사용한 자료는 당시 최고의 인텔리 급인 학병들의 기록물이었다. 특히 독서를 통한 일기야말로 자기 탐구를 위한 귀한 자료로 활용되었거니와 그 방법은 일관해서 사쿠라로 표상되는 미의식이었다.

이 현상(죽음)을 구명하기 위해서 이 책에서는 메이지 초기 이래 천황제 민족주의의 주요한 토로프(수사법)로 된 <천왕을 위해서는 아름다운 사쿠라 꽃잎처럼 떨어지다>라는 용법, 사쿠라 꽃의 상징적 의미에 초점을 두고 고찰했다. [……] 특공대의 대다수는 군복에 사쿠라 가지로 장식하고 죽음으로 향해 날아올랐다. 그러나 과연 그들이 천황을 중심으로 한 이데올로기를 진짜로 믿고 또 국가민족주의의 이데올로기 속에 붙어 있는 사쿠라의 의미를 믿었는가 아닌가를 문제 삼고자 했다.

　　　　　　　– 오오누키 에미코, 大貫惠美子, 『뒤틀린 사쿠라』, 岩波書店, 2003, p.4.

　<상징으로서의 사쿠라>를 분석함에 있어 저자가 구사한 방법론에 주목할 것이다. 상징을 사용한 소통이 가능한 것은 <상호이해가 없었음에서 연유되었다.> 라는 것이 그것. 이런 현상을 저자는 méconnaisance라는 용어로 규정했다. 이 과정에서 미적 자치의 중요성을 분석한 것이어서 상징의 <감정적> 측면과는 구별된다. 이 연장선상에서 특공대만을 집중적으로 논의 한 것이 『학도병의 정신지』이다.

　7명의 학도병(이중 3명이 특공대)의 일기 및 편지의 면밀한 분석에서 드러난 것은 과연 무엇이었던가. 결론적으로 말해 가미가제 특공대라고 세계에 알려진 악명 높은 이 현상은, 실로 실상과는 거리가 먼 것이었다. 세계에서 가미가제란 무모한 인간, 광신적 애국자, 불가해한 타자, 나아가 자폭 테러와 동의어로 인식되지만, 이것은 큰 오해였음을 주장함에 있어 저자가 분석한 학병들의 수기가 결정적이었다.

　맨 먼저 분석된 대상은 사사키 하치로(佐々木八郎)이다. 1922년생인 사사키는 제1고를 나와 도쿄제대 경제학부에 들어가 1943년 12월에 소집되어 1944년 1월에 항공대에 배속되고 1944년 2월에 특공대를 지원, 1945년 4월에 전사했다. 그는 500명의 도쿄대생의 하나이고, 전국적으로는 약 6천 명이 소집되었다. 그의 일기에 적힌 검은 <사쿠라>이기는커녕 서양의 밀도 높은 교양(사상, 문학)이었다.

> 사시키는 비상하게 열심인 독서가였다. 『청춘의 유서』(전사자의 일기모음―인용자)에 수록된 많은 책들은 편자에 의하면 사사키의 일기에 적힌 것의 1/10밖에 되지 않았다. 애독서는 플라톤이나 소크라테스를 비롯하여 루소, 유미주의 작가 오스카 와일드, 다니자키 준이치로(谷崎潤一郎) 등으로 다양했다. 독일어를 아는 그는 전통적인 독일 사상에 많은 영향을 받았다. 클래식 음악을 즐겼고 한결같이 독일인 작곡가의 곡을 들었다. 그러나 그가 제일 사랑한 것은 베토벤이며 그 음악은 생애를 통해 사사키의 혼을 흔들어 위로하고 격려했다.
>
> ―『학도병의 정신지』, p.61.

철학서인 『선의 연구』를 비롯해서 니체, 키에르케고르, 하이데거도 언급했고 헤겔, 마르크스를 넘어서고자 하는 경도학파의 다나베 하지메(田辺元)도 읽었다. 문학서적으로는 헤세의 『향수』, 『수레바퀴 밑에서』, 『데미안』 등을 읽었고 쉴러의 미와 예술의 이론도 읽었다. 또한 스스로 사쿠라에 대한 하이쿠(俳句)도 읊었다. 그러나 이 사쿠라는 특공대의 은유가 아니라, 현실을 초월하는 이상적 자아상의 거울이었다. 이러한 7명의 일기분석에서 드러난 점을 저자는 이렇게 요약했다.

> 아이러니하게도 일본 군국정부가 만들어낸 특공대의 이미지는 군주를 위한 자기희생을 무사도를 좋아하는 것의 체현한 자로 표상된 점에서 오늘 국내외에 유포된 <가미가제>의 이미지와 잘 닮았다. 이 책에 수록된 수기에서 떠오르는 특공대원을 포함한 학도병의 자세는 그 뒤틀린 이미지와는 거의 먼 거리에 있음을 그들의 수기 속의

고민의 흐느낌에 귀를 기울이면 금방 알 수 있으리라. 중일전쟁이래의 학도병은 징집된 것이고 특공대도 <지원>을 강요당한 것이다. 천황을 중심으로 한 군국주의 이데올로기의 마음 밑바닥에서는 신봉하면서도 천황 즉 국가에의 충성심에서 존귀한 목숨을 자발적으로 희생한 것은 아니었다.

불가피한 죽음을 목전에 둔 젊은이들이 아시아와 구미의 문학, 철학, 역사를 읽고 직면한 죽음을 어떻게 자기에게 납득시키고자 애쓴 사실은 놀라운 일이자 동시에 비참한 것이었다.

—『학도병의 정신지』, p.48.

학병들이 읽은 책은 다음과 같았다. 독일인으로는 칸트, 헤겔, 니체, 괴테, 쉴러, 마르크스, 토마스 만, 프랑스인의 것으로는 루소, 마르틴 드 가르, 로만 롤랑, 러시아인으로는 레닌, 도스토예프스키, 톨스토이, 베르자예프 등이었고 원서로 읽은 자가 많았다. 일본인 저자 다음으로 프랑스인과 독일인의 저술이 많았다. 그들에게 제일 큰 영향을 미친 유럽의 지식인은 (一) 피히테, 쉘링, 헤겔, 칸트 등 선험적 관념론자, (二) 쉴러나 괴테보다 칸트를 비판한 독일 낭만파 관념론, (三) 노발리스 휠덜린, 슈레게 등 독일 낭만파 시인들, (四) 독일과 러시아의 마르크스주의자들이었다(위의 책, p.24). 학병들은 <스스로 선택한 운명>을 알고 고찰하기 위해 철학, 사상, 문학의 서적들에 빠져 들었다.

이러한 연구에서 드러난 것은 무엇이었던가. 저자가 강조한 것은 다음의 두 가지 점으로 정리됨직하다. 첫째 가미가제 특공대와 9·11테러는 전혀 별개라는 점. 9·11테러를 두고 미국이 참기 어려운 이유는 그것이 본토 공격이라는 점에서 왔다. 그 첫 번째 실례가 진주만 공격(1941. 12. 8)이거니와 미국은 이 두 사건을 <절대로> 용납할 수 없었다. 본토공격이란 그들에겐 상상도 할 수 없는 사안이었던 까닭이다.

둘째, 가미가제 특공대를 분석해 본 결과는 어떠했던가. 정작 특공대로 나선 학병들의 내면의 기록을 분석해본 결과로 드러난 것은 천황제 군국주의와는 거리가 먼 서양의 <사상, 철학, 문학>이었다. 이들 사상이나 철학 또는 문학이란 정작 서양의 산물이 아니었던가. 만일 특공대가 그토록 저주의 대상이라면 서양 철학, 사상, 문학이야말로 비난받아 마땅한 것이 아니겠는가. 이렇게 바라본다면 오오누키 교수의 이 두 저서는 어쩌면 일본 특공대의 명예회복과 맞물려 있음을 알아차릴 수 있다. 이 점을 보증한 힘은 저자 오오누키 교수의 정밀하면서도 체계적인 학구적 역량이 아닐 수 없다. 독서와 독서일기에서 오오누키 교수는 "이들 특공대의 사상도 원래는 유럽의 반계몽주의 철학자, 낭만주의자, 특히 니체와의 관련성을 볼 수 있다"(위의 책, p.38)라고까지 말해놓을 정도였다.

유럽사상이 일본 학병의 특공대를 낳았다는 것, 그러니까 <가미가제>란 여차하면 서양 것이라고도 비약할 수조차 있는 것이다. 이러한 논법은 『상상의 공동체』의 저자 앤더슨에서도 엿볼 수 있다. 캄보디아 대학살의 주역인 폴 포트의 사상이 바로 불어로 된 혁명이론이었던 것이다.

> 폴 포트(Pol pot)체제의 정책은 제한된 의미에서만 전통적 크메르 문화 또는 지도자의 잔악성, 편집광적 성격, 과대망상에 돌아갈 것이다. 물론 크메르인이 과대망상의 전제군주를 가지지 않았다는 것이 아니다. 그러나 그 속에서의 몇 사람은 앙콜의 건설자들이었다. 더욱 중요한 것은 혁명이란 무엇인가, 무엇을 할 수 있고 무엇을 해야 하는가. 무엇을 해서는 안 되는가에 대해 프랑스, 소련, 중국, 베트남에서 연역된 모델은 그러니까 프랑스어로 씌어진 책들이었다.
> — B. Anderson, 『상상의 공동체』 수정판, verso, 1991, p.159.

폴 포트가 프랑스에 유학했기 때문이기보다는 서양에서 배운 정책 모델들 속에 그 비극의 싹이 숨겨져 있었다고 본 것이다. 가미가제 특공대의 경우도 어느 수준에서는 이와 견주어 볼만한 것인지도 모른다.

도대체 이들 학병이 남긴 편지, 일기 등의 방대한 분량이란 과연 무엇일까. 이 물음은 저 『독일 전몰 학생의 편지』와는 질적으로 다름에 주목할 것이다. 독일의 경우 문제된 것은 오직 <편지>뿐이었다. 이에 비해 일본의 경우는 방대한 일기였던 것이다. 이에 대한 오오누키 교수의 해석은 썩 값진 것이라 할 것이다.

> 이들 젊은이들이 경이적인 분량의 수기를 써서 남긴 것은 일본 문화에 있어서 쓰는 행위가 갖는 소통 수단으로서의 중요성을 말해준다. 토론, 대화, 수사학적 말들의 발화에 의한 커뮤니케이션 수단에 중점을 두지 않는 일본문화에 있어서 쓰는 행위는 마음의 내면을 표현하는 가장 중요한 커뮤니케이션의 형식이다. [……] 학식이 특히 높은 그들에 있어 읽고 쓰기는 하루 활동에서 제일 중요한 것이라 해도 과언이 아니다. 그 위에 죽음이 주어진 그들의 특이한 상황에서는 자기와의 대결도 읽기 쓰기를 통해 이루어졌다.
>
> —『학도병의 정신지』, pp.5~6.

대화, 토론의 기회가 주어지지 않는 일본문화의 전통적 폐쇄성이야말로 1920~1930년대에 걸친 교양주의를 낳은 모체였다. 교양주의란 적어도 일본에서는 자기 내면과의 대화이자 토론인 까닭에 거기에는 <타자>가 끼어들 틈이 없었다. 이러한 인류학적 관찰은 가미가제 특공대를 바라보는 한 가지 새로운 시각의 제시라고 할 것이다.

5. 『관부연락선』에서의 문예과와 교양주의 논의

교양주의란 무엇인가를 묻는 것은 일본의 대학(고교)에서의 특유한 교양주의를 가리킴이다. 『관부연락선』에서 식민지 대학생 유태림은 이렇게 썼다.

같은 주제를 취급한 것을 예를 들어 본다면 미키에겐 『파스칼에 있어서 인간의 연구』라는 것이 있고, 고바야시에겐 『생각하는 갈대에 관한 생각』, 기타 파스칼에 관한 단편이 있다. 미키는 하이데거 류의 분석적 방법과 해석적 방법을 구사해서 파스칼이 생각하고 있는 인간 존재를 훌륭하게 부각시켰다. 그런데 이것은 어디까지나 계몽적이기 때문에 의미가 있고 교양적이기 때문에 가치가 있는 연구인 것이다. 그만큼 계몽적, 교양적 범위를 넘어서지 못하고 있다.

한편 고바야시는 파스칼이 말한 '사람은 생각하는 갈대'라는 것을 '사람은 약하다, 그러나 생각하는 능력이 있다'는 식으로 해석해서는 안 되며 '사람은 갈대처럼 생각해야 한다'는 뜻으로 해석해야 한다고 함으로써 파스칼적 사고의 핵심을 찌르고 있다.

미키는 계몽적으로 파스칼에 있어서의 인간 존재를 추출해 냈는데, 고바야시는 미키의 책 10분의 1의 분량도 안 되는 분량으로써 파스칼적 사고의 중심을 해명해 냈다. 이 점이 두 사람을 비교하는 데 특히 중요하다.

미키는 노선을 정하고 착실하게 광맥을 찾아 나가고 고바야시는 진실이 있다고 생각한 곳이면 아무 곳이든 파헤친다. 그렇다고 해서 전자에는 체계가 있는 데 장점이 있고 후자에겐 체계가 없으니 단점이라고 말할 수 없다. 이 두 사람이 죽고 난 뒤에 평가해야 할 문제로서 남는다. 체계, 반드시 장점이 될 수 없는 것이지만 지금은 이곳저곳을 파헤쳐 놓은 것같이 산만한 느낌이지만 평생을 끝낼 때는 그것이 훌륭한 광장으로 닦아져 굉장한 건물이 세워질는지도 모르는 까닭이다.
— 『관부연락선』, p.217.

미키 기요시냐 고바야시 히데오냐의 갈림길은 철학(사상)과 문학의 갈림길이기도 했다. 또 그것은 체계적이냐 직관적이냐의 갈림길이기도 했다. 유태림들은 어느 편도 들 수 없었다. 두 가지가 다 필수적이기에 그러하다. 이 둘은 당시의 젊은 학도들에겐 한 몸이 붙은 샴쌍생아를 방불케 했다. 이러한 교양주의가 더 이상 지속될 수 없게 만든 것이 바로 전쟁이었다. 전쟁이란 행동을 의미하는 것이기에 교양주의가 용납될 수 없다고 속단하기 쉽다. 하지만 전쟁이기에 오히려 <가능하다!>고 외친다면 어떻게 되는가. 전직 제일고 철학교수이자 도쿄대 교수인 이와사키(岩崎)와의 대화에서 이 점이 엿보인다.

태림은 어느 때 이와사키에게 "철학자로서 병정이 가능한가?"하고 물어 본 적이 있다. 이와사키의 대답은 이러했다.
"가능하다. 단 해방전쟁과 혁명전쟁에 자진해서 지원했을 때 불가능하다. 명분과 대의가 뚜렷하지 않은 전쟁에 강제 동원되었을 때."
태림은, 이와사키 선생은 이 전쟁을 명분과 대의에 있어서 뚜렷하다고 보는가 하고 다그쳐 물었다. 이에 대한 대답은, "말할 수 없다."
태림은 다시 물었다. 말할 수 없다는 건 명분과 대의가 뚜렷하지 못하다는 의견을 침묵으로써 표현한 것이 아닌가, 그렇다면 이에 반발하지 않는 태도는 철학자답지가 않은 태도가 아닌가 하고, 이와사키는 조용히 말했다.
"사람에겐 두 가지의 기질이 있다. 어떤 체제이건 그것을 긍정하고 사는 체제 내적 기질과 어떤 체제건 그것을 부정하려는 반체제적 기질과. 이 두 가지 기질이 하나의 사람 속에 공존하는 경우도 있고 다른 인격으로 분열하는 수도 있다. 나의 경우는 체제 내적 기질이다. 어떤 체제 속에서라도 나는 나의 성(城)을 만들 수가 있다. 그래 나는 아카데믹한 세계에 살려고 작정한 것이다."

태림은 반발해야 하는 체제를 그냥 긍정하는 것은 철학자로서의 자멸을 뜻하는 것이 아닌가 하고 되물었다.

"물을 보라, 물은 태산을 움직이려고 하지 않는다. 바위가 있으면 돌아간다. 낭떠러지가 있으면 폭포가 된다. 산이 있으면 땅 속으로 스며든다. 고독할 땐 방울방울이 되어 떨어진다. 얕은 곳에 잠겨선 증발한다. 그리곤 다시 물방울이 된다. 대하에 합쳐선 도도한 흐름이 되고 태평양에 끼어서는 수만 톤의 배를 삼키는 격랑이 된다. 어떤 경우에든 물의 질은 변하지 않는다. 물은 어디까지나 체제 내적 법칙에 충실하다. 그러나 결과적으론 산의 모양을 바꿀 수도 있고 반체제의 방향으로 작용하기도 한다. 나는 한 방울의 물 이상으로 나를 평가하지 않는다."

그렇다면 병정으로서의 자신을 긍정하고 있는가 라는 태림의 물음에 대해선,

"내가 소집을 당했을 때는 상등병이었다. 그것이 지금 오장(伍長)이 되어 있다. 이 계급의 승진이 곧 내가 병정으로서의 스스로를 긍정하고 있는 증거가 아닌가. 철학자로서 가능한 병정이라고까진 말할 수 없다. 그러나 평범한 말로 되돌아가지만 철학자이기에 앞서 일본인으로서의 병정일 따름이다."

태림은 또 이렇게도 물어 본 적이 있다. 일본 전체가 착각의 종합 위에 서 있는 것 같고, 억센 미신에 사로잡혀 흔들리고 있는 것 같은데 이러한 착각, 이러한 미신에 휘둘린 세력에 깔려 전사하는 경우, 거기도 안심이 있을까, 하고.

"착각이라면 전 세계가 착각 위에 서 있는 느낌이고 미신이라면 전 인류가 미신에 사로잡혀 있는 상황이니 일본만을 가지고 할 얘기는 못 된다. 생명의 영역은 아직도 우리의 이성이 도달하지 못하고 우리의 지성이 이르지 못한 부분에 더 많이 잠겨져 있다. 죽음이란 우리와 같은 경우의 전사뿐만이 아니라 어떤 경우에도 '안심'이 있을 수 없는

절대적인 결말이다. 다만 안심하는 척하는 것이고 체관하는 척 할 뿐이다. 안심하고 죽을 수 있는 그런 경우란 나는 아직도 상상할 수가 없다. 마지못해 죽을 수밖엔 없다. 꿈을 남기고, 한을 남기고, 죽기가 싫어서 발버둥을 치며 죽는 것이 죽음다운 죽음이고 잘 된 죽음이고 나의 죽음일 것이라고 나는 그렇게 생각하고 있다." [……]

　　그러나 이와사키를 무조건 배울 수는 없었다. 이와사키는 철학자로서의 병정은 가능하지 못해도 일본인으로서의 병정은 가능하다고 생각하는 위치에 있는 사람이지만 유태림은 어느 모로 보나 병정으로서의 가능을 설정하지 못하는 처지에 있었기 때문이었다.

―『관부연락선』, pp.105~107.

위의 논의를 보노라면 작가 이병주가 얼마나 교양주의에 관심을 두었는가를 짐작케 해준다. 비록 전쟁으로 학업이 중단되고, 또 철저하지 못해 서양의 문학이나 사상과 철학을 심도 있게 배우지 못했더라도 교양주의와 이에 관련된 사유를 이병주가 외면하지 않았음은 눈여겨 볼 일이다. 유태림의 지리산 입산 행위가 행동임을 작가 이병주는 놓치지 않았다고 볼 가능성도 이에서 말미암는다. 다듬어 말해 한국의 학도병에 있어 내면성이 빈곤하고 고달팠기에 행동 쪽으로 튕겨져 나간 형국이었다면 이병주도 그 예외일 수는 없었다. 그렇기는 하나, 이병주의 행동이란 바로 글쓰기 그것이었기에 조선인 학병 중 그 누구보다도 교양주의적이었다.

이 이병주식 교양주의적 글쓰기란 문단 내부에서는 거의 외면되고 말았는데 아이러니컬하게도 지나치게 행동 쪽으로 기울어진 것으로 판단되었음에서 왔다. 그만큼 4·19이후의 이 나라 문단은 겁먹은 내면화로 치달았기 때문이다. 4·19(1960) 일 년 만에 5·16(1961)군사혁명이 수립되었기에, 또 그 위세가 점점 강화되었기에 1960년대 문학은 고도의 내면화로 치달아 강력한 내공內攻을 쌓을 수밖에 없었다. 이 판에서 이병주 문학은 허공에 걸린 종이 등불처럼 <노예의 사상>에 붙들려 죽음에 대한 본질적 과제의 성찰을 방해 당했는지도 모를 일이다. 물론 그 반대로도 볼 수 있을지도 모른다. <노예의 사상>과의 자기 대결이 심화되었더라면 저 일본 학병과의 변별성도 한층 뚜렷했을 터이다. 이러한 생각은 모두 <교양주의>의 깊이와 얕음의 과제에도 수렴될 성질의 것인지도 모를 일이다.

황용주의 학병세대

이병주≠황용주

1. 학병 이병주와 와세다 대학

일제는 1943년 11월에 자국의 대학(전문부)생을 강제 입영시켰고, 1944년 1월 20일에는 조선인 대학생 4천 3백 85명을 강제 입대시켰다. 이들은 중국, 버마, 남양, 일본 내지 등에 투입되었는데 그 중에는 전사자와 탈출자도 있었으나, 그 부대에서 근무하다가 8·15 이후 귀국한 자가 대부분이었다.

필자가 그동안 이들 학병세대의 추이에 관심을 기울여온 것은 오직 다음의 한 가지, 이들이 대한민국 및 북조선민주주의인민공화국 수립에 중추적 역할을 했던 것으로 판단했기 때문이다. 물론 이 판단은 역사적 사실로 확인된 것이다. 그런데 이들 중 글쓰기에 필생을 보낸 문학가의 의식은 어떠했을까. 필자의 관심은 특히 이 점에 있었다. 이 중 출중한 문학가로 필자의 관심을 끈 것은 두 사람이었다. 한 사람은 「불꽃」(1957)으로 등장한 선우휘이다. 그는 학병에 나간 바 없다. 일제는 이공계와 사범계는 학병에서 제외했는데, 당시 선우휘는 경성사범에 재학하고 있었던 까닭이다. 그럼에도 필자가 육군 대령 출신의 이 「불꽃」의 작가를 학병세대로 규정하는 것은, 문학가로서 그가 평생 학병과 그 주변의 문제에서 벗어나지 않았다는 판단에서 비롯된 것이다.

다른 한 사람은 이병주이다. 이병주의 대표작을 필자는 『관부연락선』(1970)과 『지리산』(1978)으로 본다. 그런데 그는 『관부연락선』을 월간지에 연재하면서 첫 회분에 자기의 이십대 사진을 실으며 <와세다 대학시절>이라고 소개했다. 필자는 이를 대하고 상당한 충격을 받았다. 과연 이병주는 <와세다 대학>을 다녔던가. 이병주에 관한 자료조사에 나선 필자는 두 번이나 도일했다. 그 결과는 이러했다. 그는 와세다 대학과는 전혀 무관한 메이지(明治) 대학을 다녔고, 그것도 거기서 처음으로 설치된 전문부 문과文科 별과別科생이었다. 당시 육군성은 그 해의 졸업생도 학병으로 징집했는바, 1943년 9월에 졸업한 그도 이 경우에 해당하였다(졸저, 『이병주와 지리산』, 국학자료원, 2010). 필자가 확인한 메이지 대학 자료 속에는 학병 명단이 있었는데, 이병주(창씨개명 大川병주)도 거기 실려 있었다. 혹시나 하고 와세다 대학 자료집도 모조리 검토해보았으나 이병주의 이름은 아예 없었다. 그도 그럴 것이 1943년 9월에 메이지대학 전문부를 졸업한 이병주가 와세다 대학에 들어갈 시간이 어찌 있었으랴.

이런 사태 앞에서 필자는 실로 난감할 수밖에 없었다. 이 글은 이런 난감함을 조금이나마 극복하기 위해 쓰였다.

2. 『관부연락선』은 황용주의 것인가.

최근에 필자는 고명한 법학자 안경환 교수의 노작 『황용주─그와 박정희의 시대』(까치, 2013)를 접하게 되었다. 면밀한 자료를 바탕으로 안교수는 황용주가 박정희와 대구사범 동기이자 와세다 대학에 다녔음을 다음처럼 밝혀놓았다.

용주는 1941년 정월, 와세다 대학(早稻田大學) 제2학원(문과)의 입학시험을 치른다(제1학원은 이과). 2년 예과 수료 후에 본과에 진학하는 4년제 코스다. 물론 불문과였다. 무난하게 합격이다. 와세다의 입학이 결정된 1941년 초겨울(2월) 용주는 귀국한다. 그리고 3월에 결혼한다. 용주가 만 스물세 살, 창희는 열아홉이다. 실로 절정의 청춘이다. 밀양 용주의 집은 '여수 애기' 창희를 활짝 맞아들인다. 창희의 기준으로 볼 때 시집 살림은 궁핍했다. 총독부에 근무하던 부친 대화 씨는 연전에 퇴직하여 내이동 집에서 그다지 여유 없는 날들을 보내고 있었다. 농사철에는 더욱 곤궁했다. 이미 향리에 있던 농토는 읍내로 본거지를 옮기면서 처분한 지 오래였다. 시숙은 시모노세키 상업학교를 졸업하고 읍사무소의 직원으로 근무하고 있었다. 용주가 먼저 도일하고 얼마간의 의무적인 시집살이 끝에 동행이 허락되었다. 마침내 정식으로 두 사람의 신접살림이 시작된다. 기다구(北區) 오지초(王子町) 상게인 아파트 83호다. 여수와 밀양에 동행하던 김상죽도 도쿄까지 따라왔다. 상죽은 백부가 관리하던 재산의 일부를 받아 신혼부부의 옆방에 기거하게 된 것이다.

와세다 대학의 상징건물은 시계탑이다. 대학의 캠퍼스는 시가지 한복판에 띄엄띄엄 건물이 자리 잡고 정문이 없는 것이 특징이다. 1882년 설립 이래 교지(敎旨)를 '학문의 독립'으로 삼고 있다. 이 대학은 일본 자유주의 정신의 함양에 기여한 것을 큰 자부심으로 여긴다. 정치와

경제영역에서 일본 사회에 와세다가 미친 영향은 지대하다. [중략]

　1858년 후쿠자와 유키치(福澤諭吉)에 의해 설립된 이 대학은 미국의 브라운 대학이 모델이라고 한다. 후쿠자와는 일본의 근대화를 상징하는 인물로 1만 엔짜리 지폐에 초상이 실려 있다. 대학은 1881년 최초의 '외국'학생으로 두 명의 조선인을 받아들였다. 1883년에 60명, 1895년에 130명이 입학한 기록이 있다. 그러나 일제 강점기에는 와세다가 조선 학생을 더욱 많이 입학시켰다. 세련된 게이오에 비해 와세다에는 다소 질박한 청년문화가 지배하고 있었다. 그래서 반도학생의 기질에 더욱 맞는다는 세평도 있다. 이러한 일제 강점기의 고정관념이 해방 후 한국의 대학문화에 원용되곤 했다. 그리하여 고려대학교를 와세다에, 연세대학교를 게이오에 비유하곤 했다. 우열을 가리기 힘들지만 기질적으로 대조되는 양대 명문 사립학교의 동반성장은 나라 전체의 축복이었다. 학생 동인지『와세다 문학』은 게이오 대학 동인지『미타(삼전)문학』과 함께 중요한 학생문단을 형성하고 있었다. 일본 국민의 이목은 제국대학 출신의 '귀재들'의 문학 활동에 집중적으로 쏠려 있었다. 그러나 와세다와 게이오 또한 엄연한 범주류 엘리트 문학의 일부였다.

　　─ 안경환,『황용주 그와 박정희의 시대』, 까치 2003, pp.140~142.

　밀양 태생의 황용주가 와세다 대학 문과에 들어갔다는 것과 신혼생활에 접어드는 과정이 소상하다. 대구사범에서 마르크스주의자로 퇴학당했다는 것, 오사카로 건너가 오사카 중학(일본대학 부설)을 다녔다는 것, 여기서 그의 아내 될 이창희를 만났다는 것, 제3고와 제국대학의 꿈을 키웠으나 실력이 없는 그로서는 어림도 없는 일, 몇 차례나 낙방한 후 사립대학을 택했다는 것, 그것이 와세다 대학이었다는 것.

　한편, 어째서 이병주는『관부연락선』을 연재하면서 와세다 대학시절의 사진을 허용했을까. 두 가지 가능성을 염두에 둘 수 있을 법하다. 하나는 그가 사기꾼이라는 것. 다른 하나는, 이 점이 의미가 깊은데, 작품 『관부연락선』이 허구라는 것. 그렇지만 이는 이중적이다. 이병주=황용주라는 분신, 이중인격의 조치임을 『관부연락선』속에 넘치도록 적었다. 그 중에서도 주목되는 것은 진짜 와세다 대학 문과 출신의 황용주에 관한 것이다.

이병주가 소속된 부대는 방첩명 노코(矛) 2325부대 60사단 치중대였다. 중지中支에 있는 인텔리 부대로 총 400여명 정도인데 여기에는 조선인 학병이 60명이나 끼어 있었다. 그 중 반 이상이 탈출했다. 그 후 이 부대의 학병 중에서 육군참모총장을 비롯한 수 명의 장군이 나온 바 있다. 그렇다면 황용주는 어떠했던가. 그는 탈출하지 않았으며 일본군 간부 후보생으로 8·15를 맞았다. 간부후보생의 시험과 임용과정은 간단하지 않았다. 와세다 대학 문과생으로 학병에 나아간 그는 일본군 간부후보생이 되기 위해 백방으로 노력했고, 마침내 일본 육군 소위가 된다. 이런저런 '변명'이 있긴 있다.

> "학병 중에는 교육훈련에 열성을 내는 자도 있고 당초부터 탈출을 기도한 자도 있었다. 전자는 기왕에 입대했으니 빨리 승급 진급하여 아니꼽기만 한 고병(古兵) 등의 억압에서 하루빨리 벗어나서 한이라도 풀어보려는 적극파이다. 후자 중에는 성공적으로 탈출한 사람도 있었지만 계획이 탄로나 영창과 곤욕을 치른 사람도 많다. 또한 꾀병, 지둔(遲鈍) 등을 가장으로 기회를 노린 소극파도 있었다. 각기 방편은 달랐지만 모두에게 공통된 것은 일본군에 저항했다는 것이다." 심지어 어떤 부대는 조선인 학병이 대거 탈출함으로써 부대의 편성을 새로 해야 할 정도였다. 용주와 같은 중지의 矛(야리) 부대에 배속된 김종수의 회고가 있다. "우리 부대에도 학병이 많이 탈출한 것을 알았다. 衣(고로) 부대에서 다수 탈출한 후에 남은 학병들은 우리 부대로 왔다. 그 중 한 사람이 장도영 대장이었다." [중략]

그러나 아무리 탈출이 용이하다하더라도 어디까지나 '비상적'인 일이다. 실패하면 즉시 사형당할 각오를 해야한다. 탈출에 성공해도 그 이후가 더 큰 문제다. 김준엽과 장준하와 같이 극히 운 좋게 광복군에 합류하거나 신상초와 같이 운 좋게 중국군에 동참한 예도 있다. 그러나 일부는 체포되어 고쿠라 육군형무소에서 해방을 맞기도 하고 드물게 1년 이상 국내에 잠적한 예도 있다. 중국군으로 위장하여 전투 중에 귀순했으나 포로 신세를 면치 못하고 고생한 경우도 있다. 즉시 총살된 경우도 있을 것이다. 장준하의 기록이다. "더욱 슬픈 것은 전 중국지역에서 두 번째로 일군에서 탈출한 한성수가 상하이에 특수 임무를 띠고 잠복 진입한 후에 동포의 밀고로 3개월 만에 일본 헌병대에 체포되어 처형되었다. 버마, 필리핀, 타이완 등지에서도 탈출한 사람도 있었을 것이다. 그러나 그들의 기록은 희소하다.

용주도 여러 차례 탈출을 생각한다. 사병 시절에는 물론 장교가 된 이후에도 탈출을 모의한다. 스스로 주동하지 않아도 언제나 분위기가 그랬다. 1945년 6월 1일, 용주는 장경순, 민충식, 최세경, 정기영 등과 함께 소위 계급장을 단다. 교육 중에 탈출을 모의하기도 한다. "우리들은 예비사관학교에서 교육을 받는 동안 교육이 끝나는 대로 기회를 보아 중경으로 탈출하자는 모의를 했다. …… 그때 남경과 중경 사이에는 선이 닿는 정보통들이 있었다. 약산이 임시정부의 군무부장이며 광복군 제1지대는 약산 계열의 사람들이 장악하고 있었다는 소식을 들었다." 은밀하게 상해의 독일계 통신사에서 일하고 있던 김진동(金鎭東)을 만난다. 그는 임시정부의 부주석, 김규식의 아들이다. 용주는 자신과 약산과의 관계를 털어놓고 중경으로 탈출한 의도를 밝힌다. 정기영과 함께 구체적인 행동지침을 모의하고 중경 임시정부와 비상 루트, 비상식량, 돈까지 준비한다. 장교의 신분이라 비교적 운신의 폭이 넓었다. 경비가 허술한 어느 날 새벽 두 시에 만나기로 했으나 용주는 약속 장소에 나타나지 않았다. 혹시 탄로가 났나 하며 마음 졸이던 정기영은 나중에야 진상을 알고 기가 막혔다. 그 시간에 용주는 전우들과 태연하게 이별주를 마시고 있었다는 것이다. 생사를 건 탈출을

앞두고 벌인 도저히 납득할 수 없는 어이없는 해프닝은 두고두고 술
자리의 안주가 되었다.

– 안경환, 위의 책, pp.175~178.

변명일 뿐, 그 정도의 정보를 아는 것은 간단하지 않았던가. 요컨대 황
용주는 자진해서 일본군 장교가 된 것이다. 와세다 대학생도 아닌 이병주
가 와세다 대학생이라 우긴 것은 이 경우에도 그대로 적용된다. 이병주는
<노예의 사상>을 내세워 개처럼 살았다고 훗날 곳곳에서 기록했다. 그
러나 과연 그러했을까. 5·16 군사혁명의 재판기록들이 시퍼렇게 증언하
고 있다. 실로 어처구니없는 증언.

1944년 1월 20일, 대구 60사단에 함께 입대하여 중지의 인근 부대
에서 복무한 것으로 기록되어 있다. 두 사람 모두 간부후보생에 선발
되어 일본군 소위가 된다. 이병주는 이 사실을 드러내놓고(각주5) 밝
히지 않고 「용병」 「노예의 사상」 등등 소설과 에세이 속에서 이민족
전쟁에 동원된 굴욕의 체험을 강조하였다. 반면 황용주는 능동적으로
장교가 되었고 장교로서의 경험을 적극적으로 활용하였다. 일본의 패
전 직후 일본군의 고위층과 협상하여 한적(韓籍)사병의 신변안전과
조기귀국을 위해 나름대로 애썼고 상해에서도 김구 주석을 비롯 임시
정부 요인들과 접촉한다.

–『2011년 이병주하동국제문학제 자료집』, p.71.

이 기록을 대하고 내가 주목한 것은 안교수가 내세운 각주(5)였다.

1961년 10월 30일자 혁명재판소의 판결문에 이병주가 1945년 8월
1일자로 '일본군 소위'에 임관되었다는 사실이 적시되어 있다.
–『혁검형』 제177호, 한국혁명재판사편찬위원회 편 제도집, 1962.

'노예의 사상'을 주테마로 하여 그동안 논의해온 졸저 이병주론의 시각에서 보면 이 사실은 새로운 도전을 강요하는 것이었다. 나는 틈을 내어 제3자의 도움으로 안교수에게 자료 도움을 요청했는바, 안교수는 흔쾌히 다음의 자료를 즉각 보내주었다.

공소장 피고인 이병주는 15세시 본적지 소재 북천보통학교를 졸업하고 18세시 진주농업학교 제4학년을 수료한 후 도일하여 서기 1932년 明治大學 專門部 文藝科를 졸업하고 동 1944년 早稻田 大學에 재학 중 학도병으로 일본군에 지원 입대하여 동 1945년 8월 1일 일본 육군 소위로 임관되었다가 동년 10월경 제대. 귀국한 후 진주농림학교 교사, 동 농과대학 조교수에 각 임명되어 재직 중, 동 1950년 12월 31 비상사태하의 범죄처벌에 관한 특별조치령(부역위반) 피의 사건으로 부산지검에서 불기소 처분을 받은 후 해인대학 부교수로 임명되어 재직하다가 동 1958년 10월에 부산 국제신문사 논설위원으로 재직하면서 동 1960년 5월 말경 부산시 중고등학교 노동조합 고문으로 추대되어 활약하여 오던 자(… 중략 …) (一) 서기 1960년 12월호 『새벽』 잡지에 '조국의 부재'라는 제호로써 "조국이 없다 산하가 있을 뿐이다. 조국은 또한 향수도 없다."는 등 내용으로 조국인 대한민국을 부인하고 어떠한 형태로든지 새로운 조국을 건설하여야 되는데 대한민국의 정치사에서는 지배자가 바뀐 일은 있어도 지배계급이 바뀌어 본 일이 없을 뿐만 아니라 이 나라의 주권은 노동자 농민에게 있다는 등 내용으로 일반 국민으로 하여금 은연중 정부를 번복하고 노동자 농민에게 주권의 우선권을 인정한 프롤레타리아 혁명을 일으켜야 조국이 있고 이러한 형태로서의 조국이 아니면 대한민국은 조국이 아니라고 하고 차선의 방법으로 중립화 통일을 하여 외국과의 제군사협정을 폐기하고 외군이 철퇴해야만 조국이 있다는 등의 선전선동을 하여 용공사상을 고취하고 (二) 동인은 동 1961년 4월 25일 『중립의 이론』이란 책자 서문에 '통일에 민족 역량을 총집결하자'는 제호로써 대한민국을 북괴와

동일시하고 어떤 형태로든지 통일을 하는 전제로서 장면과 김일성이
38선상에서 악수하여 ……
— 『한국 혁명재판사』 제3집, 1962, pp.270~271.
(졸저, 『한일학병세대의 빛과 어둠』, 소명, 2012, p.178)

이병주는 '개'가 아니라 간부후보생이었고, 일본군 육군 소위였음이 엄
연한 사실이다. 그렇다면 이병주는 사기꾼이거나 거짓말쟁이인가. 결코
그렇지 않다는 것이 필자의 믿음이다. 그렇다면 그 근거는 어디에 있는가.
무엇보다 그 증거는 이병주가 <'작가' 이병주>였음이다. 메이지대학 전
문부 문과 별과(오늘날 문창과)를 나와 학병으로 간 경우는 이병주가 조선
인으로는 거의 유일무이한 존재였다. 메이지 대학 전문부생 이병주는 당
초부터 문학을 전공으로 했다. 적어도 당시 문과 별과는 일본의 대학에서
유일한 경우에 해당한다(졸저, 『이병주와 지리산』, 국학자료원, 2010). 작
가이기에 그가 쓴 『관부연락선』은 창작이 아닐 수 없다. 거기 들어 있는
사건, 인물 등등은 모두가 허구이다. 그러나 그 허구의 모델이 있었다. 바
로 황용주다.

거듭 말하지만 황용주는 와세다 대학 문과생으로 학병에 끌려갔고 거
기서 이런저런 이유로 간부후보생으로 나아가서 육군소위가 되었다. 작
가 이병주는 스스로를 황용주라고 믿었다. 『관부연락선』을 연재할 때, 첫
회의 작가 소개란에서 그는 자신의 사진 밑에 <와세다 시절의 필자>라
고 적었다. 그렇다면 『관부연락선』이란 무엇인가. 황용주를 모델로 한 작
가 이병주의 순수 창작물이되, 동시에 이병주와 황용주의 합작품이 아닐
수 없다. 결국 어디까지가 황용주이고, 어디까지가 이병주의 것인지를 검
토하는 것이 『관부연락선』 연구의 핵심에 놓여 있다. 황용주의 평전이 나
온 이상, 이제 이 연구는 피할 수 없게 되었다.

3. 『소설 · 알렉산드리아』의 주인공, 황용주

『황용주―그와 박정희의 시대』 속에는 실로 놀라운 대목이 들어 있다.

월간『세대』는 1963년 1월에 창간된 종합 월간지이다. 『세대』지의 창간은 『사상계』의 필자와 독자를 흡수하기 위한 전략적 성격도 내포되어 있었다. 1950년대 이래 전후 지식인들의 교양서였던 『사상계』가 당국과의 불편한 관계 때문에 시련을 겪으면서 많은 『사상계』의 독자들을 유인했다. 그리하여 지식인을 대상으로 한 시사, 교양논설이 주종을 이루었지만 문학작품도 적잖이 수록했다. 특히 신인 등용문으로도 큰 역할을 했다. 이병주는 물론 조선작, 홍성원, 박태순 등이 『세대』를 통해 문학의 길에 입문했다.

― pp.422~423.

세대의 탄생 배경과 관련하여 이대훈의 증언이 중요한 단서를 제공해준다. 이 잡지는 사실상 이낙선의 주도와 재정적 지원 아래 창간된 것이다. 그리고 그는 편집진에 고려대학교 국문과 4학년에 재학 중이던 젊은 친척, 이광훈을 배치한다. 이낙선은 군사혁명 주체세력의 지적 대변인으로 인정받고 있었다.

― pp.423~424.

실린 글들의 제목을 훑어보면 '민족주의', '민족통일', '매판자본', '민족자본'과 같은 단어들이 넘쳐흐르고 있었다. 영입된 편집위원 황용주의 민족적 민주주의 신념과 20대 청년 편집장의 열정이 의기투합한 결과였다.

"학생들의 한일회담 반대 데모가 격화되면서 전국적인 비상계엄을 선포해야 할 정도로 국론이 첨예하게 대립되고 있었다. 이러한 상황 아래

'민족적 민주주의'는 매우 불온한 주장일 수 있다. 그러나 일면 가볍게 나마 남북한 사이에 화해의 무드가 일고 있었다. …… 그래 여름에 열린 도쿄 올림픽에서 북한의 육상선수 신금단(辛今丹)이 남한의 아버지를 만나면서 남북한 이산가족의 상봉에 대한 기대가 고조되고 있었다. 또한 10월 중순 박정희 대통령은 강원도 춘천을 방문하여 도지사와 시장을 만난 자리에서 최근의 국내외 정세를 보아 머지않아 남북통일이 이루어질 것으로 본다고 말했다. 그로부터 사흘 후에 청와대에서 열린 정부 여당 연석회의에서 대통령은 통일문제를 심각하게 연구할 시기가 되지 않았는가라고 반문하면서 국회에서도 여야가 함께이 문제를 연구해야한다고 강조했다. 여당은 이미 국토통일연구소 설치 법안을 정식으로 제출해두었으며 공화당 이만섭을 비롯한 46명의 의원이 남북가족면회소 설치에 관한 결의안을 제출해두고 있었다. 이러한 시대적 분위기라 이정도 주장은 할 수 있지 않을까 하고 생각했다."고 이광훈은 술회했다.

이 사건으로 2개월동안 자진 휴간한 <세대>는 이듬해 1965년 6월호에 이병주의 중편 <소설 · 알렉산드리아>를 게재함으로써 일약 스타 작가의 탄생에 기여한다. 이 작품은 중립 · 평화통일론을 신문사설로 쓴 지식인이 감옥에서 보낸 편지를 주축으로 플롯이 전개되는 일종의 '사상소설'이었다. 작품의 주인공에 필화사건으로 감옥에 갇혀 있는 황용주를 대입시켜도 무방했다. 4월 어느 날 시인 신동문은 근래 출옥한 이병주를 만난다. 신동문은 여섯 살 위인 이병주의 필명을 알고 있었다. 200자 원고지 600매짜리 중편을 읽고 난 신동문은 무릎을 쳤다. 즉시 이광훈을 찾는다. 젊은 편집장 이광훈 또한 극도로 흥분했다. 바로 이거야! 언론의 자유, 사상의 자유다. 소설의 형식도 파격적이다. 600매짜리 중편을 전문 그대로 실었다. "신동문 선생으로부터 그 원고를 직접 건네받아 내가 최종적으로 게재 여부를 판단했는데 당대의 현실에 대한 그분의 날카로운 안목이 없었더라면 그 소설은 세상에 나오기 쉽지 않았을 것이다."라고 회고했다. 작가의 원고에 없던 작품 제목에 굳이 '소설'이란 단어를 넣은 것은 이광훈의 강력한

'편집권' 행사였다. 불과 몇 달 전의 상황을 감안하며 이 작품을 게재함으로써 발생할지 모를 위해에 대비하는 의미도 있었다. 현실적 제안이나 비판이 아니라 어디까지나 허구임을 강조하기 위한 고육지책이었다. 같은 잡지에 평화통일론을 쓴 언론인 황용주를 감옥으로 보낸 직후에, 동일한 '용공사상' 때문에 옥살이를 하고 나온 체험을 바탕으로 쓴 작품을 '발굴하여' 싣는다는 것은 이를테면 전혀 반성의 빛이 없는 이광훈의 뱃심이기도 했다. 역설적이게도『세대』는 황용주의 필화사건으로 인해 지식인 사회에서 상당한 홍보효과를 얻었다. 또한 『소설 · 알렉산드리아』의 발굴을 계기로 문학잡지로도 흔들리지 않는 명성을 구축했다. 이광훈은 한국잡지 역사상 유례없는 약관 23세에 편집장을 맡음으로서 한 시대의 문화 권력을 행사하게 되었다.

— pp.433~434.

『소설 · 알렉산드리아』가 황용주를 주인공으로 했다는 것. 이 대목은 안경환 씨가 처음으로 확인한 것이어서 놀랄만한 발견이 아닐 수 없다. 어째서 그러할까. 항용 이 작품을 그 자체의 독창적인 창작이라 보고 이런 저런 분석과 해석으로 일관된 논의들이 거의 무의미함을 드러낸 것이기 때문이다. 물론 거기에는 작가 이병주의 솜씨도 무시하지 못할 것이다. 그리고 이 경우 그것은 작가로서의 지위를 확보한 장편『관부연락선』에서도 사정이 비슷할 것이다. 안경환 씨의 지적은 이『소설 · 알렉산드리아』의 시대적 배경을 정확히 포착한 것이어서 타의 추종을 불가하게 만들고도 남는다.

와세다 대학을 다닌 바도 없는 이병주가 <나는 와세다 대학생이었다>라는 것은 터무니없는 거짓말. 그러나 그것마저도 허구로 보면 된다. 곧 <나는 이병주 이전에 황용주다>라고. 황용주≠이병주의 도식이었다.

이번의 경우도 사정은 꼭 같다.『소설 · 알렉산드리아』는 황용주≠이병주였던 것이다. 작가로서 이병주는 작품 속에서 스스로를 부정하고 황용주를 닮고자 기를 쓰고 나섰다. 그런데 바로 이 점이 강한 시대성을 띨 수 있었다. 여기까지가 두 번째 단계이다. 그렇다면 세 번째 단계는 어떠했을까.

4. <국제신문> 주필, 편집장, 논설위원

세 번째 단계는 바로 논설위원 되기이다. 황용주가 『사상계』와 맞선 『세대』지의 편집위원이 된 것은 1964년 봄이었다. 군부출신의 상공부장관 이낙훈이 사장이었고, 그 고향후배 이광훈이 편집장으로 있는 이 월간지는 『사상계』의 이북 및 지식인 세력과 정면으로 대립한 것으로, 극히 정치적인 잡지였다. 당시 편집장 이광훈이 『사상계』의 지적 대변인급인 함석헌과 정면으로 대결했음은 천하가 다 아는 사실이다. 이광훈은 『세대』지 편집위원 16명의 한 사람으로 <부산일보> 사장인 황용주를 모셨다고 했다. 안경환씨의 고증에 의하면 그때 황용주는 <부산일보>를 그만두고 서울의 <문화방송> 사장으로 자리를 옮기게 된다. 후에도 황용주는 통일론 등 중요 논설을 『세대』에 실었다.

그 이전에 황용주는 부산대학의 교수로 불어를 가르쳤다. 그렇다면 황용주를 그대로 빼닮고자 한 이병주는 어떠했던가. 그도 해인대학 교수로 영어, 불어 등을 가르쳤고, 드디어 <국제신문> 편집국장, 주필, 논설위원으로 나섰다. 그리고 한편으로 그는 <부산일보>에 「내일없는 그날」(1957)이란 연재소설을 발표했다. 이로써 황용주=이병주의 모방행위가 빈틈없이 진행되었다. 뿐인가. 『세대』의 통일론의 필화사건으로 투옥된 황용주를 보며 이병주도 감옥행을 따라야 했다. 어떤 방식이었을까. 황용주와 마찬가지로 이병주는 통일론으로 박정희 군부에 대들었고, 혁명재판소의 판결 때 10년 징역에 8년 감형으로 2년 7개월간 서대문 형무소에 있었다. 『소설 · 알렉산드리아』는 안경환 교수가 정확하게 지적했듯이 황용주를 주인공으로 한 정치소설(사상소설)이었다.

대구사범의 박정희와 동급반이었던 황용주가 박정희 정권의 사상적 거점의 하나였듯, 진주농고 출신의 이병주가 할 수 있는 것도 끝내 황용주의 행로를 닮는 것이었다. 외신기자 리영희의 『대화』(한길사, 2005) 속에서는 이병주가 박정희의 절대 지지자가 되어 박정희 평전 집필에 나아갔다고 기록하고 있다. 이러한 이병주의 180도 회전 앞에서 리영희는 정나미가 떨어졌음을 고백하고 있을 정도이다. 이러한 외신기자인 리영희의 안목은 일반인의 상식 수준이라고 할 만한 것이다. 그러나 리영희가 정작 간파하지 못한 것은 이병주의 생애에 있어서 황용주가 모델이고 표준이었다는 사실이다. 이병주는 스스로를 끊임없이 부정하고 '황용주되기'를 갈망하는 과정에서 글쓰기를 했고, 또 그 불가능성을 인식함으로 말미암아 글쓰기의 지속성이 뒤따랐다.

5. 『관부연락선』 속의 방법론

와세다 대학을 다닌 적이 없는 이병주의 자각 증세는 어디에서 찾을 수 있을까. 적어도 그가 지식인인 만큼 이 문제에서 벗어날 수 없다. 더구나 작가인 경우, 필시 작품 속에 드러나 있을 터이다. 그의 대작 장편『관부 연락선』속에는 이렇게 고백되어 있어 명실상부하다.

정직하게 고백하면 나는 일본인뿐만 아니라 같은 동포를 대할 때도 진실의 내가 아닌 또 하나의 나를 허구했다. 예를 들면 '일본인으로서의 자각'이니 '황국신민으로서의 각오'니 하는 제목을 두고 작문을 지어야 할 경우가 누차 있었는데 그런 땐 도리 없이 나 아닌 '나'를 가립(假立)해 놓고 그렇게 가립된 '나'의 의견을 꾸미는 것이다. 한데 그 가립된 '나'가 어느 정도로 진실의 나를 닮았으며 어느 정도로 가짜인 나인가를 스스로 분간할 수 없기도 했다. 그런 점으로 해서 나는 최종률을 부러워하고 황군을 부러워했다. 그러니 마음의 움직임 자체가 미리 미채를 띠고 있는 것이 아니냐는 이사코의 말은 정당한 판단이었다.

자기 변명을 하자면, 어떻게 저항할 것인가 하는 그 방법을 찾지 못할 바엔 저항의 의식을 의식의 표면에 내세울 필요가 없다는 체관(諦觀)이 습성화되어 버렸다고 할 수도 있다. 생활의 방향은 일본에의 예종(隷從)으로 작정하고 있으면서 같은 조선 출신 친구 가운데선 기고만장하게 일본에의 항거를 부르짖고 있는 자들에 반발을 느끼고 있는 탓도 있긴 했다.

격에 맞지도 않은 말들을 지껄였다면서 이사코는 금방 장난스러운 표정으로 돌아가더니 파리와 동경과의 비교를 가벼운 유머를 섞어 가며 하기 시작했다. 이사코의 얘기를 재미있게 듣고 있는 동안 내가 눈치 챈 일은 내게 대한 호칭을 이사코는 '무슈 유'와 '류상' 두 가지로 나누어 쓰는데 농담을 할 땐 '무슈 유'가 되고 진지한 얘기를 할 땐 '류상'으로 된다는 사실이었다.

코론 방에서 나와 긴자 이곳저곳을 돌아다니다가 알래스카에 가서 식사를 하고 이사코와 나는 쓰키지 2정목을 향해 걸었다.

쓰키지 소극장은 쓰키지 2정목에 있다. 좀더 나가면 쓰키지 혼간지

(築地本願寺)가 있고 더 좀 나가면 생선시장이 있는 동경의 옛 판도로선 변비한 곳에 단층의 조그마한 극장이 여염집 사이에 다소곳이 끼어 있는 것이다.

건물 정면, 사람으로 치면 이마에 해당하는 곳에 포도송이를 닮은 굵다란 극장 마크가 달려 있고 그 곁에 세로 '국민신극장(國民新劇場)'이란 간판이 붙어 있다. 좌익 연극과 인연이 깊다는 이류로 쓰키지 소극장이란 명칭을 국민신극장으로 고친 것이라고 했다.

일본의 신극사(新劇史)를 쓰려면 쓰키지 소극장사(築地小劇場史)를 쓰면 된다고 말할 수 있을 정도로 이 극장은 일본 신극운동의 발상과 더불어 비롯된 유서를 가진 극장이다. 그리고 또 이 극장은 오시나이 가호루(小山內薰)를 위시한 빛나는 이름들과 결부되어 있는 일본 신극의 메카이기도 하고 좌인 전성시대에는 좌익 연극의 총본산이기도 했다. 조선 출신의 연극 학생들이 조직한 조선학생예술자(朝鮮學生藝術座)도 이 극장의 무대 위에서 활약한다.

최근까지 이 극장은 신협극장(新協劇團)과 신쓰키지(新築地劇團), 두 개의 극단에 의해 교대로 사용되고 있었는데 신협과 신쓰키지의 간부들에게 검거 선풍이 불고 극단이 해산되는 바람에 쓰키지의 면목은 일변했다. 두 극단을 잃은 극장은 군소 소인극단(群小素人劇團)에 무대를 빌려줌으로써 간신히 연명하고 있는 상태다. 신극의 본산(本山)이 신극의 노점으로 전락한 느낌이다.

　　　　　　　　　　　　　－ 이병주,『관부연락선』, 동아출판사, pp.508~509.

이러한 <나 아닌 나를 가립假立>해놓고 살아온 지식인 이병주는 작가 이병주이자, 또한 주인공 유태림이었다. 황용주 닮기가 그것이다.

이병주가 박정희 군부에 대들어 군사재판을 받고 실형 2년 7개월로 출소했음은 앞에서 누누이 언급했거니와, 그것은 통일론에 대한 논설 때문이었다. 그렇다면 이 논설 역시 이중적이라 하지 않을 수 없다. 중립 통일,

일반 통일, 통일 안하기 등등 어느 쪽으로 해석하더라도 안성맞춤이 아닐 수 없다.

그렇다면 소설가가 되는 일이 가장 안전한 것이었다. 현실이야 어쨌든 그것을 이렇게도 고치고 저렇게도 바꿀 수 있었으니까. 소설이론의 탁월한 연구자인 바흐친의 논법대로 하면, 현실의 역사란 미지수이며 이렇게도 저렇게도 변할 수 있는 것이 아니겠는가. 바흐친에게 소설이 만들어내는 <어떤 이질적인 감각은 새로운 미학 자체가 아니라 삶으로부터의 구체적인 감각에서 기인하는 것이다>(변현태, 「바흐찐의 소설이론과 그 현대적 의미」, 『창작과비평』, 2013, 봄호). 이것은 넓은 뜻의 반영론이겠으나, 그 반영론이 현실 반영의 정확성으로 평가받는 것이라면 바흐친의 주장은 이와는 다르다. 현실 자체의 이중성에서 오는 것이기 때문이다. 현실이란 늘 <이질적 감각>을 갖추고 전개되기 때문이다.

그렇다면 이병주는 이런 감각을 지녔다고 볼 수 없을 것인가. 그는 이미 일본 유학시절부터 갖고 있었다고 볼 것이다. 와세다 대학을 다닌 바도 없는 이병주가 와세다 대학을 다녔다고 우기는 것이 이에 해당한다.

<나는 이병주가 아니고 황용주다!>가 그것이고 동시에 <나는 이병주다!>가 그것이다. 이병주는 자기를 황용주에 가립假立해 놓음으로써 『관부연락선』을 썼다. 황용주가 옥살이를 할 때 『소설·알렉산드리아』을 썼다. 이 과정을 통해서 비로소 이병주는 작가가 될 수 있었다. 그것도 대형작가가.

5. 이병주≠황용주

이병주가 황용주를 닮고자 필사적으로 애쓴 흔적을 단계별로 정리하면 아래와 같다.

첫째, 와세다 대학을 다녔다고 스스로를 지향하기. 기껏 메이지 대학 전문부 문과 별과를 마친 이병주에게 있어 자기의 이런 이력은 무시해도 상관없는 것이었다.

두 번째 단계는 일본군 간부후보생을 거쳐 장교 되기이다. 황용주는 별다른 망설임 없이 간부후보생을 거쳐 일본군 육군 소위가 되었다. 이병주도 꼭 같았다. 군사재판소 기록에 의하면 이병주가 일본군 육군 소위였음이 드러나 있다.

세 번째 단계는 논설위원 되기이다. 부산대학에서 불어를 가르치던 황용주가 <부산일보> 사장, 논설위원, 또『세대』지 편집위원이 되었는데 해인대학에서 불어와 영어 등을 가르치던 교원 이병주가 <국제신문>으로 옮겨 주간, 편집국장, 논설위원이 되어갔다. 이병주≠황용주이었던 것.

이렇게 보면 이병주는 적어도 거짓말을 한 바 없는 것이 된다. 이 사실을 그는『관부연락선』속에서 이렇게 말해놓고 있어 인상적이다. <나 아닌 나를 가립假立해놓고 그렇게 가립된 나의 의견을 꾸미는 것>이라고. 그러기에 대작『관부연락선』은 허구가 아니라 사실 그 자체라 할 것이다. 따라서『관부연락선』에 대한 어떤 연구서나 논문도 이를 떠난 것이라면 신뢰하기 어렵다. 마찬가지로『소설 · 알렉산드리아』도 황용주가 주인공이라는 사실을 떠나면 신용하기 어렵다. 이런 점을 굳이 강조하는 것은 황용주의 존재감에서 오는 것이 아닐 수 없다.

과연 이병주는 사기꾼인가. 전혀 그렇지 않다. 이병주=황용주였으니까. 통일론으로 감옥에 간 황용주를 따라 이병주 스스로도 통일론으로 감옥에 갔으니까. 그렇다면 이병주≠황용주의 도식에서 비로소 작가 이병주가 탄생했다고 볼 것이다. 그것도 장편『지리산』의 대형 작가로.

학병세대의 원심력과 구심력

선우휘의 「외면」과 이병주의 「소설 · 알렉산드리아」

1. 「불꽃」과 어떤 학보병의 세대

(객): 선생에게 묻고 싶은 것이 많소. 그 중의 하나가 학병세대에 관한 것이오. 어째서 학병세대도 아니면서 지속적으로 그것에 관심을 두었을까요. 선생이 학보병으로 자진 입대한 것이 아마도 대학 2학년이었지요. 1957년 여름, 논산으로 향하는 열차를 탄 선생의 포켓 속엔 「대학신문」이 들어 있었지요. 거기에는 이철주(영문과 대학원생)씨의 「불꽃」론이 실렸지요. 훗날 안 일이지만 이병주는 첫 장편 『내일 없는 그날』(1957)을 썼더군요. 선생이 최인훈의 「광장」(1960)을 밤을 새워 읽었을 때로부터 따지면 3년 이전의 시점. 「광장」(『새벽』, 1960. 11. 6 백매 전재)을 다 읽었을 때 새벽 두부장수의 요령소리를 들었다고 선생은 어딘가에서 썼더군요. 그때 선생은 서울에서 멀지않은 바닷가의 사범학교 국어선생이었지요. 「불꽃」과 「광장」의 사이에 끼어서 말이외다.

(주): 4 · 19는 어디로 갔는가. 그 점이 궁금한 모양이군요. 4 · 19때 나는 군중 틈에 끼어 경무대 앞까지 갔고, 발포장면을 목격하였으며 쓰러진

사람을 메고 병원으로 달려가기도 했소. 그렇지만 이 모두는 한갓 구경꾼이었지요. 말 그대로 구경꾼. 나는 그때 이미 사회인으로 신참 기성세대의 소속인 교사였으니까.

(객): 그렇다면 선생은 학병세대는 물론이고 4 · 19세대도 아닌 셈인데, 또 그렇다고 전전세대(손창섭, 장용학 등)도 전중세대(김성한, 곽학송 등)도 아니지요. 그런가하면 전후세대(이어령, 최상규 등)인가. 그렇지도 않지요. 기껏해야 학보병(군번 0007470)이었으니까. 이도 아니고 저도 아닌 세대. 바로 그것이 무슨 특권일까요.

(주): 특권이라? 그렇군요. 그 특권이란 구경꾼 또는 방관자로서의 특권이라고 할 수 없을까. 왜냐면 문학사에 관여된 것이니까. 제일 유리한, 또 감히 말해 확실한 특권이 아닐 것인가.

(객): 「불꽃」도 이 문학사 앞에는 한갓 작품이고 「광장」도 그럴 수밖에. 그것들은 하늘에서 떨어진 씨앗이 아니라 이 나라 문학사의 소관이다, 그런 의미이겠습니다 그려. 그런 자리에 요행히도 선생은 서 있었다. 이는 대단한 행운이자 또 다른 특권이다! 어느 수준에서 객관적으로 관찰할 수 있는 자리에 설수 있었다면 이 어찌 특권이 아니랴. 뭐 이런 말씀이겠습니다.

(주): 굳이 말해 <내 자신의 세대의식은 없다>로 요약되는 것. 따지고 보면 나는 전후세대의 꼬리에 붙어 있었지만 4 · 19세대와는 전혀 다르지요. 이 점에서 딱한 경우라고나 할까. 유령이라 할까. 하지만 이 유령이야말로 객관적 시각의 투명성이 아닐 것인가.

(객): 무슨 소리인지 조금 알 수 있을 것 같소. 4 · 19세대가 1970년대 이후의 이 나라 문학을 리드해 왔음에 대한 선생의 반응이 뚜렷하군요. 잃은 것과 얻은 것 말이외다. 4 · 19세대의 평론가 김현이 <내 나이는 18세에 멈추어 있다. 모든 것을 4 · 19의식으로 판단하고 쓴다.>라고 말할

정도로 그것은 강렬하고도 철저한 세대의식이지요. 선생에겐 이런 것이 없다. 그것에서 투명한 경우이다. 그러기에 4·19세대를 꿰뚫어볼 수 있다. 이른바 4·19세대가 「광장」을 포함해서 이루어 놓은 문학이란 기껏해야 내성문학 정도인 것. 지식인의 내면을 형상화하는 것. 계간 『문학과 지성』을 바라보는 선생의 문학사적 시선은 이처럼 투명했지요. 내면 소설이란 기껏해야 소설의 한 유형에 지나지 않으니까.

(주): 학병세대의 문학은 어떻게 되는가. 그것도 4·19세대처럼 투명한가. 이렇게 그쪽에서 묻고 있습니다 그려.

(객): 그렇소. 4·19세대란 선생과 함께 시대를 살았으나 학병세대란 한 세대 앞이자 또한 특수한 민족사적 과제에 연결된 것이니까, 이것도 문학사의 잣대를 갖고 달려들 수 있으리.

(주): 맞는 말. 문학사의 잣대가 휘청거릴 수밖에요. 일제가 전쟁수행을 위해 그들 학병을 소집한 것은 1943년 11월이었고 조선인 학생 소집은 1944년 1월 20일이었소. 총 5천 (4385) 여 명이었지요. 「불꽃」을 보시라. 그들은 일본 유학을 했고, 중국전선으로 향했고, 죽기도 탈출하기도 했소. 또 「불꽃」의 주인공 고현처럼 살아서 돌아오기도 했소. 이들이 남북 국가 건설에 주역이었음은 모두가 아는 일.

(객): 그 학병세대가 놓인 자리를 보시라, 그런 말이군요.

(주): 그렇소. 한반도에서 태어나 특권 중의 특권인 일본 유학, 버마, 남양군도, 중국 체험 등이란 무엇인가. 이들의 의식이란 이 체험에 달려 있었던 것.

(객): 농경사회에 바탕을 둔 구세대인 김동리의 샤머니즘과는 분명 다른 세계가 이들이 체험한 것이었다. 거기까지는 알겠는데, 또 이 공간 확대의 굉장한 체험이 문학사에서 볼 때 어떠할까.

(주): 문제는 바로 그 점. 4·19의 내성소설과 비교할 때 학병세대의 소

설은 어떠한가. 설사 내가 잘 설명할 수 없다 해도, 4·19세대도 학병세대도 아닌 나의 시점에서 그 차이를 어느 수준에서 짚어낼 수 있지요. 문학사에서 말이외다.

2. 입영 이전부터 글쓰기를 목표로 한 경우

(객): 선생은 말끝마다 전가의 보도처럼 문학사를 휘두를 참이겠소. 학병세대의 문학사적 의의랄까 위치를 선생은 무슨 보물처럼 인용하는 것을 옆에서 몇 번 지켜보았지요. 또 인용할 참이겠는데요. 그래야 우리의 논의가 진행될 테니까.

(주): 학병세대의 이병주가 그의 체험적 소설 『관부연락선』을 연재하는 마당에서 이렇게 주장했지요.

> 우리는 너무나 바쁘게 지나쳐 버린 것 같다. 바쁘게 가야할 목적지도 뚜렷하지 않는데 뭣 때문에 그렇게 바삐 서둘렀는지 알 수가 없다. 해방 후 이 땅의 문학은 반드시 청산문학(淸算文學)의 단계를 겪어야 했었다. 자학할 정도로 반성하고 자조할 정도로 자각해야 했고 일제에의 예속을 문학자 개개인의 책임으로 해부하고 분석해서 그러한 청산이 이루어진 끝에 새로운 문학이 시작되어야 했었다고 생각한다. 그러한 겨를도 없이 문학자들은 대립항쟁하기 시작했고 저마다의 주장만 앞세우고 나섰다. 다시 말하면 우리가 해방을 맞이했을 때 <과연 우리에게 해방의 기쁨에 감격할 수 있는 자격이 있느냐>고 물어보기도 전에 감격해 버린 것이다. 이건 결코 문학자의 태도가 아니었다. 그랬기 때문에 아직껏 이 나라의 문학은 이 나라의 정신을 주도하는

자리를 차지하지 못하고 있는 것이다. 만시의 탄은 있지만 나는 이 작품에서 일제의 시대부터 6·25동란까지의 사이, 시대와 더불어 동요한 하나의 지식인을 그림으로써 한국의 근세를, 그 의미를 알아보고자 한다. <관부연락선>은 그런 뜻에서 역사적으로도 상징적으로도 빼놓을 수 없는 교통수단이며 무대다.

―『관부연락선』서문, <월간중앙>, 1968. 4, p.427.

(객): 1968년이라면 바야흐로 신세대문학이 태동하는 시점이겠지요. 『창작과 비평』(1966)이 이미 그러한 지식인 작가를 내포하고 있었고, 더욱 내밀히는『문학과 지성』(1970)이 준비 중에 있었지요. 이른바 이들은 4·19세대를 특징짓는 것. 이들이 내세운 문학이란 서로 다르긴 해도 크게는 지식인의 내면을 다룬 것. 내성의 문학이라 하겠지요. 물론 5·16 군사혁명과 그 탄압 속에 놓인지라 내성으로 치달을 수밖에 없었고, 따라서 그것 자체가 일종의 저항의 자세라고 큰 테두리에서 볼 수 있었지요. 이청준의 경우에 이 점이 선명하지요.

(주): 문학의 마당이니까 이들 4·19세대의 문학사적 부정의 대상이란 구세대문학이겠는데요.

(객): 김동리 중심의 샤머니즘적인 것. 그것 또한 일제에 맞서는 문학사적 방식이니까 굳이 따진다면 문학사적 의의를 안고 있는 것이겠소만, 4·19세대는 이 구세대의 샤머니즘에 대한 거부의 몸짓을 취했지요.『문학과 지성』쪽은 구세대와 참여파를 동시에 거부함으로써 지식인의 내성소설을 특권처럼 내세웠지만『창작과 비평』은 사르트르를 내세워 내성문학보다는 좀 더 큰 사회문제에로 의식의 촉수를 뻗고자 겨냥하고 있었지요. 어느 쪽이든 이들 신세대는 구세대문학과 선을 긋고자 한 점에서는 일치했지요. 선생은 그 한가운데 방관자로 서 있지 않았던가요.

(주): 훗날에 가서야 깨친 것이지만『관부연락선』의 작가가 구세대와

신세대 사이의 공백지대 또는 '빈' 세대의 문학을 이어야 문학사가 성립될 것이라고 했던 지적은, 더불어 이들 학병세대의 커다란 의의이었던 것. 신세대가 감히 따를 수 없는 영역, 곧 문학사의 명분.

(객): 알겠소. 신세대란 한반도, 그것도 휴전선 이쪽의 극히 한정된 지역의 산물이라는 것. 자기 집안 일, 자기만의 일에 매달린 문학이기에 내성문학內省文學에로 웅크릴 수밖에. 그 대신 일찍이 없었던 밀도 높은 그런 것. 최인훈, 이청준, 박태순 등의 밀도 높은 내성문학은 이에서 말미암은 것. 그리고 보니 문학사에서 일찍이 이룬바 없는 영역을 이들이 이룩한 점에서 긍정적인 평가를 내릴 수 있지만, 동시에 또 그것은 부정적 평가도 가질 수밖에요. 내성문학에 빠져 허우적거림, 허무적 심리묘사에로 향한 점이지요.

(주):『관부연락선』의 작가를 보시라. 일본유학 · 중국전선, 이 두 외국체험을 염두에 두어보시라. 차원이 다른 것이지요. 이 다른 공간 확대를 이 나라 문학사에 전례 없이 끌고 들어온 것이 바로 선우휘의 「불꽃」(1957)이지요. 내성소설에 대한 행동주의 소설이라 평가되고, 프랑스의 A. 말로를 내세우기도 했지만 내가 주목한 것은 다음과 같은 소설 무대의 공간 확대.

(A) 다음 해 봄에 현은 낡은 추렁크를 들고 일본으로 건너갔다 [……] 삼 년의 예비단계가 끝나고 학부에 들어가는 날, 백발의 총장은 점잖은 어조로 대학생활의 커다란 하나의 소득은 좋은 벗을 얻는데 있다고 했다. 그러나 현은 친구라면 친구라고 할 수 있는 그런 정도의 아오야기라는 한 명의 일인 학생과 가까웠을 뿐이었다.

－『문학예술』, 1957. 7. p.38.

(B) 철학사를 가르치는 젊은 히다까 조교수는 다까다 교수와 좋은 대차를 이루었다. 명철한 두뇌와 섬세한 정서를 가진 그는 소집을 받고

떠나면서 찾아간 현에게 이런 얘기를 했다. <틀렸어 모두가 돌았어>
라고.

— p.41.

(C) 창씨한 탓으로 산자가 붙어 다까야마(高山)가 된 현은 일본 나
고야 부대에 입대되었다. 치중병(수송대)이 되었다. 마구간 당번을 하
게 되었다. 때로는 손으로 말똥을 긁어모아야 했다.

— p.44.

(D) 다음 해 봄 현은 북부 중국에 파견되는 노병들 가운데 섞여 있
었다. 황막한 중국 땅에 내려섰을 때 현은 틈을 타서 도주할 결심을 했
다. [······] 어느 달밤 현은 보초를 서다가 틈을 탔다.

— p.46.

(E) 저녁에 현이 중국인 부락으로 내려가 한자를 써가며 사유를 납
득시키고 [······] 그곳은 주로 팔로군이 유격 활동하는 지역이어서 그
길로 연안으로 안내되었다. 그 후 여기서 숨을 돌리기에 먼저 놀랬다.

— p.47.

(F) 만주에서 빠져나가 1945년 7월 중순이었다. 만주에서 헤매던
현은 9월 중순이 지나서야 고향 P고을로 돌아 왔다.

— p.48.

(A)~(F)까지에서 보이듯 한반도 38선 접경 P고을에서 자란 현의 일본
에서의 대학체험, 중국전선, 탈출, 팔로군에서 다시 탈출한 경로가 소상합
니다. 이를 통틀어 세계화 곧, 공간 확대로 요약되는 것. 소설무대가 한 ·
중 · 일의 3국에 걸쳐 있었던 것.

(객): 선생은 어느 글에선가 선우휘가 학병에서 제외되었다고 하지 않았던가요. 조선인 학병 약 5천명(4385)이 1944년 1월 20일에 일시에 입대했을 때도 일제는 사범계와 이공계는 제외했으니까요.

(주): 바로 그 점이 중요하다고 나는 생각하오. 이런 소설공간의 확대체험은 세대개념으로서의 학병세대의 '자기한계'와 무관하지 않다는 것.

(객): '자기한계'라 하셨습니다 그려. 아마도 그것은 진짜 학병체험 사람들과는 일정한 거리를 가진다는 뜻이겠소. 학병세대이긴 해도, 진짜 학병체험자와 미체험자 사이에는 중요한 차이점이 있다는 것, 그것이 문학사에서 어떤 몫을 했는가에 관련된 문제이겠습니다 그려.

(주): 꼭 적절하다고 할 수는 없을지 모르나, 경남 하동군 북천면에서 자란 이병주가 일본의 메이지대학(明治大學) 전문부 문창과에 다니다 학병으로 끌려가 중국 소주 주둔 일본군 60사단에서 치중병으로 근무하고, 해방 후 상하이에서 부산항으로 돌아온 것은 1946년 2월이었지요.『관부연락선』(1969~1970)과『지리산』(1972~1978)의 대형작가 나림 이병주(1921~1992)는 무엇보다 전쟁체험이 하도 강해 우연히 작가가 된 경우가 아니라 대학 때부터 글쓰기를 전공으로 겨냥했다는 점입니다.『작살난 늑대』의 저자는 버마전선에서 유일하게 살아남은 <늑대사단>의 대위 후쿠다니 마사노리((福谷正典). 그는 전 생애를 사자들을 연구함에 바쳤지요(이가형,『분노의 강』, 경운출판사, 1993). 그러나 이병주는 이와는 또 다르지요. 대학공부가 민족의 독립이나 뭐 그런 것과는 무관한 것.

(객): 선생의 연구서『이병주와 지리산』(국학자료원, 2010)에 따르면, 고바야시 히데오(小林秀雄, 1902~1983)와 미키 키요시(三木淸, 1897~1945)를 모방코자 했더군요. 당시 최고의 인기 있는 과목이 문학과 철학의 글쓰기였으니까. 그런 그가 소주체험을 겪고 귀국하여 진주농림, 해인대학 교수 노릇을 했지요. "통산 10년 남짓한 교원생활에서 영어, 프랑스어,

자신도 뭔지 모르는 철학을 가르친 순 엉터리 교사였다. 게다가 일제 용병이었다는 회한이 콤플렉스가 되어 한번도 교사다운 위세를 떨쳐보지 못했다"(『이병주 칼럼집』, 세운문화사, 1978, p.149)라고 했더군요.

(주): 요점은 일제의 '용병'이었다는 것.

(객): 이는 회한 때문에 한 번도 교사다울 수 없었으며, 학생 앞에서 위선을 세울 수 없었다는 것.

(주): 문제는 바로 '용병'이었다는 것. 이를 일정한 여과도 없이 직선적으로 노출시킨 것이 이병주인 것. 선우휘의 간접체험과 일정한 선을 그은 것.

(객): 「8월의 사상」(1980)이 그 결과물인 셈인데요. 직접체험이 시간이 지날수록 굳어져 무슨 원죄 같은 것으로 되고 만 것.

> 그러나
> 사자는 사자시대의 향수를 지니고 있다.
> 독사는 독사시대의 향수를 지니고 있다.
>
> 그런데
> 너는 도대체 뭐냐
> 용병을 자원한 사나이
> 제 값도 모르고 스스로를 팔아버린
> 노예
>
> 너에겐 인간의 향수가 용인되지 않는다
> 지금 포기한 인간을 다시 찾을 수 없다.
> 갸륵하다는 건 사람의 노예가 되기보다는
> 말(馬)의 노예가 되겠다는 너의 자각이라고나 할까.
>
> 먼 훗날

> 살아서 너의 집으로 돌아갈 수 있더라도
> 사람으로서 행세할 생각은 말라
> 돼지를 배워 살을 찌우고
> 개를 배워 개처럼 짖어라
>
> — 한길사, pp.277~278.

친구들을 모아놓고 소주회 회장은 죽을 때까지 자기가 맡겠다고 공언한 대목에서 이병주는 시를 써버렸네요. 노예의 시 말이외다. 돼지와 개처럼 살아갈 것이라는 것은, 시로서 밖에는 다른 표현의 방도가 없다는 것.

(주): 간접체험자 선우휘와는 일정한 선이 그어져 있지요. 잠깐 보실까요. 최후의 결단.

> 분명한 한 가지는 외면하거나 도피하지는 않을 것이다. 외면하지 않고 어떻든 정면으로 대처하자.
> 도피할 수가 없도록 절박한 이 처지. 정면으로 대하도록 기어코 상황은 바싹 내 앞으로 다가온 것이다. 이에 꽃밭의 시대는 끝난 것이다.
>
> — 「불꽃」, p.69.

이병주의 원죄의식에 안주함과 얼마나 다른가. 실상 이병주는 '노예의 사상'을 무의식중에 즐기고 있었을지도 모를 일. 선우휘와 견주어 볼 때 특히 이 점이 뚜렷하지 않습니까. 미체험 세대와 체험세대의 의식상의 차이란 이 만큼 다른 것. 이 최후의 결단은 체험과는 일정한 거리를 둔 문학적인 것, 일종의 내공력內攻力이랄까, 문학적 역량인 것. 이병주에게는 이것이 없거나 빈약한 편. 비문학적이랄까요.

3. 간접체험 −「불꽃」(1)과 「불꽃」(2)로서의 「외면」

(객): 학병체험세대의 글쓰기의 앞잡이들은 물론 한둘이 아니지요. 중국 전선에서 탈출한 신상초, 장준하, 김준엽 등의 방대하고도 날 센 기록이 이에 해당되는 것. 또한 버마전선에서 탈출한 박순동, 이종실과 그대로 종군한 이가형 등이 있지만 이들은 체험이라는 역사의 비중에 기울어져 있었다. 거듭 말하지만 학병세대 중 당초부터 글쓰기를 목표로 한 경우는 이병주 밖에 없었다. 이 사실을 덮어두고는 어떤 이병주론도 성립되기 어렵다? 이게 선생의 제일 공들인 지적이겠는데요. 맞습니까?

(주): 내가 주장하는 것이 아니라 『관부연락선』의 작가가 스스로 그렇게 주장했습니다. 고바야시 히데오냐 미키 키요시냐, 이 사이를 왔다 갔다 했지요. 그는 메이지대학 전문부 문창과 학생이었으니까. 법학부의 신상초, 신학과의 장준하, 사학과의 김준엽 등과는 출발부터 다른 점이지요. 학병으로 가든 안가든, 또 어느 부대에 들어가든 글쓰기가 최우선 순위였다는 것. 탈출해도 안 해도 이 점에서 변화 없는 것. 간부 후보생이 되고 일군 장교가 되는 것도 이 글쓰기 다음에 오는 것.

(객): 그 글쓰기란 결국은 시詩다. 적어도 시적인 것이다? 「8월의 사상」에서 이병주는 시를 써버렸지 않았던가요. 노예의 사상이란 시적인 것인 만큼 소설쓰기를 초월해버렸다는 것. 시를 썼다는 것은 글쓰기이긴 해도 막장에 닿았다는 것.

(주): 오기 같은 것. <나는 이렇게 대단한 인간이다. 너희들과는 다르다.>라고 외치기. 그때 나올 수 있는 것은 산문이 아니라 시적인 것이지요. 소설을 더 이상 쓸 수 없는 지경에 이르렀다는 선언이기도 했던 것. 체험에 기울어져 소설이 감당해야 될 상식적이고 관습적인 부분을 감당하지 못했다는 것. 요컨대 문학적 균형감각을 잃었다는 것.

(객): 잠깐, 그러니까 선우휘와 비교할 때 그렇다는 지적이겠습니다 그려. 비교의 대상이 바로 선우휘의 존재라는 것.

(주): 그렇소.

(객): 「불꽃」의 선우휘는 실상은 학병세대이긴 해도 학병체험이 없었지요. 이를 학병세대라 하기엔 좀 난처하지 않겠습니까.

(주): 나는 그렇게 보지 않습니다. 세대단위란 최소한 10년의 묶음 속에서, 그 밀도가 개인에게 조금씩 다르긴 해도, 엄연히 지식인에겐 의식을 지배한다고 믿기 때문이지요.

(객): 선우휘는 이 점에서 문학적으로 유리한 입장에 설 수 있었다, 곧 시를 쓰는 막장까지 가지 않아도 되었다, 요컨대 학병세대의 의식을 균형감각으로 파악할 수 있는 자리에 위치할 수 있었다? 체험과 일정한 거리를 지닐 수 있었다는 것. 이게 선생이 주장하는 요점이겠는데요. 맞습니까? 그러니까 선우휘론을 새로이 검토해보아야 되겠군요.

(주): 앞에서 여러 번 지적했듯이 학병세대의 강점은 일본, 중국, 버마, 태평양 등의 세계, 곧 공간적 확대에 따르는 전쟁과 관련된 폭력 체험입니다. 문학사적으로 의의있는 부분이었지요. 이는 군부 밑에서 생성된 4·19세대의 의식과 결정적으로 구분되는 것, 곧 내성소설이 갖는 문학사의 의의란 DMZ 이남의 극히 제한된 공간의 산물이었던 것. 바야흐로 문학사가 크게 바뀌는 장면이겠지요. 이 장면에서 이병주가 시를 쓸 수밖에 없었다면 선우휘는 무엇을 썼을까.

(객): 선우휘는 계속 소설을 썼다, 그는 「불꽃」을 계속 썼다. 「불꽃」(1)과 「불꽃」(2) 「불꽃」(3) 등등.

(주): 우리의 대화가 이제 합의점에 접근되었습니다 그려. 「불꽃」(2)를 검토해볼까요. 55세의 선우휘가 쓴 「외면」(1976)이 그것입니다 그려. 저널리즘의 첨단감각을 지닌 <조선일보> 편집국장에서도 물러난 육군대령 출신의 선우휘가 「외면」을 쓰면서 이런 거창한 목소리를 내고 있소이다.

금년 55세. 이 나이에 내가 문학의 가치가 무엇인지를 분명히 알게 되었다면 사람들은 웃을 것인가? 내가 문학의 가치라고 하는 것은 상대적 가치가 아니라 절대적인 가치를 말한다. 그러니까 문학이 아니면 안 되는 것, 문학만이 할 수 있는 것, 정치로도 경제로도 언론으로도 종교로도 안 되는 것. 정치도 경제도 언론도 종교도 할 수 없는 것. 그것이 무엇인가를 알게 되었다는 것이다. 그리고 그러기에 문학이 인간이 하는 가장 가치 있는 일임을 터득했다는 말이다. 더욱 그것이 나에게 있어 귀한 것은 동서(東西)의 어느 문학의 의견을 받아들여서가 아니라 오랜 회의 끝에 내 나름으로 파악한 것이기 때문이다. 그래서 이제부터 나는 기쁨과 보람을 가지고 소설을 쓸 생각이다. 그러니까 이 작품은 그렇게 느끼고 신념을 가지고서의 나의 첫 작품이 되는 셈이다.

－「외면」,『문학사상』, 1976. 7. p.379.

(객): 과연. 언론인인 그가 지천명에 이르러 마침내 이른 길. 데뷔작「불꽃」(300매)으로부터 무려 19년 만에 쓴 350매 짜리「외면」이란 바로「불꽃」(2)에 해당되는 것이겠는데요.

"분명한 한 가지는 외면하거나 도피하지는 않을 것이다. 외면하지 않고 어떻게든 정면으로 대하자"(「불꽃」, p.69).

그런 각오로 선우휘는 용감하게 사르트르를 비판하면서 신진세력『창작과 비평』의 주간 백낙청과 논쟁(「작가와 평론가의 대결－문학의 현실 참여를 중심으로」,『사상계』, 1968. 2)을 벌였고「십자가 없는 골고다」, 「싸릿골의 신화」, 「도박」, 「띄울 수 없는 편지」, 「묵시」(친일 춘원의 내면), 「하얀 옷의 만세」, 「상원사」, 「사도행전」, 「단독강화」, 「쓸쓸한 사람」(신사참배에 굴복한 목사 문제), 「황야의 노역에서」 등을 거침없이 썼더군요. 언론계의 막강한 <조선일보> 편집부장에다 미 국무성 초청, 일본 도쿄대 1년 연수, 세계일주 등의 위치에 선 선우휘가 아니었던가요. 이 당당함, 이 확고함 앞에 그 누가 토를 달 수 있었겠는가. 그렇다면 어째서

「외면」을 써야 했을까. 「불꽃」이래 지금까지 쓴 당당함과 확고함에 대한 반성일까, 부정일까, 자기 수정일까요.

(주): 그동안 저토록 외면하지 않고 당당히, 확고히 창작해온 것을 통틀어 분석해보면 한 가지 사실로 귀일됩니다. 국내문제라는 것, 남북분단 문제라는 것, 이데올로기를 걸고넘어지지 않고, 어디까지나 보통사람, 민중들, 그러니까 평균치의 한국인을 주인공으로 삼았다는 것. 요컨대 어디까지나 국내문제라는 것, 분단국가인 남북문제라는 것, 그 속에 사는 보통인을 문제 삼았다는 것.

(객): 처음부터 이데올로기를 끌고 들어온 『지리산』의 이병주와 다른 점이군요.

(주): 그렇소. 감당도 못할 외래산 이데올로기에 놀아난 인간들의 도달점은 기껏해야 <허망한 정열>로 귀결되었지요. 관념에서 출발했기 때문이지요. 남의 사상을 관념으로 삼아 글쓰기를 일삼다가 결국 그것이 '허망한 정열'에 지나지 않음을 깨쳤다고나 할까. 남부군의 이현상과 하준수(남도부)도 그런 부류. 다만 지리산 기슭에서 태어나 자란 박태영만이 이 '허망한 정열'이 눈에 보였지요. 데뷔작인 「소설 · 알렉산드리아」역시 상식수준에 지나지 않는 독일의 숄 형제 사건이라든가 기타 비스듬히 책으로 읽은 것들을 조립한 것. 무슨 대사상가라도 된 듯한 착각을 주변에서 일으킬 정도, 가령 마르크 브로트의 『역사에의 변명』을 들먹거릴 때 문단조차도(『문학과 지성』에 재수록) 속아 넘어갈 정도였으니까.

(객): 그런 점에 비추어 볼 때 「외면」의 저토록 「불꽃」(2)라 할 만한, 아니 그보다 한층 '절대적 가치'의 글쓰기란 무엇이었을까. 선생은 「불꽃」(1) 이래 쓴 갖가지 작품이란 '국내' 문제에로 한정되었다는 점으로 귀결된다고 하지 않았습니까. 「외면」은 그동안 무엇을 또 어디를 '외면'했던가요.

(주): 우리의 대화가 이제야 본궤도에 올랐습니다 그려. 미 국무성 초청

으로 미국시찰, 도쿄대학에서의 연수, 세계 일주 등에서 선우휘가 마침내 '외면'할 수 없는 문제에 맞닥뜨렸던 것. 곧 세계의 인식이 그것. 한국이라는 국내문제를 외면하지 않고 당당히, 확고히 잘난 척 매진했지만, 일본·미국·남양 등의 세계 속에서는 한국을 깡그리 외면해 오지 않았던가. 이를 외면하고도 한국의 작가라 할 수 있겠는가. 공간 확대, 간접체험의 것이긴 해도 결코 외면할 수 없는 것.

(객): 미군 고문관 변호사의 말대로 전범(BC급)포로인 조선인 임재수는 일본인도 조선인도 아닌 것. 그럼 뭐냐. <개도 소도 개구리>도 아닌 것. 이 한국인을 작가가 과연 '외면'할 수 있겠는가. 없다!

(주): <절대적 가치>가 머무는 영역이니까.

(객): 작품 「외면」을 계몽적 차원에서 조금 자세히 소개하고 나가야겠네요.

(주): 그렇군요. 종교도 언론도 정치도 감히 넘보지 못하는 그런 것을 두고 절대 가치라 하지 않았던가. 더욱 중요한 것은 외국 이론에서 배운 것이 아니라 스스로 터득했다는 점이지요. 무조건 외국 이론으로 달려든 이병주와는 정반대 현상이라고나 할까. 선우휘는 학병세대 감각을 결코 떠날 수 없지요. 간접체험으로서의 학병세대의 최강점이니까.

4.『콰이강의 다리』와 조선인 B. C전범의 심문과정

(객): "몬텐루파-일본군 전범수용소가 있는 이곳에도 어디서나처럼 하루 종일 내려쪼이던 햇빛이 어느 새 자취를 감추는가 하더니 노을로 곱게 물들인 저녁 하늘만 남겨놓았다."로 시작되는 「외면」은 태평양 전쟁의

종언 직후 미군포로 학대 죄목으로 처형을 앞두고 있는 포로감시원인 조선인 하야시 병장(임재수)의 처형에 이른 과정을 다룬 작품. 대체 '몬텐루파'가 어딘지 선생은 아십니까.

(주): 조금 조사를 한 바 있긴 하지요. 필리핀에 있는 지명. 뜻있는 일본인의 뇌리에 깊이 새겨진 곳. 얼마나 까다로운 문제였는가. 미군으로부터 전범으로 기소되어 복역 중 사형수 56명, 무기형 31명, 유기형 27명을 필리핀의 키리노 대통령이 사면, 귀국 시킨 것은 1952년 7월로 되어 있습니다(다나카 히로미(田中宏巳), 『BC급 전범』, 치쿠마신서, 2002, p.209). 만일 임재수가 살아있었다면 이 범주에 들었을지도 모르겠네요. 그러나 그는 이미 처형되었지요. 작가 선우휘는 다음처럼, 개인으로서는 어쩔 수 없는 역사라는 이른 바 내용 우위의 바윗돌을 올려놓았지요. 그것도 한 · 일 · 미 3국의 시선으로.

태평양 전쟁이 끝난 뒤 필리핀에서는 전장을 도발한 일본군에 책임을 묻는 이른바 전범재판에 의하여 필리핀 방면 일본군 최고 사령관인 야미시다 대장 이하의 숱한 일본군 장병이 처형되었다. 그때 필리핀의 미군 포로수용소장을 지낸 바 있는 조선인 홍사익(洪思翊) 중장도 미군 포로에 대한 학대의 전책임을 걸머지고 처형대의 이슬로 사라졌는데 그와 함께 직접적 하수인으로 처형된 우리의 동족인 '조센징'(朝鮮人) 전범은 열여덟 명이나 된다.

어두워가는 수용소의 외진 한 구석에서 혼자 끙끙 앓고 있는 이 사나이도 그 중 한 명이었다. 그의 본성은 임(林) 그래서 일본 발음으로 '하야시', 금년 스물네 살.

— 「외면」, p.381.

(객): 작가는 '우리의 동족인 조센징'이라 했습니다 그려.

(주): 객관화에까지 이르지 못했다는 것. 이게 학병세대의 감각이었겠

지요. 이 감각은 원죄와도 같아서 이래도 좋고 저래도 좋다는 식의 상대주의가 아니라 절대적인 것. 선우휘=조센징의 절대적 가치. 이를 뛰어넘어 객관화할 수 없음이 시퍼렇게 살아있지요. 남이 보면 도무지 이해할 수 없는 것.

(객): 잠깐, 선생이 너무 흥분하고 있지 않은가요.

(주): 그야 나도 제삼자가 아니니까. 우리 문학사의 과제이니까.

(객): 우리의 대화가 너무 가파르게 된 느낌인데요. 조금 숨을 고를 필요가 있습니다. 선생은 <휘파람 행진곡>을 가끔 입에 올리더군요. 뭐, 그런 것 말이외다.

(주): 아, 그『콰이강의 다리』. 활동사진으로도 여러 번 본 것. 영국군 포로와 일본군이 태국과 버마를 잇는 콰이강의 다리건설 이야기를 다룬 것. 이른바 헤겔의 주인—노예 변증법을 바닥에 깐 이 영화의 하이라이트는 포로수용소 소장인 하세가 대령과 니콜슨 대령의 위치전복사건이지요. 그러나 영화의 이러한 해석은 서양인의 시선일 뿐. 소설도 그러할까. 『콰이강의 다리』의 원작은 프랑스 작가 피에르 블르Pierre Boulle의 것. 이를 영국의 데이비드 린 감독이 영화화 한 것은 1957년. 소설 작가는 말레이시아에서 8년간 토목기사를 한 인물. 그 소설을 직접 읽어보면 영화와 사뭇 다른 표현이 숨어 있습니다. <고릴라처럼 생긴 조선인>, <잔나비처럼 생긴 조선인> 등, 아주 <조선인>을 그대로 노출시키고 있습니다 (오징자 역).

(객): 바로 포로감시원이 조선인이었다는 점. 일본군은 포로학대용으로 조선인을 투입했음이 그 표현 속에 묻어 있군요. A급 전범, B, C급 전범(A급은 진짜 전범, B급은 장교, C급은 하사관 이하, 그러나 실상은 B, C를 동급으로 다룸). A급 기소자 수는 28명, B, C급은 사형판결은 5644명, 그 중에 조선인이 18명이었다? 맞습니까.

(주): 내가 읽은 어떤 책에는 이런 대목이 있더군요. B급 전범으로 처형된 조센징 조문상趙文相의 유서 속의 한 구절입니다. <설사 넋이라도 이 세상 어딘가에 떠돌 것이다. 그것이 안되면 누군가의 기억 속에 남을 것이다>라는. 일본군의 상부 지시에 따른 이런 행위와 그 책임지기의 억울함이 이 속에 소리치고 있습니다(다카하시 데즈야(高橋徹哉),『전후책임론』, 고단샤, 2005, p.84).

5. '절대적 가치'로서의「외면」

(객): 이제 하야시, 임재수를 검토할 차례. 사실에 근거한 것인지 처형된 18명 중의 한 조센징이라 상정하고 작가의 상상력을 민첩하게 작동시켰는지의 여부까지는 선생도 당장은 판단하기 어려울 테지만.

(주): 1921년 평북 구성 시골의 자작 겸 소작인 집안의 셋째로 태어나서 보통학교만 나온, 힘깨나 쓰는 청년 씨름꾼인 임재수가 출세할 수 있는 길은 순사되기. 그러나 시험을 쳐야하는 어려운 공부를 감당할 수 없어 포기했을 때 뜻밖의 길이 열렸것다.

(객): 조선인 징병제이겠군요. 창씨개명(1940. 2, 총독부령)과는 달리 일본 각의에서 조선인 징병제 실시 결의(1942. 5), 동 11월20일에 실시했던 것. 씨름꾼 임재수의 살길이 활짝 열렸것다. 총검술이 강하다는 명목 하에 미군 포로수용소 감시원으로 발탁되었것다. 병장(입대 즉시 이등병, 1년쯤 되면 일등병, 그 다음이 병장, 그 뒤가 하사관급 군조)인 그는 직속상관인 모리(森)군조의 하수인 노릇을 제일 잘 해냈다. 소설『콰이강의 다리』

에 나오는 <고릴라 같이 생긴 조센징> <잔나비 같은 조센징>이 임재수일 수도 있것다. 문제는 모리 군조와 임재수의 관계이겠는데요. 직속상관이니까. 모리 군조가 임재수를 가르친 것은 한마디로 악마적인 것. 선생이 좀 인용해 보세요.

(주):

그는 나더러 개처럼 마룻바닥을 기도록 일렀소. 그것을 내가 거절하자 그는 자기 다리를 나의 다리에 걸어 쓰러뜨리고는 몽둥이로 수없이 어깨와 허리와 허벅다리를 후려쳤소. 그리고 개처럼 세 바퀴 방안을 돌게 하더니 개처럼 짖으라는 시늉으로 자기 자신이 '왕왕왕왕'하고 기묘한 소리를 내보이더군요. 그래서 내가 '왕왕왕'하고 개소리를 내자 그는 크게 한번 너털웃음을 웃고는 방안 한구석에 둘러 앉아 있는 동료들을 쳐다보면서 또 한번 회심의 웃음을 지었지요. [……] 그는 나의 밥그릇에 탁 침을 뱉더니 먹기를 강요했습니다. [……] 한마디로 그(임재수)는 악마의 상징이었지요. 누구나 그를 보기만 해도 육체적 고통을 느꼈으니까요.

－「외면」, p.396.

(주): BC 전범을 심문하고 기소하기 위해 파견된, 변호사를 꿈꾸는 미국 우드 중위의 증언 조서에는 임재수만이 '악마의 상징'으로 되었다는 점.

(객): 중요한 것은 우드 중위의 인식이겠습니다 그려.

(주): 미국의 법률, 기독교문화권 등으로 생활화된 우드 중위가 밝히고자 한 것은 어째서 임재수만이 '악마의 상징'이냐는 점. 이를 밝히기 위해 그는 임재수의 상관인 모리 군조를 심문했지요.

(객): 보나마나 모리 군조는 모든 것을 부인. 임재수의 성격에로 돌렸을 터. 이쯤 되자 임재수와 모리 군조를 대질시킬 수밖에. 바로 그 순간 임재수는 모리 군조를 급습하지 않겠는가. 왜, 또 어떻게. 그것도 일본어로.

(주):

　　이놈의 자식, 네가 시켰잖아? 응, 그래 이제 와서 안 시켰다고? 이
　거짓말쟁이! 너 전에 뭐라 했지? 그런데 이제사 너만 살아보겠다고?
　이 비겁한 자식 같으니. 자! 어서 너 죽고 나 죽자!

　　　　　　　　　　　　　　　　　　　　　　－ p.388(이하 「외면」).

　　(객): 여기서 비로소 또 한사람이 등장했군요. 이른바 공간 확대. 미ㆍ
일ㆍ조선의 세계적 판도. 포로 신세이면서 통역관으로 차출된 인텔리 장
교 이쯔끼(五木) 소위. 통역관 이쯔끼 앞에서 대질 심문에 호출된 모리 군
조는 '소위님'에게 어떤 말을 꼭 전해 달라 했것다. 임재수의 악행을 자기
가 저지코자 노력했다고.

　　(주): 우드 중위와 이쯔끼 소위는 누가 보아도 최고의 인텔리층. 대체 인
텔리는 양심에 따르는가, 통념의 가치에 따르는가, 법률이라는 형식조건
에 따라야 하는 것일까. 여기에다 선우휘는 간접체험자인 학병세대의 내
용 우위의 바윗돌을 올려놓았지요. 두 나라 인텔리의 저울질하기가 그것.

　　(객): 이 두 인텔리 앞에서 모리와 임재수의 대질 장면. 임재수의 마지
막 항변. 이는 조선어가 아닌 일본어였던 것. 이 장면은 선우휘의 문학적
역량이 빛나는 대목.

　　(주):

　　모리의 대답이 너무도 서슴없는데 불만을 남긴 채 거기서 우드 중
　위는 모리에 대한 심문을 일단 끝내려고 만년필을 내려놓았는데, 모
　리가 퉁명스럽게 한 마디 덧붙였다.
　　<그는 조센징이니까요.>
　　그 한마디에 미처 그 뜻을 알아차리지 못한 우드 중위가 언뜻 고개
　를 들어 모리를 보고 다음으로 이쯔끼를 쳐다보았다. 이쯔끼의 얼굴
　표정에 순간적으로 야릇한 변화의 빛이 스쳐가는 것을 우드 중위는
　놓치지 않았다. 그래서 우드 중위는 재빨리 이쯔끼에게 물었다.

<방금 그는 뭐라고 했소?>

이쯔끼가 잠깐 뜸을 드린 뒤 대답했다.

<하야시(임재수)는 조센징이라고요.>

<조센징?>

<일본인이 아니란 말입니다.>

<일본인이 아니라고? 하야시가?>

<그렇소.>

우드 중위는 도대체 그게 무슨 말인가 싶어 양미간을 찌푸렸다.

<그럼 그가 일본인이 아니면 대체 뭐란 말이오? 말이란 말이오, 소란 말이오? 아니면 개구리란 말이오?

이쯔끼는 황급히 대답했다.

<코리안! 그렇소, 그는 코리안이오.>

<코리안?>

우드 중위는 말꼬리를 치올렸다.

태평양 전쟁이 끝난 시점에서 미군의 한 중위의 아시아에 관한 지식은 코리안이 어떤 인종인지를 얼른 알아차리지 못했다. 이쯔끼가 그의 등 뒤에 걸린 아시아지역의 지도에 가까이 다가가서 어느 작은 한 점을 가리키자 그제야 우드 중위는 미군이 그 남쪽의 반을 점령하고 있는 반도가 코리아이며 거기 사는 주민이 코리안인 것을 새삼스럽게 깨쳤다. 우드 중위는 한참동안 이쯔끼의 설명을 듣고 나서야 코리안이 일본군에게 편입되어 전쟁에 참가하게 된 내력을 알게 되었지만 일본인과 코리안의 관계와 그 인종적인 차이점을 분명히 실감하기는 힘들었다.

— p.387.

(객): 선생이 굳이 이렇게 길게 인용한 이유가 이제 짐작이 갑니다. 곧 학병세대의 원심력. 선우휘가 향하고 있는 세계 속의 확산 장면. 소도 말도 개구리도 아니고 코리안으로 세계 속에 놓이기가 그것.

(주): 맞소. 코리안이란 어떤 형편으로 세계 속에서 인식될 수 있는가.

검찰관 우드 중위와 통역관으로 차출된 포로인 일본군 이쯔끼 소위와의 대화를 작가는 이렇게 정리했는데, 그게 바로 국제(세계)적 감각이지요. 그들의 대화를 보세요.

(객):

　　<가령, 일본인이 미국인이라면 코리안은 무슨 종족과 비교할 수 있소?>

　　이러한 우드 중위의 물음에 이쯔끼는 처음에는 아메리카 인디언이라고 했다가 푸에르토리칸이 아닌가 하고 말했다. 그래도 우드 중위는 석연치가 않아 이쯔끼에게 말했다.

　　<미국인에 대한 필리피노는 어떻소?>

　　이쯔끼는 대답 대신 신통치 않게 거저 고개만 끄덕여 보였다. 그는 영국인에 대한 아이리시라고 할까하고 망설이다가 말았다.

　　이런 경황 속에서 일본인도 조센징도 영국인이나 아이리시에 비할 꼴이 못된다고 생각되었던 것이다.

　　그러한 이쯔끼의 망설이는 시늉을 보고 우드 중위는 마음속으로 뇌까렸다.

　　<얼굴 생김새나 피부색으로 보아 미국 백인과 필리핀인과의 차이라고도 하기 힘들군.>

　　우드 중위는 그렇게 생각하고 이쯔끼를 건너다보며 그저 빙그레 웃었을 뿐이다.

- p.388.

(주): 영국인≠아이리시, 미국인≠인디언, 미국인≠푸에르토리칸, 미국인≠필리피노. 이런 비교 자체가 세계적 시선이지요. 한반도 DMZ의 좁디좁은 구심점에로 향한 인식과 크게 다른 시선이 아니겠는가.

(객): 그렇다면 미군 포로 신세인 통역관 이쯔끼 소위의 생각은 어떠했을까. <일본인≠조센징>이라 해봤자 패전의 마당인 지금 영국인≠

아이리시의 차이를 운운할 처지일 수 없는 형편인 것.

(주): 대질 심문 장면에서 벌어진 모리 군조와 임재수의 너무도 다른 태도. 우드 중위가 놀랄만한 것. 모리 군조는 어디까지나 침착하고 논리정연하고, 요컨대 신사적이었던 것. 요컨대 인격 있는 인물임에 비해 임재수는 정반대.

> 하야시(임재수)는 계속 황야의 사나운 짐승처럼 부르짖었다. 헌병의 제지로 모리의 먹살을 놓자 하야시의 얼굴과 몽둥이는 이쯔끼를 향했고, 그리고 우드 중위에게로 돌아왔다.
> 그러한 하야시의 두 눈은 불을 뿜는 듯이 빛나고 있었고 노호는 상처 입은 맹수의 그것처럼 때론 높게 때론 낮게 고함은 신음으로 변하고 신음은 다시 고함으로 변했다.
> — p.388.

(객): 우드 중위로서는 이것만 보아도 임재수가 짐승같이 미군포로를 학대한 증거로 삼기에 모자람이 없었겠지요. 광란을 일으킨 하야시이니까.

(주): 변호사 지망을 겨냥한 우드 중위로서는 인간다운 호기심이 발동했지요.

(객): 그렇군요.

(주):

> 그러나 그가 광란을 일으킨 동안 소리소리 지른 내용이 무엇인지 궁극했다.
> 만약 그 중 한마디에서라도 그의 학대행위에 관련하여 그의 인간성의 편린(片鱗)이라도 발견된다면 자기의견으로서로 한 줄 기록해 둘 필요가 있을 것이라고 생각했다. 그렇게 하는 것이 승리한 쪽의 검찰관이면서 공정을 잃지 않는 일이기도 하다고 믿었다.

그러나 이쯔끼의 대답은 그에게 전혀 그런 자료를 제공하지 못했다. 이쯔끼도 그 고함 소리의 뜻을 알아차릴 수 없었다는 것이다.

우드 중위와 다름없이 갑자기 당한 하야시의 광란이 봉변으로 말미암아 얼굴이 하얗게 질린 이쯔끼는 뜻밖에도 하야시가 소리소리 지른 말은 일본말이 아니었다고 알려주었다.

<일본말이 아니라고? 그럼 그가 무슨 말로 소리쳤다는 거요?>

<코리아 말이오.>

<코리언, 그럼 코리아의 토어였단 말이오?>

<그런가 보오.>

— p.389.

우드 중위의 처지에서 보면 짐승 같은 하야시인 코리언과 일본인은 다르다는 정도. 그리고 우드 중위의 교양 셰익스피어, 『톰 소여의 모험』, 또 유년기의 자기 회고.

(객): 이 토어土語 앞에 이쯔끼 소위의 충격은 어떠할까. 하야시가 한 말은 조선어가 아니라 일본어라는 사실 앞에 이쯔끼 소위가 받은 충격은 작가 선우휘의 문학적 역량이 응축된 대목. 아무리 길어도 이 대목만큼은 꼭 인용하고 싶습니다 그려. 지식인의 내공이랄까 윤리적 감각이 작동하는 곳. 패자와 승자, 그 패자인 이쯔끼 소위이니까. 승자 앞에 저도 모르게 거짓말을 하는 지식인 이쯔끼 소위.

한편 이쯔끼 소위의 충격은 우드중위의 그것과 달랐다. 그는 하야시가 모리를 보고 울부짖은 소리, 자기를 향해 던져진 저주의 소리. 우드중위에게 한 넉두리 같은 애달픈 원망의 소리를 너무나 똑똑히 두 귀로 들었던 것이다.

실은 하야시는 조선말로 소리 지른 것이 아니라 분명한 일본말로 고함쳤던 것이다. 다만 극도의 흥분으로 찢어진 그의 일본말은 우드 중위의 일어 이해의 한계를 훨씬 넘어 섰을 뿐이다.

이쯔끼는 우드중위에게 하야시가 한 말을 차마 옮길 수 없어서 그가 일본말이 아닌 조선말을 했다고 거짓말을 한 것이다.

하야시는 모리의 멱살을 잡고 함께 죽자고 소리친 다음 이렇게 다구쳤던 것이다.

<이 자식아, 네가 배워준 그대로 한 것이야. 네가 소총의 개머리판으로 때리면서 똥 묻은 구둣바닥을 핥으라고 하면서 그렇게 안하면 죽여 버린다고 위협을 주면서 알으켜 준 그대로 한 거란 말이다. 안 그러냐? 그렇다고 해! 그렇다고 하란 말이야! 미군 포로들을 사람도 아닌 짐승이나처럼 그렇게 때리라고 일러놓고 멀찌감치에서 술마시고 담배 피고 낄낄 대며 바라본 것은 어느 누구였지? 옹! 말해봐! 입이 있으면 말해보란 말이다!>

그리고 이쯔끼 소위를 쳐다보고는 이렇게 퍼부었던 것이다.

<소위님, 장교님들은 일시동인(一視同仁)이니 같은 폐하의 적자(赤子)니 하셨지요. 일본인과 조센징은 하나의 같은 뿌리에서 나온 잎새 같은 것이라고요. 그런데 역시 그렇지 않았군요. 소위님, 이 조센징이 뭐 잘못한 게 있었나요? 소위님, 일본인의 말 잘 들었다는 게 잘못이었던가요. 공부 많이 해서 세상 이치를 잘 아실 소위님. 역시 일본인은 일본인이고 조센징은 조센징이란 말이지요? 그 밖에는 다 치레뿐의 거짓말이었지요. 좋와요. 죽죠. 내가 죽죠. 당신네들은 사세요. 이것 참 재미있군요. 그렇게 깨끗이 죽겠다던 당신들이 산다고 발버둥치니.>

왜 하야시는 갑작스레 조센징으로서의 원한을 털어놓았던 것일까?

이쯔끼는 그 까닭을 안다.

숨이 막히고 눈알이 튀어나오도록 멱살을 붙잡힌 모리가 그 억센 하야시의 손아귀에서 벗어나려는 안간힘의 얼떨결에 그만

<더러운 조선놈의 새끼!>

라고 하고는 이쯔끼를 보면서

<소위님. 조센징 때문이 이 일본인이 죽습니다. 이쯔끼 소위님, 좀 구해줘요.>

라고 소리쳤을 때 어찌된 까닭인지 모리의 틀어잡았던 멱살을 놓고

시선을 이쯔끼에게 돌렸던 것이다.

그의 눈에는 경악과 증오의 빛이 교차하면서 불꽃을 튕기는 듯 싶었다.

하야시는 모리의 그 한 마디에 순간적으로 모리 건, 이쯔끼 건 일본인이란 일본인은 모두 조센징인 자기와는 거리가 먼, 전혀 딴 패라는 것을 느꼈으리라.

다음으로 하야시의 눈길은 우드중위에게로 옮겨갔던 것이다.

<야 이 양키야. 어쩌 이길라면 빨리 이기지 않구서 질질 끌어갖구 날 요모양 요꼴로 만들었지? 눈이 파래 못보느냐. 귀가 막혀 못 듣느냐 왜 잘 알지도 못하면서 야단이지. 이 재수 없는 조센징 죽으면 시원하겠어? 그렇다면 죽어주마. 얼마든지 죽어주마. 날 잡아먹어라 이양키야.>

그러나 거의 한 마디도 알아들을 수 없는 우드중위는 울부짖는 우리 속의 짐승을 보듯이 지긋이 양미간을 찌푸리고 하야시의 일거수일투족을 처다볼 뿐으로 그가 하야시를 인간 취급했다면 그것은 헌병을 불러 그를 밖으로 끌어내게 한 일일 뿐이었다.

어떻든 하야시의 광란은 이쯔끼 소위에 있어서 분명 하나의 충격이 아닐 수 없었다. 그러나 이쯔끼는 그 충격이 없었던 것처럼 자기 마음 속에 자국을 남지지 않으려고 무진 애를 태웠다. 그래서 이쯔끼는 모리에게로 그 생각을 돌렸다. 그는 모리군조가 그렇게도 비겁하고 간악할 줄은 미처 몰랐다.

— pp.390~391.

(주): 선우휘가 선 자리. 학병세대의 원심력이겠소. 내가 강조해온 참주제이니까. 학병 간접체험자인 선우휘이기에 원심력으로 향할 수 있었지요. 이병주의 「8월의 사상」에서처럼 직접 체험자들은 자기 통제력을 가지기엔 한계가 있었던 것이니까. DMZ의 폐쇄공간에서 창작한 4·19세대와 선을 그을 수 있었음에서는, 또한 공간 확대의 체험에서는 일치하지만 자기 통제력의 여부에 관해서는 원심력(선우휘)과 구심력(이병주)에

차이가 있었던 것. 김동리식 샤머니즘과 4 · 19를 잇는 문학사의 중간 연결점의 회복이긴 해도 여기서 다시 갈라지는 것.

6. 수사학만의 세계화 ─「소설 · 알렉산드리아」와『지리산』

(객): 이병주의 공식적인 데뷔작인「소설 · 알렉산드리아」(『세대』, 1965. 7)는 <소설>과 <알렉산드리아>가 등식으로 되어 있더군요. 그도 그럴 것이 5 · 16때 필화사건(1961. 5)으로 실형 2년 7개월을 복역하고 쓴 것이기 때문이겠지요.『국제신보』의 편집국장, 논설위원으로 있으면서 박정희의 군사정부비판('조국이 없다. 산하가 있을 뿐이다'라는 요지)으로 군사재판에서 10년 선고를 받은 이병주의 처지에서 보면 이것은 결코 대설도 중설도 아니라 '소설'이라고 표제에 내걸었던 것. 소설인 만큼 군사혁명도 비판할 수 있다는 것.

(주): 문제는 거기서부터 이지요. 여기에는 어떤 폭력이나 권력도 미칠 수 없는 성역 같은 곳이라는 것. 말을 바꾸면 제왕이 된다는 것. 소설가＝제왕이라는 것.

> 나의 정신은 이 구원으로 빙화(氷花)를 면한다. 그러니 걱정할 건 없다. 영하 20도는 영하 31도보다는 덜 차다. 설혹 영하 30도가 된다고 하더라도 영하 31도보다는 덜 차가울 것 아닌가. 인간의 극한상황이란 숨이, 숨이 끊어지는 그 순간을 두고는 없다.
> ─ 한길사 판, p.9(이하 이 판본에 의거).

(객): 대설도 중설도 아닌 소설이야말로 제왕의 글쓰기라는 것. 옥살이를 체험한 자의 실토이기에 그만큼 실감을 동반한 것이겠지요. 실제로는 특권층 친지들의 보살핌이 있었더라도 말입니다. 그런데 제왕의 글쓰기가 소설이기 위해서는 소설의 문법이랄까 규칙을 따라야 하는 것.

(주): 그야 당연한 일. 옥살이 하는 주인공이 있고, 그 아우가 있습니다. 형이 피리 부는 아우에게 편지를 합니다. 아우는 편지를 통해 형의 사상, 이념을 이해하려 합니다. 스스로 제왕학을 옥중에서 수행하고 있는 형에 점차 동화되어 갑니다. 그 극점이 바로 동서 문명의 공존지역이며 3천년의 문화를 가진 알렉산드리아 행. 외항선을 타고 거기까지 간 아우는 그곳에서 프린스 킴이라는 인물로 성숙해집니다.

(객): 그리고 보니 제왕학이라고 하나 범속한 소설 문법에 지나지 않습니다 그려. 원래 소설이란 거짓말이니까요. 그러나 형이 옥중에서 아우에게 보낸 편지 속에는 지식인의 인간으로서의 품격과 위신 지키기가 핵을 이루고 있습니다. 아우는 물론 이런 주장을 받아들이지 않다가 점점 감염되어 알렉산드리아에까지 가서 형의 제왕학을 펼칩니다. 소설문법치고는 단순한 것. 그러나 아우의 거부반응을 음미해볼까 합니다.

> 형의 불행은 사상을 가진 자의 불행이다. 형은 만인이 불행할 때 나혼자 행복할 수 없다고 했다. 나는 그런 말을 거짓이라고 생각한다. 세계가 멸망하더라도 나 혼자 살아남으면 된다는 것이 인간의 자연스런 생각이라고 나는 믿기 때문이다. 나는 형이 고의로 그런 거짓말을 했다고는 생각질 않는다. 형이 지니고 있는 사상이란 것이 그런 거짓말을 시킨 것이라고 생각한다. 사상의 발전이 이 세계를 오늘 만큼이라도 문화화 되게 했다는 사실마저 나는 부정하려 들지 않는다. 그러나 그런 사상이나 문화는 천재라는 역군이 할 일이지 평범한 사람이 맡을 성질의 것이 아닌 것이다. 천재는 스스로의 생활을 불구화해가지고

평범한 사람의 생활을 보다 건전하게 하는 데 의미가 있다고 들었는데 천재도 못되는 사람이 천재의 행세를 하다간 스스로의 생활을 불구화하고 주변의 사람들만 불행하게 할 뿐 아닌가. 형의 불행은 따지고 보면 천재가 아닌 사람이 천재적인 역군이 되려고 하는 데 있는지도 모른다. 그러나 그것이 운명이라면 도리가 없다. 형의 불행은 형의 운명이니까. 운명은 이에 순종하는 사람은 태우고 가고 이에 거역하는 사람은 끌고 간다는 말이 있다.

– p.20.

주인공을 통해 이병주는 스스로를 천재라 했더군요.

(주): 또 운명이라 했지요. 거역할 수 없다, 라고.

(객): 그 천재인 형의 생각이 퉁소만 불 줄 아는 아우에게 서서히 물들어 가는 것. 이게 이 소설의 문법입니다 그려.

(주): "내가 만 권의 책을 읽고도 이루지 못한 것을 너는 한 자루의 피리를 통해 이룰 것이다"(p.17). 형의 이런 권고에 따라 피리 하나 달랑 쥔 아우가 외항선을 타고, 형이 옥중에서 꿈꾸던 알렉산드리아에 갔고 거기서 여사여사하여 프린스 킴이 되어가는 과정, 이것이 소설 문법이지요. 거기서 망명객 공주를 만나고 이런 정황 설명에 온갖 저항세력의 사례들을 종횡무진으로 두서도 없이 읊어대고 있지요. 독일 숄 형제의 백장미 그룹 등은 말할 것도 없고요.

(객): 잠깐. 이제야 선생의 본심이 드러납니다 그려. 표면상으로는 공간(무대)의 확대이기에 학병세대의 원심력으로 보이지만, 따지고 보면 한갓 독서에서 온, 겉멋 부린 수사학에 지나지 않는 것. 진짜는 서대문 옥중에 있으면서 한 망상이겠습니다. 아닌가요? 지금 있는 곳은 서울, 서대문, 형무소인 것.

(주): 바로 간파하셨소. 학병세대의 구심점의 원점. 선우휘의 원심력과

판연히 구분되는 것. 저렇듯 화려한 수사학이란 한갓 독서(교양)에서 온 것. 지식인이라면 누구나 아는 상식 중의 상식인 것. 흡사 이 서구적인 수사학으로 원심력을 펼친 것 같지만 이는 일종의 사기술이라고도 할 것. 이런 수사학은 대작『지리산』(1978)에서도 작동하고 있었소.

> 어디에서 죽고 싶으냐고 물으면 카타로니아에서 죽고 싶다고 말할 밖에 없다.
> 어느 때 죽고 싶으냐고 물으면 별들만 노래하고 지상엔 모든 음향이 일제히 정지했을 때라고 대답할 밖에 없다.
> 유언이 있느냐고 물으면
> 나의 무덤에 꽃을 심지 말라고 말할 밖에 없다.
> —『지리산』 제6권, 한길사, p.35.

가장 한국적인 구심점의 원점이라 해도 될『지리산』에서 조차 스페인 내전 때 죽은 G. 로리타의 시를 끌고 들어왔지요. 이것이야말로 겉 멋. 원심력을 위장한 것.

(객):『관부연락선』에서 공간 확대, 이른바 원심력으로 학병세대의 최강점을 제일 강하게 펼쳐 보인 것은 정작「8월의 사상」에까지 나아갈 수 있었지요. 선우휘는 그렇지 못했지요. 학병 미체험이었으니까. 그러기에 선우휘는 늘 망설임이 동반되어 거리감을 유지할 수 있었지요.「외면」이 그러한 사례. 이에 비해 그「8월의 사상」의 작가는 서서히 마침내 구심점으로 향했다!

(주): 그 구심점으로 향하기가 하도 강력하여 표변이랄까 정반대 현상을 빚고 있었다. 한 가지 참고사항이겠지만 다음과 같은 동시대인의 회고담도 엿볼 필요가 있지요.

(객): 선생이 그동안 입에 담지 않았던 참고사항을 제가 말하기로 하지요.

나는 정말로 눈앞에 앉은 이 이병주의 손에서 박정희 일당을 규탄하는 훌륭한 작품이 나오길 고대하는 마음이었어. 그런네 사람 일이란 알 수 없는 거야. 그러했던 이병주가 75년의 <사상전향>을 기점으로 해서 급속도로 박정희와 군부세력에 접근해요. 그는 박정희의 종신대통령제의 법적 기틀을 닦은 유신헌법이 선포된 어느 날 박정희의 자서전을 쓰기로 했다고 나에게 말하더라고. 이병주에 대한 나의 우정과 기대가 컸던 만큼 그의 앞에서 이런 고백을 들은 순간 나는 큰 방망이로 뒤통수를 얻어맞은 것 같은 현기증을 느꼈어. 전쟁범죄소설은 간 데 없고 그 대신 이병주는 폭군에 아부하는 전기를 썼다. 이때부터 나는 이병주를 멀리 하고 그 후 완전히 결별했지요.

— 리영희 · 임헌영, 『대화』, 한길사, 2005, p.391.

(주): 여기서 '우정'이라 했지만 사상적인 이해 수준에 지나지 않는 것. 진정한 우정이라면 멱살이라도 쥐고 말려야 인간적 도리였을 터. 그건 그렇고, 문제는 이제 조금 확실해졌으리라 믿소.

(객): 구심점 말이군요.

(주): 그렇소. 구심점의 원점 말이외다. 박정희의 자서전 쓰기와 선우휘의 「외면」을 비교해 보면 구심력의 원점, 원심력의 원점이 뚜렷해집니다.

(객): 우리의 대화는 참으로 서서히 진행되었습니다 그려. 도무지 서두를 성질의 것이 아니니 그럴 수밖에 없긴 합니다. 우리의 대화에서 제가 얻은 감동이랄까, 뭐 그런 것이 있다면 소설이란 '소설문법'만으로 이루어지는 것이 아니라는 점입니다. 그렇다고 '소설적 관습'만으로도 이루어지지는 않겠지요.

(주): 그게 바로 세대감각이 아니겠소. 유신세대, 4 · 19세대, 386세대 등.

7. 다음 단계의 원심점과 구심점

(객): 원심력과 구심력의 향방은 어떠할까. 이것이 검토되어야 할 남은 과제이겠는데요. 제 의견을 먼저 얘기해볼까요. 유감스럽게도 둘이 모두 막다른 골목에 닿고 말 것이다, 어째서? 아주 단순한 형식논리의 사고에 지나지 않지만, (A) 소재의 한계성이 그 하나. 학병세대의 글쓰기란 원초적으로는 체험적인 것을 바탕으로 삼았는데 그것이 한계에 닿았다는 것. 그렇다고 굳이 학병세대를 찾아다니며 소재를 발굴하기에도 한계가 있는 것.

(주): 창작이란 남의 체험으로는 한계가 있으니까.

(객): 또 (B)가 중요한 변수겠지요. 왈, 정치적 변수 말이외다. 공간적 확대로서의 원심력이 한 · 중 · 일 · 미국 등의 정치적 변수에 따라 늘 유동적이라는 사실.

(주): 우리의 주변을 에워싸는 이데올로기의 문제이겠군요. 특히 구심력에 있어서는.

(객): (A), (B)가 극점에 오른 것이 「외면」과 『지리산』이라는 것. 원심력은 「외면」에서 더 이상 나아갈 데가 없다는 것. 구심력이란 『지리산』에서 더 이상 나아갈 데가 없다는 것.

(주): 「외면」과 『지리산』이 각각 원심력의 '원점'과 구심력의 '원점'이라는 것. 그렇다면 이 원점, 극점의 다음 행보가 문제일테이지요.

(객): 「외면」이 극점이라면, 그 다음의 행보로 「쓸쓸한 사람」(1977) 「한평생」(1983)을 검토해 볼까요.

(주): 「쓸쓸한 사람」은 일제 때 신사참배 강요에 굴복한 목사 <한빈>을 다룬 것. 혼자 신사참배에 나아간 조선인 목사. 고문 앞에 자결이냐, 굴복이냐의 갈림길.

고등교육을 받은 일본인 경무주임이 나서서 자결이란 기독교 교리
에 어긋나는 것이 아니냐고 그럴 듯이 말했으나 한 목사는 일소에 부
쳤어요. 그건 기독교도 아닌, 네가 나서서 걱정할 일도 아닌, 동시에
나도 이제 기독교를 버린다고 했으니 그런 기독교 교리는 적용되지
않는다구요. 젊은 일본인 경무주임은 창피만 당했지요.

─『선우휘 문학선집』(3), 조선일보사, 1987. p.283.

보다시피 일제와의 관계를 내면화, 윤리화한 것이지요. 「외면」에서의
임재수가 여기서는 주체성 있는 인간의 품위와 인간적 격조를 가진 것으
로 되어 있습니다.

(객): 그렇군요. 그 다음 행보는?

(주): 「한 평생」은 <춘봉>이란 사람의 일생을 다룬 것. 어째서 그는 해
방 직후 좌익세력을 때려잡는 이른바 서북청년西北青年의 두목이 되었을
까. 여사여사한 이유가 줄줄이 이어집니다만, 이런 투로 서술됩니다.

그렇게 하여 신문사, 정당, 무슨 동맹 할 것 없이 그가 쳐들어가지
않은 좌익단체는 하나도 없게 되었다. 그의 이름은 곧 우익진영 전반
에 알려졌을 뿐 아니라 미군정(美軍政) 치하인지라 미군 헌병(MP)들
의 입에까지 오르내리게 되었다.

─ 위의 책, p.523.

(객): 여기까지 오면 「외면」의 그 순수한 원점이 한반도에로 향하고 있
음이 확인됩니다. 원심력의 구점화라고 할까요. 그렇지만 그 다음 단계는
어떠했을까.

(주): 바로 그 점. 원심력에서 구심점으로 향하는 과정은 국시를 반공으로
하는 DMZ 이남으로 서서히 내려앉기인 것. 아마도 그가 작가로 더 살아
남으려면 이러한 현상유지에 내려앉기겠지요. 「한 평생」이 그러한 사례를

보여주는 것이 아닐까 싶소이다. 적어도 이 땅에서 소설을 써야 하는 마당이니까.

(객): 「8월의 사상」의 이병주는 어떠했을까요. 그가 『관부연락선』을 쓴 <목적>에 대해 선생은 크게 다루곤 하던데요. 4·19세대와 구세대의 단절감 잇기가 그것 아닙니까. 학병세대 글쓰기의 훌륭한 문학사적 명분. 세대 소통의 명분. 김동리식 샤머니즘도 일제에 대한 저항의 산물이긴 해도, 이것으로 지금에는 구세대를 대표할 수 없다. 왜냐면 학병세대라야 한다는 것. 맞습니까.

(주): 그렇소. 그 정점에 이른 것이 『지리산』이지요. 여기에 대해서는 지난번의 『이병주와 지리산』(2010)에서 상세하게 적어 놓았습니다. 거기서 나는 이렇게 분석했습니다.

> 『지리산』이 권창혁, 이현상 두 사람의 교사를 축으로 한 교육소설이라면 작가의 세계관은 어떠한 것인가. 마지막으로 남는 것이 이런 물음이다. 이 두 교사는 하영근 같은 허수아비가 아니며 [……] 『지리산』의 작가는 현명하게도, 또 당연하게도 이현상의 죽음의 과정과 그 의미를 상세히 드러내지 않았다. 작가가 말하고자 하는 것은 공산주의도 사상 쪽에 지나지 않는다. 공산주의의 제도적 측면을 모르는 마당이기에 이현상 비판은 불가능하기 때문이었을 것이다. 공산주의의 사상적 측면이란 과연 어떠했던가. 한갓 허망한 정열이었다.
>
> — pp.262~263.

<허망한 정열>에 이르기. 이것이 구심력의 극점에 다름 아니라는 것. 그쪽에서 묻고 싶은 것이 무엇인지 짐작이 됩니다 그려. <허망한 정열>의 다음 단계.

(객): 맞소. 『지리산』 다음에도 나아갈 곳이 있었을까. <허망한 정열>의

되풀이인「겨울밤」(1974)「그 테러리스트를 위한 만사」(1983)이거나, 아니면 막다른 골목이겠는데요. 선우휘처럼 말이외다.

(주): 글쓰기를 목적 삼은 메이지대학 출신 이병주는 학병을 갔어도 글쓰기만을 품었던 인물인 만큼 막다른 골목이란 없는 법.『지리산』다음에도 얼마든지 길을 뚫을 수 있었지요.

(객): 바로 대중화 현상. 심지어 통속화에까지 여지없이 나아가기.『바람과 구름과 비』(1978)「빈영출」(1982)『행복어 사전』(1982)에로 하강하며 종당엔『소설 일본제국』(1987)『소설 정도전』(1993), 다방 마담 사랑타령인『비창』(1984)에 이르기.

(주): 이제 별로 할 말이 없을 것 같소. 인간이란 누구나 약하며 또 세월 속에 발버둥 쳐도 초라해지는 법이니까. 그렇지만 글쓰기에도, 바로 거기에 글쓰기의 운명 같은 것이 있다고 보면 어떠할까요. 다음 세대가 밀고 올라오니까.

(객): 상식적인 교훈이군요.

(주) 그렇소이다. 4 · 19세대, 유신세대, 5월 광주세대, 386세대 등등, 시간이나 세월이란 흐르는 것이 아니라 포개지는 것.

(객) 포개진다? 멈추는 것이 아니긴 마찬가지이겠지요. 아마도.

(주): 나도 그렇게 생각하오. 흐르긴 해도 포개지고 싸인다는 것. 나는 이 표현이 마음에 드오.

학병세대가 겪은 두 계보의 OSS 체험기

글쓰기의 무거움과 창작의 가벼움

1. 글쓰기의 비장함

(객): 문화민족주의로 규정됨직한 종합 월간 교양지 『사상계』(1953~1970)가 지식인층에 끼친 영향만큼 대단한 것이 일찍이 이 나라 독서계에 있었을까. 6 · 25를 겪으면서 공백기와 다름없던 문화계에 세계적인 뉴스와 지식의 소개는 물론, 번역에 대한 갈증을 어느 수준에서 담당해 주었던 것이었지요. 선생이 쓴 글 중엔 이 잡지가 6 · 25로 인해 어수선했던 대학교육의 일환이었음을 살펴본 것이 있더군요. 백낙준, 유진오, 김재준 등 당대 석학들의 강의록이 그대로 실리기도 했으니까.

(주): 그건 조금 과장입니다. 내가 논의해 본 것은 단지 대학에서의 문학교육이지요. 최재서의 등장으로 교육의 판이 어떻게 바뀌었는가에 관한 것(「한국근대문학의 시선에서 본 <문장독본>과 <문학독본>의 관련양상」, 『한국문학, 연꽃의 길』, 서정시학사, 2011).

(객): 해방공간에서 줄곧 굶주린 대학의 문학 지망생에게 구세주 몫을 한 것은 백철의 『문학개론』이었지요. 그러나 『사상계』의 등장으로 판이

크게 바뀌었다. 그 인물이 바로 영문학자 최재서. 그가 얼마나 고압적이었느냐 하면, 전공인 셰익스피어론 특강 <지성의 비극>을『사상계』에 실은 것은 1955년 12월 초였는데, 조금 개고된 이 글은 잡지사의 모종의 시행착오로 다음해 3월「문학과 사상」이라는 제목으로『사상계』(1956. 3)에 그대로 실리지요. 선생은 이를 두고『사상계』도 머리를 숙인 셈이라고 했더군요(「한국근대문학에 비친 외국문학의 영향」, 한국비교문학회 주최 2011년 추계 학술대회 기조강연).

(주): 좀 경솔했다고 여기고 있소이다. 그때 내 머리를 스친 것은 <최재서>라는 문제적 인물이었지요. 경성제대 영문과의 수재인 그는 악명 높은 일어잡지『국민문학』을 주도한 인물. 창씨개명(1940. 2)도 거부하고 본명인 '최재서'를 발행인의 이름으로 내세울 정도(1944. 1에 창씨개명 함). 이 대단한 실력자가 해방 후 친일파로 묻혔다가 이제 다시 양 날개를 펴고 등장한 셈.

(객): 잠깐, 그전에『새벽』지에서부터 아닙니까.

(주): 맞소. 홍사단 기관지『새벽』(<東光>의 후신)이란 잘 알기 어렵기는 하나, 10년 만에 친일파의 오해를 벗을 만 하다는 판단이 섰지 않았을까. 최재서도 마찬가지. 그러나 문제는 실력. 영문학에 대한 실력 면에서 그를 능가하거나 견줄만한 인물은 전무한 형국이 아니었던가. 적어도 세계를 무대로 한 문학론이었으니까. 일어판 번역에 지나지 않는 '백철 문학론'의 소임은 이제 의미가 쇠약했고, 그러니 의식깨나 있는 대학생층은 최재서 앞으로 달려갈 수밖에요. 이 드라마는 문학교육의 문제인 것. 당시 청강생의 증언에 따르면 강의실에 들어갈 수가 없어서 마이크로 들리는 강의실 밖에도 학생들이 운집했다니까요(이선영,『동방학지』, 2011. 3).

(객): 선생이 얘기하고 싶은 것이 이제 조금은 실마리가 보입니다 그려. 최재서의 문학교육 드라마가 문학에 한정된 것이라면, 그래봤자 글쓰기의

일환이지만, 이 글쓰기 영역에서의 드라마는 『사상계』라는 것, 맞습니까. 발행인 장준하의 글쓰기의 열정과 더불어 웅혼함과 비장함과 성스러움이 그것.

(주): 글쓰기의 열정, 웅혼함, 비장함, 성스러움이란 학병세대와 분리시킬 수 없는 것.

(객): 또 학병세대 타령이군요.

(주): 타령이라니? 나는 다만 문학사를 공부하는 서생書生에 불과합니다. 이 나라 문학사 공부를 하는 것이니까 유독 학병세대에 관심을 기울일 이유는 없지요. 식민지시대의 이광수도, L·S·T(Landing ship for Tanks)의 이호철, 최인훈도 4·19의 이청준 등등에 대해서도 사정은 마찬가지.

(객): 그래도 『사상계』와 관련된 학병세대란 장준하, 김준엽 등이 중심부를 이루고 있지 않습니까. 곧, 서북출신들이라는 것. 평안북도 삭주 땅 장로교 목사의 아들인 장준하, 신의주고보 출신의 김준엽, 여기에다 신상초까지 신의주가 고향이 아니던가요. 학도병 출신, 서도 출신 여기에 무슨 연관이라도 있단 말인가요. 썩 궁금합니다.

(주): 학병출신이라는 점과 글쓰기 사이에 늪처럼 펼쳐져 있는 광복군과 임시정부, 그리고 김구 주석을 직접 대면하기 위해 건넜다는 것. 이른바 탈출이겠소. 말이 탈출이지 중국대륙 6천리 횡단, 이 속에는 일제에 대한 불같은 저항과 젊음만이 할 수 있는 모험과 열정, 거기서 오는 자부심이 놓여 있소. 그리고 이 모두가 어울려 커다란 울림을 이루었던 것이 <글쓰기>의 드라마를 가져왔고, 문학도 그 속의 하위개념으로 되었던 것.

(객): 썩 막연한 얘기 아닙니까. 학병탈출이란 이들만이 아니니까요. 김수환 추기경도 학병으로 남양에 끌려갔지요. 왜 이들만이 『사상계』를 창출해내었고, 그로써 독서계에 막대한 영향을 끼쳤는가, 또 그로 인해 문학적 글쓰기에도 영향을 끼쳤는가에 대한 설명으로는 구체성이 모자라는 것

아닙니까. 그들만이 가진 독특한 집념, 천재적 노력이 따로 있지 않았을까요. 김준엽(경웅대 역사학), 장준하(일본 신학교) 만의.

(주) 이제야 본론에 다가온 느낌이오. 그들만이 가진 글쓰기의 집념, 가장 어려운 장면에서 비로소 그 진가가 발휘되는 보물.

(객): 선생은 『등불』과 『제단(祭壇)』을 말하고 있습니다 그려. 글쓰기의 성스러움.

(주): 그렇소.

2. 『등불』과 『제단』으로서의 글쓰기

(주): 30여명의 학병들과 탈출하여 중경으로 가는 도중 임시로 머물렀던 임천臨川에서 70 여일을 보냈다 하오. 그 동안 지루한 시간을 보내기 위해 각자 자기의 사관을 강의하기로 했소. 발의자는 장준하. 그는 <아가페와 에로스>, 2번 타자 김준엽은 <사랑>, 세 번째가 윤재현(동지사 대학 영문과),『등불』이란 잡지를 내자고 제안한 것은 윤재현. 김준엽과 장준하도 찬성. 그 사정 및 결과는 『돌베개』(세계사, 1992)와 『장정 1』(나남, 1987)에 넘치도록 상세하오.

(객); 요약해 보시면 안 될까요.

(주): 잡지 표지는 김준엽이 그렸는데 <등불>이란 제호 밑에 한반도를 그리고, 그 속에 램프를 그려 넣은 것. 종이라곤 마분지뿐, 표지를 만들 수 없었다. 김준엽이 팬티를 빨아 이로써 표지를 딱 한권 만들 수 있었다는 것.『사상계』의 모체가 탄생하는 장면이라고 할까요.

(객): 그 장면은 제가 인용하고 싶소이다.

　　우리는 이어 2호를 착수하기로 하였다. 다음에 말하겠지만 장준하 형이 취사를 맡게 되어 주로 윤재현 동지와 내가 맡아서 <등불>의 편집과 제작을 해야 했다. 이 제2호에 나는 노능서(魯能瑞) 동지의 탈출 경로를 희곡으로 만들어 게재하였고 [……] 이 희곡은 나의 처음이자 마지막 작품인데 학생시절에 문학에 도취했던 소산으로 아는데, 당시로서는 흐뭇했으나 지금 생각하면 나의 만용에 나 스스로가 놀랄 지경이다.

　　아무튼 이 <등불>이 계기가 되어 전후(1952년부터)에 장준하 형이 『사상계』지를 창간하게 되고 1955년부터 나도 이에 관여하게 되었다. 우리가 보물로 여겼던 이 <등불>지를 장준하 형이 천신만고를 겪으며 국내까지 가지고 들어왔으나 6·25전란 때 아깝게도 분실하고 말았다.

―『장정 1』, 나남, 1987, p.246.

『사상계』와 『등불』이 그 뿌리가 같다는 것. 이제 조금은 고개가 끄덕거려집니다 그려. 여기서 <정신이 같다>가 아니고 <뿌리가 같다>고 한 것은 제가 조금 망설인 표현이기도 합니다만.

　(주): 동감. 『등불』의 주도자는 보아온대로 김준엽이지만, 이를 『제단』으로까지 발전시킨 것은 단연 장준하. 거기에는 신학神學의 뿌리가 살아 있었지요. 기독교의 신이란 조국이나 국가와 어떻게 상충하는가 또는 나란히 가는 것인가. 이는 뿌리의 문제이겠지요. 기독교의 신처럼 다른 신에 대한 혹은 우상에 대한 불같은 분노를 품고 있소. 그것이 일제였을 터이지만 이를 직접 대할 수 있는 곳은 중경의 임시정부. 김구 주석의 얼굴이었지요. 그러나 이 목사의 아들인 장준하로서는, 김구 주석도 임시정부인사들도 한갓 약한 인간이었던 사실에 직면합니다. 분노가 폭발할 수밖에요.

중경에서 학병탈출자 30여명이 보는 앞에서의 김구 주석에게 대든 분노.

(객): 그 분노가 『사상계』의 뿌리라고 선생은 우기고 있습니다 그려.

(주): 『제단』까지 검토해야 이 분노의 깊이를 조금 헤아릴 수 있겠지요.

(객): 아 그렇군요. 그것도 제가 인용해두고 싶소.

> 끝내 우리는 자위삼아 임천군관학교 분교에서 겨우 2호를 내고 중
> 단했던 잡지 <등불>을 다시 속간해 보기로 했다. 그 초라한 잡지지만
> 지면으로 글을 발표해서 우리들의 호소를 전하고자 뜻했던 것이다.
> 거의 이 「등불」 발행이 유일한 즐거움이 되어버렸다. 다행히 (중경)
> 토교에는 등사판이 있어서 임천에서 붓으로 써서 두 호를 냈던 노력
> 보다는 쉽게 80부씩의 <등불>을 내며 우리들의 필봉을 마음껏 휘두
> 를 수 있었다
> ─『돌베개』, 세계사, 1991, p.261.

그런데 어째서 그는 『등불』을 버리고 『제단』으로 향했을까. 장준하,
그는 일본신학교에 가기 전에 먼저 3년간 정주에서 소학교 교원노릇까지
했기에 학업도중에 입대한 동기들에 비하면 세상살이의 때가 묻은, 그러
니까 2주 정도의 결혼 기간이긴 해도 아내까지 있었던 인물. 1918년생이
니까. 한편 경웅대 상급반인 김준엽(1920년생)과는 거의 동년배. 1920년
생의 김준엽은 중국 최근세사에 주력. 학자 기질을 타고 난 인물. 그가 입
대할 때 오늘날의 집 한 채 값에 해당하는 비상금을 지닐 정도로 넉넉한
집안 출신. 신을 향한 분노, 인간을 향한, 곧 김구 주석 앞에서의 '폭탄선
언'을 한 장준하와 여러 모로 차이점. 『사상계』에 김준엽이 합류한 것은
1949년(중국본토의 중공군 남침) 이후이지요. 『등불』에서 『제단』으로,
투쟁노선을 신의 이름으로 행하고자 한 장준하의 행위란 『사상계』의 진
정한 힘이 아니었을까.

(주): 조금은 성급한 판단이 아닐까 싶소.『제단』이란 희생을 바치는 성스러운 장소이긴 해도 종교와 관련되어 신이 주재하는 곳이지요. 이 때 주목되는 것은 불하구不河口를 거쳐 6천리를 걸어온 학병들에 있어 신이란 특정종교의 신이자 민족(국가)에 다름 아닌 것.

(객):『제단』을 낸 것은 중경의 토교에서 내놓은 「등불」 다섯 권에 대한 연속물이라 하나 엄연한 차이점이 감지됩니다 그려. 아래를 잠시 보십시오.

> 시안(市安)에 도착한 이래 고된 훈련에도 불구하고 「제단」(祭壇)이란 잡지를 내놓았다. 「제단」은 나를 바칠 제단이었다. 이 <제단>은 이장군의 찬동을 얻어 순전히 나의 주편으로 뚜춰(社曲)에서 나온 잡지다. 「제단」 1호는 300부를 발간해서 우리 광복군 제2지대원은 물론 중경에 있는 정부요인들과 멀리 여주에까지 운송하여 대환영을 받았던 것이다.
>
> ─『돌베개』, p.278.

보다시피 김준엽이 빠져 있지 않습니까.

(주): 또 그는 이렇게도 적었소.

> 내가 만든 <등불> 5권과 <제단>의 1호와 채 제본이 끝나지 않은 2호였다.
> 이것은 나의 모든 정성이, 나의 나라사랑이 깃들여 만들어진 잡지였다./ 아내와 부모와 민족과 이웃과 친구와 동포와 송두리째 조국을 빼앗긴 나로서는 나의 애정을 기울인 단 하나의 대상, 그것이 <등불>이요 <제단>이었다./ 나의 보람의 기록이요, 내 사랑하는 모든 사람에게 내가 죽은 뒤 나의 애정을 보여줄 유일한 증거였다./ 내 사랑 다 쏟을 곳 없어 깨알처럼 붓으로 쓰고 매만지고 하며 마음 쓸 곳을 찾아

만들어낸 일곱 권(「등불」 5권, 「제단」 2권)의 잡지. 그것은 영원한 기
념물이요 나의 망명 생활 속에 그린 망향물이었다.

－『돌베개』, p.288.

『등불』은 김준엽 윤재현 장준하 등 3인 합작이었으나 김준엽이 주도였다
면, 『제단』은 오직 장준하의 것. 신이 개재한 것, 신과 조국의 미분화 상태.

(객): 신≠조국의 기막힌 사상이겠는데요. 이 사상이 조국 해방 후엔 어
떻게 되었을까. 현실 정치가 가로놓였지요. 이 속에서 헤매다 보니 6·25
를 겪게 되자 다시 『등불』과 『제단』이 요망되었던 것. 『사상계』란 그러니
까 『제단』의 성격보다는 한 단계 아래인 『등불』적 성격으로 내려앉은 것.

(주): 민족주의적 문화 계몽지. 세계의 정보와 문화를 대변하고 있었으
니까. 6·25를 겪었기에 세계와 고립될 수 없는 것. 물론 분단은 그대로 꿈
쩍 않고 있었지만. 신이 떠난 곳에 놓인 것이 『등불』이었을 테니까. 아니
그보다는 신 쪽에서 떠났을 터. 인간의 문제는 인간이 해결해야 하니까.

(객): 『제단』의 세속화라고 선생은 지적하셨군요. 헤겔 투로 말해 절대
정신의 3영역 중 예술이 차하위이고 그 다음이 종교, 최고위엔 철학(논리)
이 군림한다는 것.

(주): 그런 논법으로 『사상계』를 감히 말해 보라는 물음 같은데요. 자신
은 없지만 혹시 이렇게 비유해 보면 어떠할까. 『사상계』란 종교에서 떠나
예술 쪽으로 내려앉았다고.

(객): 선생은 시방 <예술>이라 했군요. 방대한 글쓰기를 가리킨 모양
이지요. 글쓰기의 상상력, 활자문화의 성스러움. 이를 『등불』이라 함이
가하다는 것.

(주): 『제단』이 『등불』로 내려앉았으니 그만큼 불순해졌다고나 할까
요. 현실적 글쓰기란 신과 무관한 것이니까.

3. 시안(西安)에서의 OSS와 「제단」

(객): 그 대단한, 신이 관여한 유일신의 『제단』에는 또 다른 낯선 신이 우뚝 서 있었다는 것. 이제 이를 좀 자세히 검토할 차례가 왔습니다. 바로 OSS라는 것. 이 문제는 미국의 이차대전 전략용어에서 온 것이라 군사전문의 자료가 요망되는 것이겠지만, 장준하들에게 OSS는 무엇이었을까요. 왜냐면, 『제단』을 만들던 몸으로 부딪힌 낯선 신이었으니까.

(주): 어째서 『제단』에는 『등불』의 주역이던 김준엽이 빠졌을까. 이 점이 요점이라 하지 않을까 싶소. 중국 최근대사 전공인 김준엽은 용모도 수려할 뿐 아니라 중국어에 능통했고 또 사교성도 있었기에 이범석 장군의 부관으로 발탁됐고, 그 여자비서이자 애국지사의 딸인 민영주와 그 와중에서 결혼식을 올렸기 때문. 신혼이기에 『제단』은 오직 장준하 그만의 몫이었던 것. 그만큼 OSS의 존재가 훈련 외에는 여유로웠다고 할까. 야곱의 돌베개는 이제 장준하만이 보고 있었다, 그가 야곱이었으니까. 6천리의 대륙 횡단 끝에 찾아온 중경을 채 석 달도 못 되어 떠나게 된 경위를 장준하는 상세히 적었더군요. 중경에서 토교에로 이동, 거기 <한국기독청년회관>에 머물었고, 1945년 4월 29일 중경을 떠나 뚜취(杜曲)에도 갔고, 거기서 이범석 장군 휘하에 들었다. 이범석 장군은 광복군 제2시대에 있었고, 대원은 180여명. 종남산終南山이 바라다 보이는 서쪽으로 약 30리. 오래된 절간, 여기에 제2지대 훈련장이 있었다는군요.

5월의 태양아래 우리는 <OSS> 대원이 되기 위한 훈련에 들어갔다. office of strategic service의 약자인 <OSS>는 미국의 전략 첩보대를 의미한다. 중국에서의 <OSS> 활동은 앞으로 있을 미군의 일본 상륙

작전을 위해 눈부신 예비공작단계에 있었다. 쿤밍에 본부를 둔 이 <OSS>의 지휘관은 유명한 다나반 소장이었으며 해외 전략 기구로서 정보활동과 유교활동을 병행해 나가며 적의 후방지역을 교란시키는 공작을 사명으로 하고 있었다.

이 <OSS> 대원이 되기 위해서 우리는 3개월 동안 특수훈련을 받아야 했다. 뚜춰 지구의 <OSS> 대장은 싸젠트라고 하는 미군 소령이었으며 대위와 소·중위를 비롯해 문관, 하사관까지 20여명의 미군을 데리고 우리를 훈련시키기로 되어 있었다.

훈련 과정은 예비훈련과 정규훈련으로 나뉘어 있다. 누구나 먼저 신입훈련생이 되면 일주일의 예비훈련을 받게 된다. 민가와 아주 멀리 떨어진 쫑난산 깊숙하게 쫑난사(終南寺)가 있는 이 절 옆에 예비훈련장이 마련되어 있었다.

—『돌베개』, p.277.

(객): 너무 상세한 체험기라 보탤 것도, 뺄 것도 없군요. 이에 비할 때 김준엽은 썩 다르군요.

1945년 7월말 드디어 3개월간의 제1기생 50여명의 OSS 특수공작훈련이 끝났다. 나는 무전기술 등의 시험에서 괜찮은 성적을 받았고 국내로 침투하여 모든 공작을 훌륭하게 수행할 수 있는 자신을 얻었다. 8월1일부터 새로 제2기생 50여명에 대한 훈련이 시작되었는데 [……]

—『장정』, p.411.

체험기가 빠져 있는 기록물, 말하자면 논리(전체적 조망)일 뿐 아닙니까.
(주): 앞에서도 잠깐 인용했지요.

뚜쳐는 불교로 잘 알려진 쭝남산(終南山)을 서쪽으로 약 30 리 앞에 두고 바라다 볼 수 있는 한적한 동리다. 이곳은 이범석 장군이 지휘하는 광복군 제2지대의 본부가 있는 곳이었다. 낯선 땅 어디서나 조심스러웠다. 우리가 들어선 병영은 오래된 절간을 내부개조 한 것이라 했다.

— p.275.

두 번 씩이나 이 훈련장을 오래된 절간이라 언급했지요.

(객): 선생이 이 절간에 가본 여행기를 읽은 바 있습니다만, 어떻습디까.

(주): 내가 거기 간 이유는 따로 있었소. 신라 왕자 원측(圓測)의 비석을 보기 위함이었지요. 시안(西安)에서 버스로 포장 안 된 길을 한 시간 여 달려 닿은 곳은 호국홍교사(護國興敎寺). 붉은 글씨의 현판이 크게 걸려 있었소. 중화민국의 우국지사 강유위(康有爲)의 글씨.

(객): 선생은 그곳이 이범석 장군의 OSS 본부가 있던 곳임을 몰랐지요, 아마도.

(주): 그렇소. 무식했으니까. 송나라 때 세운 원측의 비석에만 카메라를 눌렀으니까. 요컨대 내가 말하고자 하는 것은 체험기의 존재방식이오. 장준하에겐 그게 있다는 것. 김준엽과 좀 다른 글쓰기라는 것.

(객): 선생이 유독 그 점에 주목하는데, 아마도 체험기가 비록 논픽션이라고는 하나 <픽션 아닌 것>, 굳이 말해 <문학적인 현상>이라고 믿고 있는 증거의 하나가 아닐까 싶네요. 『돌베개』의 세계가 그러하다는 것. 글쓰기의 영향력에도 이 점이 크게 작용했다고. 지식이란 일회성으로 그만이지만 <문학적 현상>은 그렇지 않다는 것.

(주): 우리의 대화가 엉뚱한 데로 비약되면 안 되겠지요.

(객): 아, 그렇군요. 바로 OSS 문제. 국내 침투 훈련이 끝났을 때, 장준하 일행은 어쩌했던가. 1945년 8월 18일 미군 비행기로 이범석, 노능서,

김준엽, 이계현, 이해평 등 모두 22명이 여의도에 진입 등등의 곡절이 상세하고, 노능서, 김준엽, 장준하 등의 그 굉장한 역사적 사진(1945. 8. 20 산동성 탄현에서)의 경위도 상세하지요. 이에 비해 김준엽은 매우 논리적이군요. 보실까.

> 그런데 이것이 웬 말인가? 1945년 8월 10일. 그날 오후 싸젠트 소령은 상기된 얼굴로 대장실로 들어오더니 느닷없이 일본이 투항했다는 것이다. 이장군이나 나는 출동 통지를 알리려는 줄 알았더니만 천만 뜻밖에도 원수 왜놈들이 드디어 항복했다는 것이 아닌가!
> ─『장정』, p.415.

8월 15일이 아니고 10일이라는 것. 천황이 일본국민에게 방송한 것은 15일 정오였던 것. 일본은 외교 루트를 통해 각국 대사관에 포츠담 회담의 조건인 <무조건 항복>을 알렸다는 것.
　(주): 당시 모스크바에 초청됐던 중국 석학 궈머로(郭沫若) 역시 거기서 일본 항복을 들은 것은 10일.

> 라디오로 <일본이 무조건 항복했답니다.> 한다. 통쾌한 일이다. 의리의 통쾌한 일이다. 축배, 축배, 끊임없는 축배, 나는 완전히 의식을 잃었다.
> ─ 곽말약, 윤영춘 역,『소련기행』, 을유문화사, 1949. p.205.

정작 일본 측 자료는 어떠했을까. 잠시 볼까요.

> 8월 6일 히로시마 원폭투하. 8월 9일 나가사키에 원폭 투하. 8월 10일 오후 2시 반 포츠담 선언 수락의 방침 결정. 8월 12일 일본 항복 조건에 대한 연합군의 회답 공전(公電) 도착. 8월 14일 어전 회의에서

포츠담 선언 수락을 결정, 8월 15일 정오. 천황의 전쟁 종결의 조서 방송. 수스키 내각 총사의
— 『소화사사전』, 마이니치 신문사, 1980, p.473.

한편 백범 김구 주석께서는 이렇게 썼군요.

<왜적이 항복 한다>하였다./ 아! 왜적이 항복!> 이것은 내게는 기쁜 소식이라기보다는 하늘이 무너지는 듯한 일이었다. 천신만고로 수년간 애를 써서 참전을 준비한 것도 다 허사다. 서안과 부양에서 훈련을 받은 우리 청년들? 각종 비밀한 무기를 주어 산동에서 미국 잠수함을 태워 본국으로 보내어 국내 요소를 혹은 파괴하고 혹은 점령한 후에 미국 비행기로 무기를 운반할 계획까지도 미국 육군성과 다 약속이 되었던 것은 한 번 해보지도 못하고 왜적이 함몰하였으니 진실로 전궁이 가석이어니와 그보다도 걱정되는 것은 우리가 이번 전쟁에 한 일이 없기 때문에 장래 국제간 발언권이 박약하리라는 것이다.
— 『백범일지』, 김학민 · 이병갑 주해, 학민사, 1997, pp.359~360.

(객): 그리고 보면 초기 문제의 핵심에 놓인 것인 OSS입니다 그려. 그만큼 OSS 전략이 한국광복운동사에 던진 비중은 컸다는 것. 요컨대 미군이 한 동안 한국광복군을 비로소 동지로 인정했음입니다 그려.

(주): 바로 자부심의 근거. 적어도 중경시절 광복군에 있어서는 그렇다는 것.

(객): 선생은 <적어도>라고 한정사를 조심스럽게 붙였습니다 그려.

(주): 그럴 수밖에 없지 않습니까. 김구 주석이 귀국한 것은 1945년 11월 23일. 부주석 김규식 등 임정 제1진이었지요. 이미 국내에는 미군정이 실시되고 있었지요. 그보다 한 달(10. 16) 먼저 미국에서 이승만이 귀국했지요. 임정은 군정에 의해 <개인자격>으로 귀국한 것. 요컨대 미군정은

임정을 인정하지 않았지요. 38선 이북의 소련군정도 조선독립동맹(김두봉)을 개인자격으로 보았소. 김무정 장군도 압록강을 건널 때 무장해제였던 것. 이런 사정은 자료상에서 살피면 금방 확인 되는 것. 이런 상황 속에서 김구 주석은 얼마나 착잡했을까. 해방정국의 주도권 쟁탈전이 바로 눈앞에서 벌어졌고, 거기에 자동적으로 대처할 수밖에요. 이 판국에 정작 OSS 출신의 장준하는 어떠했을까.

(객): 두 가지 자료가 있군요. 하나는 김준엽에 대한 것.

내게는 그래도 노능서 동지와의 재회가 큰 기쁨이었다. 노동지는 지난 8월 초순경 국내 잠입을 위해 OSS의 경진 지구조를 편성하였을 때 통신 책임을 폈던 동지다. [……] 이번 입국 다섯 명의 수행원 가운데 안우생씨는 안중근씨의 조카였으며 안미생 여사와는 사촌간이었고 나머지 4명은 전부 나와 같은 학병출신이었다.

— 『돌베개』, p.403.

그렇게 가까웠던 김준엽이 빠져 있지요. 공부해서 학자로 중국에 남겠다는 김준엽. 장준하는 경교장 김구 주석의 비서로 현실정치에 뛰어들었던 것. 김준엽 없는 OSS출신은 어떠했을까. 그 귀국 첫날 장면.

일본 38식 장총으로 무장한 이 광복군 국내지대가 겹겹이 경교장을 둘러싸고 있는 호위 속에 새벽의 깊은 적막이 침전하고 있었다. [……] 세수를 마치고 군복을 단정히 차렸다. 나는 그때 완전한 미군장교 복장을 하고 있었다. 환국 일행의 수행원 가운데엔 학병출신이 네 사람 끼어 있었지만 광복군의 장교로서는 나 한 사람뿐이었고 다른 수행원들은 임시정부 경호 대원으로서 혹은 수행비서로서 입국한 것이었다.

우리가 중경을 떠나 서안의 광복군 제2지대로 OSS 훈련을 받으러 갈 때, 그대로 중경에 임정 경호 대원으로 남았던 동지들이 대부분이다. 짙은 국방색 미육군 군복 샤서와 자킷에 타이를 매고 가죽 각반이 달린 군화를 신었으며 옆으로 얹어 쓰는 모자 등 일체 지급받은 미군 정규 보급품에 광복군의 마크만을 붙인 복장의 차림이었다. 이제부터 나는 광복군의 한 군인으로서 국내 동포들과 접촉을 갖게 될 것이다. 많은 동포들을 만나게 되자 그들에게 우리 광복군의 모습을 보여주어야 할, 결코 가볍지 아니한 책임을 느꼈기 때문에 더한층 품위단정한 몸매에 관심을 가지지 않을 수 없었다.

－『돌베개』, pp.349~350.

(객): 과연 젊은이다운 순진한 포부. OSS의 복장이 소개되어 있네요. 그런데 완전한 <미군장교 복장>을 하고 있다고 했는데 이건 무슨 말입니까. 또 <광복군 장교>라고 말했는데요. 광복군을 미군과 동등하게 본 것입니까.

(주): 중요한 것은 그런 꿈이 헛되고 말았다는 것이지요. 경교장에 머물며 장준하는 백범과 이승만의 다리 놓기에 동분서주.

스스로 자기(최기형)의 위치가 교량의 역할이라 했다. 물론 나는 나 개인을 위한 것이 아니기 때문에 쾌히 동의한 것이다. 그는 힘 있는 악수의 체온을 남기며 갔다. 잠시 나는 최형의 체온을 의식하면서 다른 임정 요원들처럼 나 개인의 어떤 목적을 가지고 돈암장엘 가겠다는 것이 아님을 스스로에 확신시켰다.

－『돌베개』, p.414.

(객): 학병. OSS 귀국을 얘기하다가 결국 여기까지 왔습니다 그려. 물론 『돌베개』나 『장정』이 아무리 자세해도 개인의 체험기에 지나지 않는 것. 엄밀히 말해 제일차 자료(학문)로 처리하기에는 무리. 그렇다고 허구냐 하면 이와도 구별되는 것. 뿐만 아니라 추후에 복원한 것. 자기 미화가

불가피. 이 미묘한 경계선이랄까, 그런 성격의 글쓰기인 셈. 어떻습니까.

(주): 동감. 또 다른 OSS의 체험기도 엄연히 있기 때문입니다. 역시 또 다른 추후 복원한 체험기.

(객): 요컨대 광복군의 OSS만이 전부가 아니라는 것. 그래봤자 제한적이라는 것.

(주): 광복군 OSS가 중심적이고 또 적극적, 구체적으로 묘사되어 있음은 사실이지만 다음에 우리가 검토해 볼 버마전선에서의 OSS가 엄연히 있기 때문. 다만 비교컨대 둘 사이엔 체험기의 묘사력에 큰 차이가 있다는 것. 그 묘사력의 힘, 이것이 바로 내가 주목하는 곳입니다.

4.『버마 전선 패전기』와『모멸의 시대』

(객): OSS가 광복군의 이범석 쪽만 있었던 것이 아니다. 유럽전선, 아프리카전선, 태평양전선 그리고 중국전선 등에 걸쳐 있었다. 본부는 워싱턴에 있었고 도노반 소장이 관장했다. 중국의 경우는 곤명에 지부의 본부를 두었으며 홀리월 중령이 책임자였다. 학병 탈출자 장준하, 김준엽 등이 이범석 휘하에 들고 중경에 있는 써젠트 소령 휘하에의 OSS에 들어가 훈련을 한 것은 1945년 5월 1일이었다(『장정』, p.392). 이것이 OSS의 중국 쪽 사정이었음은 위에서 우리가 상세히 살폈지 않습니까.

(주): 버마전선, 이른바 악명 높은 임팔(Imphal, 인도)작전을 가리킴인 것이지요. 태평양 전선이 연일 밀리자 일본군은 버마 쪽으로 돌파구를 찾아 인도 쪽으로 향하려 했다. 1944년 3월에 개시한 이 버마전선에서 일본군은

대참패를 맞았는데 숫자상으로 보면 25만 명 중 13만 명이 죽거나 행방불명. 여기에서 생존한 병사들의 악전고투는 상당한 분량의 체험기가 간행되어 있어 그 어려움이 눈에 잡힐 듯합니다(아라키 스스무(荒木進), 『버마패전행기』, 岩波親書, 1982/ 마루야마 시즈오(丸山静雄), 『임팔작전 종군기』, 岩波親書, 1984). 그런데 참으로 불행이랄까 다행이랄까 뭐라고 하기 어려우나 여기에 참전한 한국인 학병의 상세한 기록이 남아 있습니다.

(객): 이가형의『버마전선 패잔기』(1964)와 박순동의『모멸의 시대』(1965)를 가리킴이겠습니다 그려.

> 나는 소의 뒷다리 사이에 축 처진 소불알을 보았다. 이놈의 새끼는 무엇이 편하다고 불알이 한자나 늘어져 있나! 나는 구둣발로 그 축 늘어진 불알을 힘껏 걷어찼다. 순간 소는 껑충 뛰더니 쏜살같이 앞으로 내닫는다.
> — 이가형, 「버마전선 패잔기」, 『신동아』, 1964. 11, p.292.

버마전선은 원시적 전투라는 것. 짐승을 이용한 전투라는 것. 탱크, 비행기 등 문명의 이기는 주도적인 영국군의 기동부대 독점물이라는 것.

> 관세음보살!
> 나는 애절하게 가호를 불렀다. 무엇인가에 의지하지 않고는 그 곤경을 헤어날 수가 없을 것 같은 절망감에 사로잡혔다. [……] 나는 저 앞에서 무엇인가 기다랗게 번쩍이는 것을 보았다. 발을 멈추고 눈을 홉뜨고 다시 바라보았다. 물이었다.
> — 박순동, 「모멸의 시대」, 『신동아』, 1965. 9, p.364.

관세음보살이라 했군요.

(주): 이가형의 경우는 이 점에서 썩 다릅니다. 지식인이니까요. 이가형이 산포 2대대의 지휘반장 후쿠타니 마사노리(福谷正典, 중위)를 만난 것은 1964년이었습니다. 『버마전선 패잔기』가 버마에 투입되었던 이른바 <늑대사단>의 행적을 다룬 기록이고, 거기에서 살아남은 유일한 장교가 바로 후쿠타니였습니다. 훗날 그는 살아남은 자를 수습하는 것을 목표로 해서 살았고 시골 양조장 주사로 호구하면서 『작살난 늑대』를 썼습니다. 이가형은 목포 태생으로 넘버스쿨 제5고를 나와 도쿄대학 불문과 재학 중이었는데, 그가 용산 26부대에 입대한 것은 1944년 1월 20일. 무려 5개월간 훈련을 받았고, 수송선으로 연합군 잠수함을 가까스로 피해 정작 버마에 든 것은 8월이었지요. 이가형은 훗날 『분노의 강』(경운출판사, 1993)이라는 심혈을 기울인 체험기를 <소설>이라 우기면서 간행했습니다. 이 체험기야말로 조선인 학도병이 아니고는 쓸 수 없는 임팔패전 체험기이지요. 창씨 개명한 이름은 이와모토 아키오. 후쿠타니 중위가 만나고 싶은 인물임엔 틀림없지요. 장마철, 질병과 굶주림, 짐승들의 도움으로 후퇴하는 생생한 체험기는 조선인 학병이 아니고는 어림없는 특이한 경지이지요.

(객): 예를 들면요? 선생이 <조선인 학병>이라고 유독 표시를 했는데요.

(주): 이가형이 배치된 소대에서 조선인 학병이 아니고는 할 수 없는 체험 두 가지를 우선 말하고 싶소.

(A) 나 역시 모녀, 은경이와 셋이서 술을 주고받는 바람에 머리가 흐리멍덩해지고 그녀들이 무슨 얘기를 나누고 있는지 분간 못할 지경에 이른다. [……]
진주라 천리 길을/ 내 어이 왔던고… […] 진주라 만리 길을 내 어이 왔던고.
나는 마음속에서 외치고 있었다. 사공의 뱃노래 가물거리며……
― 『분노의 강』, pp.104~105.

이른바 조선인 정신대 여인(한국 측 용어) 또는 조선인 종군위안부(일본 측 용어)와의 만남과 대화이지요. 나는 이 장면을 여러 곳에서 인용했지요. 또 하나 있소.

(B) 여자들은 몸빼에다가 소매가 짧은 하얀 샤쓰를 입고 있었다. 나뭇잎 사이로 새어드는 달빛을 받고서 그 하얀 샤쓰들이 한 무더기의 박꽃 같았다. 푸념을 하는 여자는 실성한 사람처럼 사설을 늘어놓고 있었다. 푸념 소리에 의하면 그들은 이곳 구메 ???에 와있던 한국인위안부들이었다. 어찌 저녁에 포주 놈이 어디론가 뺑소니를 했다는 것이었다. 그리고 일본놈들만 다 떠나면서 자기들을 추럭에다 실어달래도 모른다고 거절을 한다는 것이다. 그러니까 높은 분한테로 떼지어가서 물고 늘어져야 한다고 다른 여자들을 흔들어대고 있었다. 그러나 추럭에는 모두 산더미처럼 짐이 실려 있었다. 짐 위에 앉은 병정이 그들을 내려다보면서 혼자 깔깔거리고 있었다.
＜여, 조센삐야! 너희들 어제는 한판에 50원 달랬지? 지금은 얼마에 줄테냐? 지금은? 헤헤, 하하하하……＞
버마에 와서 처음으로 조선비(朝鮮妣)를 보았을 때의 놀라움과 부끄러움은 그 후에 광대한 버마전선에 걸쳐서 아주 그것도 숱하게 그들과 만남에 따라서 사라진 지 오래였다. 일본삐, 중국삐, 버마삐—저마다의 위안료가 달랐다. 일본삐의 위안료가 최고가임은 물론이다. 딴 삐는 고사하고라도 이 불쌍한 동포들은 어떻게 될 것인가…… 그러나 그들의 운명을 걱정하기엔 우리의 갈 길이 너무나 바빴다.
– 박순동, 「모멸의 시대」, 『신동아』, 1965. 8, p.365.

나는 이 대목도 다른 용도로 인용한 바 있소.
(객): 알만합니다. (A)는 미탈출자인 이가형의 체험기. (B)는 탈출도중의 박순동의 목격담. (A)는 NHK TV와의 인터뷰에 관련되기도 한 것. 그러나 (B)는 그야말로 탈출 도중에 숨어서 지켜본 것. 박진감의 면에서 보면

(B) 쪽이 앞서지요. 탈출이란 아무리 패배하는 부대에서라도 목숨을 건 행동이니까. (A) 가 지식인의 자의식이 작동된 내면화라면 (B) 는 지식인이긴 해도 그 심도가 약하고 용기가 앞선 쪽에 가깝지 않을까 싶소이다.

(주): 지금까지 버마전선에 관해 중언부언 과도한 언급을 해왔습니다. 이러한 것은 오직 OSS의 중요성을 드러내기 위함이오. 광복군의 OSS와의 차이성 말이외다. 내 방식에 좀 불만이더라도 조금 인내하면 어떠할까요.

(객): OSS가 그만큼 우리 대화의 중심과제라는 것. 얼마든지 참아보지요.

(주): 광복군 제2지대 이범석 휘하에서 OSS 훈련을 받은 장준하, 김준엽, 노능서 등은 써젠트 소령의 지도하에서 비교적 안정된 상태였지요. 앞에서 이미 살폈듯이 미군기의 도움으로 국내까지 들어올 수 있었고, 백범을 따랐기에 화려한 환국이 이루어진 셈이지요. 적어도 외면상으로는 말이외다. 정치현실에 뛰어들 수조차 있었으니까. 백범과 우남의 다리놓기가 그것. 이와는 다른 OSS도 있었고, 그들의 체험과 귀국의 형편은 너무나 달랐습니다.

5. 박순동과 조정래

(객): 박순동, 이종실, 이가형 등이 버마전선에 투입된 것은 1944년 9월 20일경이었지요. 앞에서 대충 살폈듯이 임팔작전의 완전 실패로 패주하는 와중이었던 것이니까. 제공권은 물론 압도적인 기갑부대로 무장한 영국군 앞에 노출된 <늑대사단>이란 이가형의 표현으로 하면 <소>와 더불어 후퇴하며 기껏해야 소불알을 걷어차는 수준이었던 것. 이런 어수선한

후퇴전선에서 한 부대에 박순동, 이종실, 이가형 등 조선 학병이 3명이나 있었습니다. 이들은 이가형(이와모토 아키오)만 남기고 탈출을 감행했지요. 박순동이 이종실을 만난 것은 입대 후이지만 이종실과 이가형은 그렇지 않았습니다. 광주고보 선후배 관계. 몸이 허약한 탓. 함께 탈출 했다간 실패할 확률이 높았지요.

(주): 박순동은 이종실의 말을 이렇게 썼더군요.

> 아무래도 난 이와모토를 뺄 수는 없다. 그는 나와 광주고보의 3년 후배이다. 내가 지금까지 그의 총도 메어준 것은 그가 약하고 내가 세다는 이유뿐만 아니었다. 그리고 지금의 건강상태로 보아서 영군의 탱크가 오지 않더라도 먼저 으깨어질 우려가 있는 것은 이와모토다. 그런데 그는 으깨어질 곳으로 보내고 건강한 우리는 짜고 빠진다? 야, 이건 너무 비겁한 이야기가 아니냐? 응? 이와모토를 버린다면 난 이 계획을 집어 치워도 좋다.
>
> — 「모멸의 시대」, p.360.

(객): 감정상의 갈등이랄까, 정에 이끌린 상태에서 벗어나 이들 두 사람은 결국 탈출을 감행하지요. 남은 이가형은 어떻게 되었던가. 박순동이 남긴 배낭을 들고, 배급품을 돌보지 않고 갈 수 밖에. 그러자 일본인 상사는 호통을 쳤군요.

> <분대의 식량보다 탈주병의 배낭이 소중한가! 바보 같은 놈>
> 그렇다 그의 말대로다.
>
> — 『분노의 강』, p.243.

동족에게 따돌림을 당하고 이족에게 업신 당한 얼간이.

(주): 이제야 문제적 인물인 박순동을 살필 순서에 이른 셈이오. 내가 먼저 주목하는 것은 <모멸의 시대>가 이중적이라는 것. 조선인 학병의 모멸과 OSS에서 겪은 모멸.

(객): 이가형은 두 번씩이나 박순동의 출신, 학력 등을 소개했더군요. 이 점은 매우 의미가 있어 보입니다.

> (A) 박순동은 창씨명 나오타 준토오(朴田順東)이며 일본의 불교대학 코마사와(駒沢)의 예과 재학 중이었고 고향은 전라도 순천이었다. 그가 승적을 가지고 있는 것 외에는 그에 대해 나는 아는 바가 없었다.
> ―『분노의 강』, p.157.

> (B) 박순동은 전남 순천 출신의 학병이다. 코마사와 대학을 순천 선암사의 사비(寺費)로 다니던 중이었다. 그는 승적을 가졌다하니 불경을 읽었으리라. 그는 완팅에서 체팡, 망시 방면으로 진격했을 때 내가 버마의 인가에서 스벤 헤딘의 <극에서 극으로>를 빼냈듯이 중국의 민가에서 <당시선>을 파질이나마 빼냈을 것이다.
> ―『분노의 강』, p.239.

(주): (A)에서 보면 이가형이 박순동을 만난 것은 학병입대 시기라는 것. 일본 불교대학의 예과생이었다는 것. 고향이 순천이라는 것. 승적을 가지고 있다는 것. (B)에서 순천 선암사의 사비로 유학했다는 것. 불경을 읽었으니까 필시 한문을 어느 수준에서 해독했을 것이라는 것. 버마 민가에서 <당시선>의 파지를 배낭에 넣었을 터이라는 것. 도쿄제대 학부생인 이가형으로서는 <극에서 극으로>가 배낭에 넣을 수 있는 수준이라 격이 다르다는 것. 비교컨대 중고등학생과 대학생의 차이라고나 할까. 불쑥하는 용기가 혈기왕성함을 가졌다는 점이 암시 되어 있다고 할까요.

(객): 잠깐. 선생은 박순동에 대해 과도할 정도로 민감해 보입니다 그려. 아마도 박순동의 또 다른 모멸의 시대 체험인 OSS에 관련된 것이겠습니다. 이제 본론이겠소이다. 틀렸습니까. 혹은 한 박자 느린 것입니까.

(주): 좋은 지적. 한 박자 느림이 아니라 빠름이지요. 적어도 중경의 장준하 등의 OSS와 비교 한다면 한 박자 정도가 아니라 아주 <빠른 박자>라는 것. 조금 품이 들더라도 그 <빠른 박자>를 살펴볼까요.

(객): 이종실, 박순동이 탈출하여 영국군에 투항한 장면. "현지인 게릴라들의 소개장을 읽은 장교가 우리를 쳐다보며 물었다. You Korean?/ Yes/ And student/ Yes/ Good!" 이것이 첫 장면. 박순동의 호기심은 영국군 장비에 있었다고 적었군요. 바퀴가 10개나 되는 GMC, 탱크, 짚차 등. 소등에 무기와 식량을 싣고 산포를 끌며 소불알을 걷어차던 일본군과 비교할 때 실로 별세계라고나 할까. 그들은 이런 저런 곡절을 겪어 비행기로 뉴델리에로 갔고, 거기서 며칠간 포로 취급을 당하며 심문에 응했고, 거기서 드디어 조선인 최상사와 김상사를 만났다. 조선인이었고 상관은 힌클리 미군대위. 그들은 1945년 4월 25일 카이로에 닿았고 카사블랑카를 거쳐 워싱톤에 닿았다. 또 거기서 4월 28일 경비선으로 50분을 갔다. 산타 카탈리나santa catalina 섬 해안에 내렸다(『모멸의 시대』, p.375. 참조).

과연 빠른 박잡니다 그려.

(주): OSS의 훈련과정이 펼쳐집니다. 그 목적은 중경의 것과 같은 것이라 더 덧붙일 것은 없겠지요. 다만 이종실은 죠Geo 박순동은 톰Tom 등이 유별나다고 할까(조정래, 『태백산맥』에서는 '톰슨'으로 나옴, 한길사, p.70).

이런 훈련과정에 8·15 종전이 왔던 것. 문제적 상황은 박순동에게 도무지 이해할 수 없는 것. 돌연 미군 당국에 의해 포로로 취급된 것. 하와이를 거쳐 귀국한 것은 1946년 1월이었지요. 실로 빠른 속도감. OSS에 대한 배신감, 바로 그것은 미국에 대한 배신감에 다름 아닌 것. 미군은 대국적으로 보아 그렇게 함이 합리적이었을 터이나 불교대학 예과생 출신인 박순동의 능력으로는 이 사태를 소화할 힘이 모자랐다고나 할까.

(객): <OSS→반미>의 도식. 바로 이것이 조정래의 대하소설『태백산맥』의 주역 중의 하나인 김범우. 선생은 이 점을 크게 강조했더군요. 이것 없이는, 염상진과 빨치산 계급투쟁만으로는 씌어 질 수 없다 라고(『한·일 학병세대의 빛과 어둠』, 소명, 2012. 제3장).

(주): 작가 조정래가 OSS에 그토록 관심을 가질 턱이 없지요. 그러나 그 박순동이 자기의 외삼촌이라면 어떠할까. 감수성 예민한 소년 조정래에게 외삼촌은 「모멸의 시대」의 세계를 얼마나 잘 들려주었을까. 자랑삼아 혹은 분노로 가득한 육성으로.

> 이 땅 최초의 논픽션 작가이며 가장 탁월했던 논픽션 작가인 박순동이 나의 외삼촌인 것은 큰 영광이며 기쁨이다. 외삼촌은 내가 소설가 지망생인 국문과 학생인 것만 보셨지 소설가가 된 것은 보지 못하고 돌아가셨다.
> — 박순동, 「암태도노작쟁의」, 이슈투데이, 2002, 발문. p.413.

(객): 그렇군요. 바로 육성으로. 외삼촌의 육성. 「모멸의 시대」의 이중성이겠는데요. 일본과 미국에 대한 '모멸'이었던 것. 이 천추에 못 잊을 한을 품은 외삼촌 박순동의 육성만큼 비지트한 것이 달리 있을까.

6. 체험으로서의 OSS와 비체험으로서의 M1소총

(주): 문학이란 묘사사력을 가리킴일 텐데 그것은 육성으로만 가능한 것. 그렇지 않으면 체험기에 지나지 않으니까.

(객): 아, 문학적 상상력을 가능케 한 육성, 볼까요.『태백산맥』을 열면 바로 무녀 소화와 빨갱이 정하섭이 나오고 그 다음에 피에까지 스민 계급 의식으로 무장한 주역 염상진이 나오지요. 소위 좌익사상을 머리에 내건 것. 그러나 제3장으로 오면 사정이 크게 달라집니다. <민족의 발견>이니까. 벌교 대지주의 차남인 김범우가 학병에서 집으로 돌아온 것은 1946년 1월말. 노부모의 요청으로 결혼을 했다. 큰형 김범진은 북쪽의 고위장성이고, 그 무렵 미 군정청에서는 김범우를 모시고자 전남 청장 화이트 대위가 보낸 짚차가 왔다. 김범우에게 행정상의 도움을 청함이었다. 김범우는 입은 한복 그대로 나섰다. 이어서 다음 장면.

앞자리에 오르는데 운전병이 "굿모닝 써"하고 인사를 했다. "하이, 굿모닝." 거의 무의식적으로 인사를 받고는 김범우는 순식간에 저질러진 자신의 경솔에 어금니를 물었다. 태평양의 외로운 섬 산타카탈리나를 떠나 샌프란시스코 교외 어느 포로수용소에 갇히게 되면서 앞으로는 영원히 영어를 입에 올리지 않겠다고 결심했던 것이다. 운전병이 '써'라고 존대를 하는 것조차 뱀 껍질이 닿는 것처럼 싫었다. 위에서는 그렇게 하라고 명령했을 것이고 운전병을 그 명령을 충실히 지킨 것뿐이었다. 그들의 그 철저성이 싫었다. 이제 다시 자신을 필요로 하는 것도 그 철저성의 발로였고, 산타카탈리나의 연합군 동지에서 하룻밤 사이에 샌프란시스코의 포로수용소로 보내진 것도 그 철저성의 실천이었다. 김범우는 자신이 집에 돌아온 지 나흘 밖에 안됐는데 그들의 손이 뻗쳐오는 신속성에 전혀 놀라지 않았다. 그들의 정보의 치밀성이나 기민성에 대해서는 이미 산타카탈리나에서 탄복했기 때문이었다. 그들은 벌교라는 하나의 읍에 대해서도 전봇대의 수효, 소화다리의 길이까지 알고 있을 정도였다. 그리고 산타카탈리나에서 벌교 포구의 침투가 제안되었는데, 현지 탐사를 한 잠수정에 의해 뻘밭이 너무 길기 때문에 부적격하다는 판정이 닷새 만에 날아들 정도였다. 로스앤젤레스의 근해 산타카탈리나 섬과 한반도의 구석 벌교 포구와의 거리감으로는 상상도 안 되는 일이었다.

"김 선생은 미국서 사셨는가요?"

차가 진트재를 올라가고 있을 때 뒷자리에 앉아 있던 사내가 뭔가를 좀 알아야 되겠다는 듯 마침내 은근하게 물어왔다.

"아무것도 알려고 하지 마시오. 그건 형씨의 임무 밖이니까."

김범우는 찬바람이 휙 끼칠 만큼 매정하게 잘랐다. 사내는 흠칫 놀라며 긴장했다. 그리고 다음 순간, 왠지 모르게 턱없이 거만하게 느껴 대위는 더듬거리며 백기를 들고 있었다.

김범우는 군정청을 나서며 전주가 고향인 박두병을 떠올렸다. 아마 박두병도 자신과 똑같은 제의를 받았을 것이 거의 틀림없었다. 그도 어떤 이유를 붙여서든지 그 제안을 거절했을 것이다. 그는 하룻밤 사이에 동지에서 포로로 바뀐 처우에 대해서 얼마나 분개하고 절망했던가. 그는 버마전선의 같은 소대에서 만나, 나흘 전 인천항에 귀국해서 헤어질 때까지 이 년여를 그야말로 생사고락을 같이한 기막힌 사이였다. 그와 함께 일본군을 탈출해서 영국군에 투항했고, 일본군 포로가 아닌 한국인으로 연합군 편에서 무슨 일인가를 하고자 했던 요구가 받아들여져 두 사람은 미국으로 보내졌다. 그래서 그들은 그 혹독한 OSS 첩보요원훈련을 밤낮없이 삼개월간을 받았고, 미지상군의 한반도 상륙을 위한 전초작업 임무를 띠고 침투되려는 즈음에 일본 땅에 원자폭탄이 투하된 것이다. 일본의 항복과 더불어 훈련지 산타카탈리나 섬을 떠나면서 그들은 OSS 첩보요원에서 포로 신세로 바뀌어 샌프란시스코 근교의 수용소에 갇히게 된 것이었다.

"여러분, 미안합니다. 정말 미안합니다. 여러분을 이렇게 취급하는 것은 말이 안 된다는 사실을 너무나 잘 알고 있습니다. 그러나 여러분,

나는 일개의 육군 대령에 불과합니다. 여러분한테는 분명 특별조치가 취해져야 합니다. 그러나 그건 정부와 정부 사이에서 논의되어야 할 문제입니다. 우리가 여러분을 특별 취급해서 인계하려고 해도 여러분을 인수할 기관이 없는 것입니다. 여러분의 나라에는 아직 정부가 수립되지 않았다는 말입니다."

그래서 포로 취급을 하지 않을 수 없다는 데는 논리의 모순이 하나도 없었다. 아니, 당장 정부를 만들어 낼 수 없는 그들로서는 그 논리에 순응해야만 그나마 귀국을 할 수 있다는 결론이었다. 더 따질 수 있는 말은 얼마든지 있었다. 그러나, 본인의 말마따나 일개 육군 대령에 불과한 OSS 훈련책임자 비스크탭을 붙들고 백 번 천 번 말한 들 무슨 소용이 있을 것인가. 참으로 엉뚱한 곳에서 나라 잃은 서러움을 뼈에 사무치도록 느껴야 했다. 학병에 끌려 나가면서도, 버마의 정글 속에 동료의 무덤을 계속 파면서도, 후퇴하는 자동차를 쫓아오며 경상도 사투리로 부르짖다가 부르짖다가 끝내 길바닥에 나뒹굴어지던 정신대 여자의 모습을 보면서도, 나라 잃었음의 서러움이 그렇게 기막히지는 않았다. 기대하지 않은 자에게 받는 핍박보다 기대했던 자에게 당하는 배신이 열 배 아프다는 사실을 깨달은 계기였다. 인천항에 내려진 포로들은 미군의 명령에 따라 체조대형으로 양팔들을 벌리고 섰고, 바닷바람이 몰아쳐오는 일월의 추위 속에 모두는 발가숭이가 되어야 했다. "범우, 자네 꼬치가 춥다고 허네." 박두병은 허허대고 웃으며 말했고, "내 꼬치야 상관없네만 자네 꼬치나 얼지 않게 허소. 당장 일 시켜얄 것 아닌가." 김범우는 이미 장가를 간 박두병을 상기하며 대꾸했고, 두 사람은 발가벗은 채 찬바람 속에서 허허한 웃음을 허허로운 허공에다 뿌리고 서 있었다. 세 번째의 명령에 따라 발가숭이 포로들은 왼쪽에 줄 맞춰 놓여진 옷가지 앞에 하나씩 서야 했다. 그건 헐고 때묻은 일본군의 옷이었다. 결국 수송선을 타기 전에 하와이에서 얻어 입은 미군 옷은 하나도 남김없이 반납한 셈이었다. 김범우는 그것이 차라리 얼마나 홀가분한지 몰랐다. 기억마저도 그렇게 깨끗하게 잊혀지기를 바라고 있었다.

― 『태백산맥 1』, 한길사, pp.71~73.

학병세대가 겪은 두 계보의 OSS 체험기 121

(주): 여기에 나오는 박두병이 이종실이겠습니다. 산타카탈리나 섬의 OSS의 책임자 아이폴로 대령에게 대들던 그 이종실, 그러나 아이폴로 대령의 논리는 따로 있었지요.

> 그러나 솔직히 말해서 우리가 여러분을 넘겨주려고 해도 여러분을 인수할 기관(정부)이 없습니다. 이것은 여러분을 위해서 대단히 유감스러운 일이어서 여러분에게 이 점을 해명하기에 망설이면서 현재의 상태에 도달한 것입니다.
>
> — 『모멸의 시대』, p.381.

이종실=박두병의 도식을 늘 염두에 둘 필요가 있습니다. 『태백산맥』에서 박두병만이 빨치산으로 있으면서 이현상의 최후를 목격한 인물이니까. 대지주 차남 김범우와는 신분상의 차원이 다르지요. 이 작품에서 두 사람의 교류가 거의 없습니다.

(객): 분명한 것은 두 사람이 OSS 출신이라는 것. OSS→반미사상에 투철하다는 것. 그 체험의 모멸스러움을 결코 떨쳐버릴 수 없다는 점이겠는데요. 그러나 김범우가 미군정청에 다녀왔다는 사실은 큰 파장을 일으킵니다. 특히 염상진이 그러하지요. 나이 상 선후배 사이이지만 염상진은 김범우와 <피가 다르다>는 계급주의자. 김범우도 반미사상에 투철했기에 염상진과의 소통의 가능성이 펼쳐집니다. 그야 『태백산맥』 전체를 읽어야 되는 사안이지만, 우리의 관심은 학도병으로서 OSS와 무관한 경우이겠습니다.

(주): 아, 이제야 또 다른 과제 하나가 떠올랐군요. 나는 이 문제를 작가 조정래의 독창성이라고 봅니다. 그 근거를 말할 차례.

심재모는 뒤로 고개를 돌려 외쳤다. 아까 부대를 지휘하던 상사가 재빠른 동작으로 뛰어왔다.

"나 잠깐 읍사무소에 다녀올 테니간 장병들 휴식시키도록. 경계 철저, 이탈방지, 기물손상 예방, 잊지 말도록!"

"옛! 알겠습니다."

강상사가 손끝이 파르르 떨릴 정도의 힘찬 거수경례를 붙였다. 그는 심재모 중위보다 일고여덟 살은 더 먹어 보였다.

"갑시다"

심재모는 어깨의 M1소총을 고쳐 메며 경찰서장을 향해 말을 던졌다. 그의 그런 태도는 읍장이란 존재를 묵살하는 것이었다.

기관장 일행 대여섯 명은 마치 줄을 서듯이 해서 교문을 나서고 있었다. 말없이 걷고 있는 그들의 모습은 평소와는 달리 어딘가 주눅이든 것 같았다. 토벌대장 임만수는 그 직책으로나 지금까지의 기세로 보아 당연히 경찰서장 앞에 서야 됨에도 불구하고 염상구와 함께 맨 뒤에 처져 걷고 있었다.

"니기미, 사람 꽉 겁 믹여뿌네."

염상구는 오래 참았다는 긋 쌍소리와 함께 침을 내뱉었다. 그러나 받들어총을 했다. 상사가 조회대를 향해 돌아섰다. 조회대에는 키가 껑충하게 크고 깡마른 젊은 장교가 서 있었다. 그의 모자에는 중위계급장이 붙어 있었는데, 오른쪽 어깨에는 사병들과 마찬가지인 M1소총을 메고 있었다. 그의 허리에는 분명 권총이 없었다. 그의 큰 키에 M1소총이 잘 어울리긴 했지만 장교가 칼빈도 아닌 M1 소총을 메고 있다는 사실은 이색적이지 않을 수가 없었다.

"장병 여러분, 이동에 수고가 많았다. 우리는 마침내 작전 지구에 도착했다. 모두 각오를 새롭게 하기 바란다. 이상."

그의 음성은 깡마른 체구와는 달리 굵으면서도 우렁찼다. 그는 벌교, 보성지구 사령관 심재모였다.

심재모는 조회대를 내려와서 그때까지 엉거주춤한 자세로 서 있던 기관장들과 인사를 나누었다.

"벌교 보성지구 사령관 중위 심재몹니다."

―『태백산맥 3』, pp.73~74.

(객): 정부파견 빨치산 폭도 진압군 심재모를 상징하는 것이 <M1소총>이라는 것. 어째서? 이 장면이 묘합니다 그려. 선생은 이를 작가의 독창성이라 했는데요. 아마도 외삼촌 박순동의 냄새를 지운 존재라는 뜻이 아닙니까.

(주): 그렇소. 작가 나름으로 국군(계엄군사령관)이 설정되어야 된다는 것. 박두병(이종실)과 맞세울 수 있는 인물이 요망된다는 것.

(객): 그러나 박두병과의 관련은 작품상 거의 없지요. 아마도 이 양쪽의 문제점을 김범우가 흡수한 형국이지요. 그러니까 심재모의 존재는 학병 체험자로서는 신빙성이 크게 떨어지지 않습니까.

(주): 동감. 실상 『태백산맥』은 김범우의 일대기냐, 염상진의 일대기냐를 물을 수 있지요. 그러나 6·25를 고비로 하여 김범우의 활동이 압도적이지요. UN군에 종군하기가 그것. OSS의 체험에서 익힌 기술이지요. 작품 결말에 오면 김범우가 염상진 쪽으로 이해의 폭을 넓히기도 하긴 합니다만.

(객): <M1소총>이 독창성이라 선생은 보았는데요, 이는 가짜다, 라는 어조로 선생은 보는 것이 아닌가요.

(주): 그렇소. 대체 심재모는 누구이며 M1소총은 무엇인가. 작가는 염치도 없이 이렇게 썼습니다. <학병=OSS>의 존재로.

심재모는 경기도 수원 태생이었다. 예로부터 중부이남 지역을 상대로 서울의 관문 역할을 했던 수원의 입지조건에 따라 그의 집안은 상업으로 대물림을 해왔다. 그의 아버지까지는 장사에 유용한 수치 계산의 숙달을 우선으로 하여, 글을 익히는 데도 장사에 필요한 만큼의 범위를 벗어나지 않았다. 그런데 세상이 달라짐에 따라 심재모에 이르러 그 범위를 벗어나게 되었다. 그는 신식공부의 최상인 대학에까지 진학했다. 그러나 거기에는 가업승계를 전제로 한 엄격한 제한이

따랐다. 상업학교를 다녀야 했고 상과대학에 진학한 것이 그것이었다. 환경의 탓이었는지, 별다른 개성이 없어서였는지 심재모는 그런 제한을 별로 제한으로 느끼지 않고 학교를 다녔다. 그런데 그가 식민지 상황을 가슴으로 앓기 시작한 것은 대동아전쟁이 본격화 되면서부터였다. 전에 피상적으로만 느껴왔던 조국이라는 것이나 민족이라는 것이 구체적 실상으로 떠오르기 시작한 것은 학도병 지원이란 몰이를 당하면서였다. 조국이라는 개념과 민족이라는 형체가 잡혀가면서 그는 전에 별로 관심 쓴 일이 없었던 일군의 사람들을 증오하게 되었다. 그들은 다름 아닌, 글줄이나 써먹고 살아가는, 문필가나 문학가로 불리는 사람들이었다. 그들은 내선일체(內鮮一體)만이 우리가 복되게 살 수 있는 최선 최상의 길이라는 글을 써대는 한편으로, 성전(聖戰)에 나가 죽는 것만이 가장 영광된 젊은이의 일생이라는 요지의 글들을 뻔질나게 써서 선동을 일삼고 있었다. 그들은 글만 쓴 것이 아니었다. 떼지어 몰려다니며, 청년 장정은 성전으로, 처녀들은 정신대로 솔선해서 나서자, 고 강연을 하고 다녔다. 심재모는 버마의 끝없는 정글 속을 헤매며 그 문필가라는 족속들을 얼마나 증오하고 저주했는지 모른다.

— 『태백산맥 3』, pp.80~81.

심재모가 학병출신이고 그것도 <버마의 끝없는 정글 속을 헤매었다.>라고 했습니다. 그 구체성이 전무하지요. 그런 체험이 없는 인물이니까.

(객): 작가가 급조해 낸 허깨비다? M1소총도.

독립투사들의 물결은 그 기대를 완전히 뒤엎고 말았다. 경기지구 학도병 모임을 주도하고 있던 심재모는 이미 대학생 때의 심재모가 아니었다. 그의 의식은 가업을 이어 장사로 안주할 수가 없게 되어 있었다. 그는 아버지의 만류를 뿌리치고 뜻을 함께하는 학병 출신들과 군대로 뛰어들었다. 그는 학병시절부터 남다른 사격술을 가지고 있었다. 그는 이미 버마 전선에서 M1소총을 다루었다. 노획물인 M1소총은 저격용이었고, 자연히 사격술이 뛰어난 그의 차지가 되었던 것이다. 일본군의 소총에 비해 M1소총의 성능은 기가 막힐 지경이었다. 조준의 숙달을 거치고, 목표물의 거리와 탄알의 이동곡선이 직감적으로 계산되는 단계를 지나면 이동표적이라고 얼마든지 적중시킬 수 있도록 명중률이 높은 총이었다. 심재모는 M1소총을 통해서 미국이란 나라를 인식했고, 이런 총과 맞서 싸우다가는 일본은 언젠가 패하겠구나, 하는 생각을 혼자 했던 것이다. 그는 단기(短期) 장교 훈련 때 M1소총을 다시 만지게 되었다. 그의 사격 솜씨는 단연 돋보였고, 그 덕에 보병 병과를 받게 되었는지도 모른다. 그는 M1소총의 성능을 믿었으므로 다른 총은 휴대할 수가 없었다. 칼빈은 그 방정맞은 생김새처럼 명중률이 형편없었고, 더구나 권총은 적과 싸우는 무기일 수가 없었다. 사병들 사이에서 그의 별명은 'M1'이었고, 아무리 키가 작거나 몸이 약한 사병이라도 M1소총이 무겁다는 내색은 하지 않았다.

―『태백산맥 3』 p.82.

<버마전선에서 M1총을 다루었다>고 했는데, 그것도 <노획물>이라 했는데 알다시피 버마전선은 미군과는 무관한 것. 영국군과의 대치 하에 있었으니까. <M1소총을 통해서 미국이란 나라를 인식했고, 이런 총과 맞서 싸우다가 일본은 언젠가 패하겠구나>하는 표현들은 상식이하. <M1>이라 별명이 붙은 계엄사령관 심재모. 외숙 박순동이 보았다면 아마도 기절초풍할 것이겠지요. 외숙의 냄새 지우기에서 나온 고육책이라고나 할까요. 그래도 의문점은 남는데요. 선생의 표정도 그러해 보입니다.

(주): 알겠소. 무슨 뜻인지. 어째서 계엄사령관으로 하필이면 <학병출신>을 내세웠는가라는 점. 나도 이 대목을 잘 알 수 없소이다. 학병출신 중 국군 창설인사들이 많았다는 것과 무관하다고 할 수 없다 해도, 혹시 이런 뜻은 아닌지요.

<학병→OSS>계와 <학병―非OSS>계가 『태백산맥』의 계급사상과

맞설 수 있는 심리적 부담에서 연유된 것이 아닐까.

(객): 외숙 박순동의 냄새 지우기에 창작의 갈등을 겪었다는 것이겠소이다. 이를 독자성이라 보아야 할지는 모르긴 해도.

(주): 한 가지만은 분명해 보입니다. <학병→OSS>이든 <학병−非OSS>이든 이 나라 <글쓰기 판>에 보이지 않는 모습으로 스며들었다는 사실.

(객): 소설쓰기가 아니라 <글쓰기 판>이라고 선생은 우기는군요.

(주): 그렇소, 넓은 뜻의 <글쓰기 판>이외다. 수사학과 구분되는 체험기의 힘이 아니겠는가.

7. 글쓰기의 비장미, 문학의 자유스러움

(객): 이 나라 해방공간에서 국가건설에 실질적 주역으로 활동한 인재들 중 학병세대가 차지하는 몫은 막중했던 것을 볼 수 있겠지요. 선우휘의 「불꽃」의 주인공 고현처럼 피하여 조용히 교사노릇이나 하고 살고자 해도 결국 역사 앞으로 이끌려 나왔고 이병주도 마찬가지. 이들은 당시로서는 최고 학부를 다니던 이른바 엘리트층이었지요. 그들이 어떤 이념 쪽에 동조하든 그들의 역량은 특별했다고 보는 것이 옳겠지요. 그러나 학병 중 탈출자와 그렇지 않은 자 사이에 또 다른 선이 그어져 있었지요. 위에서 우리가 상세히 살핀 대로 <학병→OSS>와 <학병−非OSS>를 보았지요.

(주): 알겠소. 그 쪽에서 무슨 말을 하고자 하는지를. 임시정부 쪽의 서안에서 OSS체험을 한 장준하, 김준엽 등과 박순동 이종실 등이 겪은 <산타

카탈리아>의 OSS의 두 계보가 있다는 것. 이들 사이에는 큰 차이를 보인 다는 것.

(객): 바로 그렇소. 백범과 귀국한 장준하는 눈부신 정치활동에 뛰어들 었고, 김준엽은 학자로 중국에 잔류. 그들에게 있어 OSS체험이란 <친근 성>이랄까 <아쉬움>의 일종이었지요. 8월 10일 일본 항복을 알아내 고 있으니까. 박순동, 이종실의 OSS체험과는 정반대라고나 할까. 이 두 가 지 계보의 OSS체험에서 얻은 것은 무엇이며 잃은 것은 무엇일까. 선생이 입만 열면 말하는 그 <문학사>에서 말입니다.

(주): 감히 <문학사>라 말하긴 좀 뭣합니다. <글쓰기>라고 하면 어 떠할까.

(객): 한 발 뒤로 물러가겠다는 뜻이겠는데요. 수사학과는 다른 글쓰기 의 기원을 문제 삼고자 하는 것이겠습니다 그려.

(주): 맞소. 그러나 반만 맞소이다. 장준하의 『돌베개』의 세계를 보시 라. 글쓰기의 열정과 논리, 또 치밀함과 비장함이 훗날의 『사상계』 전체 를 울리고 있었으니까. 『사상계』란 민족주의적 교양지라고는 하나 이 글 쓰기의 기원을 떠날 수 없는 것. 그러나 반은 틀렸소이다.

(객): 그리고 보니 선생은 『태백산백』을 염두에 두고 있습니다 그려.

(주): 그렇소. 내가 주목하는 것은 이 나라 <문학사>이오. <학병=OSS> 의 등식 없이 『태백산맥』의 문학적 독창성을 잴 수 없다는 것.

(객): 글쓰기의 기원으로서의 <학병=OSS>와 <문학사>의 일환으로 서의 <학병=OSS>. 그 두 계보.

(주): 『등불』, 『제단』을 발간한 장준하, 김준엽의 악전고투는 결국의 발 표 욕망인데 그것이 창작으로 나가지 않았다는 사실은 주목될 현상. 글쓰 기에 멈춘 것. 이에 비할 때 박순동, 이종실이 가진 것은 충격적 체험 뿐.

달리 무슨 수가 있겠는가. 글쓰기의 기원으로서의 무게, 창작으로서의 가벼움(자유스러움) 이 두 계보. 물론 이렇게 간단하게 정리되지는 않겠지만 그 뼈대랄까 중심부는 그렇지 않은가 생각합니다. 응당 반론이 예상되지만 나는 그런대로 견디고 싶소. 학병세대의 OSS란 엄연히 역사성을 가진 것인 만큼 그 누구도 지울 수 없기에. 내 서투른 어법이나 문법과는 무관한 것이니까.

『르 몽드』지가 쓴 『지리산』

1. 남재희 씨가 만난 통 큰 사람들

작가 이병주에 관한 인간적 면모를 그린 글로서는 리영희 씨의『대화』
(한길사, 2005)와 안경환 씨의『황용주—그와 박정희의 시대』(까치, 2013)
등이 특출할 뿐만 아니라, 대표적이다. 특출함이란 그 깊이와 폭을 지시
하며, 대표적이라 함은 누구도 따를 수 없음을 가리킴이다. 그러나 이들
저서는 동시에 그 나름의 한계도 공유하고 있음을 간과할 수 없다. 개인
의 판단, 곧 주관성에서 벗어나기 어렵다는 것이다. 말을 바꾸면, 이병주
를 경험한 이들의 성격부터 알아야 한다는 것. 그러니까 어느 편이나 만
만치 않은 사안이 아닐 수 없다.

이러한 문제점을 새삼 논의하고자 하는 논자라면 최근에 간행된 남재
희의『남재희가 만난 통 큰 사람들』(리더스하우스, 2014)에 큰 관심을 기
울일 필요가 있지 않을까 싶다. 충북 충주에서 1934년에 태어난 씨는 1952
년 서울대학교 의예과에 수석으로 입학해서 2년 후 수료했다. 그리고 6 ·
25 전쟁이 끝난 수개월 후인 1954년 서울대학교 법과대학에 다시 입학,

1958년에 졸업했다. 같은 해 한국일보 기자로 언론계에 첫 발을 내디딘 그는 1962년부터 1972년까지 조선일보 기자, 문화부장, 정치부장, 편집부 부국장, 논설위원을 지냈고, 다시 1972년부터 1977년까지는 서울신문 편집국장, 이사, 주필을 역임, 언론계에 20년간 활동하며 뚜렷한 발자취를 남겼다.

씨는 1979년 서울 강서구에서 10대 국회의원에 당선되어 정계에 입문하였고, 13대까지 4선 국회의원으로 당내와 국회에서 주요 보직을 맡아 활발한 활동을 하였다. 그리고 1993년부터 1994년까지 노동부 장관을 역임한 후, 1997년부터 5년간은 호남대 객원교수로 있었다. 취미는 독서와 고서 수집, 책방 순례 등. 그의 집에는 7만 여 권, 2.5톤 트럭 20대 정도 분량의 책이 있다(1989년 필자는 언론인 박권상 씨와 룸메이트로 베이징 상글리라 호텔에 있었는데 박 씨와 친분이 있었던 씨가 자주 들려 자신이 베이징에서조차 고서점 순례를 했음을 자랑했다). 씨의 저서로는 『김두관의 발견』(공저, 2012), 『아주 사적인 정치비망록』(2006), 『정치인의 변명』(1984) 등이 있다.

이러한 경력을 가진 남재희의 『남재희가 만난 통 큰 사람들』에는 총 13인의 인물이 등장한다. 그리고 거기서 두 번째로 거론된 인물이 바로 이병주이다. 어째서 두 번째인가. 통이 좀 작다는 뜻인가. 그렇기도 하지만 안 그렇기도 하다. '통 큰' 인물의 6번째가 언론인 선우휘임을 염두에 둘 필요가 있다. 다만 <작가 선우휘>가 아니라 <언론인 선우휘>일 뿐이다.

그렇다면 이 책에서 가장 통 큰 인물은 누구인가. 이승만에서 노무현까지 8인 대통령의 초상이다. 대통령인 만큼 그 누구보다도 외견상 통이 커 보이리라. 이들은 개인이기 이전에 대통령이기에 제쳐두어도 별로 상관이 없다. 그러나 두 번째 인물이 이병주이다. 어째서인가.

앞선 세대는 다음 세대를 대체로 흡족하지 않게 여긴다. 어쩐지 불안하다고 생각한다. 나도 후배 세대를 통이 작다고 여긴다. 너무 가볍게 합리적으로 따진다. 저돌적인 용기가 부족하다. 지난날의 영화 <자이언트>에도 그런 맥락의 의미가 있다.

신문기자 여년, 정치생활 20년 가까이 하며 내가 가깝게 사귀었던 인물들은 그렇지 않았다. 이 책에서 소개하는 걸물들은 꿈도 있고 술도 잘하고 여성들과 잘 사귀었으며 통도 매우 컸다. 한 마디로 간덩이가 컸다고 표현해야 실감이 난다.

－「책을 내면서」, 2014. 2.

이병주, 그의 통은 얼마나 컸던가. 남재희는 그 통을 이렇게 내세웠다. <나폴레옹 앞엔 알프스, 내 앞엔 발자크가 있다.>

2. 「르 몽드」여야 하는 이병주의 패기

대하소설 『지리산』의 부제는 이러하다. <智異山이라 쓰고 지리산이라 읽는다>가 그것. 월간 종합지 『세대』(1972~1978)에 연재될 때 작가 이병주는 남재희(서울신문 편집국장) 씨와 『세대』지에서 대담(1974. 5)을 한 바 있다. 대담의 제목은 「회색군상의 논리」라 했고, 부제는 <『智異山』의 작가와 독자가 이야기하는 생략된 역사>.

南 － 얘기를 부드럽게 시작하지요. 우선 제가 읽은 이 선생님의 소설은 「알렉산드리아」와 「관부연락선」 등인데 이번 「지리산」을 읽으니 선생님의 독특한 분위기를 앞의 것과 똑같이 그대로 갖고 있는 것

같더군요. 그런데 저의 경우에는 이 선생님의 작품을 그 기교면에서 보다 어떤 의미에선 무슨 구어체 역사책을 읽는 기분으로 읽었습니다. 왜냐하면 이 선생님이 연령적으로 저보다 10년 정도 앞선 세대니까 청년시절 즉 의식이 형성되는 시기에 일제의 통치와 제2차 대전을 경험하셨고 그리고 학병이라든지 해방 후의 건국과정, 또 좌우익의 대립 등등에서도 우리 세대보다 연령층이 앞선 이 선생님의 세대는 그것을 증언으로써, 또 참여자로서 체험하셨기 때문에 당시의 실정 같은 것은 우리보다 생생하게 기억하고 계실 겁니다. 그래서 지금 40대 정도의 연령 층까지도 이 선생님 같은 앞 세대의 사람들에게 듣고 싶은 것도 많고 또 궁금한 점이 상당히 있기 때문에 아마 그렇게 읽은 것 같습니다.

그리고 또 하나 이 선생님과는 대조적으로 관심을 가진 작가는 선우휘 씨를 들 수 있겠는데 그분도 이 선생님과 같은 세대이지만 그 작품에서는 각자의 체험이 다르게 나타나고 있어요. 가령 이 선생님의 세계는 무대가 남쪽의 경상도와 일본, 중국 등에서 시작하여 현재까지 연결되고 있다하면, 선우휘 씨의 것은 주로 북한에서의 체험에서 시작되어 지금까지 연결되고 있다는 말이죠. 그런 점에서 저는 좀 거창하지만 한국 정치 의식사적인 안목에서 두 분의 소설을 읽었다고 하겠습니다.

－『세대』, 1974. 5, pp.236~237.

이 서두에서 주목되는 것은 1974년이라는 연도이다. 남재희 씨가 이병주를 만난 것은 1965년도, 조선일보 문화부장 시절이었다. 신동문을 통해『세대』에 실었던『소설 · 알렉산드리아』를 썼을 때였다. 이병주에 대해 남재희 씨가 알아낸 것은, 스페인 내전의 인민전선에 홍분한 세대로 일본유학을 마치고 학병으로 끌려가 소주 60사단 치중대에서 말 시중을 들었다는 것 등등. 그러나 1974년도는 조금 각별하다. 남재희 씨는 이렇게 썼다.

1970년대 중반에 미국여행에서의 귀국길에 일본서 며칠 지내려고 도쿄에 있는 한국계 일본어 일간지 <통일일보>의 이승목 편집국장에게 신바시 제1호텔을 잡아달라고 연락했다. 그 호텔은 번화가에 있어 긴자 거리가 바로 옆이고 극장이나 서점들도 아주 가까워 편리하다. 작은 방도 있어 참 싸다. 그리고 바로 옆에 <스소노미>라는 작은 음식점이 있어 청어 등 생선구이 미소시루 밥이 간단한 차림을 내놓고 있는데 그렇게 입에 맞을 수가 없다. 당시 조선일보의 방일영 회장이나 방우영 사장도 다른 호텔에 묵으면서도 가끔 아침 식사는 택시를 타고 와서 <스소노미>에서 했다. 나리타공항에 도착했더니 마중 나온 이국장이 대뜸 다이고쿠(帝國, 임페리얼) 호텔로 가자고 했다. <이병주 선생이 그곳에 아주 큰 방을 잡고 있는데 같이 쓰자고 합디다.>이병주 씨는 일제 때 일본유학을 했는데 그때 일본 제일의 다이고쿠 호텔에 묵어보는 꿈을 간직했다고 했다. 그것도 미국의 유명한 건축가 프랭크 로이드 라이트가 설계한 구관에서 말이다(전후에 구관 일부를 남겨두고 신축했다).

과연 그는 큰 방을 쓰고 있었다. 둘 다 각각 볼일이 많아 밤늦게나 만나고 아침 식사만 호텔 지하식당에서 일식으로 함께 한다. 방으로 올라가면서 신문 판매대에 들러 신문을 사는데 그는 <아사히 신문>, <인터내셔널 헤럴드 트리뷴> 거기다가 기를 죽이기라도 하듯 <르 몽드>를 사서 팔뚝에 척 걸친다. 나도 성향이 비슷하여 가끔 앞의 둘은 따로 사지만 <르 몽드>에는 손을 들고 말았다.

한번은 책방 순례를 하자고 한다. 그는 책 수집광이다. 나도 비슷하다. 이것저것 나도 알만한 것을 사려니 미셀 푸코의 번역본을 몇 가지 집어 든다. 그때가지 나는 푸코가 그렇게 유명한 철학자인지 몰랐다. 또 한 번 기가 죽었다. 책은 바로 우송을 부탁한다. 그렇게 4일쯤 한 방을 같이 썼다. 그 밖에는 각각의 볼일인데 교토지식인들의 전하는 바에 따르면 그는 주로 여인들(일본 여인 포함)과 보낸다고 했다. 술도 같이 마시면서……

서울로 떠나던 날이다. 냉장고에 술 마신 후 좋다는 우롱차를 계속 갖다 놓았다는, 궁금하기만 했던 일본 여인이 짐 싸는 것을 돕겠다며 나타났다. 중년의 여인은 눈에 띄는 미인은 아니고 수수했다. 그런데 정숙하게 무릎을 꿇고 앉아 이 씨의 짐을 트렁크 둘에 모두 단정히 정리해주는 게 아닌가. 그는 침대에 비스듬히 기대어 신문만 뒤적이고 있으니 꼭 옛날 한국의 주부들이 짐 싸는 장면 같다. 이 선생과도 친하고 일본 사정에도 정통한 전옥숙 여사의 말에 의하면 일본의 저명한 여류작가였을 거라 한다. 이름은 예의상 비밀로 하겠다.

여하간 이병주 씨가 지적 수준이 대단히 높고 여자를 다루는 솜씨도 유행어대로 <비보통>(보통이 아님)이라는 것을 새삼 알았다.

그를 알게 된 것이 나로서는 참 행운이었다. 그에게서 수준 높고 재치 있는 이야기를 많이 들었으며 사람이 사는 법과 의미에 대해서도 어느 정도 배우고 터득하게 되었기 때문이다. 촌티를 좀 벗는 데도 그와의 만남이 도움이 됐다.

—『남재희가 만난 통 큰 사람들』, pp.46~48.

대하소설『지리산』의 연재 도중, 남재희 씨와 이병주와의 교우 관계가 이처럼 선명하다. 대담형식이라고는 하나 일방적인 경험형식이라고 할 것이다. 그렇다면 이병주는 재기발랄한 후배기자 앞에서 어떻게 대답하고 있었을까.

李 — 이거 너무 과찬하시는 것 같아 오히려 송구스럽습니다. 그리고 남 국장께서 저의 글을 <소설 히스토리>적인 관점에서 읽었다고 하시니 사실 흐뭇하기도 하고요. 사실 소설이라고 하는 것은 여러 가지 복합적인 요소가 많고 또 많은 사명을 지니고 있겠지만 그 중 가장 큰 것이 흔히 쓰이는 오소독소 한 역사의식이 반드시 역사 그 자체를 옳게 전하지 못하는 면이 많다는 겁니다. 말하자면 지도자 중심이거나 혹은 정권 중심으로 내려간다든지 또는 영웅주의적인 것으로 나타난다고 해도 그 사이에 여러 가지 배치되는 요소가 있고 지식인의 고민이 있고 서민의 애환이 있고 하는 게 아닙니까?

우리가 역사 그 자체를 배경으로 볼 때 그것은 추상화된, 정리된 일
종의 문서로서 생생한 민족의 슬픔이라든지 인간의 애환이나 기쁨 등
등을 알뜰하게 표현할 수는 없는 것입니다 그런데 소설은 그런 역사
의 뒤에서 생략되어버린 인간의 실상, 민족의 애환 등을 그려서 나타
내주는 것이 그것의 큰 역할이라 하겠습니다. 다만 그것을 생생히 표
현할 수 있는 역량이 없는 것이 안타까울 뿐이며 그것을 충분히 표현
할 수 있다면 장편소설의 경우에는 그것이 하나의 왕도가 되지 않을
까 생각합니다.

하지만 나는 그런 역량이 부족해가지고 <지리산>이라는 큰 테마
를 쓰기 시작했는데 한 가지 근심은 보다 유능한 사람이 있어 더 많은
자료와 사료를 잘 다뤄서 지리산을 중심으로 하는 민족의 비극을 더
욱 생생하게 그릴 수 있는 기회를 혹시 내가 빼앗아 버리지는 않았나
해서 지금까지도 송구스러운 마음을 갖고 있어요. 그렇기 때문에 독
자들의 기대에 어긋나지 않도록 최선을 다하고 있긴 합니다만.

ー『세대』, 1974, 5, p.237.

요약컨대 겸허함이랄까, 그런 점이 크게 부각되어 있다. 역사와 문학의
차이점이라든가 역사의식 등도 상식적인 것이다. 그렇다면 이 대담의 중
심부는 무엇인가.

3. 회색의 군상

이 ー 네. 바로 그렇습니다. 우리가 15~16세기일 때 스페인 내란이
일어났다가 종식되었는데 당시 앙드레 지드, 토마스 만 등의 세계적
작가들은 그 내란에 대해 뭔가 행동을 했으며 특히 앙드레 말로의

<왕도>, 헤밍웨이의 <누구를 위하여 좋은 울리나> 같은 작품은 스페인 내란이 끝나고 그 초기에 나타났습니다. 그리고 그것이 우리에게 온 느낌은 세계의 사조에는 우익의 흐름이나 좌익의 흐름이 있구나, 그 중에서도 좌익에는 여러 가지 각도의 흐름이 내재하고 있구나 하는 것이었습니다. 이런 것은 스페인의 인민전선 구성을 보고 느끼게 된 것이죠. 그래서 그 영향으로 우리는 기존했던 가치체계에 뭔가 여러 갈래의 방향이 있다는 것을 의식하게 되었고 그때부터 우리 세대의 내부의식 속에 가치관의 혼란이 오게 되는 문제가 생겨났습니다.

– 위의 책, p.240.

이병주의 스페인 인민전선에 관한 인식은 『관부연락선』 속에 상세히 서술되어 있다. 일본의 메이지대학 전문부 소속 문창과에서 공부하던 식민지 조선인 유학생이며, 경남 하동 북천면 양조조합장의 장남이자, 진주 농민고보 중퇴생인 이병주는 당시 일본 사상계를 휩쓸던 두 거두, 즉 철학계의 미키 키요시(三木淸)와 문예비평계의 고바야시 히데오(小林秀雄)에 크게 고무되었다. 철학에 있어 좌우 이데올로기와 군국주의를 동시에 비판했던 미키 키요시가 아니었던가. 이성이나 논리보다 생생한 삶과 생명의 감각을 소중히 한 고바야시 히데오는 실상 메이지 대학 전문부 문창과(문과 별과)의 교수가 아니었던가. 이처럼 이병주는 당초부터 글쓰기를 삶의 목표로 한, 당시로서는 드문 유학생이었다(이에 대해서는 김윤식, 『이병주와 지리산』, 국학자료원, 2010에 상세하다).

남재희 씨는 『지리산』을 두고 「대담」에서 이렇게 묻고 있다.

남 – 그렇겠죠. 여기서 새삼 당시의 그것에 대한 세계적 지식인의 태도 등을 말할 필요는 없지만 이 선생님의 작품의 출발점이 그러한 당시의 정치의식적인 면에서 시작된 것이 아니냐, 또 그런 면에서 파고들면 이 선생님의 소설에 있어서 정치의식적인 세계가 밝혀질게 아니냐 하는 생각이 드는군요.

그리고 또 이번 <지리산>의 경우 박태영이 이규에게 보내는 편지의 내용 중에는 <회색의 군상>이란 말이 나오는데 이것의 의미와 앞에 말한 스페인 내란에 대한 지식인의 태도를 연관 지어서 하나의 의식의 흐름으로 한 번 검토해 볼만 하다고 생각했습니다. 이것은 소설의 초반에 나오는 이규의 생각이나 박태영의 하영조에 대한 생각 등에서도 나타나고 있는데 그런 의미에서도 이 회색의 군상이란 말은 한번 음미해 볼 필요가 있을 겁니다.

<관부연락선>이나 <알렉산드리아> 그리고 <지리산>에 있어 그것의 의미를 여러 가지 뜻으로 해석해보면 처음에는 독립운동과 관련해서 회색의 군상을, 또 입신출세와 관련해서, 그리고 소작인에 대한 태도에서 그 회색의 군상을 볼 수 있어요. 앞으로 <지리산>에서도 전개되리라고 믿습니다만 좌우익 사상의 대립 속에서도 회색의 군상―이것은 이미 『관부연락선』에서 전개되었지만―이 표출될 거라고 생각합니다. 그러니까 이것을 한 가지 의의에서가 아니라 여러 가지 의미에서의 <회색의 군상>이라는 점에서 생각해 보자라는 거죠.

흔히 우리가 컨벤셔널한 생각으로 본다면 이 회색의 군상은 타기돼야 된다고 생각되는데, 그럴 경우 제가 조금 건방지게 추리를 해보면 이 선생님의 경우 회색의 군상에 비판적이면서도 거기에 어떤 긍정적인 의미를 부여하면서 그것을 집요하게 추구하고 있는 것이 아닌가 생각됩니다.

그렇다면 여기에 따라서 또 하나 <흑백의 논리>라는 문제가 대두되는데 사회현상이나 우리 인간사가 그렇다고 흑과 백으로 명백하게 나눠지느냐 하면 그렇지가 않습니다. 일반적인 생각으로는 모든 일이 흑과 백으로 갈라져야만 하고 그 중간인 회색을 상당히 경멸받고 타기 당하고 있지만 그러나 문제는 그 둘로 나누고자 할 때 그것은 정치의 세계는 될 수 있어도 인간의 진실을 추구하는 데는 이미 초점이 틀린다는데 있어요? 그래서 제 생각에는 이 선생님은 소설에서 그 흑과 백으로 나누어져 있지 않은 잔여치 중에서의 가치를 추구하고 있는 것 같이 보인다는 얘깁니다. 하지만 그 추구하는 것은 어떤 의미에서는 인간의 유약한 면을 파고드는 것이 되지만 달리 생각하면 그것은 바로 휴머니즘의 추구가 아니겠느냐 하는 생각에서 저는 이 선생님의 글을 읽었고 또 앞으로도 그 전개를 저는 나름대로 상당히 주목하고 있습니다.

이 – 감사합니다. 그리고 참 잘 읽고 잘 얘기 해주셨소. 남 국장 말씀은 제 의도와도 부합됩니다. [……] 뭐 그런 의도에서 나는 내가 추구하는 <회색의 군상>에 대한 결론을 이렇게 내리고 있어요. 회색의 사상을 가진 사람의 어떤 행위를 위하여 그 결과가 처참한 것이 되거나 또는 보람된 결과가 되거나 하는 측면을 구체적인 관점에서 파악하여 나는 그것을 <지리산>을 통해 꼭 표현하여야 되겠다는 마음을 굳혔다는 겁니다. 이를테면 항복하거나 생포된 적을 적이라고 해서 반드시 죽여 버려야 한다는 것은 분명히 흑백의 논리에 비추어 볼 때 조금 비약 같지만 회색의 논리라고도 할 수 있겠지요. 즉, 회색의 사상이란 융통성 있는 사고방식이라고도 할 수 있는 겁니다.

– p.247.

남재희 씨와 이병주의 대담은 이제 마무리 단계에 이른다. 거기서 이병주는 자기의 소설관을 이렇게 요약해 보였다.

소설이란 아주 다양한 하나의 표현방식으로서 말해질 수 있는데 이것은–극단적인 표현입니다만–비소설적으로 읽혀서 있음직한 가치가 있다고 판단되었을 때 비로소 그 존재가치가 있는 것이라고 저는 생각해요. 역설같습니다만 그렇지 못한 것은 19세기적인 범주를 벗어나지 않을, 그저 얘기로만 그치는 것이라고 밖에 말할 수 없겠지요.

– p.244.

<얘기와 소설의 구별> 그것은 간단하다는 것. 그렇다면 『지리산』이란 비소설적으로 읽어야 한다는 것. 이에 대해 남재희 씨는 승복하고

마는데, 『지리산』속에 K교수가 스페인 내란을 논하면서 <라 마르세이유즈>를 가르치는 장면에 상당히 감동했기 때문. 남재희 씨는 이렇게 물었어야 했으리라. 『지리산』은 <역사소설>인가. 그것은 비소설적인 것인가 라고.

이 <대담>이 깊이 있는 논의임은 새삼 말할 것도 없는데, 이를 뒷받침한 특정 매체의 힘을 결코 빠뜨릴 수 없다. 곧, 종합월간지 『세대』가 그것이다.

4. 『세대』에 실린 『소설 · 알렉산드리아』

재야 지식인의 필독서에 가까운, 월남인 중심의 월간종합지 『사상계』와 맞섰던 대중적이며 집권당(박정희 정권)의 비호 속에 놓인 것이 『세대』지였다. 여기에 대해서는 많은 논자들의 연구가 있거니와 그 중에서 안경환의 『황용주—그와 박정희 시대』(까치, 2013)를 최근의 대표적인 연구 논저로 칠 수 있다.

1) 학병 이병주와 와세다 대학

일제는 1943년 11월에 자국의 대학(전문부)생을 강제 입영시켰고, 1944년 1월 20일에는 조선인 대학생 4천 3백 85명을 강제 입대시켰다. 이들은 중국, 버마, 남양, 일본 내지 등에 투입되었는데 그 중에는 전사자와 탈출자도 있었으나, 그 부대에서 근무하다가 8·15 이후 귀국한 자가 대부분이었다.

필자가 그동안 이들 학병세대의 추이에 관심을 기울여온 것은 오직 다음의 한 가지, 이들이 대한민국 및 북조선민주주의인민공화국 수립에 중추적 역할을 했던 것으로 판단했기 때문이다. 물론 이 판단은 역사적 사실로 확인된 것이다. 그런데 이들 중 글쓰기에 필생을 보낸 문학가의 의식은 어떠했을까. 필자의 관심은 특히 이 점에 있었다. 이 중 출중한 문학가로 필자의 관심을 끈 것은 두 사람이었다. 한 사람은 「불꽃」(1957)으로 등장한 선우휘이다. 그는 학병에 나간 바 없다. 일제는 이공계와 사범계는 학병에서 제외했는데, 당시 선우휘는 경성사범에 재학하고 있었던 까닭이다. 그럼에도 필자가 육군 대령 출신의 이 「불꽃」의 작가를 학병세대로 규정하는 것은, 문학가로서 그가 평생 학병과 그 주변의 문제에서 벗어나지 않았다는 판단에서 비롯된 것이다.

다른 한 사람은 이병주이다. 이병주의 대표작을 필자는 『관부연락선』 (1970)과 『지리산』(1978)으로 본다. 그런데 그는 『관부연락선』을 월간지에 연재하면서 첫 회분에 자기의 이십대 사진을 실으며 <와세다 대학시절>이라고 소개했다. 필자는 이를 대하고 상당한 충격을 받았다. 과연 이병주는 <와세다 대학>을 다녔던가. 이병주에 관한 자료조사에 나선 필자는 두 번이나 도일했다. 그 결과는 이러했다. 그는 와세다 대학과는 전혀 무관한 메이지(明治) 대학을 다녔고, 그것도 거기서 처음으로 설치된 전문부 문과文科 별과別科생이었다. 당시 육군성은 그 해의 졸업생도 학병으로 징집했는바, 1943년 9월에 졸업한 그도 이 경우에 해당하였다(졸저, 『이병주와 지리산』, 국학자료원, 2009). 필자가 확인한 메이지 대학 자료 속에는 학병 명단이 있었는데, 이병주(창씨개명 大川병주)도 거기 실려 있었다. 혹시나 하고 와세다 대학 자료집도 모조리 검토해보았으나 이병주의 이름은 아예 없었다. 그도 그럴 것이 1943년 9월에 메이지대학 전문부를 졸업한 이병주가 와세다 대학에 들어갈 시간이 어찌 있었으랴.

이런 사태 앞에서 필자는 실로 난감할 수밖에 없었다. 이 장은 이런 난감함을 조금이나마 극복하기 위해 쓰였다.

2) 『관부연락선』은 황용주의 것인가.

최근에 필자는 고명한 법학자 안경환 교수의 노작 『황용주—그와 박정희의 시대』(까치, 2013)를 접하게 되었다. 면밀한 자료를 바탕으로 안교수는 황용주가 박정희와 대구사범 동기이자 와세다 대학에 다녔음을 다음처럼 밝혀놓았다.

> 용주는 1941년 정월, 와세다 대학(早稻田大學) 제2학원(문과)의 입학시험을 치른다(제1학원은 이과). 2년 예과 수료 후에 본과에 진학하는 4년제 코스다. 물론 불문과였다. 무난하게 합격이다. 와세다의 입학이 결정된 1941년 초겨울(2월) 용주는 귀국한다. 그리고 3월에 결혼한다. 용주가 만 스물세 살, 창희는 열아홉이다. 실로 절정의 청춘이다. 밀양 용주의 집은 '여수 애기' 창희를 활짝 맞아들인다. 창희의 기준으로 볼 때 시집 살림은 궁핍했다. 총독부에 근무하던 부친 대화 씨는 연전에 퇴직하여 내이동 집에서 그다지 여유 없는 날들을 보내고 있었다. 농사철에는 더욱 곤궁했다. 이미 향리에 있던 농토는 읍내로 본거지를 옮기면서 처분한 지 오래였다. 시숙은 시모노세키 상업학교를 졸업하고 읍사무소의 직원으로 근무하고 있었다. 용주가 먼저 도일하고 얼마간의 의무적인 시집살이 끝에 동행이 허락되었다. 마침내 정식으로 두 사람의 신접살림이 시작된다. 기다구(北區) 오지초(王了町) 상계인 아파트 83호다. 여수와 밀양에 동행하던 김상죽도 도쿄까지

따라왔다. 상죽은 백부가 관리하던 재산의 일부를 받아 신혼부부의 옆방에 기거하게 된 것이다.

와세다 대학의 상징건물은 시계탑이다. 대학의 캠퍼스는 시가지 한복판에 띄엄띄엄 건물이 자리 잡고 정문이 없는 것이 특징이다. 1882년 설립 이래 교지(教旨)를 '학문의 독립'으로 삼고 있다. 이 대학은 일본 자유주의 정신의 함양에 기여한 것을 큰 자부심으로 여긴다. 정치와 경제영역에서 일본 사회에 와세다가 미친 영향은 지대하다. [중략]

1858년 후쿠자와 유키치(福澤諭吉)에 의해 설립된 이 대학은 미국의 브라운 대학이 모델이라고 한다. 후쿠자와는 일본의 근대화를 상징하는 인물로 1만 엔짜리 지폐에 초상이 실려 있다. 대학은 1881년 최초의 '외국'학생으로 두 명의 조선인을 받아들였다. 1883년에 60명, 1895년에 130명이 입학한 기록이 있다. 그러나 일제 강점기에는 와세다가 조선 학생을 더욱 많이 입학시켰다. 세련된 게이오에 비해 와세다에는 다소 질박한 청년문화가 지배하고 있었다. 그래서 반도학생의 기질에 더욱 맞는다는 세평도 있다. 이러한 일제 강점기의 고정관념이 해방 후 한국의 대학문화에 원용되곤 했다. 그리하여 고려대학교를 와세다에, 연세대학교를 게이오에 비유하곤 했다. 우열을 가리기 힘들지만 기질적으로 대조되는 양대 명문 사립학교의 동반성장은 나라 전체의 축복이었다. 학생 동인지 『와세다 문학』은 게이오 대학 동인지 『미타(삼전)문학』과 함께 중요한 학생문단을 형성하고 있었다. 일본 국민의 이목은 제국대학 출신의 '귀재들'의 문학 활동에 집중적으로 쏠려 있었다. 그러나 와세다와 게이오 또한 엄연한 범주류 엘리트 문학의 일부였다.

— 안경환, 『황용주 그와 박정희의 시대』, 까치, 2013,
pp.140~142.

밀양 태생의 황용주가 와세다 대학 문과에 들어갔다는 것과 신혼생활에 접어드는 과정이 소상하다. 대구사범에서 마르크스주의자로 퇴학당했다는 것, 오사카로 건너가 오사카 중학(일본대학 부설)을 다녔다는 것,

여기서 그의 아내 될 이창희를 만났다는 것, 제3고와 제국대학의 꿈을 키웠으나 실력이 없는 그로서는 어림도 없는 일, 몇 차례나 낙방한 후 사립대학을 택했다는 것, 그것이 와세다 대학이었다는 것.

한편, 어째서 이병주는 『관부연락선』을 연재하면서 와세다 대학시절의 사진을 허용했을까. 두 가지 가능성을 염두에 둘 수 있을 법하다. 하나는 그가 사기꾼이라는 것. 다른 하나는, 이 점이 의미가 깊은데, 작품 『관부연락선』이 허구라는 것. 그렇지만 이는 이중적이다. 이병주＝황용주라는 분신, 이중인격의 조치임을 『관부연락선』 속에 넘치도록 적었다. 그 중에서도 주목되는 것은 진짜 와세다 대학 문과 출신의 황용주에 관한 것이다.

이병주가 소속된 부대는 방첩명 노코(矛) 2325부대 60사단 치중대였다. 중지中支에 있는 인텔리 부대로 총 400여명 정도인데 여기에는 조선인 학병이 60명이나 끼어 있었다. 그 중 반 이상이 탈출했다. 그 후 이 부대의 학병 중에서 육군참모총장을 비롯한 수 명의 장군이 나온 바 있다. 그렇다면 황용주는 어떠했던가. 그는 탈출하지 않았으며 일본군 간부 후보생으로 8·15를 맞았다. 간부후보생의 시험과 임용과정은 간단하지 않았다. 와세다 대학 문과생으로 학병에 나아간 그는 일본군 간부후보생이 되기 위해 백방으로 노력했고, 마침내 일본 육군 소위가 된다. 이런저런 '변명'이 있긴 있다. 그 경위는 이러하다.

"학병 중에는 교육훈련에 열성을 내는 자도 있고 당초부터 탈출을 기도한 자도 있었다. 전자는 기왕에 입대했으니 빨리 승급 진급하여 아니꼽기만 한 고병(古兵) 등의 억압에서 하루빨리 벗어나서 한이라도 풀어보려는 적극파이다. 후자 중에는 성공적으로 탈출한 사람도 있었지만 계획이 탄로나 영창과 곤욕을 치른 사람도 많다. 또한 꾀병, 지둔(遲鈍) 등을 가장으로 기회를 노린 소극파도 있었다. 각기 방편은 달랐지만 모두에게 공통된 것은 일본군에 저항했다는 것이다." 심지어 어떤 부대는 조선인 학병이 대거 탈출함으로써 부대의 편성을 새로 해야 할 정도였다. 용주와 같은 중지의 矛(야리) 부대에 배속된 김종수의 회고가 있다. "우리 부대에도 학병이 많이 탈출한 것을 알았다. 衣(고로) 부대에서 다수 탈출한 후에 남은 학병들은 우리 부대로 왔다. 그 중 한 사람이 장도영 대장이었다." [중략]

그러나 아무리 탈출이 용이하다하더라도 어디까지나 '비상적'인 일이다. 실패하면 즉시 사형당할 각오를 해야한다. 탈출에 성공해도 그 이후가 더 큰 문제다. 김준엽과 장준하와 같이 극히 운 좋게 광복군에 합류하거나 신상초와 같이 운 좋게 중국군에 동참한 예도 있다. 그러나 일부는 체포되어 고쿠라 육군형무소에서 해방을 맞기도 하고 드물게 1년 이상 국내에 잠적한 예도 있다. 중국군으로 위장하여 전투 중에 귀순했으나 포로 신세를 면치 못하고 고생한 경우도 있다. 즉시 총살된 경우도 있을 것이다. 장준하의 기록이다. "더욱 슬픈 것은 전 중국지역에서 두 번째로 일군에서 탈출한 한성수가 상하이에 특수 임무를 띠고 잠복 진입한 후에 동포의 밀고로 3개월 만에 일본 헌병대에 체포되어 처형되었다. 버마, 필리핀, 타이완 등지에서도 탈출한 사람도 있었을 것이다. 그러나 그들의 기록은 희소하다.

용주도 여러 차례 탈출을 생각한다. 사병 시절에는 물론 장교가 된 이후에도 탈출을 모의한다. 스스로 주동하지 않아도 언제나 분위기가 그랬다. 1945년 6월1일, 용주는 장경순, 민충식, 최세경, 정기영 등과 함께 소위 계급장을 단다. 교육 중에 탈출을 모의하기도 한다. "우리들은 예비사관학교에서 교육을 받는 동안 교육이 끝나는 대로 기회를 보아 중경으로 탈출하자는 모의를 했다. …… 그때 남경과 중경 사이에는 선이 닿는 정보통들이 있었다. 약산이 임시정부의 군무부장이며 광복군 제1지대는 약산 계열의 사람들이 장악하고 있었다는 소식을 들었다." 은밀하게 상해의 독일계 통신사에서 일하고 있던 김진동(金鎭東)을 만난다. 그는 임시정부의 부주석, 김규식의 아들이다. 용주는 자신과 약산과의 관계를 털어놓고 중경으로 탈출한 의도를 밝힌다. 정기영과 함께 구체적인 행동지침을 모의하고 중경 임시정부와 비상루트, 비상식량, 돈까지 준비한다. 장교의 신분이라 비교적 운신의 폭이 넓었다. 경비가 허술한 어느 날 새벽 두 시에 만나기로 했으나 용주는 약속 장소에 나타나지 않았다. 혹시 탄로가 났나 하며 마음 졸이던 정기영은 나중에야 진상을 알고 기가 막혔다. 그 시간에 용주는 전우들과 태연하게 이별주를 마시고 있었다는 것이다. 생사를 건 탈출을 앞두고 벌인 도저히 납득할 수 없는 어이없는 해프닝은 두고두고 술자리의 안주가 되었다.

— 안경환, 위의 책, pp.175~178.

변명일 뿐, 그 정도의 정보를 아는 것은 간단하지 않았던가. 요컨대 황용주는 자진해서 일본군 장교가 된 것이다. 와세다 대학생도 아닌 이병주가 와세다 대학생이라 우긴 것은 이 경우에도 그대로 적용된다. 이병주는 <노예의 사상>을 내세워 개처럼 살았다고 훗날 곳곳에서 기록했다. 그러나 과연 그러했을까. 5 · 16 군사혁명의 재판기록들이 시퍼렇게 증언하고 있다. 실로 어처구니없는 증언.

1944년 1월 20일, 대구 60사단에 함께 입대하여 중지의 인근 부대에서 복무한 것으로 기록되어 있다. 두 사람 모두 간부후보생에 선발되어 일본군 소위가 된다. 이병주는 이 사실을 드러내놓고(각주5) 밝히지 않고 「용병」 「노예의 사상」 등등 소설과 에세이 속에서 이민족 전쟁에 동원된 굴욕의 체험을 강조하였다. 반면 황용주는 능동적으로 장교가 되었고 장교로서의 경험을 적극적으로 활용하였다. 일본의 패전 직후 일본군의 고위층과 협상하여 한적(韓籍)사병의 신변안전과 조기귀국을 위해 나름대로 애썼고 상해에서도 김구 주석을 비롯 임시정부 요인들과 접촉한다.

— 『2011년 이병주하동국제문학제 자료집』, p.71.

이 기록을 대하고 내가 주목한 것은 안교수가 내세운 각주(5)였다.

1961년 10월 30일자 혁명재판소의 판결문에 이병주가 1945년 8월 1일자로 '일본군 소위'에 임관되었다는 사실이 적시되어 있다.
　　―『혁검형』제177호, 한국혁명재판사편찬위원회 편 제도집, 1962.

　　'노예의 사상'을 주테마로 하여 그동안 논의해온 졸저 이병주론의 시각에서 보면 이 사실은 새로운 도전을 강요하는 것이었다. 나는 틈을 내어 제3자의 도움으로 안교수에게 자료 도움을 요청했는바, 안교수는 흔쾌히 다음의 자료를 즉각 보내주었다.

　　공소장 피고인 이병주는 15세시 본적지 소재 북천보통학교를 졸업하고 18세시 진주농업학교 제4학년을 수료한 후 도일하여 서기 1932년 明治大學 專門部 文藝科를 졸업하고 동 1944년 早稻田 大學에 재학 중 학도병으로 일본군에 지원 입대하여 동 1945년 8월 1일 일본 육군 소위로 임관되었다가 동년 10월경 제대. 귀국한 후 진주 농림학교 교사, 동 농과대학 조교수에 각 임명되어 재직 중, 동 1950년 12월 31 비상사태하의 범죄처벌에 관한 특별조치령(부역위반) 피의 사건으로 부산지검에서 불기소 처분을 받은 후 해인대학 부교수로 임명되어 재직하다가 동 1958년 10월에 부산 국제신문사 논설위원으로 재직하면서 동 1960년 5월 말경 부산시 중고등학교 노동조합 고문으로 추대되어 활약하여 오던 자 (…중략…) (一) 서기 1960년 12월호『새벽』잡지에 '조국의 부재'라는 제호로써 "조국이 없다 산하가 있을 뿐이다. 조국은 또한 향수도 없다."는 등 내용으로 조국인 대한민국을 부인하고 어떠한 형태로든지 새로운 조국을 건설하여야 되는데 대한민국의 정치사에서는 지배자가 바뀐 일은 있어도 지배계급이 바뀌어 본 일이 없을뿐만 아니라 이 나라의 주권은 노동자 농민에게 있다는 등 내용으로 일반 국민으로 하여금 은연중 정부를 번복하고 노동자 농민에게 주권의 우선권을 인정한 프롤레타리아 혁명을 일으켜야 조국이 있고 이러한 형태로서의 조국이 아니면

대한민국은 조국이 아니라고 하고 차선의 방법으로 중립화 통일을
하여 외국과의 제군사협정을 폐기하고 외군이 철퇴해야만 조국이
있다는 등의 선전선동을 하여 용공사상을 고취하고 (二) 동인은 동
1961년 4월 25일 『중립의 이론』이란 책자 서문에 '통일에 민족 역량
을 총집결하자'는 제호로써 대한민국을 북괴와 동일시하고 어떤 형
태로든지 통일을 하는 전제로서 장면과 김일성이 38선상에서 악수
하여……

－『한국 혁명재판사』 제3집, 1962, pp.270~271.

(졸저, 『한일학병세대의 빛과 어둠』, 소명, p.178)

이병주는 '개'가 아니라 간부후보생이었고, 일본군 육군 소위였음이 엄
연한 사실이다. 그렇다면 이병주는 사기꾼이거나 거짓말쟁이인가. 결코
그렇지 않다는 것이 필자의 믿음이다. 그렇다면 그 근거는 어디에 있는
가. 무엇보다 그 증거는 이병주가 <'작가' 이병주>였음이다. 메이지대학
전문부 문과 별과(오늘날 문창과)를 나와 학병으로 간 경우는 이병주가 조
선인으로는 거의 유일무이한 존재였다. 메이지 대학 전문부생 이병주는
당초부터 문학을 전공으로 했다. 적어도 당시 문과 별과는 일본의 대학에
서 유일한 경우에 해당한다(졸저, 『이병주와 지리산』, 국학자료원, 2009).
작가이기에 그가 쓴 『관부연락선』은 창작이 아닐 수 없다. 거기 들어 있
는 사건, 인물 등등은 모두가 허구이다. 그러나 그 허구의 모델이 있었다.
바로 황용주다.

거듭 말하지만 황용주는 와세다 대학 문과생으로 학병에 끌려갔고 거
기서 이런저런 이유로 간부후보생으로 나아가서 육군소위가 되었다. 작
가 이병주는 스스로를 황용주라고 믿었다. 『관부연락선』을 연재할 때,
첫 회의 작가 소개란에서 그는 자신의 사진 밑에 <와세다 시절의 필자>
라고 적었다. 그렇다면 『관부연락선』이란 무엇인가. 황용주를 모델로 한

작가 이병주의 순수 창작물이되, 동시에 이병주와 황용주의 합작품이 아닐 수 없다. 결국 어디까지가 황용주이고, 어디까지가 이병주의 것인지를 검토하는 것이 『관부연락선』 연구의 핵심에 놓여 있다. 황용주의 평전이 나온 이상, 이제 이 연구는 피할 수 없게 되었다.

3) 『소설 · 알렉산드리아』의 주인공, 황용주

『황용주-그와 박정희의 시대』 속에는 실로 놀라운 대목이 들어 있다.

> 월간 『세대』는 1963년 1월에 창간된 종합 월간지이다. 『세대』지의 창간은 『사상계』의 필자와 독자를 흡수하기 위한 전략적 성격도 내포되어 있었다. 1950년대 이래 전후 지식인들의 교양서였던 『사상계』가 당국과의 불편한 관계 때문에 시련을 겪으면서 많은 『사상계』의 독자들을 유인했다. 그리하여 지식인을 대상으로 한 시사, 교양논설이 주종을 이루었지만 문학작품도 적잖이 수록했다. 특히 신인 등용문으로도 큰 역할을 했다. 이병주는 물론 조선작, 홍성원, 박태순 등이 『세대』를 통해 문학의 길에 입문했다.
>
> — pp.422~423.

> 세대의 탄생 배경과 관련하여 이대훈의 증언이 중요한 단서를 제공해준다. 이 잡지는 사실상 이낙선의 주도와 재정적 지원 아래 창간된 것이다. 그리고 그는 편집진에 고려대학교 국문과 4학년에 재학 중이던 젊은 친척, 이광훈을 배치한다. 이낙선은 군사혁명 주체세력의 지적 대변인으로 인정받고 있었다.
>
> — pp.423~424.

실린 글들의 제목을 훑어보면 '민족주의', '민족통일', '매판자본', '민족자본'과 같은 단어들이 넘쳐흐르고 있었다. 영입된 편집위원 황용주의 민족적 민주주의 신념과 20대 청년 편집장의 열정이 의기투합한 결과였다.

"학생들의 한일회담 반대 데모가 격화되면서 전국적인 비상계엄을 선포해야 할 정도로 국론이 첨예하게 대립되고 있었다. 이러한 상황 아래 '민족적 민주주의'는 매우 불온한 주장일 수 있다. 그러나 일면 가볍게나마 남북한 사이에 화해의 무드가 일고 있었다. …… 그해 여름에 열린 도쿄 올림픽에서 북한의 육상선수 신금단(辛今丹)이 남한의 아버지를 만나면서 남북한 이산가족의 상봉에 대한 기대가 고조되고 있었다. 또한 10월 중순 박정희 대통령은 강원도 춘천을 방문하여 도지사와 시장을 만난 자리에서 최근의 국내외 정세를 보아 머지않아 남북통일이 이루어질 것으로 본다고 말했다. 그로부터 사흘 후에 청와대에서 열린 정부 여당 연석회의에서 대통령은 통일문제를 심각하게 연구할 시기가 되지 않았는가라고 반문하면서 국회에서도 여야가 함께 이 문제를 연구해야한다고 강조했다. 여당은 이미 국토통일연구소 설치 법안을 정식으로 제출해두었으며 공화당 이만섭을 비롯한 46명의 의원이 남북가족면회소 설치에 관한 결의안을 제출해두고 있었다. 이러한 시대적 분위기라 이정도 주장은 할 수 있지 않을까 하고 생각했다."고 이광훈은 술회했다.

이 사건으로 2개월동안 자진 휴간한 <세대>는 이듬해 1965년 6월호에 이병주의 중편 <소설 · 알렉산드리아>를 게재함으로써 일약 스타 작가의 탄생에 기여한다. 이 작품은 중립·평화통일론을 신문 사설로 쓴 지식인이 감옥에서 보낸 편지를 주축으로 플롯이 전개되는 일종의 '사상소설'이었다. 작품의 주인공에 필화사건으로 감옥에 갇혀있는 황용주를 대입시켜도 무방했다. 4월 어느 날 시인 신동문은 근래 출옥한 이병주를 만난다. 신동문은 여섯 살 위인 이병주의 필명을 알고 있었다. 200자 원고지 600매짜리 중편을 읽고 난 신동문은 무릎을 쳤다. 즉시 이광훈을 찾는다. 젊은 편집장 이광훈 또한 극도로 흥분했다. 바로 이거야! 언론의 자유, 사상의 자유다. 소설의 형식도 파격적이다. 600매짜리 중편을 전문 그대로 실었다. "신동문 선생으로부터 그 원고를 직접 건네받아 내가 최종적으로 게재 여부를 판단했는데 당대의 현실에 대한 그분의 날카로운 안목이 없었더라면 그 소설은 세상에 나오기 쉽지 않았을 것이다."라고 회고했다. 작가의 원고에 없던 작품 제목에 굳이 '소설'이란 단어를 넣은 것은 이광훈의 강력한 '편집권' 행사였다. 불과 몇 달 전의 상황을 감안하며 이 작품을 게재함으로써 발생할지 모를 위해에 대비하는 의미도 있었다. 현실적 제안이나 비판이 아니라 어디까지나 허구임을 강조하기 위한 고육지책이었다. 같은 잡지에 평화통일론을 쓴 언론인 황용주를 감옥으로 보낸 직후에, 동일한 '용공사상' 때문에 옥살이를 하고 나온 체험을 바탕으로 쓴 작품을 '발굴하여' 싣는다는 것은 이를테면 전혀 반성의 빛이 없는 이광훈의 뱃심이기도 했다. 역설적이게도 『세대』는 황용주의 필화사건으로 인해 지식인 사회에서 상당한 홍보효과를 얻었다. 또한 『소설 · 알렉산드리아』의 발굴을 계기로 문학잡지로도 흔들리지 않는 명성을 구축했다. 이광훈은 한국잡지 역사상 유례없는 약관 23세에 편집장을 맡음으로서 한 시대의 문화 권력을 행사하게 되었다.

— pp.433~434.

『소설 · 알렉산드리아』가 황용주를 주인공으로 했다는 것. 이 대목은 안경환 씨가 처음으로 확인한 것이어서 놀랄만한 발견이 아닐 수 없다. 어째서 그러할까. 항용 이 작품을 그 자체의 독창적인 창작이라 보고 이런저런 분석과 해석으로 일관된 논의들이 거의 무의미함을 드러낸 것이기 때문이다. 물론 거기에는 작가 이병주의 솜씨도 무시하지 못할 것이다. 그리고 이 경우 그것은 작가로서의 지위를 확보한 장편 『관부연락선』에서도 사정이 비슷할 것이다. 안경환 씨의 지적은 이 『소설 · 알렉산드리아』의 시대적 배경을 정확히 포착한 것이어서 타의 추종을 불가하게 만들고도 남는다.

와세다 대학을 다닌 바도 없는 이병주가 <나는 와세다 대학생이었다>라는 것은 터무니없는 거짓말. 그러나 그것마저도 허구로 보면 된다. 곧 <나는 이병주 이전에 황용주다>라고. 황용주≠이병주의 도식이었다.

이번의 경우도 사정은 꼭 같다. 『소설 · 알렉산드리아』는 황용주≠이병주였던 것이다. 작가로서 이병주는 작품 속에서 스스로를 부정하고 황용주를 닮고자 기를 쓰고 나섰다. 그런데 바로 이 점이 강한 시대성을 띨 수 있었다. 여기까지가 두 번째 단계이다. 그렇다면 세 번째 단계는 어떠했을까.

4) <국제신문> 주필, 편집장, 논설위원

세 번째 단계는 바로 논설위원 되기이다. 황용주가 『사상계』와 맞선 『세대』지의 편집위원이 된 것은 1964년 봄이었다. 군부출신의 상공부장관 이낙훈이 사장이었고, 그 고향후배 이광훈이 편집장으로 있는 이 월간지는 『사상계』의 이북 및 지식인 세력과 정면으로 대립한 것으로, 극히 정치적인 잡지였다. 당시 편집장 이광훈이 『사상계』의 지적 대변인급인 함석헌과 정면으로 대결했음은 천하가 다 아는 사실이다. 이광훈은 『세대』지 편집위원 16명의 한 사람으로 <부산일보> 사장인 황용주를 모셨다고 했다. 안경환씨의 고증에 의하면 그때 황용주는 <부산일보>를 그만두고 서울의 <문화방송> 사장으로 자리를 옮기게 된다. 후에도 황용주는 통일론 등 중요 논설을 『세대』에 실었다.

그 이전에 황용주는 부산대학의 교수로 불어를 가르쳤다. 그렇다면 황용주를 그대로 빼닮고자 한 이병주는 어떠했던가. 그도 해인대학 교수로 영어, 불어 등을 가르쳤고, 드디어 <국제신문> 편집국장, 주필, 논설위원으로 나섰다. 그리고 한편으로 그는 <부산일보>에「내일없는 그날」
(1957)이란 연재소설을 발표했다. 이로써 황용주=이병주의 모방행위가
빈틈없이 진행되었다. 뿐인가.『세대』의 통일론의 필화사건으로 투옥된
황용주를 보며 이병주도 감옥행을 따라야 했다. 어떤 방식이었을까. 황용
주와 마찬가지로 이병주는 통일론으로 박정희 군부에 대들었고, 혁명재
판소의 판결 때 10년 징역에 8년 감형으로 2년 7개월간 서대문 형무소에
있었다.『소설 · 알렉산드리아』는 안경환 교수가 정확하게 지적했듯이
황용주를 주인공으로 한 정치소설(사상소설)이었다.

대구사범의 박정희와 동급반이었던 황용주가 박정희 정권의 사상적 거
점의 하나였듯, 진주농고 출신의 이병주가 할 수 있는 것도 끝내 황용주의
행로를 닮는 것이었다. 외신기자 리영희의『대화』(한길사, 2005) 속에서
는 이병주가 박정희의 절대 지지자가 되어 박정희 평전 집필에 나아갔다
고 기록하고 있다. 이러한 이병주의 180도 회전 앞에서 리영희는 정나미
가 떨어졌음을 고백하고 있을 정도이다. 이러한 외신기자인 리영희의 안
목은 일반인의 상식 수준이라고 할 만한 것이다. 그러나 리영희가 정작
간파하지 못한 것은 이병주의 생애에 있어서 황용주가 모델이고 표준이
었다는 사실이다. 이병주는 스스로를 끊임없이 부정하고 '황용주되기'를
갈망하는 과정에서 글쓰기를 했고, 또 그 불가능성을 인식함으로 말미암
아 글쓰기의 지속성이 뒤따랐다.

5)『관부연락선』속의 방법론

와세다 대학을 다닌 적이 없는 이병주의 자각 증세는 어디에서 찾을 수
있을까. 적어도 그가 지식인인 만큼 이 문제에서 벗어날 수 없다. 더구나

작가인 경우, 필시 작품 속에 드러나 있을 터이다. 그의 대작 장편『관부연락선』속에는 이렇게 고백되어 있어 명실상부하다.

정직하게 고백하면 나는 일본인뿐만 아니라 같은 동포를 대할 때도 진실의 내가 아닌 또 하나의 나를 허구했다. 예를 들면 '일본인으로서의 자각'이니 '황국신민으로서의 각오'니 하는 제목을 두고 작문을 지어야 할 경우가 누차 있었는데 그런 땐 도리 없이 나 아닌 '나'를 가립(假立)해 놓고 그렇게 가립된 '나'의 의견을 꾸미는 것이다. 한데 그 가립된 '나'가 어느 정도로 진실의 나를 닮았으며 어느 정도로 가짜인 나인가를 스스로 분간할 수 없기도 했다. 그런 점으로 해서 나는 최종률을 부러워하고 황군을 부러워했다. 그러니 마음의 움직임 자체가 미리 미채를 띠고 있는 것이 아니냐는 이사코의 말은 정당한 판단이었다.

자기 변명을 하자면, 어떻게 저항할 것인가 하는 그 방법을 찾지 못할 바엔 저항의 의식을 의식의 표면에 내세울 필요가 없다는 체관(諦觀)이 습성화되어 버렸다고 할 수도 있다. 생활의 방향은 일본에의 예종(隸從)으로 작정하고 있으면서 같은 조선 출신 친구 가운데선 기고만장하게 일본에의 항거를 부르짖고 있는 자들에 반발을 느끼고 있는 탓도 있긴 했다.

격에 맞지도 않은 말들을 지껄였다면서 이사코는 금방 장난스러운 표정으로 돌아가더니 파리와 동경과의 비교를 가벼운 유머를 섞어 가며 하기 시작했다. 이사코의 얘기를 재미있게 듣고 있는 동안 내가 눈치 챈 일은 내게 대한 호칭을 이사코는 '무슈 유'와 '류상' 두 가지로 나누어 쓰는데 농담을 할 땐 '무슈 유'가 되고 진지한 얘기를 할 땐 '류상'으로 된다는 사실이었다.

코론 방에서 나와 긴자 이곳저곳을 돌아다니다가 알래스카에 가서 식사를 하고 이사코와 나는 쓰키지 2정목을 향해 걸었다.

쓰키지 소극장은 쓰키지 2정목에 있다. 좀더 나가면 쓰키지 혼간지(築地本願寺)가 있고 더 좀 나가면 생선시장이 있는 동경의 옛 판도로선 변비한 곳에 단층의 조그마한 극장이 여염집 사이에 다소곳이 끼어 있는 것이다.

건물 정면, 사람으로 치면 이마에 해당하는 곳에 포도송이를 닮은 굵다란 극장 마크가 달려 있고 그 곁에 세로 '국민신극장(國民新劇場)'이란 간판이 붙어 있다. 좌익 연극과 인연이 깊다는 이류로 쓰키지 소극장이란 명칭을 국민신극장으로 고친 것이라고 했다.

일본의 신극사(新劇史)를 쓰려면 쓰키지 소극장사(築地小劇場史)를 쓰면 된다고 말할 수 있을 정도로 이 극장은 일본 신극운동의 발상과 더불어 비롯된 유서를 가진 극장이다. 그리고 또 이 극장은 오시나이 가호루(小山內薰)를 위시한 빛나는 이름들과 결부되어 있는 일본 신극의 메카이기도 하고 좌인 전성시대에는 좌익 연극의 총본산이기도 했다. 조선 출신의 연극 학생들이 조직한 조선학생예술자(朝鮮學生藝術座)도 이 극장의 무대 위에서 활약한다.

최근까지 이 극장은 신협극장(新協劇團)과 신쓰키지(新築地劇團), 두 개의 극단에 의해 교대로 사용되고 있었는데 신협과 신쓰키지의 간부들에게 검거 선풍이 불고 극단이 해산되는 바람에 쓰키지의 면목은 일변했다. 두 극단을 잃은 극장은 군소 소인극단(群小素人劇團)에 무대를 빌려줌으로써 간신히 연명하고 있는 상태다. 신극의 본산(本山)이 신극의 노점으로 전락한 느낌이다.

　　　　　　　　　　　　　　　　　　　　− 이병주, 『관부연락선』, 동아출판사, pp.508~509.

이러한 <나 아닌 나를 가립(假立)>해놓고 살아온 지식인 이병주는 작가 이병주이자, 또한 주인공 유태림이었다. 황용주 닮기가 그것이다.

이병주가 박정희 군부에 대들어 군사재판을 받고 실형 2년 7개월로 출소했음은 앞에서 누누이 언급했거니와, 그것은 통일론에 대한 논설 때문이었다. 그렇다면 이 논설 역시 이중적이라 하지 않을 수 없다. 중립 통일, 일반 통일, 통일 안하기 등등 어느 쪽으로 해석하더라도 안성맞춤이 아닐 수 없다.

그렇다면 소설가가 되는 일이 가장 안전한 것이었다. 현실이야 어쨌든 그것을 이렇게도 고치고 저렇게도 바꿀 수 있었으니까. 소설이론의 탁월한 연구자인 바흐친의 논법대로 하면, 현실의 역사란 미지수이며 이렇게도 저렇게도 변할 수 있는 것이 아니겠는가. 바흐친에게 소설이 만들어내는 <어떤 이질적인 감각은 새로운 미학 자체가 아니라 삶으로부터의 구체적인 감각에서 기인하는 것이다>(변현태, 「바흐찐의 소설이론과 그 현대적 의미」, 『창작과비평』, 2013, 봄호). 이것은 넓은 뜻의 반영론이겠으나, 그 반영론이 현실 반영의 정확성으로 평가받는 것이라면 바흐친의 주장은 이와는 다르다. 현실 자체의 이중성에서 오는 것이기 때문이다. 현실이란 늘 <이질적 감각>을 갖추고 전개되기 때문이다.

그렇다면 이병주는 이런 감각을 지녔다고 볼 수 없을 것인가. 그는 이미 일본 유학시절부터 갖고 있었다고 볼 것이다. 와세다 대학을 다닌 바도 없는 이병주가 와세다 대학을 다녔다고 우기는 것이 이에 해당한다.

<나는 이병주가 아니고 황용주다!>가 그것이고 동시에 <나는 이병주다!>가 그것이다. 이병주는 자기를 황용주에 가립假立해 놓음으로써 『관부연락선』을 썼다. 황용주가 옥살이를 할 때 『소설·알렉산드리아』을 썼다. 이 과정을 통해서 비로소 이병주는 작가가 될 수 있었다. 그것도 대형작가가.

6) 이병주≠황용주

이병주가 황용주를 닮고자 필사적으로 애쓴 흔적을 단계별로 정리하면 아래와 같다.

첫째, 와세다 대학을 다녔다고 스스로를 지향하기. 기껏 메이지 대학 전문부 문과 별과를 마친 이병주에게 있어 자기의 이런 이력은 무시해도 상관없는 것이었다.

두 번째 단계는 일본군 간부후보생을 거쳐 장교 되기이다. 황용주는 별 다른 망설임 없이 간부후보생을 거쳐 일본군 육군 소위가 되었다. 이병주도 꼭 같았다. 군사재판소 기록에 의하면 이병주가 일본군 육군 소위였음이 드러나 있다.

세 번째 단계는 논설위원 되기이다. 부산대학에서 불어를 가르치던 황용주가 <부산일보> 사장, 논설위원, 또『세대』지 편집위원이 되었는데 해인대학에서 불어와 영어 등을 가르치던 교원 이병주가 <국제신문>으로 옮겨 주간, 편집국장, 논설위원이 되어갔다. 이병주≠황용주이었던 것.

이렇게 보면 이병주는 적어도 거짓말을 한 바 없는 것이 된다. 이 사실을 그는『관부연락선』속에서 이렇게 말해놓고 있어 인상적이다. <나 아닌 나를 가립假立해놓고 그렇게 가립된 나의 의견을 꾸미는 것>이라고. 그러기에 대작『관부연락선』은 허구가 아니라 사실 그 자체라 할 것이다. 따라서『관부연락선』에 대한 어떤 연구서나 논문도 이를 떠난 것이라면 신뢰하기 어렵다. 마찬가지로『소설 · 알렉산드리아』도 황용주가 주인공이라는 사실을 떠나면 신용하기 어렵다. 이런 점을 굳이 강조하는 것은 황용주의 존재감에서 오는 것이 아닐 수 없다.

과연 이병주는 사기꾼인가. 전혀 그렇지 않다. 이병주=황용주였으니까. 통일론으로 감옥에 간 황용주를 따라 이병주 스스로도 통일론으로 감옥에 갔으니까. 그렇다면 이병주≠황용주의 도식에서 비로소 작가 이병주가 탄생했다고 볼 것이다. 그것도 장편『지리산』의 대형 작가로.

5. 남재희 씨의 직관

『소설 · 알렉산드리아』가 『세대』지에 실린 배경과 그것이 어째서 『세대』지의 존재 건에 관여되었는가가 안경환의 연구로 밝혀진 만큼, 이제 이 중편 소설의 의의가 한층 투명해졌다. 그냥 <알렉산드리아>(아프리카 카이로에서 좀 떨어진 옛 도시이며 국제적 성격을 띤 고대의 최대 도서관이 있었던 도시)가 아니고, <소설>이란 말을 붙였다. 그것도 동격으로 『소설 · 알렉산드리아』라고.

소설은 영하 20도를 오르내리는 서대문 형무소에 박정희 혁명 정부의 '혁검'에서 정치범으로 10년 형을 언도 받고 수감 중인, 스스로 황제라 칭한 형이 아우에게 옥중편지를 주는 것으로 시작된다. 알렉산드리아에 가고 싶다고.

피리 부는 악사인 아우는 이에 자극되어 외항선에 실려 여사여사하여 거기에 갔고, 그곳에서 각국의 망명객들 속에서 사태를 관찰한다. 여기에는 이병주 특유의 스페인 내란 망명객들, 또 나치를 피해온 <백장미 형제>의 모습들이 생생하다. 그 속에 뛰어든 왕자 행세하던 아우는 유일한 육친인 형이 어째서 아우에게 애인에 대한 말은 일언반구도 언급하지 않았을까. 또 형이 즐겨 쓰는 니체의 말, <스스로의 힘에 겨운 뭔가를 시도하다가 파멸되는 자를 나는 사랑한다>도, 황제인 형이 3년을 옥에서 살았으니까 앞으로 7년 후면 자유인이 된다는 것도 <휘발유가 모자라 라이터가 겨우 불꽃을 튀겼다가 담배를 갖다 대기 전에 꺼져버리듯, 나의 동공에 허망한 메아리만 남겨 놓고 꺼져버린다>도. 『소설 · 알렉산드리아』는 이렇게 대미를 장식했다.

지금껏 필자는 남재희 씨와 안경환 씨가 논의한 이병주에 관한 부분을 살펴보았다. 여기에는 두 논자의 태도에 크나큰 차이가 엄존한다. 안경환 교수의 것은 객관적 자료를 활용한 연구인만큼 사사로운 감정이 배제되어 있다. 그러나 남재희 씨의 경우는 사정이 크게 다르다. 남재희 씨의 그것은 독자의 한 사람이기 이전에 후배로서의 감정과 교유관계로 이루어져 있다. 『지리산』을 논할 경우에도 '팔이 안쪽으로 굽듯' 했다. 필자가 이 글 전반부의 소제목을 「<르 몽드>가 쓴 <지리산>」이라 한 이유이다.

6. <가립(假立)한 나>에서 벗어나기

작가 이병주는 어디까지나 작가였다. 작가이되 특출한 작가였다. 이유는 온몸으로써 자기가 내세운 인물(성격)에 집착했음에서 왔다. 이 점을 스스로의 표현으로 <나 아닌 나를 가립假立해 놓고>라고 했다. <나는 이병주가 아니라 황용주다!>라는 명제, 바로 이것이 『관부연락선』을 낳았다. 학병출신으로 일본군 육군소위가 된 황용주를 빼닮고자 한 결과였다. 황용주와 이병주가 만난 역사적 순간은 『세대』지의 재간 호에 실린 『소설 · 알렉산드리아』였다.

황용주가 옥살이를 하고 난 다음 박정희의 모사로 혁명을 기할 때, 그는 박정희의 오른팔이 되고자 했으나 뜻대로 되지 않았다. 이성계의 역성혁명에 오른팔이었던 정도전처럼 되고자 했지만 불발에 그치고 말았다. 이를 본 이병주는 어떤 심경에 도달했을까. <나를 가립해 놓은 나>의 행방은 무엇이었을까. 이를 옆에서 지켜본 어떤 이는 이렇게 썼다.

리영희: 아마 1966년 봄쯤이었던 것으로 생각해요. 어떤 신사가 조선일보 외신부로 찾아와서 자기를 소개하기를 글쓰는 이병주라는 사람이라면서 저녁식사에 초대했더구만. 알고 보니 그는 부산에 있는 <국제신보> 주필로 있다가 5·16 박정희 군부 쿠데타를 맞아 평소에, 남북한 중립화 통일론>을 주장하는 사설을 써왔던 관계로 투옥됐어요. 군부정권은 쿠데타에 성공하자마자 국가보안법과 반공법 등을 동원해서 좌익계, 혁신계, 노동조합, 교원조직 등의 인사 약2000여명을 소위 <용공분자>라는 죄목을 붙여 구속했어요. 대체로 8년형부터 무기징역까지 선고했어. 그들 대부분은 박정희 정권수립과 동시에 구속되어 3년 내지 3년 반을 복역하고 64~65년경에 석방돼요, 이병주는 석방된 뒤에 자기의 투옥 기간에 전개된 국제정세의 변화를 추적하기 위해서 국내의 모든 신문을 읽다가 『조선일보』 외신면이 다른 신문들과는 다르게 정확한 보도와 평가를 해왔다는 것을 알았다는 거야.

나를 만난 첫 날, 이병주는 그런 얘기를 하면서 나를 꼭 만나고 싶었다고 하더구만. 그때 이병주는 이미 그 작품 스타일에서 굉장히 서구적으로 세련된 소설 『소설·알렉산드리아』를 발표한 상태였어. 그 후에도 유명한 「마술사」, 『관부연락선』, 『지리산』 등 일제시기와 해방 후 조선인들의 사상적 갈등을 담은 장편소설들을 내놓아서 일약 문단의 총아로 자리매김했어요. 나는 그 후 10년 가까이 그와 친밀한 관계를 이루었고, 그에게서 많은 것도 배우고 한국사회의 고급사교장(술집 내지는 주점)을 탐방하는 기회도 누렸어요. 하여간 비상한 머리의 소유자이고, 그 지식의 해박함에 놀라울 정도였지. 그리고 해방 전에 진주지방 만석꾼의 자식으로 일본의 와세다 대학에서 불문학을 공부했던 분이라 그 취미와 언변이 세련되고 성품이 거침없이 호탕했지.

임헌영: 참으로 놀라운 능력을 갖고 있었던 분이지요. 이병주 선생에 관해서 비화가 있으면 소개해 주십시오.

리영희: 아마 문학계 동료들이나 문인들은 소상하게 알지 못할 만한 얘기를 한 가지 하지요. 이것은 거의 일주일에 4~5일은 그의 초청으로 고급 살롱에서 잔을 기울이면서 그한테 들은 이야기예요. 6·25 전쟁 첫 해에 유엔군의 인천상륙작전으로 남한 남단에까지 진격했던

인민군이 총퇴각을 하게 되자, 인공 치하에서 문화, 예술 공작에 협력했던 사람들이 전부 지리산으로 모여들었대. 거기서 그들은 전황이 완전히 반전됐으니 어떻게 처신해야 할 것인가를 토론했대요. 이병주의 말에 의하면, 지리산의 깊은 어느 골짜기, 햇볕이 따스하게 비치는 평퍼짐한 곳에 모여서 회의를 했다는 거지. 퇴각하는 인민군을 따라 북으로 갈 것이냐, 모두 하산해서 투항할 것이냐를 놓고 열띤 토론이 여러 시간 계속됐다더군. 이병주 말이, 그런 절체절명의 궁지에 몰린 상태에서 남자들보다는 여자들이 그 신념과 이념에서 월등히 강직하더래, 북조선에서 내려왔던 문화예술 총동맹(문예총) 소속 여성들뿐 아니라 남쪽에서 활약하다 입산한 여성들까지도 한결같이 그랬다고 해요. "상황이 바뀌었다고 해서 투항한다는 것은 말이 되지 않는다. 끝까지 이념에 충실해야 한다."

한편, 남쪽 출신 남자 문예인들은 온갖 구실을 찾아서 하산하자고 주장했대요. 토론의 결말이 나지 않자, 위원장이었던 이병주가 타협안을 제시하여 각자의 선택에 맡기자는 데 합의가 이루어졌대. 다만, "동지의 누가 어떤 길을 택하든, 다른 동지의 결정과 행동 대해서 일절 비판할 수 없다. 각자의 양심에 따라 자기에게 충실하게 행동하자."는 다짐을 모두가 하고 그 자리에서 뿔뿔이 헤어졌대. 그렇게 해서 하산한 이병주는 그 후 투옥되었지.

임헌영: 문단에 다 알려진 이야기지만 본인이 생전에 절대 공식화하지 않았거든요. 언젠가 하동 이병주 선생 생가와 문학비를 찾아간 적이 있었는데 고향분들의 이병주 선생 추앙은 대단했습니다. 한 작가가 생전에 현직 대통령(박정희, 전두환)으로부터 존경받은 경우는 드물지요.

리영희: 이병주는 애석하게도 1975년에 발동한 군사정권의 악법 중 하나인 '사회안전법'에 해당돼서 전향서를 공표하느냐, 안하고 청송감호소에 수감되느냐의 기로에 서게 됐어. 해방 후 좌익계와 혁신계 진보세력에 속했던 모든 인사들이 이 사회 안전법에 적용되었지. 박정희정권은 이들을 제거하기 위해서 사회안전법을 제정하여 사상 전향을 공개적으로 발표하든가, 아니면 청송에 새로 만든 감호소에서

평생을 썩거나 둘 중 하나를 택하게 한 거예요. 물론 대부분이 전자를 택했지.

이것은 일제 시대에 조선인 공산주의자 또는 좌익 인사들을 박멸하기 위해서 신문지상에 자신의 사상 전향을 공고하게끔 했던 수법을 그대로 따른 것이야. 그래서 75년과 이듬해쯤에 걸쳐서 국내 신문들에는 '본인은 무지의 탓으로 남로당(또는 무슨 당 또는 무슨 단체)에 가입하여 국가와 사회에 해악을 끼쳤고, 경거망동했던 행위를 충심으로 반성하고 철저한 자기비판을 거쳐서 대한민국의 충실한 국민으로 탈바꿈 하고자, 그 뜻을 공표합니다'라는 따위의 글이 매일같이 게재되어 사람들의 시선을 끌었어요. 동서양 모든 반공, 파쇼국가들이 다 채택했던, 사상과 양심의 자유를 탄압하는 전형적인 조치였지, 이병주는 그 집안에 중앙정보국 차장이라는 유력 인사가 있었고, 그 자신이 유명한 분이었기 때문에, 이런 종류의 '사상 전향서'를 신문에 공표하는 대신 『중앙일보』에 유럽 기행문을 쓰면서, 그 속에 반공주의적 사상을 담아냈지.

나는 그렇게 친하게 지냈고 많은 문학적 영향을 나에게 미쳤을 뿐만 아니라 현대적 시대정신에 앞장섰던 그가 그런 사상 전향식 글을 계속 발표하는 것을 읽으면서 마음이 아프고 참으로 착잡해졌어요. 한 지식인의 양심과 신념이 포악한 권력에 의해서 유린되어야 하는 반문명적, 반인간적 참상과 얼마 동안 계속될지 예측할 수 없는 반공, 파쇼체제의 감방생활을 감수하기도 어려운 기로에 선 한 지식인의 처지가 마치 나 자신의 일일 수도 있다는 생각 때문에 못 견디게 서러웠어. 이것이야말로 사르트르의 실존주의적 선택의 고통이지. 이런 권력의 폭압과 상황의 분기점에 직면했을 때 자신의 사상적 자기충실을 택해야 하는 것을 보고, 한때 내가 심취했던 사르트르의 이른바 "자유는 형벌이다"라는 명제가 처음으로 실감나게 와닿더구만. 나의 주변에서는 1957년 합동통신에 입사했을 때 차장으로 있었고, 그후 그가 세상을 떠나는 날까지 서로 마음을 나누었던 친구이자 선배인 정도영 씨 역시 이 정신적 고통을 겪어야 했지.

임헌영: 이병주 씨는 용산시장에 있다가 김현옥 서울시장이 와우

아파트 사건(1970. 4. 8)으로 물러났을 때 무슨 피해를 입은 것 같더군요. 권력이 무너지면 당장 손해를 입히는 우리 사회 풍조를 그대로 반영한 것이지요.

리영희: 우리나라 속담에 '사람 팔자 알 수 없다'는 말이 있는데, 이것이 바로 그런 경우에요. 이병주는 와세다 대학 재학 중(이는 착오이다, 인용자) 태평양 전쟁이 터지자 학도병으로 징집됐다가, 해방이 되어 고향인 진주에 돌아온 후 진주농림학교의 교사가 됩니다. 아까 내가 말한 것처럼, 워낙 세련되고 재력이 풍부한데다 호남이었기 때문에 학교 뿐 아니라 그 지방의 뭇 사람에게 선망의 대상이 되었대요. 그때에 진주농림학교에 수업시간 시작과 끝을 알리는 종을 치는 사환으로 김현옥이라는 공부를 못한 청년이 있었다. 그 당시 남한의 못 배우고 돈 없고 빽 없는 젊은이들이 모두 출셋길을 찾아 국방경비대(육군)에 입대하던 예에 따라 김현옥이도 그 후 군대에 들어간 거야. 그렇게 해서 그는 61년 5월에는 박정희 군사쿠데타의 영관급 장교로서 독재 권력의 중추부에 진입하게 됐지. 말하자면 엄청난 계급 변동이라고 할까. 그리고 서울 시장이 됐어요.

방금 임형이 말한 그때에, 수도 서울의 왕자로 군림했던 왕년의 진주농림학교 사환은 종치기 때부터 존경했던 이병주에게 온갖 경제적 특혜를 베풀었어. 이병주씨는 그 덕분에 서울 시내 여러 군데에 활동 근거지를 갖고 있었어요. 특히 용산 청과시장을 건설할 때 특권을 받아 그 안에 자기의 큰 저택을 꾸렸어. 그와 내가 밖에서 술을 마시다 취하면, 으레 그 집으로 가서 토론도 하고 언쟁도 하고 책도 보고 하다가 밤을 새는 일이 흔했어. 다른 사람들이 모두 경제적으로 어려울 때 맘껏 돈을 쓸 수 있었던 그는, 한량으로 노는 데도 돈을 썼지만 귀한 책들을 사 모으는 데도 굉장한 돈을 썼어. 그의 집에 들어가면 마치 조금 과장해서 대학이나 큰 연구소의 도서관에 들어간 거처럼 압도당했어.

그의 관한 많은 이야기 가운데 빠트릴 수 없는 한 가지 이야기. 나만이 아는 이야기가 있어. 그의 도서실에는 제2차 세계대전 종결 후 히틀러와 나치에 대한 '뉘른베르크 전쟁 범죄 재판'영문기록이 완벽하게 들어 있었어. 대형 백과사전만한 크기의 기록이 몇 십권 이었는지 나의 기억이 확실치 않은데, 어떻든 한 면에 가득 찼던 것 같아. 그런 유의 희귀한 도서들을 그렇게 많이 소장하고 있다는 것은 정말로 놀라운 일이었어요. 하지만 나의 얘기의 요점은 그 장서에 관해서가 아니라, 이병주가 왜 그렇게 방대한 독재자의 전범재판 기록을 완전하게 보존했느냐하는 거예요. 그와 내가 그의 서재에 앉아서 얘기를 할 때마다 그는 이렇게 말했어.

"내가 히틀러와 나치 전범재판의 방대한 기록을 구득한 목적은, 어느 날인가 박정희와 그 군부 쿠데타 추종자 일당을 전쟁범죄자로 설정하는데 대하소설을 쓰는 데 있지. 나는 이 방대한 분량의 전범재판 기록을 빠짐없이 읽을 테야. 그리고 박정희와 그 일당들의 죄악상을 나치정권권력자들에 비유하는 굉장한 작품을 쓸 거야."

나는 정말로 눈앞에 앉은 이병주의 손에서 박정희 일당을 규탄하는 훌륭한 작품이 나오길 고대하는 마음이었어. 그런데 사람 일이란 알 수 없는 거야. 그러했던 이병주가 75년의 '사상전향'을 기점으로 해서, 급속도로 박정희 군부세력에 접근해요. 그는 박정희의 종신대통령제의 법적 기틀을 닦은 유신헌법이 선포된 어느 날 박정희의 자서전을 쓰기로 했다고 나에게 말하더라고. 이병주에 대한 나의 우정과 기대가 컸던 만큼, 그의 입에서 이 고백을 들은 순간 나는 큰 방망이로 뒤통수를 얻어맞은 것 같은 현기증을 느꼈어. 전쟁범죄소설은 간 데 없고 그 대신 이병주는 폭군에 아부하는 전기를 썼지. 이 때부터 나는 이병주를 멀리하게 됐고, 그 후 완전히 결별했지요.

― 리영희 · 임헌영 대담,『대담』, 한길사, 2005. pp. 388~391.

리영희가 몰랐던 것은 이병주가 <나는 나를 가립해 놓은 나>로써 글을 쓴다는 이 <가아(假我)론>의 원칙이다. 그러나 황용주가 박정희의 정도전 몫에서 밀려났을 때, 이병주의 <나를 가립해 놓은 나>는 돌연 방향을 잃는다. 가립할 대상이 소멸한 탓이었다.

자, 이제부터 이병주는 방황할 수밖에 도리가 없다. 글을 쓰는 원칙이

와르르 무너진 형국이었다. 암중모색, 붓을 놓느냐 마느냐의 절망만이 엄습해왔다. 글쟁이가 글을 못씀이란 죽음과 같은 것이었으리라. 이 절망 끝에 이병주가 찾아낸 것이 역사소설이다. 역사적 인물에 <나를 가립한 나>를 찾아내었다. 작가의 말년인 1989년에 『정몽주』(서당)가 나왔다. 허균이냐 정몽주냐 에서 정몽주 쪽으로 어느 수준에서는 근소한 무게로 기울어졌다. 어째서?

개선하여 종 5품직인 전농시승(典農侍丞), 정 5품직인 통직랑(通直郎) 등 벼슬에 차례로 올랐으나 정몽주는 취임할 수 없었다. 어머니의 상을 당한 것이다.

여묘 3년 동안 많은 일이 있었다. 그 가운데의 큰 사건은 왜구(倭寇)의 창궐이다. 왜구는 남해안을 겁략하는데 그치지 않고 개경 근처까지 침노하게 되었다. 또 하나 중요한 사건은 신돈(辛旽)의 등장이다. 왕비의 죽음을 슬퍼한 공민왕은 더욱 깊이 불도에 빠져들어 승(僧) 편조(遍照)를 사부로 모시다가 이윽고 국정까지 그에게 맡기게 되었다. 편조는 국정을 맡는 동시 신돈이란 이름으로 행세하게 되는 것이다.

어머니의 죽음으로 인생의 무상을 보다 절실하게 느끼고, 국사가 되어가는 꼴을 보곤 사직(社稷)의 위태로움을 깨달으며 그 시기 정몽주의 심중에 어떤 상념이 오가고 있었는지는 알 바가 없다. 인생의 무상을 느끼면서도 불설(佛說)을 생각하고, 사직의 위태로움을 깨닫곤 공맹(孔孟)의 가르침을 반추하는 시간을 보내지 않았을까 하고 추측하는 것은 그 후의 그의 언행 때문이다.

탈상한 그 해, 즉 공민왕 16년 12월, 정몽주는 예조정랑(禮曹正郎) 겸 성균박사(成均博士)에 제배되었다. 예조정랑은 정 5품직인데 성균박사는 정 7품직이다. 정 5품직이 정 7품직을 겸한다는 것은 모순된 일 같지만 학관을 겸직하려면 정 7품직인 박사밖에 자리가 없었기 때문에 부득이한 처사이다.

이때의 성균관 대사성(大司成)은 목은 이색이다. 이색은 당시 판개성부사(判開城府使)의 직에 있으면서 전쟁 때문에 휴관상태에 있었던 성균관을 복구하기 위해 대사성을 겸하게 되었다.

이색은 정몽주보다 9세 연장으로 일찍이 문명(文名)이 높이 나있던 대학자이다. 성균관 부흥을 계기로 이색과 정몽주의 교의는 그 친밀의 도를 더한다. 이때의 학관으로 정몽주 외에 김구용, 정도전, 이숭인, 박상충, 박의중 등 쟁쟁한 멤버가 있었다.

학관들 가운데서도 이색은 특히 정몽주에 대한 촉망이 컸다는 것을 여러 문헌을 통해 알 수가 있다. 이색은 "달가의 논리는 그 횡설수설이 이치에 맞지 않는 것이 없다. 가히 동방이학(東邦理學)의 시조라고 할 만하다"고 까지 극찬한 일이 있다.

정적(政敵)이 되지만 정도전도 정몽주의 학문에 대한 깊은 이해와 준절한 시문에 감복했다는 기록을 남기고 있다.

부흥을 위해 누구보다도 정열적인 정몽주였지만 승려들과도 많은 친교를 가졌다. 어디까지나 진리와 진실에 충실할 뿐 사심과 고집이 없는 그의 강설(講說)엔 강한 설득력이 있었다. 토론을 즐기되 어떤 반대 의견에도 성생을 변한 일이 없었다고 한다.

정몽주는 공민왕 16년 12월부터 공민왕 21년 5월까지 중의대부(中議大夫), 성균직강(成均直講), 성균사성(成均司成), 성균관 지제교(知制敎), 중정대부(中正大夫) 등 품계와 직급을 높여가며 5년 6개월 동안 성균관에 근무하는데, 이 기간이 그의 생애에서 가장 평온하고 행복했던 것이 아닌가. 한다.

원이 북방으로 밀려나고 명이 중국을 지배하게 되어 원의 연호 지원(至元)을 폐하고 명의 원호 홍무(洪武)를 사용하게 되는 등 대륙과의 관계에서 엄청난 변화가 있었고, 왜구의 집요한 침략으로 국내는 여전히 혼란했다. 그러나 성균관에서의 생활은 일단 이러한 내우외환과 정쟁엔 초연하게 학문의 세계에 침잠할 수 있었으니 다행이었다. 그렇다고 해서 정몽주의 신변이 평온한 것만은 물론 아니다.

유교를 숭상한다고 표방한 정몽주가 많은 승려들과 친교를 맺고 있다는 것을 의아하게 여긴 성균관 학생들이 정몽주를 향해 이렇게 물은 적이 있다.

"불설과 예교는 양립할 수 없다고 생각하는데, 선생님의 의향은 어떠신지요."

공교롭게 그 자리에 있었던 이색이 정몽주가 어떤 답을 하는가 하고 귀를 기울였다. 이색 자신도 가끔 그런 물음을 받곤 난처한 적이 있었기 때문이다.

정몽주는 제자들의 얼굴을 하나하나 둘러보고선 조용히 물었다.

"군자가 세상에 나서 할 일은 수신, 제가, 치국, 평천하가 아니겠는가."

"그러하옵니다."

"불설엔 수신은 있어도 제가와 치국이 없다. 그렇지 아니한가. 석가모니는 광제인생하기 위해 집을 버리고 나라를 버렸다. 그런데 인자로서 모두 출가하고 거국한다면 세상이 어떻게 되겠는가. 그러니 특출한 뜻의 소유자가 아닌 범인에게 불설은 너무나 높고 멀다. 그런 까닭에 나는 전적으로 불설에 귀의하지 못한다."

"그러시다면 선생님은 불설을 배척하셔서야만 당연하지 않습니까."

"나는 불설에 귀의하지 못할망정 불설을 배척하진 않는다. 아니 불설에 빙자한 잡설과 미신을 배척할망정 부처님의 가르치심 자체는 배척할 수 없다."

"왜 그러십니까."

"우리가 바라는 평천하는 불설의 광제중생의 이념으로 이루어질 수 있기 때문이다. 평천하의 이론으론 예교로선 부족하다. 예교는 삼강과 오륜을 밝혀 수신하고 제가하고 치국하는 이법을 가를칠 뿐이지 생로병사하는 인생의 허망함을 위무하는 이 법으론 되지 못한다.……"

정몽주의 말은 계속된다.

"따라서 예교는 미천한 중생의 심금을 울려 사해동포로서 화합하는 길을 닦지 못한다. 예교는 군자의 학문이지 서민의 학문은 아니다. 바꿔 말하면 예교는 분별하는 지견(知見)이다. 신분을 분별하고, 귀천을 분별하고, 상하를 분별한다. 적국과 우리나라를 분별한다. 충을 밝히고 효를 밝히고 신을 밝힌다. 분별과 명명덕(明明德으)로 제가와 치국이 이룩되기 때문이다. 그런데 불설은 사해동포, 일체동근(一切同根)을 설하며, 분별보다는 화합을 염원으로 한다. 화합 없이 평천하가 이루어지겠는가. 내가 불설을 무턱대고 배척하지 않는 이유가 여기에 있다."

"그럼 어떻게 되는 겁니까."

"윤리로선 예교를 지키고, 운명 속에 있는 사람으로선 불설을 숭상하면 될 것이 아니냐."

"한 가지 길을 걸어야지 두 가지 길을 동시에 걸을 순 없는 것 아니겠습니까."

"인생은 그런 것이 아녀. 두 길을 걸어야 한다고 내가 말하진 않았어. 길을 넓히라고 말하고 있는 거다."

"요컨대 선생님은 예교만으론 모자란단 말씀입니까? 예교를 완수하는 것만으로도 사람의 능력을 넘어 있다고 우리들은 생각하고 있습니다."

"그렇게 생각하지 말고 이렇게 생각해 보라. 우리는 살아가는 데에 곡식도 먹어야 하고 채소도 먹어야 하고 고기도 먹어야 하고 때론 술도 마시고 약도 마신다. 마찬가지로 우리의 지혜는 예교로써 가꾸어야 하고, 불설로써 키워야 하고, 노장(老莊)의 학으로서도 살찌워야 한다. 다만 신하로서 행할 땐 충성을 다하고 어버이를 모실 때 효성을 다하고 친구와 사귈 땐 신을 다하되, 일체 중생을 대할 땐 연민의 정으로 보고 사생(死生)에선 영겁에 귀(歸)하는 심정을 지니면 되는 것이니라. 잡다한 음식이 우리의 체중에서 하나의 영양으로 소화되듯 유불선 삼도로 합쳐 하나의 지혜로 승화되느니라. 명심할 것은 스스로 자기가 갈 길을 좁혀들지 말고 대도를 활달하게 걸어야 한다.……"

– 『정몽주』, 나남, 2014, pp.32~36.

이처럼 포은 정몽주는 명가 출신으로 학문(유교)에 정통하고 논리 명석한 인물로 승승장구한다. 이방원에 의해 선죽교에서 참살 당하기까지는.

7. <가립한 나>에의 회귀

포은 정몽주와는 달리 삼봉 정도전은 그 출신 성분부터 달랐다.

"나으리, 개경서 소식이 왔습니다."

새해가 머잖아 다가올 섣달 하순경 인고가 뜰아래에서 서찰을 들고 서 있다.

정도전은 맨발로 뛰쳐나가 서찰을 앗아 쥐었다. 목은이 보낸 것이 었다. 그러나 피봉을 벗기고 절반을 읽던 정도전이 서찰을 우악스럽 게 쥐어뜯으며 이를 북북 갈았다.

……이미 조정 안의 중신들은 삼봉에 관해 생각하는 바가 깊은 줄 아오. …… 내가 일찍이 삼봉을 두고 일컬었듯이 삼봉의 강론은 포은을 능가하고 있소. 아울러 저술은 도은(陶隱)을 넘어서고 미언(微言)·고 조(古調)는 당대의 거벽(巨擘)이라 감히 다투어 나설 자가 없는 바이오.

이것은 삼봉의 학문적 깊이를 두고 일컬음이지만 그에 한걸음 더 나아가 보면 관에서 종사할 때의 삼봉은 맡은 바 소임을 꼭 하고야 말 았으며, 일을 당하여서는 피하려 하지 않았고 일을 찾아나서는 용기 와 신념이 굳었는데, 내 이를 어찌 감탄해 마지않지 않았겠소.

삼봉 같은 인물이 필요한 현금의 조정 안 형편이며 이 나라의 운명 이오. …… 그러나 삼봉은 많은 적을 갖고 있소. 조정 안의 중신들은 아직도 그때 삼봉의 언설(言舌)을 잊지 못하고 있소.

세상사란 결함을 파헤쳐 스스로 고치도록 하는 어진 스승보다 결함 을 묻어두고 추종하는 아첨배가 잘되도록 돼 있나 보군요. …… 나 역 시 이런 세상을 등지고 초야에 묻혀 주경야독(晝耕夜讀)의 생활을 하 고픈 생각이 하루를 두고 몇 번씩 간절할 형편이니 이 안타까움을 어 디다 하소연을 하겠소.

개경행이 가망이 없음을 뜻하는 목은의 서찰 내용은 정도전으로 하여금 여태껏 품었던 웅지(雄志)와 행여나 하는 기대의 밑 부분을 송두리째 뭉개버리는 결과가 된 듯하였다.

'많은 적을 두고 있다.'
'언설이 지나쳐 상대로부터 감정을 사고 있다.'
'을묘(乙卯)년의 유배생활은 정책대립에서 빚어진 결과가 아니라 감정에서 비롯된 형벌이었다.'

이 3가지의 지적이 정도전의 가슴을 미어지도로 아프게 하였다. 너무나 정도전의 됨됨이를 모르는 지적이었다. 언제나 말했듯이 대의(大義)를 위해서는 수단과 방법을 가리지 않아야 하는 것이 대인의 할 바라 할 수 있다. 일신의 안일과 영광을 위하여 사위(四位)의 눈치를 살펴 원만한 중용의 길을 택함은 기회주의자의 넋두리에 불과하다.

넋두리를 밥 먹듯 되씹는 무리가 조정을 지키는 한 이 왕조의 장래는 암담할 수밖에 없지 않는가? 권신들, 특히 이인임 · 이성림 · 염흥방 · 임견미 등은 이에 역사가 지적한 넋두리 패거리들이어서 하루라도 서둘러 불러가도록 하여야 할 것이며, 그 뒤를 이어 최영 · 이색 등이 대권을 쥐고 조정 안의 썩은 부분들을 도려내어 일대 수술을 단행해야 했다.

정도전은 여태껏 그렇게 믿었으며 그러기를 바라고 있었다. 그런데 이제 보니 목은 이색도 마찬가지다. 그도 눈치작전으로 제 한 몸을 보살피기에 여념이 없다. 학문은 언제 닦고 백성은 언제 살피느냐.

백성의 고달픈 생활을 외면하고 죽술연명의 역겨운 생활을 피부로 느끼지 못하고 무엇을 한다고 조정 안을 어정거리며 녹봉을 타먹고 있나.

뿌드득 이를 가는 소리가 천장을 울린다. 목은이 정말 이래 서운히 나올 줄이야.

정도전은 그 길로 사당에 나아가 선조들의 혼백 앞에 읍하여 예를 올리고는 곧장 봉화로 올라가 선산을 살폈다.

나란히 엎드린 네 쌍의 봉분은 정도전의 선대 조상의 무덤이다. 권문세가의 무덤에 비하면 초라하기 짝이 없지만 봉화 일대의 여느 무덤에 비하면 격식을 갖추고 있다.

그는 일찍이 이 무덤을 찾아 봉분을 쓰다듬으며 윗대 조상들이 이루지 못한 염원을 필경 풀어드리리라 하였다.

고조부 · 증조부 · 조부 그리고 부친, 이들 윗대 어른들은 뜻은 깊고 넓었으나 한 번도 큰 빛을 보지 못한 채 이승을 떠났다. 5대조 대에는 벼슬이란 엄두도 못 내고 향리(鄕吏)들의 질시 속에 시달리는 평범한 전호(佃戶)에 불과하였다.

그들 가계의 시조(始祖)가 되는 공미공(公美公)은 만년에 봉화현(奉花縣)의 호장(戶長)직을 얻어 비로소 양인(良人)이 되었다. 하잘 것 없는 향리(鄕吏)에 불과하였지만 여태껏 남의 땅 조각이나 부쳐 먹던 전호로서는 대단한 직위였다. 소싯적 안동부사(安東府使)의 휘하에서 희귀한 공물을 바치는 등의 신임을 쌓고 약초 따위로 중앙관서의 밀지사들과 교분을 텄던 것이 계기가 되었던 것이다.

그는 우선 성(性)부터 얻어 봉화를 원 고장으로 한 정(鄭)씨 성을 주도록 소원하였다.

향역을 벗어나기를 염원하던 그는 아들 영찬(英粲) 대에 이르러 겨우 바람이 이뤄졌다. 하급산직(下級散職)에 불과한 비서랑동정(秘書郞同正)은 실직 관리가 아니었지만, 양반 신분을 획득한 셈이 되어 정 씨 가문으로 볼 때는 일대 비약이 아닐 수 없었다.

일취월장의 기세를 탄 집안은 정도전의 조부(祖父) 균(均)에 이르러서는 종삼품(從三品) 위계에 드는 검교군기감(檢校軍器監)직을 얻기까지 하였다. 이것 역시 실직관직이 아니어서 전호의 굴레를 완전히 벗어버리지 못하였다.

그러나 아버지 운경(雲敬)대에 이르러 이 집안은 꽃을 피우기 시작하였다. 그는 진사시에 급제하여 서리(胥吏)를 거쳐 형부상서(荊府尙書) 보문각 제학(寶文閣提學) 상호군(上護軍) 직에까지 이르고 선정을 베풀어 양리전(『高麗史』「열전」의 良吏傳)에 등재되기도 하였다.

정도전 대에 드는 사대의 조상들이 가문을 반석 위에 올려놓기 위해 닦은 시련의 길은 정도전을 늘 채찍질하였고, 조상들이 겪었던 가난과 치욕의 내력을 씻기 위해 그는 이를 악물고 학문에 진력하며 개성을 향해 발돋움을 열심히 하였다.

그러나 아버지 운경 대에 이르러 있었던 가계(家系) 안의 불순한 피는 정도전의 가슴을 서느렇게 식히기도 하였다.

일찍이 어머니를 여읜 운경은 이모 댁에서 자라 우연의 딸과 정혼을 하였다. 운경의 장모 되는 김 씨는 아버지 되는 김전이 사노(私奴) 수이의 처와 불륜의 관계를 맺어 얻은 딸이었다. 김전은 몰래 그 딸을 자기 양녀 삼아 기르다가 우연에게로 출가시켰다. 거기서 난 딸이 정운경과 정혼을 하고는 정도전 등 4남매를 낳았다.

그 때문에 그의 가계 속에는 낙인처럼 찍힌 노비의 피가 흐르고 있었으며, 세상은 좀처럼 그 일을 잊어주려 하지 않았다. 다행히 외척인 우현보의 집안이 이를 부인하고 있어 어려운 고비는 간신히 넘기고 있었다.

그 때문에 정도전은 윗대 조상들의 치욕스런 역정을 당대에 이르러서는 되풀이하지 말아야 한다며 입신(立身)의 외길만을 향해 학문을 닦고 능력을 길렀다.

― 『정도전』, 나남(판), 2014, pp.54~58.

어째서 작가 이병주는 그가 죽은 후인 1992년 『소설 정도전』(큰 산)을 내었을까. 어째서 그는 유고로 남겼을까. 그 이유는 다음의 인용 속에 있다.

태조의 병환이 위중하여 서량정(西凉亭)으로 피병을 가게 되었다. 그는 피병을 가면서 왕자들을 모두 병실로 들도록 하였다. 방원은 낮에 잠깐 들렀을 적 아내에게서 들었던 말이 퍼뜩 떠올랐다.

갑자기 복통이 심하다 하여 허겁지겁 달려간 사람에게 멀뚱한 채로 오늘밤 삼봉·남은 등이 세자의 이복형들을 해치려 한다는 놀라운 비밀을 전해주는 것이었다. 이복형제들이 한자리에 모이는 틈을 타서 거세해 버리고 태조 승하 후의 후환을 없애버리려 한다는 것이었다.

방원은 방간·방의에게 그 말을 귀띔해 주고는 종 소근이 대기하고 있던 뒷마당을 빠져나와 말을 달렸다.

방의·방간은 어리둥절해져서 얼른 결단을 내리지 못하다가 방원이 다급히 달아나는 것을 보고는 방원의 사위 이백강(二伯剛)과 더불어 대궐을 빠져나왔다.

그들은 신극례의 집에서 만났다. 이미 그곳에는 방원의 처 민경옥이 몰래 숨겨두었던 무기를 들고 갑옷에 투구까지 쓴 50여 명이 임전태세를 갖추어 기다리고 있었다.

금방 달려온 방의·방간과 이백강은 영문도 모르고 함께 무장을 하고는 그들과 합세하였다.

한가지 이상한 일은 그처럼 엄청난 일을 모의하고 실천하려는 지금 대궐 안팎의 경비가 평소와 같았고, 주동인물이 되는 정도전·남은·심효생 등이 한가로이 잡담을 나누며 대궐 밖 사저에 있다는 것이었다.

이미 칼을 든 그들에겐 아무것도 눈에 뵈지 않았다. 철저히 그들을 거세하려던 정도전·남은의 피를 뽑는 목만이 눈앞에 어른거렸다.

그들은 송현(松峴) 쪽으로 올라갔다. 이미 그곳에 남은·정도전·심효생·이근·장지화와 이무 대감이 있다는 소식을 확인하였던 것이다.

삼봉은 졸음이 좀 왔다. 웬만하면 집으로 들어가 쉬고 싶었지만 대궐 안에서 있을지도 모를 어명을 기다리느라 남은의 첩 집에 와서 쉬고 있었다. 지난 여름철의 황달이 아직 완쾌되지 않은 데다 밀린 격무가 노구를 지치게 만들었다.

그를 더욱 피곤하게 만드는 것은 병사들의 훈련과 강병에 필요한 계획들이었다.

"금년 안으로 10만 정예군을 양성할 수 있을까. 정 대감?"

남은이 반쯤 열린 눈꺼풀 밑으로 삼봉을 건네 보며 물었다.

"10만은 어렵고 6만여 명이 될까."

"그걸로는 동북면을 수복하면 되겠군."

심효생이 끼어들었다.

"할 일이 많아 동북면의 여진도 정벌하고 왜구도 토벌하고…….
무엇보다 주원장을 때려잡는 일이지. 그보다 더 시급한 것은 없어!
아이 졸려."

"술 한잔을 더 할까?"

"그만둬. 대궐에 들어갔다가 술 냄새를 풍기면 어쩌려고. 상감께서
쾌유하셔야 할 텐데 걱정이 크구먼. 아직 하실 일이 너무 많거든. 적어
도 세자께서 정사를 돌보실 10년 후까지 옥좌에 앉아 계셔야 돼. 상감
생전에 요동정벌을 밟으셔야 저간의 오욕을 씻지."

"글쎄 말이야. 설마 쾌유하시겠지."

삼봉은 입맛을 다셨다. 입안이 소태처럼 썼다.

"걱정이야. 이 백성 이 나라가. 예삿일이 아니라고."

바로 그때였다. 바로 뒤쪽에서 불이야! 하고 외치는 황급한 남자들
의 고함 소리가 들렸다. 불길이 영창 밖에서 넘실거리고 있었다. 동시
에 바람소리도 날카로운 화살이 사랑채를 향해 마구 날아들었다.

"어떻게 된 일인가!"

삼봉이 남은의 소매를 쥐고 벌벌 떨었다.

"나도 모르겠어. 빨리 달아나기나 해!"

남은은 삼봉을 뿌리치고 뒤꼍으로 돌아 달아난다.

삼봉도 그들 뒤를 따라 달아났다. 함께 마당에 나갔던 사람들은 대
문 밖에 매어둔 말을 찾아나가다 침입자들이 휘두르는 칼끝에 무참히
살해되었다. 그 집의 하인도 남은의 첩도 마당가에서 피를 뿜으며 뒹
굴었다.

삼봉은 담을 넘어 이웃집 마루 밑으로 기어들어갔다. 담을 뛰어 내
릴 때 엉덩방아를 찧었더니 허리를 삐어 하체에 힘이 쭉 빠져 먼 곳으
로 달아날 수가 없었던 것이다.

집주인 민부(閔富)가 마당가에 나와 두리번거리다가 마루 밑에서
신음하는 삼봉을 알아보곤 소스라치게 놀란다. 민부는 곧바로 대문을
나와 옆집을 달려갔다. 삼봉·남은의 시체를 찾던 그들은 민부의 연
락을 받고는 뛸 듯이 기뻐한다. 종 소근(小近)이 병정 넷을 데리고 민
부를 따라가 삼봉을 끌어냈다.

"너 구미호(九尾狐) 같은 정도전 듣거라!"

이방원이 말 위에 앉은 채 땅바닥에 퍼져 앉은 삼봉을 내려 보며 독기운을 낸다. 살기등등한 그 모습은 독기운만으로도 살인을 할 것 같다.

"정안군, 그대의 용맹은 결국 이렇게 밖에 안 되는군요. 하늘이 부끄럽지 않소! 상감께서 중환으로 나라 안팎이 슬픔에 잠긴 이때에 무뢰한이 되어……."

"닥치지 못할까! 주둥아리는 살아서 어느 앞이라고 놀리는 거냐!"

삼봉은 이미 체념을 한다.

한밤의 이 폭도들은 법 밖에 섰으며 어명의 천 리 밖에서 노닥거리고 있다. 이 순간의 이 장소만은 정안군 이방원의 세상이며, 이방원이 절대로 군림하고 있다. 여기서 살아날 수 있다면 그것은 전무후무한 기적일 것이었다. 마당 한구석에 피투성이인 채 뒹굴고 있는 시체들은 비록 어둠 속이기는 하지만 남은 · 이근 · 심효생 등임을 알 수 있다.

"내 일찍 대의를 품고 상감을 만나 개국을 하였소만 일이 도중에서 좌절될 줄은 몰랐소. 사나이의 웅지라 채 날개를 펴기도 전에 무너지다니 모든 게 원망스럽소. 내가 없으면 그 많은 과업들은 어떻게 될 것인가? 도중에 좌절되면 시작 않는 것만 못할 것인데 까막눈으로 태평성대를 기다리는 백성들의 실망을 지하에서인들 어떻게 볼 것인가. 실로 천운이 망극한지고……."

삼봉은 하늘을 우러르고 땅을 굽어보며 탄식하였다.

"너 같은 역신은 한 대에 박살을 내야 옳다만 네 그 별난 주둥아리로 마지막 한마디만 해봐라."

방원이 야유를 던진다.

"…… 다른 것은 아무것도 없소. 내 죽고 난 뒤라도 이 백성 이 왕조를 위해 세웠던 계획일랑 거두지 말아주오."

"고작 아였다는 것이 우리 형제 왕자들을 제거하려는 그것이었는데 무슨 잔소린가? 비천한 몸으로 태어나 곡산 여우(현비)의 꾐에 빠져 맞장구를 쳐댄 너는 이미 죽었어야 할 몸이야!"

"그런 말 마오!"

비천한 몸이란 말에 그의 전신은 쥐가 난 것처럼 찌르르 울렸다. 비천한 몸, 소윤이가 생각났던 것이다.

"네 과업이란 것은 이 조선을 망가뜨릴 요동정벌이다. 그게 무슨 위업이라 떠드나! 나쁜 놈! 더런 놈! 네 죄는 만천하에 알려 역사로 하여금 너를 매장시키도록 하겠다. 시간이 없다. 지체 말고 저놈 목 베어라!"

방원의 노한 소리가 밤하늘에 울렸다.

종 소근이 장검을 빼들고 그의 뒤로 다가오더니 발길질을 하며 침을 뱉었다.

"내 평생에 주색을 탐하였나. 재물을 탐하였나. 오직 일념 조선건국이었는데! 요동정벌은 천명을 거역한 짓은 아닐 텐테 무심한 하늘이구먼.

"닥쳐, 이 요망한 것아!"

소근이 고함을 치며 칼을 높이 쳐들었다간 아래로 내리쳤다. 그의 몸이 옆으로 기우뚱하다가 썩은 고목처럼 쓰러졌다. 모여 섰던 반도들이 그의 시체를 밟고 뭉개며 이를 갈았다. 그리고는 그의 사체를 소나무 위에다 내동댕이쳤다.

— 위의 책, pp. 292~297.

어째서 작가 이병주(1921~1992)는 죽기 전에 『포은 정몽주』를 간행했을까. 어째서 작가 이병주는 죽은 뒤 유고로 『소설 정도전』을 남겼을까. 포은 정몽주를 높이 평가하는 한편 동시에 삼봉 정도전을 높이 평가했을까. 아니면 포은과 삼봉 사이에서 지속적인 줄다리기를 했을까. 어느 쪽이든 분명한 것이 하나 있다. 작가인 까닭이다. 나림 이병주 문학의 비밀의 문턱은 오직 <가아론(假我論)>에 있다.

이태의 『남부군』과 이병주의 『지리산』

1. 표절 여부의 문제

『남부군』(두레, 1988)은 최초로 공개되는 지리산 수기이다. 쓴 자는 본명이 이우태李愚泰인 이태李泰인데, 그는 1922년 충북 제천에서 태어나 해방 직후 『서울신문』 기자로 활동하였다. 이후 좌경하여 평양의 <조선중앙통신사>(북한 국영 통신)기자로 대전방면에 내려와 있다가 나중에 전주지사의 보도관이 되었다. 때는 1950년 9월 26일 추석이었다. 전주지사의 책임자는 평양에서 내려온 김상원이라는 사람이었고, 그를 포함하여 모두 네 명의 직원이 있었다. <조선중앙통신사>는 물론 정부기관이라 노동당의 지시를 받지만, 한편으로는 소관 도내의 『노동신문』(노동당 기관지), 『인민보』(인민위원회 기관지) 등을 지휘, 조정하는 위치에 있었다.

인민군이 UN의 인천상륙작전으로 인해 전면적으로 후퇴하자, 남은 잔당들은 빨치산이 되어 소백산과 지리산에 집결하여 잠복했다가 투쟁을 계속했다. 군경의 토벌작전이 이어졌는데 그 통계를 보이면 다음과 같다.

1949년 이래 5여 년 간 교전 횟수는 실로 10,717회, 전몰군경 측의 수는 6333명, 빨치산 측은 줄잡아 <1만 수천>을 넘는 것으로 추산되었다. 그러니까 피아 2만의 생명이 희생된 것이다. 지리산 빨치산 부대의 가장 악명 높은 지도자는 남부군의 이현상李鉉相. 그 부대의 정식명칭은 독립 제4지대, 일명 나팔부대였다. 이 강력한 빨치산의 괴멸과정은 어떠했을까. 작가 이태는 이렇게 썼다.

> 나는 기구한 운명으로 이 병단의 일원이 되었고 신문기자라는 전직 때문에 전사(戰史) 편찬이라는 소임을 담당하면서부터 이 부대의 궤멸하는 과정을 스스로 겪고 보며 기록해왔다. 이 경위도 이 기록(수기)에서 차차 밝혀질 것이다.
>   —「머리말―나는 왜 이 기록을 썼는가」, 두레(상권) 1988. p.15.

잇따라 그는 또 이렇게 적었다.

> 이 기록은 소재이지 역사 자체는 아니다. 소재에는 주관이 없다. 소재는 미화될 수도 비하될 수도 없다. 의도적으로 분석된 것은 기록이 아니라 창작이다. 나는 작가가 아니라 사실 보도를 업으로 하는 기자였다. 되도록 객관적으로 모든 사실을 기록 속에 적은 그대로의 연유로 해서 내 손에서 떠나가 버렸다. 나는 언젠가는 그러한 내 체험을 기록으로 남겨야 할 의무감> 같은 것을 느끼며 체포된 직후 N 수용소에서 다시 이 작업을 시작했다.
>   — 상권(이하 같은 책), pp.15~16.

작가 이태는 석방된 후 놀랍게도 야당 국회의원(1960~1993)을 지냈고, 1997년에 사망했다. 필자가 이 글을 쓰게 된 것은 빨치산에 대한 흥미도 아니었고, 물론 그렇다고 해서 이태라는 인간 자체에 대한 흥미 때문도 아니다. 다만 다음의 기록 때문이라 할 수 있다. 그럭저럭 20여년을 기다려야 했다고 적은 이태의 다음의 기록.

> 그 동안 파렴치한 한 문인으로 해서 기록의 일부(자기의 — 인용자)가 소설 속에 표절되기도 했고, 그 때문에 가까스로 만난 보완의 기회를 놓치고야 말았다. 이제 국가의 기밀도 공개하는 30여년의 세월이 흘렀다. 모든 것을 역사적 사실로써 관조할 수 있는 시기가 되었다고 판단하고 나는 이 기록의 출판을 결심했다.
>
> — pp.16~17.

필자가 주목한 대목은 "파렴치한 한 문인으로 해서 기록의 일부가 소설 속에 표절되기도 했고"에 있다. 대체 그 '파렴치한 한 문인'이란 누구일까? 문득 필자의 머리를 스치는 것은 대하소설 『지리산』(1972~1978)의 작가 이병주였다. 분명히 이 소설은 무려 6년에 걸쳐 『세대』지에 연재되었다. 그러므로 『남부군』보다 먼저 씌어졌다. 그렇다면 혹시 이 『지리산』은 『남부군』과 관련성이 있을까. 있다면 어떤 것일까. 필자는 이에 두 작품을 면밀히 읽고 분석해 볼 수밖에 없었다.

2. 『남부군』의 전모

UN군의 인천상륙작전이 이루어진 것은 1950년 9월 15일이었다. 전황의 주도권은 이제부터 UN군 및 남쪽이 장악한 셈이었다.

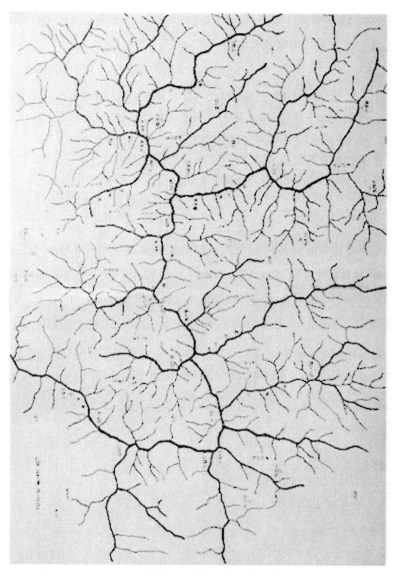

<지도 1> 지리산의 능선과 계곡

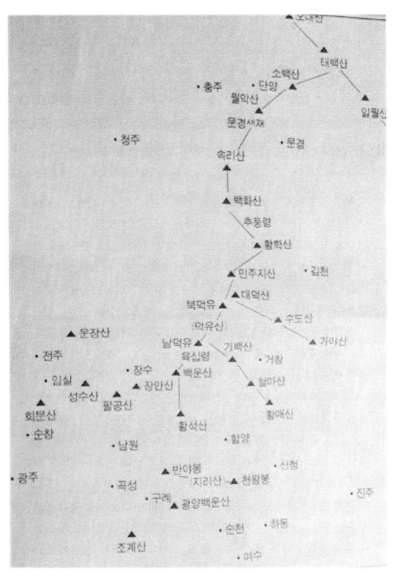

<지도 2> 남부군 이동경로

1950년 9월 26일은 추석. 마산 전선에서 부상한 인민군 패잔병들이 북상하고 있었다.

이태 일행의 보도관들은 어떻게 되었을까. 빨치산이 될 수밖에. 순창군 구림면 엽운산 산채에 들기. 빨치산은 세 번 죽는다는 말이 있다. 또 빨치산에 삼금三禁이란 것이 있다. 곧 소리, 능선, 연기가 그것. 연기란 낮, 밤에는 불빛을 가림이다. 엽운산 산채에서 그들을 보았다.

하루는 완전 무장에 따발총을 멘 인민군 편제부대가 찾아듦으로써 아지트의 사기는 크게 올랐다. 지휘자는 <남해 여단장>이라고 불리는 초로의 장군이었다. 그는 만주 항일 빨치산 출신으로 인민군의 고위 간부들이 모두 그의 빨치산 동료라는 얘기였는데 대열의 선두에서 소를 타고 들어오는 폼이 유유자적, 마치 동양화에 나오는 어옹(漁翁) 같았다. 그런데 이 남해여단장은 끝내 수수께끼의 인물이었다. 연합군에 투항하지는 않았지만 그렇다고 유격투쟁에 협력하지도 않았다. 무슨 생각이었던지 다만 방랑객처럼 이 산채 저 산채를 위장하여 표연히 왔다 갔다가 표연히 사라지곤 했다.

그동안 부하들은 자꾸만 이산돼갔지만 가는 자는 쫓지 않고 오는 자는 막지 않는 식이었다. 엽운산에서 1개 중대 병력이 도당 위원장의 권유로 도당 산하에 남아있게 되었는데 남해여단장은 나머지 병력을 이끌고 표연히 어디론가 떠나가 버렸다. 결국 남해 여단은 전남도 유격부대에 의해 무장해제 당하고 노장군은 투쟁을 거부했다는 이유로 총살됐다는 후문이었다. 이 풍채 좋은 초로의 장군은 어떤 당적 과오 때문에 중앙의 요직에서 여단장으로 격하되어 전선에 보내진 데 불만을 품고 앙앙 몰락했었다는 기록을 오래 전에 어디에서 본 적이 있으나 지금 상고할 방도가 없다

— pp.61~62.

소를 탄 남해여단장, 이는 『남부군』 속에서는 썩 이색적인 에피소드에 속하지 않는가, 싶다. 이 책을 오래 전에 읽은 필자가 이 대목에 밑줄을 친 것이 그 증거라 할 수 있을지 모른다. 빨치산 전법은 모택동 주석의 전법 그대로 적진아퇴, 성동격서, 이정하령 등등 16자전법이 그것. 이 전법을 익혀야 진짜 빨치산이 된다. 누가? 얼치기 지식인들이 그들이다.

다시 말해 통일을 저해하는 세력은 현실 변혁을 바라지 않는 지주 계급을 대표하는 모당과 친일 모리배 군상, 그리고 그 세력을 타고 않은 이승만 일파라고 생각하는 청년들도 많았으며 이들은 그대로 좌익이 돼버렸다. 그러니까 그 저해세력을 물리치지 않고는 통일은 영원히 불가능하고 물리치는 수단은 폭력적일 수밖에 없다는 급진 과격론도 나왔던 것이다.

역설적인 얘기지만 이런저런 동인으로 해서 저 남한 천지에 그 많은 좌익 동조자를 만들어낸 것은 공산당이 아니라 남한의 극우 세력이었다.

요컨대 전쟁 좌익 동조자의 상당 부분은 정확히 말해서 사회 불만층들이지 진짜 공산주의자는 아니었다고 생각한다.

이런 것들은 바로 20대 청년시절의 내 모습이었다. 나는 그것을 정의라고 믿으며 그것에서 법열(法悅)같은 기쁨 까지도 느끼고 있었던 것이다.

— p.81.

작가 이태가 <스스로를 포함한 당시의 지식인>을 말해놓은 것이라 주목할 필요가 있다. 이병주의 『관부연락선』의 유태림도 그러했을까. 『지리산』의 박태영도 그러했을까. 검토해 볼 문제가 아닐 수 없다.

이태의 태생은 충북 제천. 그러나 부모가 살고 있는 곳은 서울이었다.

서울의 아버지 어머니는 안녕하실까? 나 때문에 곤욕을 치르고 계시지 않을까. 서울을 떠나오던 전날 밤 부민관에서 소련 영화 <석화>(石花)를 같이 구경하고 헤어진 여의전의 이윤화는 지금 어디서 무엇을 하고 있을까? 지난 여름 7월 초 용산 대폭격 때 그녀를 추켜세운 나의 기사 때문에 화를 입지나 않았는지……

— p.19.

또 이런 대목은 어떠할까.

기왕에 부연한다면 전우의 죽음을 보고 분노에 불타 적진에 뛰어드는 것이 전쟁 드라마의 정석으로 돼 있지만 실제로는 분노보다 공포가 앞서는 것이 화선(火線)에 선 병사들의 공통된 심정이라고 보는 게 옳은 것이다. 정규군도 그렇고 이 시기의 빨치산들도 그랬다고 본다. <간부보전>이라는 명분 아래 하급 부대나 하급자를 희생시키는 사례를 앞으로 이 기록은 보여주게 될 것이다.

— pp.128~129.

이태의 수기가 특히 보여주고자 한 관점이기도 하다. 이들은 중공군 개입도 모른 채, 군경합동 토벌대를 상대로 싸워야 했다.

1951년 3월 20일 자정—전선에서 연합군이 다시 서울을 수복하고 38선을 향해 물밀 듯 올라가고 있던 무렵—회문산을 탈출한 전북도당 유격 사령부의 길고 긴 대열이 내리 퍼붓는 찬비와 어둠을 타고 미록정이 계곡을 빠져나가고 있었다.

— p.201.

이들은 덕유산으로 옮겼고 그들 속에는 여성 빨치산도 많았다.

공산사회의 다른 분야에서나 마찬가지로 여자 대원이 수월찮게 있었다. 좌익운동에 가담한 여성 중에는 외향적인 다시 말해서 겁 없는 여성들이 비교적 많았고, <순교자> 감상에 사로잡혀 있는 이른바 <열성당원>이 적지 않았다. 좌익에 투신하고 있는 애인에 대한 사랑이 그렇게 만든 경우가 많았다.

— p.217.

이른바 산중처山中妻도 버젓이 있었다. 1951년 4~5월에 걸쳐 이름 모를 전염병이 산중 생활의 중대한 전환점을 만들었다. 1951년 5월 백운산으로 이동. 승리사단(조선인민 유격 남부군)에 속해 덕유산으로 이동.

남측은 남로당 잔당 숙청에 돌입. 남로당은 뿔뿔이 지리산 산악지대로 도피, 이때 남로당 연락부장이며 일제 때 전경의 검거를 피해 지리산에 은신한 경험이 있는 <이현상>이 자진하여 지리산에 들어갔다. 이 <지리산 유격대>는 1949년 7월부터는 공식명칭이 <제2병단>이 된다. 여기에는 문화란 김태준(45), 시부 유진오(兪鎭五, 26), 음악부 유호진(21) 등이 참여했는데, 이것이 나중에 <지리산 문화공작대 사건>이다. 이들은 후일 체포되어 전부 총살된다.

제2병단의 당시 편제, 약 500명

제5연대(이이회) 동부 지리산
제6연대(이현상) 지리산
제7연대(박종하) 백운산
제8연대(맹모) 조계산
제9연대(장금호) 덕유산

남도부, 본명 하준수(河準洙)에 관해서는 앞으로 이야기할 기회가 있겠지만 당시 해주 인민대표자 회의에 참석차 월북했다가 대의원으로 선출되지는 못하고 강동학원에서 군사교관으로 있다가 제3병단(김달삼 사령관)의 간부로 남하하게 된 것이다.

그는 6·25 때 김달삼과 함께 제7군단을 이끌고 동해안 주문진으로 상륙 침투해왔다. 이때 그는 인민군 소장계급을 수여받았으며(후에 중장으로 승진) 1954년에 남부군의 마지막 게릴라로 체포됨으로써 유명해졌다.

— p.256.

이 남도부, 곧 하준수는 이병주의 『관부연락선』에 상세히 묘사되어 있다. 고독한 영웅 이현상은 어떠했을까.

다만 이현상은 김일성 일파와의 타협을 완강히 거부하여 월북을 마다하고 남한 빨치산의 투신을 자청한 터였다. 이승엽은 평양으로 피신하여 김일성 내각의 각료 반열에 올라 요직을 두루 거쳤으나 지금은 <조선인민 유격대 총사령관>의 직책을 가지고 이현상에게 지시를 내린 것이다. 철저한 반김일성파였던 이현상으로서 빨치산으로의 반전 명령이 크게 불만될 것은 없었을 것이다.

— p.266.

이현상, 그는 어떤 인물인가.

1950년 이때 이승엽은 만50세의 중년이었다. 대한제국이 경각에 달렸던 1901년 그는 충남(당시전북) 금산군 군북면 외부리의 중농의 집안에서 태어났다. 고창고보를 거쳐 서울 중앙고보로 전학한 그는 그 곳을 중퇴하고 보성전문별과를 졸업하게 되는데 고보시절에 이미 국권은 군국주의 일본의 손에 넘어가 있었다.

그는 자연스럽게 공산주의 운동에 뛰어들었고 1925년에는 박헌영의 밑에서 김삼룡 등과 더불어 조선공산당 결성에 참여했다. 러시아에서 볼셰비키혁명이 성공한지 8년 후의 일이다. 1928년 노동당(ML당)의 소위 (국)당 원칙에 의해 그 명맥마저 일본공산당에 흡수 소멸되자 박헌영을 정점으로 경성 콤뮤니스트 클럽을 만들기도 했다. 일제말기 경찰의 발악적 탄압이 시작되어 동료 공산주의자들의 투옥과 전향이 속출하자 그는 지리산으로 운신했다. 해방과 함께 그는 지상으로 나와 [……] 그는 북한정권의 요직에 참여한 동료들을 외면하고 1948년 11월 겨울이 휘몰아쳐오는 지리산으로 들어갔다. 그리고 5년 후 그 지리산에서 파란 많던 생애를 마친다. 북한 정권은 1953년 2월 5일 이현상에게 <공화국 영웅>의 칭호를 수여했다.

— p.275.

이현상을 본 이태의 묘사.

그는 남부군 대원들로부터 지극한 흠앙을 받고 있었으며 그의 한마디 한마디는 언제나 절대적인 신의 계시처럼 대원들에게 받아들여지고 있었다. 누구도 듣는 데서나 안 듣는데서나 그의 이름은커녕 직함조차 부르는 법이 없고 그저 <선생님>이었다. [……] 말단 대원이던 나로서는 그와 대화할 기회는 거의 없었지만 진회색 인조털을 입힌 반코트를 입고 눈보라치는 산마루에 서서 첩첩 연봉을 바라보고 있던 이현상의 어딘가 우수에 잠긴 듯 하던 옆 모습은 지금도 선명한 인상을 남기고 있다.

— p.282.

이상이 상권의 전모이다.

3. 『남부군』 기록방식

이태의 수기에는 포로로 잡힌 경찰관 30여명을 훈계하여 돌려보냈다는 점을 기록해 놓았다. 그들은 간단한 심사를 마친 후 서 너 명의 부상자를 들 것에 실려 보냈다. 다시는 경찰에 들어가지 않겠다는 <서약서>를 받았음은 물론이다. 이들 석방된 경찰관을 통해서 그 당시 관계자들 사이에 화젯거리가 된 경찰과 빨치산의 회담이 제안되었다. 빨치산 측이 지정한 곳은 장계읍으로 빠지는 국도 중간쯤에 있는 외딴 집. 시간은 이튿날 아침 8시. 쌍방 무장 없이 나온다는 조건이었다. 그 실행 경위를 이태는 아래와 같이 적었다.

서울 부대가 평지 마을의 보루대를 공격할 무렵에는 명덕분지를 둘러싼 고지의 요소요소는 이미 빨치산들에 의해서 장악돼 있었다. 깃대봉 능선은 전북 720과 장수부대가, 육십령재 일대는 그 밖의 연합부대가 방어선을 펴고 외부로부터 오는 응원부대에 대비하고 있었다.

육십령재 쪽에서는 안의(安義) 방면에서 재빨리 달려온 응원경찰부대와 교전하는 총소리가 간헐적으로 들려왔으나 빨치산 장악 하에 서울부대 보충대원들은 어느 큼지막한 민가의 대청마루에서 인솔자인 고참 대원으로부터 미식 자동소총의 분해결합을 교육받은 후 각기 자유행동을 허락받았다.

나는 혼자서 가게가 늘어서 있는 신작로길을 천천히 거닐어 봤다. 대낮에 이런 사람들의 마을을 걸어보는 것은 전주시 이래 근 일 년 만의 일이었다. 마치 꿈을 꾸고 있는 것 같았다. 어디선가 오르간 소리가 들려왔다. 아이들의 합창 소리도 들렸다. 국민학교가 열려있었다. 교원출신이라는 서울 부대 구대원 한 사람이 엠원을 어깨에 걸친 채 오르간으로 아이들에게 '아침은 빛나라 이 강산'(북의 국가)을 가르치고 있는 것을 젊은 여교사가 저만큼 서 웃으며 바라보고 있었다. 구대원은 차림새에 어울리지 않게 오르간이 매우 익숙했고 그렇게 오르간 앞에 앉아 있던 지난날을 회상하는 듯 어깨를 좌우로 들썩들썩하는 국민학교 교사 특유의 제스처까지 해가며 건반을 누르고 있었다. 빨간 우체통이 길가 담벼락에 붙어 있었다. 옆의 담배 가게에서 우표도 팔고 있었다. 집에 소식을 전할 수 있는 천재일우의 기회일는지도 몰랐다. 우리가 점령하기 전부터 집어넣은 편지도 있을 테도 설마 하니 빨치산이 자기 집에 편지를 띄웠으리라고야 생각하겠는가. 봉투 한 장 쯤은 아까 그 여교사에게 부탁하면 얻을 수 있겠지. 아니 우리가 떠나간 얼마 후 부쳐달라고 부탁하면 더욱 안전하겠지 …… 그러나 잘못하면 집안 식구에게 엉뚱한 후환을 만들어 줄지도 몰랐다. 그리고 도대체 그때 나는 내 집이 어디에 있는지도 몰랐다. 편지를 단념하면서 생각해보니 그 빨간 통 속에 글을 적어 넣으면 몇 백리 밖까지 전달된다는 사실이 도무지 정말 같지 않았다.

다음에 나는 마을을 뒤지고 다니는 후방부의 뒤를 따라가 봤다. 특무장들이 식량을 '징발'할 때는 '지불증'이라는 것을 써주었다. 언제 무엇을 얼만큼 징발하는데 '해방' 즉, 인민군이 다시 들어왔을 때 이 증명서를 가져오면 정당한 보상을 하겠다는 메모 같은 것을 써서 군사칭호와 싸인을 해주는 것이다. 물건을 빼앗긴 부락민은 울며 겨자 먹기로 그 증명서나마 받아서 소중히 간수하고 있었다. 다만 보통 보급투쟁 때 그런 '지불증'을 써준 예는 없었다.

그날 저녁은 양념을 제대로 한 고기국에 흰 쌀밥을 배가 터지도록 먹었는데 밤에는 또 찰떡이 간식으로 배급됐다. 많이들 먹고 어서 힘들을 차리라는 고참병의 말과 함께. 이튿날 아침 8시 장계읍으로 가는 외딴 집에서 경찰과 빨치산 사이의 기상천회의 '회담'이 시작됐을 무렵에는 국민학교 게양대에 인공기까지 펄럭이고 아이들은 여느 때와 같이 재잘거리며 등교하고 있었다. 이날의 회담 광경을 나는 훗날, 빨치산측 대표로 나갔던 이봉각으로부터 자세히 들었다. 빨치산 대표 일행이 약속한 장소로 나가자 곧이어 장수경찰서의 경무주임이라는 금테모자를 쓴 경찰간부를 장으로 한 경찰 측 일행이 나타났다. 가벼운 인사를 교환한 후 빨치산 측이 준비해간 돼지고기와 막걸리를 내놓으니까 경찰간부가 잔을 받으면서

"이럴 줄 알았으면 과자나 뭐 단 것을 좀 사올 걸 그랬네요. 산에선단 것이 귀할텐데……"

꽤 담대해 보이는 사나이였다고 한다. 술이 두어 순배 오간 후 경찰간부가 먼저 허두를 꺼냈다.

"하고 싶다는 말씀을 들읍시다."

"간단히 말씀 드려서 어제 우리가 점령한 명덕분지 3개 리를 해방지구로 인정해달라는 겁니다."

"해방지구요?"

"바꿔 말하면 현재 우리 측이 방어선을 치고 있는 구역 내에 대해서 공격을 말아 달라 이겁니다. 그 대신……"

"그래서요?"

"우리는 어느 기간 동안 이 구역 내에 정착하고 다른 곳에 대한 공격을 일체하지 않겠다, 이 말입니다. 당신들은 많은 병력을 동원할 수있겠지만 우리도 당신네들을 괴롭힐 만한 무력을 갖고 있습니다. 그러니 피차 공연한 피를 더 이상 흘리지 않도록 하자는 겁니다.

"정전을 하자는 말씀이군요."

"그렇지요, 일정한 군사분계선을 두고 말입니다. 무력으로 우리를 섬멸한다는 것은 불가능합니다. 당신네들에게도 이것이 더 이상 희생을 내지 않는 유일한 해결방법이 되리라 생각합니다. 어떻습니까?"

"알겠습니다. 그렇지만 38선만도 다시없는 비극인데 여기 또 하나 38선을 만들자는 말입니까. 아무튼 이것은 나 혼자 결정할 수 없는 문제니까 돌아가서 상사에게 당신들의 뜻을 정확히 보고하겠습니다. 그리고 회답을 드리지요."

"시한을 정합시다"

"그래야지요. 오늘 정오까지로 합시다. 정오까지 이곳에 회답을 보내지 않으면 '노오'입니다. 어떻습니까?"

"좋습니다. 좋은 결과를 기대합니다."

빨치산 측의 이 터무니없는 요구가 받아들여질리 없었음은 물론이
다. 다만 그렇게 해서 총성이 중단된 몇 시간 동안에 승리사단은 마을
사람들을 총 동원해서 막대한 양의 보급물자를 덕유산으로 실어 나르
고 있었다.

시간을 번 것은 토벌군 측도 마찬가지였다.

－ pp.26~28.

이병주의 『지리산』에서도 양측의 타협대목이 있다. 또 미군정청 경찰서
장(함양경찰서장) T와 하준수의 면담. 이러한 것은 한갓 에피소드에 지나지
않을지 모르나 눈여겨 볼 것이다. 가령 『관부연락선』에서 하준수가 강달호
의 자수를 권하는 대목. 하준수, 그는 바로 남도부가 아니었던가. 남부군
부사령관.

남부군의 문화공작 대원의 모습도 생생히 묘사되어 눈길을 끈다. 그 중
작가 이동규의 죽음과 그의 시

작가 이동규는 희곡 '낙랑 공주와 호동왕자'로 남한에서도 약간 이
름이 알려졌던 사람이다. 월북 후 문예총(북조선문화예술총동맹)의
서기장으로 있었다. 50이 넘은 나이 덕으로 모두들 동무라 부르지 않
고 '이선생'이라고 존대했다. 문예총의 직위로는 내각의 부상급(차관
급)에 해당된다는 말을 가끔 약간 불만스러운 어조로 말하고 있었다
(사실 그가 북한인이었다면 사령부의 객원 대우는 받았을 것이다). 침
식을 같이 하다 보니 나와는 좋은 말벗이 되었다. 보기에도 약질인 그
는 행군 대열을 따르는 것만도 큰 고역으로 보였다. 군의 2차 공세 때
안경을 잃어버린 후로는 심한 근시 때문에 두 팔을 헤엄치듯이 내저
으며 걷는 바람에 젊은 대원들이 보기만 하면 웃어댔다.

52년 2월 남부군이 거림골 무기고 트라는 데 머물고 있을 때 화가

양지하가 연필로 이동규의 얼굴을 스케치해서 '이선생의 빨치산 모습'이라는 제목을 달아 그에게 주었다. 그는 좋은 기념품이 생겼다면서 그것을 배낭에 넣고 다녔다. 그런데 그 해 5월 내가 N수용소에 있을 때 205 경찰연대의 정보과장이 환자 트에서 사살된 시체의 배낭 속에 들어있었다면서 보여준 그림이 바로 그것이었다. 죽은 그 빨치산은 동상으로 발이 거의 썩어 없어져 버렸더라고 했다.

그는 (경남부대 당시) 산 중에서 몇 편의 시를 남겼다. 문외한인 내가 봐도 별 대단한 작품은 못되는 듯싶지만 불운했던 한 작가의 처참한 죽음을 회상하며 그의 절필이 된 시와 노래 한편씩을 여기 기록하고자 한다.

　내 고향
　높은 산 저 너머 푸른 하늘 우러르면
　구름 밖 멀리 내 고향이 아득하다.
　삿부시 눈 감으며 떠오르는 마을 모습
　두툼한 볏집 지붕 위에 박꽃 피고
　버드나무 강둑 사이로 시냇물 흐르는
　다정하고도 평화스런 마을, 아아, 그러나 지금 ……(이하 생략)

　지리산 유격대의 노래
　지리산 첩첩산악 손아귀에 거머잡고
　험악한 태산준령 평지같이 넘나드네
　지동치듯 부는 바람 우리 호통 외치고
　깊은 골에 흐르는 물 승리를 노래한다.
　(후렴)
　우리는 용감한 지리산 빨치산
　최후의 승리 위해 목숨 걸고 싸운다.

이동규와 최문희는 원래 50년 여름 경남지방에 문화 공작요원으로 내려왔다가 인민군 후퇴 때 경남도당 유격대에 투신한 터였다. 최문회의 경우는 이때 당 중앙 간부부 부부장인 강규찬과 강의 처인 전남 여맹위원장 조인회 등과 함께 북상을 기도하다가 무주 덕유산 밑 월성리에서 경남도당 유격대를 만나 합류하게 되었다고 한다(조인회는 전남도당으로 돌아갔다 후일 자결했다).

— pp.100~102.

『남부군』에는 비트라는 것이 자주 등장한다. 비트는 인근의 부역자들이 은신하고 있는 <비밀 아지트>를 가리키는 말. 인원이 적고 부근의 마을에 연고자가 있어 은밀히 보급을 받아가며 은신하고 있는 것이니까 아지트의 방탄시설이나 식량 준비가 비교적 갖추어져 있는 경우가 많았다. 나타나지 않으니까 종적이 잘 드러나지 않았다. 빨치산 정찰대는 이곳을 그냥 지나쳐야 했다. 노출될 염려 때문이었다.

이태는 또 이렇게 썼다.

일반 대대와 접촉이 적었던 나로서는 대원이 탈출했다는 얘기를 한 번도 들은 적이 없다. [……] 탈출한 생각만 있다며 얼마든지 기회는 있었다. [……] 탈출사건이 빈발해서 이 시기 지휘본부는 큰 골치를 앓았다는 이야기를 후일 들은 적이 있다. 군 기록에도 작전 때마다 많은 투항 귀순자가 있었던 것으로 기록되어 있다.

— p.151.

남부군의 괴멸과정의 보고문.

우리가 토벌군의 제3차 작전이라고 생각했던 이 시기의 토벌 상황이 몇 가지 기록에 나와 있다. 그에 의하면 이때의 작전은 3월 1일부터 15일간 계속된 것으로 보이며 전에 비해 발표된 전과 숫자가 매우

적은 것이 눈에 띈다. 빨치산의 잔존 세력이 미미해서 그런 숫자 밖에 나올 수 없었던 것 같다. 발표 숫자가 기록마다 다르기 때문에 일단 그대로 옮겨 놓는다.

52. 3. 16. 경남경찰국 발표. 3월 1일부터 3월 15일에 걸친 경남 서부 지구 토벌전에서 사살 100명의 전과를 올림(후에 3월 중 종합전과 교전 129회, 사살 377, 생포귀순 50이라고 발표).

52. 3. 17. 지리산 지구 경찰 전투사령부 발표. 지리산 지구에서 공비 사살 21, 생포 귀순 21 — 이하 『한국전란 2년지』에서 —

52. 3. 1. 서남지구 산악지대 공비 소탕전에서 사살 16, 생포 3

3. 4. 서남지구에서 사살 8, 생포17, 귀순3

3. 5. 경찰당국발표, 서남지구 공비 소탕전에서 283명 사살, 15명 생포

3. 7. 지리산 지구 토벌작전 본격화 8개소에서 57명 사살, 24명 생포

3. 8. 지리사 지구 군토벌 작전 3일째 5명 사살

3. 9. 지리산 지구 경찰대 전과, 사살 43명, 생포 4명

3. 11. 국방부 보도과 발표 지리산 지구 잔비 완전 격멸, 12월 1일부터 3월 9일까지의 100일간의 전과 종합, 사살 귀순 19345명, 3월 10일 현재 잔비 약 1200명.

— pp.228~229.

53년 9월 18일 11시 5분, 드디어 남한 빨치산의 총수 이현상이 전투경찰 제2연대 소속 경사 김용식 이하 33명의 매복조에 걸려 빗점골 어느 골짜기에서 10여발의 총탄을 맞고 벌집처럼 되어 쓰러졌다. 이때 이현상의 측근에는 2명(어떤 기록에는 4명)의 대원이 있었는데 모두 함께 사살됐다(그 위치가 벽점골, 갈매기봉, 반야봉 동쪽 5킬로 지점의 무명고지 등 기록마다 다르지만 반야봉 부근에는 갈매기봉 이라는 산이 없고 많은 기록에는 '벽점골'로 되어있는데 '벽점골'은

빗점골의 와전일 것이다).

기록에 의하면 그 얼마 전 구례군 토지면 산중에서 생포한 전 전남 도당 의무과장이며 제5지구 기요과 부과장인 이현련(당시29세, 경성 의전 출신 의사)의 자백으로 이현상이 빗점골 부근에 잠복 중이라는 것을 알고 서경사의 4개 경찰연대를 총동원해서 수색했으나 일단 실패하고 그 작전에서 생포한 제5지구 간부 강건서, 김진영, 김은석 등 으로부터 보다 상세한 정보를 얻어 매복조를 배치했다는 것이다. 이 때 이현상의 나이 52세, 그의 피묻은 유류품은 그후 서울 창경원에서 일반에게 공개됐다. 그의 시중을 들던 하여인은 이현상의 권고로 그 보다 훨씬 전에 귀순하여 우여곡절 끝에 지금도 어딘가에서 조용한 여생을 보내고 있는 것으로 안다.

공교롭게도 이현상의 죽음과 전후해서 그의 동료이며 상사이던 조 선인민유격대 사령관 이승엽을 비롯한 남로당계 간부들이 '미국 간첩' 의 죄명을 사형대에 서고 그 죄상 속에 남한 빨치산이 들어있었다는 사실은 앞서 말한 바와 같다. 남과 북에서 버림받은 고독한 '혁명가'도 짙어가는 지리산의 가을과 함께 마침내 파란 많던 생애를 마치고 만 것이다.

필자는 연전에 대성골을 거쳐 세석평전에 오르는 산행을 하면서 지 금은 취학개선사업으로 전혀 모습이 달라진 의신마을에서 하룻밤 민 박을 한 일이 있다. 빗점골에서 가장 가까운 마을인 의신 마을이지만 기록에 나오는 '갈매기봉'을 아는 사람은 없었다. 전사에 나오는 갈매 기봉은 어디일까? 그러나 놀라운 일로는 민박집 주인인 초로의 내외 는 이현상에 관해 아주 소상한 기억을 갖고 있었다. 거기서 2십리 쯤 되는 면 소재지 화개장 밖으로는 일생동안 나가본 적 이 없다는 최라 는 그 촌로내외는 영지버섯으로 담갔다는 약주를 권하면서 사변 당시 의 회고담을 이렇게 말하는 것이었다.

"토벌대가 소개 명령으로 마을이 소각됐지요. 그러나 산전이나 붙 여먹던 우리가 가면 어딜 갑니까? 얼마 후 슬금슬금 기어들어와 초막 을 짓고 사는데 다시 소각명령이 내려 또 마을을 떠나야 했지요. 두 번 불탄 셈이지요.

"빨치산 들이 들어왔을 텐데 그땐 어땠어요?"

"어쩌다 산사람들이 들어와 감자나 수수 같은 것을 거둬갔지만 그 밖엔 별 해꼬지는 안했어요. 한번은 그게 가을 무렵인데 뒷산에서 산사람들 습격을 받아 토벌대가 13명이 죽고 5명이 포로로 잡혔는데 포로로 잡힌 토벌대원들이 발가벗긴 채 늘어서 있는 것을 봤지요"(그것은 51년 9월 말경 남부군의 서남부 지리산 주변 작전 때의 일로 그 촌로의 기억이 너무나 정확한 것이 신기로웠다).

"이현상 이라는 아주 높은 빨치산 대장이 있었는데 나도 한 번 악수를 한 적이 있어요." 주인 아주머니의 얘기다.

"무섭지 않았어요?"

"그땐 열여섯 살 때니까 어려서 무서운지 어쩐지 몰랐어요. 그냥 사람 좋은 아저씨 같았어요."

"시중드는 여자는 없었나요?"

"그런 여자는 없었고 아주 잘 생긴 남자 호위병이 꼭 붙어 다녔는데 음식물을 주며 그 호위병이 반드시 먼저 먹어보고 나서 얼마 후에야 이현상에게 갖다 바치곤 하더군요."

"그 이현상이 빗점골 어디선가 사살됐다고 하던데요?"

"예. 빗점골 합수내 근처의 절터골 돌밭 어귀에서 맞아 죽었다더군요. 그 근처에 가면 지금도 귀신 우는 소리가 들린다해서 사람들이 잘 안 가지요."

영감이 핀잔을 줬다.

"귀신은 무슨…… 거기가 워낙 험한 곳이 돼서 자칫하면 길을 잃고 큰 고생을 하니까 사람들이 범접하지 않는 거지."

사실 빗점골에서 주능선인 토끼봉으로 오르는 루트는 지금도 등산로도 나 있지 않은 전인미답의 비경이다. 조선인민유격대 남부군 사령관이던 '공화국 영웅' 이현상은 그곳에서 그 전설적 생애를 마친 것이다.

뒤이어 11월 28일, 전57사단장이며 경남도 유격대 사령관인 이영회 (李永檜)가 62명의 대원과 함께 상봉골(천왕봉 동북방의 어느 골짜기?)에서 전경 제5연대 수색대와 교전하여 이영회는 사살되고 나머지도 거의 섬멸되고 말았다. 62명이라는 숫자에는 다소 의문이 있으나 어쨌든 이것이 빨치산 편제부대와의 마지막 교전 기록이 된다. 이 기술은『공비토벌사』에 의한 것인데 지금 '상봉골'에서 50킬로나 서쪽인 남원군 만복대 기슭, 시암재에 이영회를 사살한 곳이라는 전공기념 표지판이 세워져 있으니 어느 편이 옳은지 알 수 없다. 다만 이영회가 주로 배회하던 근거지는 '상봉골'로 기록돼 있는 천왕봉 동북지역이었다.

이 때 이영회의 나이 26세, 검붉은 근육질 얼굴에 강철같은 인상을 풍기던 중키의 젊은이 였으며 유격전의 귀신이라고 불리울이만치 실전에 능했고 경남부대를 혼자 손으로 지탱해간 유능한 지휘자였다.
[중략]

경남 유격대를 상징하던 이영회의 죽음과 함께 지리산 주변, 아니 남한 전역의 빨치산 편제부대는 자취를 감췄다. 이어서 닥쳐온 겨울, 유명무명의 빨치산 잔존자들은 거의 모두 소멸(掃滅)되고 남은 기십 명이 변복하고 각 지방 도시로 숨어들어 '망실공비'라는 이름으로 전투경찰 아닌 정보경찰의 수배대상이 됐다. 이듬해 54년 1월 15일, 그 중의 한 사람인 제4지구당 군사부장 남도부가 체포됨으로써 남한 빨치산의 이름은 일체의 기록에서 사라져버린다.

남도부, 본명 하준수(河俊洙)는 지리산하인 경남 함양 태생으로 체포 당시 34세의 청년이었다. 그리 크지 않은 키에 깡마른 체구였던 그는 '가라데(唐手)'의 명수로 알려져 있었다. 진주중학(구제)를 중퇴하고 일본 대학에 진학했는데 가라데 6단으로 일본대학의 주장 선수였다고 한다. 일제 말 학병을 기피하여 지리산에 도피, 야산대 활동을 시작했다. 48년 8월 해주 인민 대표자 대회에 참가 차 월북했다가 김달삼의 제3병단 부사령으로 남하 침투한다. 일단 재차 월북하지만 6.25와 함께 '인민군 중장'의 계급을 가지고 제7군단 유격대를 이끌고 내려왔다. 김달삼 아래 사뭇 동해지구 빨치산의 리더였던 그도 마침내 사형 대의 이슬이 되어 최후를 마쳤던 것이다.(끝)

— pp.246~250.

4. 『관부연락선』과 『남부군』의 관련성

이상에서 『남부군』의 전모가 대강 드러났을 것으로 믿거니와, 그렇다면 이병주의 『지리산』은 어떠할까. 대하소설 『지리산』을 말하기에 앞서 우리가 우선적으로 검토해 보아야 할 것은 작가의 출세작인 장편 『관부연락선』이다.

『관부연락선』은 일제 때 부산과 일본 시모노세키를 연결하는 대형 수송선을 가리킴인 것. 일제는 이 수송선으로 식민지 조선의 수탈품을 본국으로 가져갔고 수많은 조선인 노동자를 저임금으로 고용하며 수송해 갔다. 또한 중국대륙을 향한 침략군인과 무기를 실어 날랐다. 한편 <네 칼로 너를 치리라!>라는 명제를 가슴에 비수처럼 품고 육당, 벽초, 춘원, 송진우, 정지용, 임화 등이 현해탄을 건넜다. 작가 이병주도 그런 부류의 일원이었다. 하동군 북천면 양조장 집 아들 이병주는 진주농고를 중퇴하고 관부연락선으로 도일하여 일본의 메이지 전문부 문과별과를 다니다 1943년 9월에 졸업했다. 이후 1944년 1월 20일 조선인학병으로 강제 동원되어 중국 쑤저우에서 복무했고 1946년 2월에 귀국했다. 그 뒤 진주농과대학과 해인대학에서 각각 교수 노릇을 했다. 나중에는 부산의 『국제신보』(1955)에서 편집국장과 주필 등을 역임했고 1961년 5월 필화사건으로 2년 7개월 간 실형을 마치고 석방되었다. 요컨대 이병주는 격동기에 살았다. 해방 정국은 참으로 격동기 그 자체였다. 38도선 확정(1945), 미소군정기, 미소공동위원회 결렬(1946), 남로당 결성(1946), 여운형 피살(1947), 대한민국 성립(1948. 8. 15), 조선민주주의인민공화국 수립(1948. 9. 9), 여순반란사건(1948. 10), 김구 피살(1949. 6), 1950년 6 · 25 발발 등등.

실로 냉전체제 속의 좌우익 대립이 드디어 국군과 UN군, 인민군과 중공군의 각축장으로 변했다. 이 와중에 이병주는 진주에서 교수 노릇을 하고 있었다.

『관부연락선』의 화자는 <나>(유태림이 이군이라 부르는)로 되어있다. 이는 아마도 작가 자신에 가까운 인물이라 할 수 있다. 물론 주인공은 유태림. <나>와 유태림의 관계는 어떠했던가.

나는 '유군과 나에게 대한 우정'이란 대목에서 약간의 저항을 느꼈다. 나와 유태림과의 사이에는 분명히 우정이 있었다. 그러나 단순하게 우정이라고 할 수 있기엔 나의 유태림에 대해 복사(輻射)되는 감정은 너무나 복잡했다. 그것을 우정이라고 치더라도 지금 유태림이 나와 상종하는 있는 형편이라면 어떻게 발전되고 어떻게 변화되었을까, 생각하니 결코 만만한 문제가 아닐 성싶다. E와의 우정은 그 가능성 여부조차 생각하기 싫다. 이십칠팔 년 전의 교실의 분위기가 되살아났다.

이십칠팔 년 전에 내가 다니던 학교는 서투름을 무릅쓰고 한마디로 말하면 기묘한 학교였다. A대학 전문부 문학과라는 것이 정식 명칭인데, 전문부 상과(商科), 전문부 법과(法科), 하다못해 전문부 공과(工科)라면 그 나름의 가치가 있다고 하겠지만 전문부 문학과란 이 학과는 도대체 뭣을 가르칠 작정으로 학생을 모집하고 장차 뭣을 할 작정으로 학생들이 들어가고 하는 것인지 분간할 수 없는 그런 학교, 학교라기보다는 강습소, 강습소라고 보면 학교일 수밖엔 없다는 그러한 곳이었다.

그것이 속해 있는 대학 자체가 격으로 봐서 3류도 못되는 4류인데다가 학과가 그런 형편이니 여기에 모여든 학생들의 질은 물으나마나한 일이다. 고등학교는 엄두도 못 내고 3류 대학의 예과(豫科)에도 붙을 자신이 없는 패들이면서 법과나 상과쯤은 깔볼 줄 아는 오만만을 키워 가지곤 학부에 진학할 때 방계입학(傍系入學)할 수 있는 요행이라도 바라고 들어온 학생은 나은 편이고 거의 대부분은 그저 학교에

다닌다는 핑계를 사기위해서 들어온 학생들이었다. 그만큼 지능 정도
는 낮았어도 각기 특징 있는 개성의 소유자들만 모였다고 할 수 있었
다. 대부분이 중학 시절에 약간의 불량기를 띤 학생들이고 이런 학교
에 가도록 허용하는 집안이고 보니 경제적으로도 윤택한 편이어서 천
진난만하고 비교적 단란한 30여 명의 학급이었다.

이 학과, 특히 내가 속해 있었던 학급의 또 하나의 특징은 일체의
경쟁의식이 없다는 점이다. 학교의 성적에 구애를 받지 않는 열등학
생들의 습성이 몸에 배어 학교의 성적을 좋게 해야겠다든가 선생들에
게 잘 보여야 하겠다든가 하는 의식이 전연 없었다고 해도 과언이 아
니다. 그러니 우월의식을 뽐내는 놈도 없고 때문에 열등의식을 개발
할 틈도 없었다.

모파상의 단편 하나 원어로 읽지 못하면서 프랑스 문학을 논하고
칸트와 콩트를 구별하지 못하면서 철학을 말하는 등, 시끄럽기는 했
으나 소질과 능력은 없을망정 문학을 좋아하는 기풍만은 언제나 신선
했기 때문에 불량학생은 있어도 악인은 없었다.

이 평화롭기 참새들의 낙원 같은 학급에 이질분자(異質分子)가 끼
게 된 것은 2학년 초였다. E라는 학생과 H라는 학생이 한 달을 전후해
서 나타난 것이다.

E가 나타나자 학급 안엔 선풍처럼 소문이 돌았다. E의 고향은 일본
동북지방 일본해(日本海)에 면한 사카다항(酒田港. 명치(明治) 때부터
그 연안 일대의 선운(船運)을 독점하고 있는 운송업자일 뿐만 아니라
일본 전국에서도 유명한 미림(美林)을 수십만 정보, 농토를 수만 정보
나 가진 동부 일본에서 제일가는 부호의 외아들인데 Y고등학교에 다
니다가 연애사건을 일으켜 그 지방을 떠들썩하게 해놓곤 자진 퇴학하
고 우리 학급에 전입했다는 얘기였다. 당시 고등학교라고 하면 여간
수재가 아니고서는 들어가지 못하는 곳으로 되어 있었다. 그러니까 E의
출현은 동부 일본에서 제일가는 부호의 아들인데다가 눈부신 수재라는
후광을 띤 등장이었다. 우리 학급의 동료, 1학년에서부터 올라온 학생
들은 부호의 아들이란 사실엔 무관심할 수 있었지만 수재라는 사실엔
무관심할 수 없었다. 열등생만의 집단에 하나의 수재가 나타났으니

그 사실만으로도 학급의 평화는 깨어질 수밖에 없었다. 어제까지는 수재의 존재를 의식하지 않고 천진하게 살아왔는데 오늘부터 돌연 수재란 존재를 의식하고 따라서 스스로의 둔재를 싫더라도 인식하지 않을 수 없게 되었으니 따분하게 된 셈이다.

휴식시간만 되면 타월 수건을 머리에 둘러 앞이마 쪽으로 불끈 지르곤 '도도이쓰'며 '나니와부시(浪花節)'를 부르던 놈이 그 버릇을 억누르게 되었다. 백화점에서 여인용 팬티를 훔쳐내 온 자기의 모험을 아문센의 북극탐험 이상의 모험이었다고 선전하던 놈이 그 선전을 중단해버렸다. 어떻게 하면 가장 재미나게 놀 수 있는가의 이법(理法)을 연구하는 것이 백 명의 소크라테스보다도 인류에게 공헌하는 바가 크다고 설교하길 일삼던 놈도 그 설교를 멈췄다. 엽기오락 동경사전(獵奇娛樂東京辭典)을 만든다면서 매일처럼 진부(眞否) 분간할 수 없는 재료를 주집해선 피력하기에 정열을 쏟던 친구도 그 정열의 불을 껐다. 그리고는 모두들 갑자기 심각한 표정으로 인정받지 못한 불우한 천재의 모습을 가장하기에 이르렀다.

일본인 학생이 이처럼 수재에겐 약하다는 사실을 안 것은 하나의 수확이긴 했으나 결코 유쾌한 분위기는 아니었다. 이렇게 말하고 있는 나도 E의 출현 때문에 적잖게 위축했다. 제법 똑똑한 척 날뛰려 하다가도 E의 시선을 느끼면 기가 꺾여 수그러지곤 했던 것이다.

이와 같이 말하고 있으면 E가 눈에 조소의 빛을 띠고 교실 한가운데 버티어 앉아 있는 모습을 상상할지 모르나 그런 것은 아니다. 사실은 불어도 날아갈 듯한 조그마한 체구를 교실의 한구석에 가라앉히고 겁에 질린 듯한 눈을 간혹 천장에다 던져보는 것 외엔 언제나 책상 위만 바라보고 있었다. E는 되레 거인국에 나타난 걸리버와 같은 심정이었을지 모른다. 수재는 수재들끼리 어울려야 맥을 쓰는 법이다.

한 달쯤 지나 H가 나타났을 때도 E의 경우처럼 소란스럽지는 않았지만 적잖은 파문이 일었다. H는 현재 일본 문단의 대가이며 당시에도 명성이 높았던 중견작가 H씨의 아우라는 사실에다가, M고등학교에 들어가자마자 불온사상 단체의 실제 운동에 뛰어들었다는 경력까지 겹친 후광이 있었고 이에 만약 그의 형이 이름 높은 명사가 아니었다면 줄잡아 10년은 징역살이를 했어야 되었을 것이란 극채색(極彩色)까지 하고 있는 판이니 우리들에겐 눈이 부신 존재가 아닐 수 없었다. 그러나 E가 신경질만을 모아 만든 인간 같아서 접근하기가 어려운 데 비하면 H는 거무스레한 외모에서부터 친근감을 풍기는 위인이었다. H가 나타나자 E에게도 변화가 있었다. 음울하게 풀이 죽어 있던 E에게서 물을 만난 물고기 같은 생기가 돋아난 듯 보였다. 교실의 분위기도 한결 부드러워지고 구성진 '도도이쓰' 소리가 다시금 교실 안에 퍼질 때도 있었다.

유태림의 등장은 2학기에 접어든 9월의 어느 날이라고 나는 기억한다. 그리고 둘째 시간의 시업(始業) 벨이 울렸을 때라고 생각한다. 문이 열리면 반사적으로 그곳을 보게 되는데 나는 열린 문으로부터 걸어들어오는 사람을 보고 놀랐다. 같은 고향의 이웃에 사는 내겐 2년쯤 선배가 되는 유태림이었던 것이다. 처음에 눈을 의심했지만 틀림없는 유태림이었다. 나는 반가움에 복받쳐 그의 곁으로 뛰어가서 손을 잡았다. "이거 웬일이십니까" 하고. 유태림은 애매한 웃음을 띠고 "이군이 여기에 있었구먼" 하면서 빈자리를 찾아 앉았다.

유태림이 나와 같은 학교의 같은 학급에 오게 되었다는 것은 내게 있어선 대사건이었다. 유태림은 우리 고향에서 수재로서 이름난 사람이었고 그의 광채가 너무나 강렬했기 때문에 나를 비롯한 몇몇 유학생들의 존재는 상대적으로 희미해 있었다. 그런 사람과 한 학교 한 학급에 있게 된 것이다. 이로써 고향에 있어서의 나의 면목도 살릴 수 있을 것이란 여태까진 생각지도 않았던 허영조차 싹트게 되었다.

이번에 소문을 돌릴 사람은 나였다. 수업이 파하기가 바쁘게 나는 유태림을 선전하기 시작했다. 우리 고을에선 제일가는 부호의 아들이란 것(여기서 E보다도 더 부자면 부자이지 뒤지지는 않을 것이란 점에 강세를 두었지만 이건 당치도 않은 거짓이라고 내심 꺼림칙해하면서도 그렇게 버티었다). Y고등학교니 M고등학교와는 격이 다른 S고등학교에 다녔다는 것, 독립운동 결사에 가담했다가 퇴학당했다는 것(여기에도 약간의 조작이 있었다). 퇴학단한 뒤 구라파 일대를 여행하고 돌아왔다는 것 등을 신이 나게 지껄였다.

유(類)는 유를 후각으로써 식별하는 것인지, 누가 소개할 틈도 없을 것 같은데 유태림은 어느덧 E와 H의 클럽이 되었다. 그것이 한국 학생들의 비위를 거슬러 놓았다. 나의 실망도 컸다. E와 H의 출현에 대항하는 뜻으로 한국 학생들은 유태림을 끼고 돌 작정을 모두들 은근히 지니고 있었던 참이었는데 그런 작정을 산산이 부숴 버렸으니 화를 낼 만도 했다. 성질이 괄괄한 평양 출신의 윤(尹)은,

"자아식, 생겨먹긴 핥아 놓은 죽사발처럼 귀족적으로 생겼는데 마음보는 천민이구먼."

하고 혀를 찼다.

"저 꼴로 독립운동을 했어?"

서울 출신의 임(林)도 한마디 거들었다. 같은 고향인데다가 극구 선전한 책임도 있고 해서 나는 이런 변명을 했다.

"그런 사건 때문에 퇴학을 당하고 했으니 감시 같은 것이 있지 않을까. 그래 고의로 저렇게 하는 것인지도 모르니 그만한 건 양해를 해야지."

"집어쳐" 하고 윤은 와락 화를 냈다.

"그 사건 때문에 딴 애들은 징역살이를 하고 있는데 저는 구라파에 가서 놀구 와! 틀려먹었지 뭐야. 그따위 수재면 뭘 해. 어, 치사하다. 앞으론 본척만척해 뭐 대단하다구."

이런 일이 있었다고 해서 유태림이 전연 우리들 한국 학생과 어울리지 않았다는 것은 아니다. 5,6명밖엔 안 되는 한국 한생이었으니 때론 비위를 상하기도 하고 싸움질도 있었지만 대체로 무관하게 혈육처럼 어울려 놀기를 잘 했는데, 유태림도 간혹 이 모임에 끼였다. 우리가 청했을 때 응하기도 하고 자기가 우리를 청해 호화로운 잔치를 베풀어 주기도 했다. 유태림으로선 동족인 우리들에게 대해서 자기 나름의 배려를 하고 있었던 것만은 분명한 사실이었다.

— pp.16~21.

<나>와 유태림의 관계는 그러니까 학교 같지도 않은 전문부 엉터리 저능아들이 우글거리는 곳. 여기에 수재만 다니는 고등학교에서 퇴학당한 유태림이 나타난 것. 같은 고향의 이웃에 사는 2년 선배쯤 되는 이 조선인. 그런데 같은 반의 일본인 학생 H에게서 <나>에게로 편지가 왔다. H는 일본 문단에 데뷔한 쟁쟁한 현역. 유태림의 행방을 알려달라는 것. 그는 유태림이 탁월한 인물임을 알았고, 그가 남긴 『관부연락선』 관련 자료를 자기가 갖고 있노라고 말했다. 그런데 6 · 25 이후 유태림의 소식을 알 수 없어 안타깝기 짝이 없다는 것. 허니 제발 이군이 알아봐 달라는 것. 그러니까 <나>(이군)가 유태림의 행방을 찾아 헤매는 작품이 바로 『관부연락선』이다.

<나>는 유태림과 함께 중국에 학병으로 나갔다가 귀국했고, 모교인 중학에서 영어교사 노릇을 하고 있었다. A, B, C 정도를 겨우 아는 정도.

학교는 학생도 교사도 좌우익으로 편이 갈려 어수선하기 짝이 없었다. 어떤 수습 방도가 있었을까.

1946년 여름

필연적이라고 할 땐 사람은 쉽게 체관(諦觀)할 수 있다. 호우가 내리면 홍수가 지게 마련이니까. 운명적이라고 말할 땐 체관할 수밖엔 없지만 그 체관이 쉽지가 않다. 운명적이란 말엔 그때 그 자리를 피했더라면 하는 한탄, 그때 그 일을 하지 않았더라면 하는 한탄이 묻어 있다.

유태림과 나와의 운명적인 접촉이 다시 있게 된 것은 1946년의 가을이다.

그때 나는 모교인 C고등학교에서 영어교사 노릇을 하고 있었다. 영어교사라고 말하니 제법 허울이 좋게 들리지만 미국인을 만나도 영어 한마디 시원스럽게 건네지 못하고 내일의 수업을 위해서 밤새워

사전과 씨름을 해야 하는 이른바 엉터리 교사였던 것이다.

변명 같기는 하지만 엉터리는 나만이 아니었다. 나 말고도 다섯 사람의 영어교사가 있었는데 그 가운데는 '에스'와 '노'를 분간하지 못한 까닭으로 장학사의 실소를 터뜨린 사람도 있었고 흑판에다 A와 Z 두 글자를 굵다랗게 써놓곤 이것만 배우면 영어를 처음부터 끝까지 배운 것으로 된다고 자못 초연하게 설명하고는 숫제 수업을 할 생각을 하지 않는 교사도 있었다.

이러한 꼴은 영어교사의 경우만도 아니다. 더러는 실력과 덕망이 겸전한 교사가 없었던 바는 아니었지만 학교의 규모는 일정 때의 그 것보다 4.5배쯤으로 늘려 놓고 교사의 절대 수는 모자랐으니 이력서 한 장 근사하게 써넣기만 하면 돼지도 소도 교사로서 채용될 수 있었던 때라, 자연 엉터리 교사가 들끓지 않을 수가 없었다. 학력 위조쯤은 예사로운 일이라서 원자탄 덕택으로 경향 각지의 학교에 히로시마 고등사범 출신의 교사가 범람한 것도 이 무렵의 일이다.

파리가 왜 앞발을 비비는가 하는 문제를 가지고 꼬박 한 학기를 넘겨 버린 동물교사가 있었다. 딴에는 동물학을 가르치는 것이 아니고 동물철학을 가르친다는 것이다. 일 년이 삼백일, 2백일이면 이백 일로 되었으면 편리할 것을 왜 365일로 구분되어야 하는가를 끝끝내 납득하지 못하는 지리교사도 있었다. 하루 벌어 하루 먹는 주의가 실존주의이며 푼푼이 저축하며 사는 주의가 이상주의라고 설명하는 사회생활과 교사도 있었고 도수체조(徒手體操) 한번 제대로 지도하지 못하는 체육교사가 유도 5단이란, 참말인지 거짓말인지 모르는 간판을 코에 걸고 으스대고 있었다.

어떤 수학교사는 참고서대로 수식과 답을 노트에 베껴 온 것까진 좋았는데 그것을 흑판에 옮겨 놓고 보니 이상하게 되었다. 답은 정확한데 그 답에 이르기까지의 수식에 이상이 생긴 것이다. 간밤에 참고서를 옮겨 쓸 때 수식 하나를 빼먹은 탓이었다. 그 교사는 수업도중에 울상이 되어 교무실에까지 잃어버린 수식을 찾으러 왔다. 참고서는 집에다 두고 왔고 공교롭게도 다른 수학교사가 자리에 없어 드디어 엉터리 영어교사에게까지 구원을 청해 왔다. 수식을 잃어버린 엉터리 영어교사에게서 수식을 찾아간 얘기에는 그 솔직함과 성으로 해서 그런대로 애교가 있다.

이렇게 헤아리고 있으면 거뜬히 만화책 한 권쯤은 꾸밀 수 있는데 더욱 흥미가 있는 것은 이러한 엉터리 교사들이 어떻게 교사 노릇을 감당할 수 있었을까 하는 점일 게다.

C고등학교라고 하면 일정(日政)이래 수십 년의 전통을 지닌 학교다. 시골 소읍에 자리 잡고 있는 학교이긴 하나 당시의 그 학교 학생들은 저학년을 제외하면 일정 때 10대 1 이상의 경쟁을 뚫고 입학한 그 지방으로서는 수재로 꼽아 주는 학생들이었다. 그러니 전쟁 말기 보국대니 근로봉사니 해서 제대로 공부를 못 한 탓으로 학년 상당의 학력은 없었다고 해도 교사의 진가(眞價)조차 알아차릴 수 없었을 것이라고 판단하는 것은 그들을 부당하게 깔보는 것으로 된다. 되레 그들이 교사들을 깔보고 있었다고 말하는 것이 적당하다. 그들은 교사로서 대접해야 할 교사와 함부로 깔봐도 좋은 교사를 구별하고 있었음이 분명했다. 교사들도 이런 풍조를 민감하게 느끼고 있어 실력이 없는 교사들은 발언권이 강한 교사와 학생들에게 영합함으로써 보신(保身)의 책으로 하고 있었다.

그리고 당시의 학교는 학원의 생리로써만 움직이고 있었던 것이 아니다. 일종의 정치단체적인 생리가 작용하고 있었다. 그러므로 학생들은 교사들의 교사로서의 자격을 묻기 전에 대상이 되는 교사가 그들의 편인가 아닌가에 중점을 두는 경향이 있었다. 엉터리 교사들은 학생의 편을 들거나 또는 편을 드는 척만 하고 있으면 쉽게 연명할 수도 있었다.

엉터리 교사들이라고 해서 바보처럼 웅크리고 있었던 것은 아니다. 직원회의가 있으면 엉터리일수록 소란스럽게 떠들어 댔다. 직원회의의 의제는 주로 민주학원의 건설이고 교사의 생활보장 문제였다. 듣고 있으면 이상한 결론으로 발전하는 수가 태반이다. 민주학원이란 학생들의 의사를 존중해야 하는 학원이니 그러자면 학생들이 요구하는 학생집회는 이를 무조건 승인해야 한다는 것이다. 그렇게 해서 1년 내내 수업은 하지 않고 학생집회만 열고 1백 프로의 민주학원이 된다는 따위의 결론이 그 예다. 생활보장을 요구하는 발언에도 다채다양한 것이 많았다. 그 가운데서 예를 들면 다음과 같은 것이 있다.

"우리들 교사는 모두들 수양이 되어 있고 도를 통해 있기 때문에 물이랑 안개만 먹고도 살 수 있지만 수양이 덜 되고 도를 통하지 못한 처자들은 아무래도 밥을 먹고 옷을 입어야 하는 모양입니다. 그런데 지금 주는 월급 가지고는 홍길동 같은 기술로도 어떻게 할 수 없으니 월급을 올려 주어야겠습니다."

또 이런 것도 있었다.

"우리가 야학교 강사만도 못하다고 합시다. 그래도 이튿니 해로 학교의 교사들처럼 대접을 해달라, 이 말씀입니다. 그래 놓으면 벼룩에도 낯짝이 있고 빈대에도 체면이 있다고 하지 않습니까. 공부하고 연구해서 좋은 교사가 될 것입니다."

이럴 땐 교장은 구구한 변명만 하고 있어야 한다. 만약 현재의 형편으로선 불가능하다든가 분수를 지키라든가 하는 설교가 섞이면 불이 튀기 시작한다.

"교장은 기밀비 기타 등등으로 생활 걱정이 없으니까 그렇게 말하는 것이 아니오?" 라는 말이 어디선가 터져 나오고,

"우리, 학교의 경리장부 좀 감사해 봅시다." 하는 소리가 뒤따르게 마련이다.

이런 상황이었으니 학내의 질서는 엉망이었다. 하지만 학내의 질서를 바로세우지 못한 것을 어떤 특정한 학교의 개별적인 책임으로 돌릴 수는 없다. 해방 직후의 정세, 이어 1946년의 국제 국내의 정세가 모든 학원에 그렇게 반영된 것이라고 보아야 하기 때문이다.

1946년은 세계적으로 2차 대전의 전후 처리 문제를 둘러싸고 그 방향과 내용에 있어서 미국과 소련의 대립이 점차 예각적(銳角的)으로 부각되기 시작한 시기다. 동구라파에 있어서의 구질서의 분해, 중국에 있어서의 국공내전의 발전, 동남아 제국에서의 독립 기운, 승리자의

처단만을 기다리는 패전국의 초조, 이러한 사상들이 얽히고 설켜 격심한 동요를 겪고 있는 가운데 서서히 새로운 역관계(力關係)가 구축되어 갔다.

이와 같은 세계의 동요를 한국은 한국의 생리와 한국의 규모로서 동요하고 혼란하고 있었다. 해방의 벅찬 환희가 감격의 혼란으로 바뀌고 이 감격의 혼란이 분열과 대립의 적대관계로 응결하기 시작한 것이 1946년의 일이다. 일본군을 무장해제하기 위해서 편법적으로 그어진 38선이 항구적인 분단선으로 교착되지 않을까 했던 막연한 공포가 결정적이고 냉엄한 현실의 벽으로서 느껴지게 된 것도 1946년의 일이다.

모스크바에서의 삼국 외상회의가 결정한 한국 신탁통치안을 둘러싸고 국론이 찬방양반으로 갈라져 좌우익의 충돌이 바야흐로 치열화해서 전국적으로 번지기 시작한 것이다.

이 해의 여름엔 콜레라가 만연해서 민심의 분열을 미분(微分)하고 혼란을 적분(積分)하는 데 부채질을 했다.

이러한 모든 일들이 학생들을 자극했고 또 학생들을 이용하려는 세력들이 끈덕지게 작용하기도 했다. 다른 학교의 경우도 비슷했겠지만 당시의 C고등학교는 표면은 미 군정청의 감독을 받고 있는 척했으나 학교의 주도권은 완전히 좌익세력의 수중에 있었다. 교장과 교감, 그리고 몇몇 교사들을 빼놓곤 대부분의 교사들이 학교의 체통과는 전연 다른 정치단체의 조직 속에서 들어 있었고 학생들도 대부분이 학생동맹이란 좌익단체에 소속되어 있었다. 그러니 그 조직 속의 교사들과 학생들은 사제지간이라기보다 동지적인 유대관계로써 묶여 있었다.

우익적인 세력 또는 좌익의 그러한 움직임에 비판적인 태도를 취하고 있는 인물이 없지는 않았지만 그런 태도의 강도(强度)에 따라 부딪쳐야 할 저항이 강했고 다음으로 학생들의 배척 결의의 대상이 되어 드디어는 추방되기가 일쑤인 까닭에 1946년 여름까지의 C고등학교에선 그런 세력이 맥을 추지 못했다.

그리고 좌익계열의 움직임에 반대하는 언동은 곧 미군정에 추종하는 것으로 되고, 미군정에 추종하는 언동은 곧 일제 때의 노예근성을 청산하지 못한 소치이며 조국의 민주적 독립을 반대하는 노릇이란 일종의 통념 같은 견해가 지배적이었기 때문에 반동, 매국노, 민족반역자 라는 낙인을 무릅쓸 용기가 없고서는 섣불리 행동할 수도 없었던 것이다.

이 까닭에 일주일이 멀다 하고 학생대회가 열리고, 사흘에 한 번 꼴로 학급집회가 있고, 그 박에 별의별 구실을 만들어 학업을 거부해도 교사들은 속수무책이었다. 무책일 뿐만 아니라 교사들 가운데에는 되레 학생들의 이러한 움직임을 선동해선 힘겨운 수업을 피하는 수단으로 이용하기조차 했다.

이런 가운데서도 그럭저럭 대사(大事)엔 이르지 않도록 유지해 온 학교가 7월에 들어서면서부터는 거친 풍랑을 만난 배처럼 더욱 소연(騷然)하게 되었다. 교장 이하 몇몇 교사들을 반동 교육자로 몰아 배척하는 대대적인 동맹휴학을 좌익계열의 교사들과 학생들이 계획하고 나선 것이다. 교장은 일제 때 관리 노릇을 한 적이 있는, 좌익들의 말을 빌리면 친일파적 인물이었다. 그런 까닭도 있고 해서 이때까지도 몇 번이고 배척 대상이 되었지만 '우리 말을 듣지 않으면 정말 배척한다'는 공갈적 제스처로써 실리를 거두곤 수그러지고 했던 것인데 이번의 계획은 공갈로서 끝내선 안 된다는 상부 조직의 지령을 받고 이루어진 것이란 정보가 흘러 들어온 것이다.

이 위기를 용케 미봉(彌縫)할 수 있었던 것은 이 지방에까지 만연하기 시작한 콜레라를 미끼로 여름방학을 앞당겨 버렸기 때문이었다. 방학이 되어 한시름 놓기는 했으나 화근은 그냥 남아 있을 뿐만 아니라 전국적 소동으로 번질 것이 확실한 국대안(國代案) 반대까지 겹칠 판이니 9월의 신학기는 소란하기 짝이 없는 학기가 될 것이었다.

교장이 교감과 나와 A교사, 그리고 나의 선배가 되는 B교사를 불러 놓고 유태림씨를 모셔올 수 없을까 의논을 걸어온 것은 이처럼 불안한 가을의 신학기가 한 주일쯤 후로 다가온 8월 어느 날의 오후였다.

교장 댁의 비좁은 응접실에 다섯 사람은 땀을 뻘뻘 흘리며 앉아 있었다. 창문을 죄다 열어 젖혔는데도 바람 한 점 들어오지 않고 되레 찌는 듯 한 바깥의 열기가 간혹 혹 하며 스쳐가곤 했다. 뜰에 몇 그루 서 있는 나무에서 두 세 마리의 매미가 단속적으로 쓰르릉대고 있는 것이 더욱 무더움을 더했다. 교장은 어떻게 말을 꺼내야 할까 하고 망설이고 있는 모양이었다. 침묵이 또한 무겁고 무더웠다.

"콜레라는 퍽 수그러진 모양입니다."

A선생이 불쑥 이렇게 말을 꺼냈다.

아무도 대답하는 사람이 없었다. 콜레라 따위는 문제가 아니라는 듯한 표정이 교장의 얼굴을 스쳤다.

"내 개인의 진퇴는 문제가 아닙니다. 다만 혼란을 이대로 방치할 수가 없다는 겁니다. 신학기가 시작하기 전에 무슨 방법을 마련해야 되겠는데 ……그 방법이란 것이……"

교감이 맞장구를 쳤다. 그러나 무슨 뾰족한 수가 있어서 하는 말은 아니었다. A선생이 볼멘소리를 하고 나섰다.

"방법이란 게 달리 있을 수 없습니다. 그 P선생, M선생, S선생 세 사람만 파면시켜 버리면 됩니다. 교장선생님은 너무나 관대하셔서 곤란하단 말씀입니다. 과단이 필요합니다. 그 셋만 잘라 보십시오. 다른 선생들이나 학생들이 뭘 믿고 덤빕니까."

교장은 그런 말엔 이미 싫증이 나 있다는 듯이 고개를 창밖으로 돌렸다. A선생은 더욱 핏대를 돋우어 말했다.

"항상 드리는 말씀입니다만 그 P, M, S를 그냥 두곤 백년가도 학교의 혼란을 수습할 순 없을 겁니다."

"무슨 말을 그렇게 하는 거요. A선생. 그래 보시오. 벌집을 쑤셔 놓은 것 같이 될 테니까. 교장선생님은 지금 혼란을 피하자고 말씀하시는 거지 더욱 혼란을 시키자고 말씀하시는 것이 아닙니다."

교감도 못마땅한 듯한 얼굴로 말했다.

"그들은 진짜 빨갱이입니다. 공산당이에요. 화근을 빨리 없애자는 거지요. 그들의 목을 잘라 놓으면 물론 한 동안은 시끄럽겠지요. 그러나 버티어 나가면 즈그가 어떻게 할 겁니까. 학교를 떠메고 나가겠어요?

모진 열병을 치를 셈치고 해지우자 이겁니다. 백 년 가봐요. 그들을 그냥 둬두고는……."

A선생이 계속 떠들어 대려는 것을 교감이 가로막았다.

"파면시키려면 조건이 있어야 할 게 아뇨?"

"조건? 공산당과 내통하고 있는 게 분명하지 않소? 학생들을 선동하고 있는 것도 분명하지 않소? 이 이상의 조건이 또 필요합니까?"

"증거가 있어야 된단 말입니다. 확실한 물적 증거가……."

교감은 뱉듯이 말했다.

"증거라니?" A선생은 더욱 흥분했다.

"학교의 현상, 이것이 곧 증거가 아닙니까. 경찰에서 내사해 놓은 것도 있을 겁니다. 그것하고 종합해서 도청에 내신(內申)하면 되지 않겠어요?

"누가 그들의 목을 자를 줄 몰라서 안 자르는 줄 아시오?"

쓸데없는 말싸움을 그만두라는 어조로 교장이 잘라 말했다. 자리는 다시 무더운 침묵으로 돌아갔다. 매미 소리가 한층 높은 옥타브로서 들렸다. 나는 교장의 심중을 상상해 봤다.

교장도 A선생 이상으로 과격한 수단을 써보고 싶지 않은 바는 아닐 게다. 하지만 그들의 목을 잘랐다고 하자. 동맹 휴가는 더욱 악성화 될 것이 뻔하다. 다른 학교와도 연합할 것이다. 학생대표들이 도청으로 우르르 몰려갈 것이다. 거기서 기세를 올리며 농성을 한다. 그러면 …… 일제처럼 체통이 서 있지도 않고 끝끝내 자기를 보호해 줄 아무런 연분도 없는 군정청 관리들은 잠시나마 조용해지기만 하면 그만이라는 심산으로 학생들의 요구를 들어줄 것이 틀림없다. 그러니 …… 교장에게 P, M, S의 목을 자르라고 권하는 것은 자살을 권유하는 것이나 마찬가지다.

게다가 P와 M은 교사로서의 실력이 있었고 동지적인 유대관계가 아니라도 학생들의 신임을 받을 만한 자질을 갖추고 있는 인물들이고 보니 더욱 만만치가 않았다. S는 교사로서의 실력은 없으면서 변설(辯舌)이 날카로웠다. 일제 때엔 교장 밑에서 하급관리 노릇을 한 적이 있어 교장과는 서로 괄시할 수 없는 사이일 것이지만 '공(公)과 사(私)'를 구별할 줄 알아야 한다'는 교장의 입버릇을 역이용해서 자신의 존재를 학생들 사이에 클로즈업시키고 있는, 나쁘게 말하면 맹랑하고 좋게 말하면 다부진 위인이었다. 이들 셋이 교장 반대파의 지도적 인물임을 교장 자신도 잘 알고 있었다. 그럼에도 불구하고 이런 화근을 쾌도난마(快刀亂麻)할 수 없는 데 교장의 딜레마가 있었고 고민이 있었다.

"요는 인물의 빈곤에 모든 화근이 있는 겁니다. 교육자로서의 우리들의 힘이 너무나 무력합니다. 너무나 무력했어요. 모든 혼란은 우리들이 무력한 탓에 생긴 겁니다."

언제나 하는 교장의 탄식이 또 한번 되풀이 되었다.

"시대의 풍조 아니겠습니까. 어디 우리 학교만 혼란하고 있습니까."

교장의 탄식이 있으면 으레 뒤따르는 교감의 말이다.

"시대의 풍조까지 지도할 수 있는 인물이라야 교육자로서 자격이 있다는 뜻이지요. 하여간 학력이 있고 지도력이 있고 감화력이 있는 선생을 많이 모서 와야겠습니다. 그런데……"

하고 말을 끊었다가 교장은 나를 향해 물었다.

"이선생은 유태림 군하곤 어떻게 되지요?"

뜻밖에 유태림의 이름이 튀어나오는 바람에 어리둥절해서 나는,

"어떻게 되다니, 무슨 말씀입니까?"하고 되물었다.

"잘 아는가 어떤가를 물은 겁니다."

"잘 압니다. 이 학교에서 저보다 2년 쯤 선배가 되는데 제가 들어왔을 때 벌써 다른 학교로 전학한 후였습니다만 대학에서 동기동창이었습니다. 그런데 교장 선생님이 이 학교에 계실 때 유태림 씨가 있었습니까."

"내가 도청으로 전근하기 직전 1년 동안 유군의 반을 맡은 적이 있지."

"그렇습니다."하고 B선생이 거들었다.

"저와 한반이었습니다."

"그렇지. B선생도 그럼 유태림 군을 잘 알겠구면, 어떨까, 유군을 이 학교에 데리고 올 수 없을까. 그만한 교사면 큰 힘이 될 것도 같은데……"

"그 사람이 와주기만 하면 힘이 되지요."

B선생의 말이었다.

"어떤 인물인지 저는 잘 모르겠습니다만 그런 분이 온다고 해서 신학기의 사태를 수습하는데 도움이 되겠습니까?"

교감의 이 말은 나의 의사를 그대로 대변한 것이나 마찬가지였다. 교장은 수색(愁色)이 어린 얼굴을 엄숙하게 차리면서 말했다.

"신학기의 사태 때문만으로 하는 얘기가 아닙니다. 근본적으로 학원을 개조해야 된다는 겁니다. 그러자면 좋은 인재를 모을 필요가 있다는 거지요. 헌데 유태린 군은 지금 어떻게 지내고 있답니까."

"금년 3월이 저와 거의 같은 무렵 중국에서 돌아왔습니다. 그리고는 잠깐 고향에서 머물고 있다가 지금은 서울에 가 있는 모양입니다. 그러나 학병으로 갔을 때나 돌아와서나 만나 본 적은 없습니다.

이렇게 말하면서 더 이상 구체적인 것을 B선생이 알고 있지나 않을까 해서 그쪽으로 건너보았다. 그러자 B선생이 다음과 같이 보충했다.

"유태림 군이 중국에서 돌아왔다는 소식을 듣고 제가 한 번 찾아갔었지요. 그때 유군의 말로는 서울에 자리를 잡고 학문을 계속할 의향인 것 같았습니다."

"어떻게 해서라도 그 사람을 데리고 왔으면 좋겠어. 서울엔 이따가 가도 될 게고 학문을 한다고 해서 꼭 서울에 있어야 할 까닭도 없을테니 시대가 안정될 때까지 고향에 있어 보는 것도 좋지 않을까. 이렇게 권해서 2,3년간이라도 좋으니 이 학교를 돌봐 달라고 해볼 수 없을까. 어떻겠어요. 이 선생과 B선생이 책임을 지고 서둘러 주었으면 하는데!"

원래 아첨하는 근성이 있는 탓으로 상사(上司)가 이렇게 부탁해 오면 나는 거절을 못 한다. 그래 이럭저럭 말들을 주고받고 있는 동안에 어쩌다 보니 유태림을 C고등학교의 교사로서 모셔 오는 책임을 나 혼자 걸머진 결과가 되어 버렸다.

신학기의 사태에 어떻게 대비하느냐의 문제로 되돌아갔다. 어떤 수단으로라도 P와 M과 S를 없애야 한다고 A선생이 다시 한바탕 떠들었다. 주동 되는 학생을 회유하는 수단이 없을까 하는 의견도 나왔다.

방학을 연기하면 어떠냐는 안도 나오고 경찰에 의뢰해서 공포분위기를 조성하자는 제안도 있었다. 그러나 모두가 실현성 없는 말들이었다.

"도리가 없습니다. P선생과 M선생을 교장선생님이 불러서 간곡하게 부탁해 보는 수밖엔 없지 않습니까?"

차분한 소리로 B선생이 이렇게 말했다. 교감을 그렇게 해보았자 그들은 자기들의 말을 학생들이 들을 턱이 없다고 딱 잡아뗄 것이 뻔하다고 했다.

"그러나 어떻게 합니까. 우리들도 우리들 나름으로 설득 공작을 해볼 것이니 교장선생님이 P선생과 M선생을 불러서 타일러 보십시오."

언제나 온건한 의견이어서 화려한 광채가 없는 그만큼 B선생의 의견엔 설득력도 있었다.

"그자들의 의견을 들으나마나지. 그러니 얘기하나 마나구. 전번에 내가 부탁했더니 교장선생님의 말을 듣지 않는 학생들이 어떻게 우리 말을 듣겠습니까, 하더구먼."

이렇게 말하는 교장의 입언저리에 쓸쓸한 웃음이 남았다.

"일본 사람의 말입니다만 적심(赤心)을 상대의 뱃속에 둔다는 것이 있지 않습니까."하고 B선생은 다시 한 번 말했다.

"적심! 그것이 통할 수만 있다면야!"

교장은 힘없이 중얼거렸다.

그러나 별달리 묘안이 있을 까닭이 없었다. 교장이 P와 M, 그리고 S를 불러 술이나 같이 나누면서 수단껏 타일러 본다는 것으로 모임의 끝을 내지 않을 수 없었다.

― pp.32~43.

<나>는 유태림의 집을 찾아갔다. 엄청난 부잣집이었다. 그의 부친은 이렇게 말했다. 15세적부터 객지 생활 12년. 귀공자풍의 부친은 약 5천석 가량의 토지를 하인들, 소작인들에게 무상으로 나눠준 위인. 그의 부친 왈,

"권해보게. 이와 같은 난세에는 되도록 가족과 같이 있어야 하느니."

이 정도의 말만 들었으면 교장에게 대한 나의 책무의 반은 다한 셈이라고 생각하고 일어서려는 나를 유태림의 아버지는 기어코 붙들어 앉혔다. 십 수 년 전 중국에서 가져온 오갈피주(酒)가 있으니, 그것을 한잔하고 가라는 것이다. 친구의 부친과 같이 술을 마신다는 건 그 지방의 풍습으로선 있을 수 없는 일이다. 나는 굳이 사양하지 않을 수 없었는데 유태림의 아버지는 그런 나의 마음을 알아차렸는지,

"지금부턴 노소동락(老少同樂)을 해야 하네. 민주주의의 세상이 아닌가. 민주주의란 어떤 뜻으론 노소동락해야 한다는 말이 아닌가." 하고 술상을 차려 오라고 하인에게 일렀다.

외롭던 차에 아들의 친구, 또는 친구의 아들을 만나 반가워하는 그의 뜻을 매정스럽게 뿌리칠 수가 없어 한잔 한잔 거듭하는 바람에

[중략]

그걸 가지고 고향에 와서 학교를 하든 사회사업을 하든 하면 될 게 아닌가. 자네에게 의견이 있으면 같이 의논해서 해보게. 이조(李朝)가 망하는 것을 우리 눈으로 보지 않았는가. 권불백년(權不百年) 세불십년(勢不十年)이란 걸세. 아직도 액(厄)이 풀린 것 같질 않아. 무슨 산해(山害)도 아닐 거구. 내 대에 와서 무슨 변이 날 것만 같으니 선조의 영에 대한 면목도 없구. 태림이가 불쾌한 짓을 해도 자네는 그를 잘 봐주게. 자네가 하고 싶은 일이 있으면 내게 말하게. 태림이가 반대해도 내가 해주지. 돈으로써 되는 일이면 언제든지 말해 주게. 어쨌든 태림을 잘 봐주게."

말의 도중에 잘 봐줘야 할 편은 내가 아니고 태림이라고 몇 번 서둘러 나의 뜻을 전하려 했지만 태림의 아버지는 자기의 말이 그냥 지껄이는 인사말이 아니라고 정색을 했다. 나는 그런 말을 들으면서 태림의 부친이 태림에게 대한 나의 복잡한 감정을 꿰뚫어 본 탓으로 그렇게 말하는 것이 아닐까 하는 생각마저 들었다. 그러나 그 부친의 말은 유태림에게 대한 나의 미묘한 감정을 풀어 놓는 데 커다란 작용을 했다. 진심으로 유태림을 C고등학교에 모셔 왔으면 하는 생각이 돋아나게까지 된 것이다.

어머니에게 드리라고 사주는 한 꾸러미의 인삼을 들고 산정을 나온 것은 이미 모색(暮色)이 짙어 있을 때였다. 유태림의 부친은 동구 앞 개울가에까지 전송하러 나왔다.

— pp.50~51.

드디어 유태림이 교사노릇을 하기 시작. <나>는 유태림의 애인 서경애를 만난다. 최영자라는 이름, 동경서 유태림과 알게 된 유학파 출신. 러시아어 공부. 사상보다 사랑을 택한 여성. 유태림은 또 여사여사한다. 곡절을 겪어 학교에서 일부 교사 및 학생들의 배척으로 떠났고 지리산으로 납치되어 행방불명. <나>는 유태림과 서경애의 지리산행까지를 추적해 본다.

경애는 재작년 초겨울, 나와 함께 걸은 일이 있는 C루(樓)를 거쳐 S대(臺)에 이르는 길을 다시 한 번 걸어 보자고 했다. 나는 그러기에 앞서 유태림에게 연락을 해두자고 말해 보았다. 경애는 태림을 만나기 전에 나더러 의논할 얘기가 있다는 것이었다.

나는 경애와 더불어 산보하는 것은 싫지 않았지만 검문이 심한 거리에서 서경애에게 무슨 일이 생기지나 않을까 해서 우선 그것이 불안했다. 그러나 그런 말을 입 밖에 낼 수는 없었다. 눈치 빠른 경애는 그와 같은 나의 마음속을 꿰뚫어 본 양으로 핸드백을 열더니 한 장의 신분증을 꺼냈다. 대구시에 있는 어떤 학교의 교사 신분증이었다. 사진은 경애의 것이 붙어 있는데 이름은 '이정순'이라고 되어 있다.

"이정순?"하고 나는 경애의 얼굴을 돌아보았다.

"가명을 만들어 보았어요. C시에서 이만한 신분증으로써 통할 수 있지 않을까요?"

경애는 침착하게 말하는 것이었지만 나는 어안이 벙벙했다. 가짜 증명서가 있을 수 있다는 것도 그런 것을 가지고 행동하는 사람이 있다는 것도 들어서 알고 짐작도 하고 있었지만 바로 눈앞에 그런 사람을 보는 것은 그때가 처음이었고, 그런 것을 알면서 같이 행동해야 할 처지가 그저 딱하지만 했다. 하지만 나는 아무런 기색도 나타내기 않았다.

"제정 러시아 시절의 여자 테러리스트 같구먼요."

나는 고작 이렇게 말하며 마음속의 동요를 얼버무렸다.

N강을 낀 산보로를 C루를 향해 걸어 올라가면서도 나의 마음은 엷게 눈에 덮인 풍경에 있지 않고 가짜 증명서를 가진 위험한 여자와 공범으로서 행동하고 있다는 의식으로 꽉차 있었다.

상대방이 서경애가 아니었더라면 어림도 없는 일이다. 나는 새삼스럽게 서경애에 대한 내 마음의 경사가 얼마나 가파른가를 깨닫고 암연한 심정이 되었다.

N강의 빛깔은 주위의 흰빛 때문인지 검게 보였다. 녹청을 흘린 것 같은 흐름이 잔잔한 주름을 잡은 물결 위에 간혹 엷은 얼음 조각이 희미한 광택으로 태양빛을 반사하고 있었다.

C루 위에서 이런 풍경을 내려다보며 그 의논해야 할 얘기라는 것이 하마나 나올까하고 기다렸지만 서경애는 말문을 열지 않았다. 나는 제정 러시아 말기 혁명 조직에 가담한 여자들의 군상을 서경애의 모습을 통해서 공상했다. 당시의 혁명조직 가운덴 사상의 힘으로써 보다 신비로운 분위기를 가진 여자의 매력에 의해서 지탱되어 간 것도 있었을 것이 아닌가 하는 생각도 들었다.

경애도 말이 없었고 나도 말이 없었다. 눈이 온 뒷날이라서 그런지 차가운 물 때문인지 그렇게 붐비던 세탁녀(洗濯女)들의 모습이 한 사람도 N강변에 나타나 있지 않았다. 황량한 겨울의 길이었다. 나와 경애는 S대 쪽으로 묵묵히 걷고 있었다. 황량한 겨울의 길이었다. 나와 경애는 S대 쪽으로 묵묵히 걷고 있었다.

S대에 이르자 경애는 지리산 있는 쪽을 향해서 섰다. 한참동안 같은 자세로 서 있더니 경애는 중얼 거렸다.

"지리산이 보이지 않네요."

"맑은 날씨가 아니면 보이질 않습니다."

그러나 서경애는 희미한 태양빛이 비치곤 있다지만 흐린 하늘이라 고밖엔 할 수 없는 그 하늘의 저편에 있는 지리산의 모습을 꼭 찾아

내고야 말겠다는 듯이 그 방향에다 시선을 쏟고 있었다.

"지리산은 춥겠죠." 경애는 묻는 말도 아니고 혼자말도 아닌 어조로 이었다.

"전투에서보다도 동상 때문에 희생이 많이 난다고 하던데."

서경애는 지리산 속에 있는 빨치산에게 마음을 쏟고 있는 것이었다. 지리산 속의 빨치산! 그들은 여수와 순천 기타 지리산 주변에서 나와 같은 사람을 많이 죽였다. 우익이라고 해서, 그들과 같은 사상을 지니지 않았다고 해서, 만일 그들이 나를 붙들면 영락없이 죽여 버릴 게다. 그런데 서경애는 그러한 빨치산에게 호의가 넘치는 관심을 쏟고 있는 것이다. 나는 억지로라도 서경애에 대해서 적의(敵意)를 품어 보려고 애썼다. 허사였다. 실감이 나지 않았다.

서경애의 '얘기'란 것은 S대에서 내려오면서부터 시작되었다. 간추려 말하면 재작년 겨울 태림의 부친이 경애에게 주려고 했던 그 돈을 달라고 할 수 없을까 하는 의논이었다. 하도 어이가 없는 제안이어서 나는 선뜻 뭐라고 말할 수가 없었다. 경애가 스스로 태림의 아버지로부터 돈을 받겠다고 나선다는 것은 도무지 납득이 가질 않았다.

"불가능할까요?" 내 마음의 소용돌이가 가라앉기도 전에 경애의 말이 뒤쫓아왔다.

"말씀만 드린다면 당장에라도 내놓을 겁니다." 해놓곤, 나는 꼭 돈 쓸 일이 있으면 내가 어떻게 마련해 드려도 좋겠느냐고 묻고 싶어졌다. 그래 그런 빛을 풍겨 보았더니.

"이선생님을 괴롭힐 생각은 없습니다."하고 잘라 말했다.

"돈이 필요하다기 보다 태림 부친의 돈이 필요하단 말입니까?"

"돈이 필요하다는 것뿐이죠. 갑자기 돈을 쓸 일이 생겼어요. 그래 재작년 일을 생각해 낸 거지요."

서경애에게 돈을 써야 할 일이 생겼다면 그건 어떤 경우일까. 미묘한 관계에 있는 태림의 부친에게 돈을 요구해야 할 만큼 필요하게 된 돈이란? 그 용도는? 경애의 기품과 성질로 보아 그리고 연전 한 말로 미루어 굶어 죽는 한이 있어도 그런 쑥스런 요구를 할 사람이 아니라는 나의 인식을 버릴 수 없었으니 벅찬 수수께끼였다.

"돈을 어디다 쓸 작정입니까?"

용기를 내어 물어보았다.

"미안합니다. 그건 묻지 말아 주세요."

용도를 밝히지 못할 사람에게 그런 의논은 뭣 때문에 하느냐고 윽박지르고 싶은 마음이 일었으나 말은 마음과 딴 판으로 나타났다.

"좋습니다. 태림 씨의 부친께 말씀드려보죠."

경애의 얼굴이 활짝 개었다.

"고맙습니다. 이선생께는 정말 신세만 끼치고…"

"쇠뿔은 단김에 뺀다고 지금 유태림 씨 집으로 가겠습니다."

"되도록이면 태림 씨는 모르도록 했으면……"

"그거 안 됩니다. 그렇다면 전 사이에 설 수가 없지요."

경애는 한참 망설이는 눈치더니

"좋아요. 태림 씨가 알아도 좋습니다."하고 단호한 표정을 지었다. 창피스러운 꼴이라도 감수하겠다는 각오의 표명처럼 보였다.

경애를 데리고 태림의 집 근처까지 갔다. 그리곤 그 근처에 있는 음식점에 경애를 기다리게 해놓고 나는 태림의 집으로 갔다. 태림은 그 때까지 자리에 누워있다가 이제 막 세수를 하고 식사를 끝낸 참이라고 했다. 나는 서경애가 왔다는 것과 서경애의 요구를 대충 설명했다.

"경애가? 돈을?"

태림은 도무지 납득이 가지 않는 다는 멍청한 표정이었다.

"그런데 그 얘길 아버지에게 어떻게 하지?"

"그건 내게 맡겨 둬."

이렇게 말하고 나는 사랑으로 나왔다. 태림의 부친은 나를 반겨 맞았다. 이만저만한 신세를 지지 않았다면서 무슨 부탁이건 하면 자기도 힘이 되도록 애쓰겠다고 했다. 나는 망설일 것도 없이 서경애의 얘기를 털어놓았다. 그리고

"웬만해 가지곤 이런 얘길 할 여성은 아닌데 참으로 딱한 사정인가 봅니다."

하고 덧붙이기도 했다.

"그것 참 잘됐네. 언제나 마음에 걸려 있었던 건데. 연전에 드릴려

다가 드리지 못한 것이 그대로 있는데 그것으로써 될까?"

하면서 벽장 속의 문갑을 뒤지더니 눈 익은 봉투를 꺼냈다. 재작년 초겨울 나를 거쳐 서경애에게 주려다가 거절당한 바로 그 봉투였다. 햇수로 2년인데 그 봉투를 그냥 간수하고 있는 태도에 태림 부친의 마음가짐을 새삼스럽게 알 것만 같았다.

"펴보게. 그걸 가지고 되겠는가?"

나는 봉투 안에 든 것을 꺼내 보았다. 50만 원짜리 수표가 다섯 장이나 들어있었다. 도합 2백 50십 만 원, 우리들 교사 10년 치의 월급을 합해도 미치지 못할 액수였다. 그런데도 태림의 부친은,

"그걸 가지고 될까?"

하고 근심스럽게 물었다.

"되다 뿐이겠습니까?"

서경애가 필요로 하는 돈의 액수를 물어 오지 않았던 것이 후회가 되었지만 이런 거액까지 필요로 하지 않을 것은 분명한 일이라고 생각했다.

"조금이라도 미안하다는 생각을 갖지 않도록 자네가 잘 말해 주게. 만일 그걸 가지고도 모자란다면 기탄없이 말해 주도록 이르기도 하게."

이렇게 말하는 태림 부친의 말을 등 뒤로 들으면서 나는 밖으로 나왔다. 대문밖에 태림이 기다리고 있었다.

"2백50만원을 받았어."

태림을 보고 이렇게 말했으나 태림은 아무 말도 없이 내 뒤를 따라 나왔다. 나와 태림을 보자 경애는 음식점에서 나왔다. 경애와 태림은 서로 덤덤한 인사를 주고받았다. 태림은 어디 조용한 데나 가서 얘기나 할까 하는 눈치를 보였지만 경애는 급한 일이 있다면서 이만 실례 하겠다고 딱 잘라 말했다.

한길 가운데 서서, 경애와 내가 나란히 걸어가는 뒷모습을 보고 유태림이 어떤 생각에 잠겼을까. 나는 경애가 태림 부친에게서 돈을 받았다는 그 사실에 태림과 경애의 영원한 결별을 짐작했다.

— pp.576~582.

그 후의 유태림은 어떻게 되었을까. 지리산행을 포기한 서경애는 어째서 해인사에서 여승이 되었을까. 유태림을 납치해 간 빨치산이 거창 덕유산 쪽으로 이동하고 있다는 정보가 들렸으나 이를 찾고자 하는 <나>는 비관적이었다. 일본인 H의 부탁도 불가능한 형편.

5.『지리산』과『남부군』의 이동점

이병주의『지리산』은 이태의『남부군』과 어떤 점에서 닮았고, 또 어떤 점에서 결정적으로 구분되는가. 이태는 서두에서 이렇게 분명히 말해놓았다. "기록은 소재이지 역사 자체는 아니다. 소재에는 주관이 없다. 소재는 미화될 수도 비하할 것도 아니다. 나는 작가가 아니라 사실보도를 업으로 하는 기자였다."(「머리말」) 자기는 <작가>가 아니라고 분명히 못을 박았다. <기자>이기에 객관적으로 기록하는 작업에 진력했다는 것. 그렇다면 누구나 이렇게 말할 수 있겠다. 그 <기록>을 누구나 읽을 수 있지 않을까. 누구나 읽어도 무관한 것이 않을까. 그런데도 기자 이태는 이렇게 또 말해놓았다. "그 동안 파렴치한 한 문인으로 해서 기록의 일부가 소설 등에 표절되기도 했고 그 때문에 가까스로 만난 보완의 기회를 놓치기도 했다"(p.16). 그렇다면 이렇게 볼 수밖에 없다. 이태의『남부군』의 초고나 그 초고의 일부가 이미 세상에 공개되었거나 아니면 <수기형태>로 <파렴치한 한 문인>도 능히 얻어 볼 수 있었다고.

두레출판사에서 1988년 7월에 간행된『남부군』은 그 완성판이라 할 것이다. 필자는 이 <파렴치한 한 문인>이 보고 소설 속에 이용했다는

<수기>의 일부를 찾아볼 길이 없었다. 그런데 이병주의 대하소설『지리산』(1978년까지『세대』지에 연재, 단행본으로 나온 것은 1978년)에는 이런 기록이 나온다(인용은 한길사판).

이태는 박태영이 일제 때부터 이현상과 인연이 있다는 사실을 알고 있었다. 그래서 박태영을 말단 전사로 그냥 두고 있는 것이 의아했다.

"박동무는 지리산 마지막의 빨치산이 될 거요. 그건 나도 믿고 있소. 박 동무처럼 강인한 건강과 의지를 나는 본 적이 없으니까. 게다가 박동무는 탄환 사이를 누비고 다니는 기술까지 있거든. 아직 한 번도 부상한 일이 없잖아. 병이 난 적도 없구."

이태의 말이 있자 박태영은 피식 웃었다. 병이 났다는 정도가 아니라 박태영은 동상이 최악의 상태가 되어 있었다. 그래도 박태영은 자기의 동상에 관해선 한마디 말도 하지 않았다.

"박동무, 사령관 선생님의 노여움을 산 적이 있나? 지리산에서가 아니고 말이오."

"그걸 왜 묻지?"

"이상해서 그래요. 과거부터 알았다면 박동무의 실력을 알고 있을 텐데. 용기도 말야."

"나는 기본 계급이 아니니까."

"누군 기본 계급인가?"

"이 동무, 나는 간부가 되기 싫어. 지금이 좋아."

"허기야 지금 간부가 되어보았자 마찬가지지만 사람 대우가 어디……"

"나와 사령관은 통하지 않는 점이 꼭 한가지 있어."

"그게 뭔데?"

"지금은 말할 수 없어. 사령관 동무는 그걸 알고 있어."

"글쎄, 그게 뭔데?"

"언젠간 얘기하겠소. 그러나 지금은 안 돼."

박태영과 이태는 거림골의 무기코트를 숲 사이로 바라볼 수 있는 바위틈에서 얘기하고 있었는데 강지하가 불쑥 나타나 이태를 보고 말했다.

"문춘 참모가 찾던데."

"그래?"

이태는 막사가 있는 쪽으로 갔다.

"여기가 좋군."

하고 강지하는 이태가 앉아있던 자리에 앉았다. 그리고 박태영을 보고

"동무 얘긴 이태 동무를 통해서 많이 들었소. 전투대원으로서 고초가 심하겠지?"

하고 생긋 웃었다.

"고초는 마찬가지 아니겠소. 동무의 그림솜씨가 대단하다는 얘긴 들었습니다. 이태동무가 말합디다."

"내가 그리는 게 어디 그림입니까. 도화圖畵지요, 도화."

"겸손의 말씀을."

"겸손이 아닙니다. 정말 도화지요. 인민에게 복무하려면 도화라야 한다나요?"

강지하는 이렇게 말해놓고

"헷헷"

하고 웃었다. 그 웃음엔 자조적인 빛깔이 있었다. 박태영은 그 웃음에서 친근감을 느꼈다. 그래서 물었다.

"어떻게 그리면 인민에게 복무하게 되는가요?"

"그걸 나도 모르겠단 말요. 작년 여름 뱀샛골에서 상당히 오랫동안 머무르고 있을 때. 가지 골짜기 바위틈에 피어 있는 나리꽃을 보았소. 바위 몇 개가 포개진 들에 흙이 쌓였는데, 그 흙에 뿌리를 내린 나리꽃이었소. 이끼가 긴 바위 몇 개가 포개진 형태가 늙긴 했지만 아직도 성성한 남자의 육체를 연상케 하고 그 나리꽃은 그 남자의 육체에 안긴 농염한 젊은 여자의 얼굴 같았소. 자연은 가끔 이상한 에로티시즘을 발산하거든. 나는 뭐라고 형언할 수 없는 감동에 젖어 바위를 늙은 남자의 육체로 나리꽃을 젊은 여자로 그렸소. 그런데 사령부의 간부 한

사람이 그 그림을 들여다보더니 설명하라고 하데요. 내 상상(想像)을 대강 말했더니 대뜸 한다는 소리가. '공화국의 바위와 나리꽃을 그렇게 그리면 안 된다'는 거였소. 그리고 '그림은 공화국을 위하고 인민에 복무하는 그림이라야 한다.'는 거였소. 바위는 바위로, 나리꽃은 나리꽃으로 그려야 한다나요? 요컨대 도화를 그리라는 말이었지."

"그 간부가 혹시 정 정치위원 아닙니까?"

"맞소, 그런데 그걸 어떻게 아우?"

"그 분의 입버릇이니까요. 내 발도 공화국의 발이라고 합디다."

"어쨌든 당성이 강한 동무니까. 그 당성을 배워야죠."

하고 강지하는, 눈이 얼룩덜룩 남아있는 건너편 산을 보며 중얼거렸다.

"벌써 2월에 들어섰을 텐데."

"요즘은 무슨 그림을 그립니까."

"쫓기기에 바빠 그릴 여가가 어딨수."

"이태 동무 말로는 짬만 있으면 그린다고 하던데요."

"그게 내 유일한 사는 보람이니까요. 어느 골짝, 어느 두메에서 죽을지 모르지만. 국군이나 경찰이 내 배낭 속에서 내가 그린 그림을 발견하고. '자이식, 꼬락서니는 굶주린 산돼지인데 그림은 좋군.'할 수 있게 좋은 그림을 그리고 싶소."

박태영은 웃으려다가 그 웃음이 얼어붙는 걸 느꼈다.

'이 세상에. 이 인생이 어디 그런 걸 소망이라고 지니고 다니는 사람이 있을까. 모든 파르티잔이 밥이나 한번 실컷 먹어보고 죽었으면 하는 소망밖에 지닌 것이 없는 상황 속에서…….'

강지하는 지금, 작가 이동규를 모델로 초상화를 그리고 있는데, 그 그림의 제목을 '어느 빨치산 작가의 초상'이라고 할 참이라고 했다. 이렇게 장시간 한담을 할 수 있었다는 것도 이례에 속했다. 그러나 그 대화가 박태영이 강지하와 가진 최초이자 마지막 대화였다.

남부군 수뇌부는 전력 회복 방안을 두고 회의를 거듭했다. 백 번 회의를 거듭해 보았자 결론은 마찬가지였다.

첫째는 식량보급이고 둘째는 동상치료였다.

결론이 나왔다고 해도 이 문제를 해결하기 위한 구체적인 방법이 있어야 했다. 동상 문제는 약을 구할 수도 없고 병운에 입원시킬 수도 없으니 각자 알아서 최선을 다하라는 지시밖에 있을 수가 없었다.

사실을 말하면 남부군 전체가 이 동상에 의해 전멸된 상태에 있었다. 정도의 차이는 있으나 거의 전부가 동상에 걸려 있었다. 다섯 발가락, 다섯 손가락이 변색해서 썩어 들어가는 대원이 태반이었다. 그런데 방법은 하나밖에 없었다. 냉수 마사지였다. 박태영은 냉수 마사지와 건포乾布마사지, 기회 있을 때마다 환부를 때리고 꼬집고 하는 방법으로 다소나마 효험을 보았다. 그런데 그 치료법은 굉장한 의지력을 필요로 했다.

— pp.200~203.

박태영은, 앞서 가는 이봉관이 이태에게

"생쌀을 씹더라도 쌀이 있는 동안엔 살아남겠지. 이젠 얼어 죽진 않을 테니까."

라고 속삭이는 말을 들었다. 이봉관으로선 안타까움을 그렇게 표현했겠지만 박태영은 문득 이런 생각을 했다.

'김훈이 북쪽에서 온 사람이었다면 이봉관은 누구에겐가 명령을 내려서라도 떠메고 가자고 했을 것 아닌가.'

지대, 즉 문춘지대는 그날 밤 주능선을 넘어 거림골로 탈출하는 데 성공했다. 단출한 인원인데다가 건장한 대원만으로 된 부대여서 백못골 뒷산을 별 탈 없이 넘을 수 있었던 것이다. 남쪽 비탈에서 잠시 휴식을 취했다. 이윽고 아침 해가 돋았다. 눈으로 얼룩진 지능선들이 선명하게 눈 아래 깔렸다. 그물처럼 토벌대의 대병력이 그 아래에 깔려 있다고는 상상도 못할 장엄하고도 아름다운 풍경이었다.

문춘이 쌍안경으로 사방을 둘러보았다. 바로 그 옆에서 눈 위에 드러누운 이봉관이 코를 골기 시작했다.

누군가가 이봉관을 가리키며 킬킬 댔다. 보니 그의 검은 권총대가 사타구니에 끼여 숨을 쉴 때마다 그 끝이 들먹들먹하여 남근의 발기를 연상케 했다. 짓궂은 대원 하나가 여성 대원에게 농을 걸었다.

"저것 봐, 저것 봐. 거, 물건 한번 좋다."

처녀인 여성 대원들은 그 농담의 뜻을 몰라 어리둥절했다. 그 꼴이 또 우스워 모두 한바탕 폭소를 터뜨렸다. 이런 판국에도 웃음이 나온 다는 사실 그 자체가 또 웃음을 유발했다. 어쨌든 긴장이 확 풀린 한 장면이었다.

다음 순간 일행을 출동을 개시했다. 지능선을 넘어갔다. 인원이 적 으니까 행동이 빨라 편리하긴 했지만, 그 대신 정찰대를 낼 수가 없어 서 불안했다. 12명의 전투원으로는 정찰대를 편성할 도리가 없었던 것이다.

선두에 선 지휘자 문춘의 뒤를 따라 어디로 가는지도 모르고 부대 는 이동하고 있었다.

내리뻗은 지능선과 두 가지 능선이 M자를 이룬 곳에서 100미터쯤 내려갔을 때 갑자기 선두대열이 좌우로 산개하여 엎드려 자세를 취했 다. 모두들 반사적으로 지형 지물을 이용하여 몸을 숨겼다.

적정이 있었다. 아래쪽에서 총성이 울려왔다. 이편에서도 일제히 응사했다. 방한모를 쓴 병사 여남은 명이 능선을 타고 올라오는 것이 보였는데, 뒤이어 그 수가 자꾸만 불어났다. 거리는 약 5백 미터.

카빈총을 든 장교 하나가 꼿꼿이 서서 병사들에게 호통을 치는 것 이 보였다. 전진하지 않는다고 병사들을 몰아세우는 모양이었다.

문춘이 저만큼 떨어져 있는 바위 뒤에서 감탄했다.

"그 놈 참 대담한 놈이군. 적이지만 됐어. 그만하면 됐어."

치열한 사격전이 10여 분 간 계속되었다.

낮은 등성이여서 눈은 녹아 없고 햇볕이 따사로웠다.

박태영이 붙은 바위에 김금철이 붙고, 그 건너에 이태가 붙어 있었 다. 김금철은 승리사단 시절, 박태영과 이태가 속한 부대의 연대장이 었다. 두 번이나 부상을 당해 환자트에 있다가 나온 후론 무보직 상태 에 있었다. 물론 격은 다르지만 실제론 박태영과 마찬가지로 전사일 뿐이었다.

김금철은 정면을 향해 두세 번 권총을 쏘더니 흥미를 잃었다는 듯이 바위를 등지고 앉아 기지개를 켰다.

"어어, 날씨 좋다. 완전히 봄이군."

급한 정황에서 할 말이 아니다 싶었는데 이태의 말이 있었다.

"이 판에 봄이구 뭐구, 왜 사격을 안 하시오."

"권총으로 사격이 되나. 탄환도 없구. 늘어지게 한 숨 잤으면 좋겠군."

"허, 참."

이태의 얼굴에 신경질적인 힘줄이 나타났다.

"날씨가 좋으니까 자꾸 졸음이 와. 동무 담배 없나? 있으면 한 대 줘."

"없어요."

이태의 퉁명스러운 대답이었다. 그러자 김금철이

"이 동무, 마음 변했어."

하고 허리품에서 쌈지를 꺼내 삐라 종이로 담배를 말아 불을 붙였다.

"쳇, 담배를 가지고 있으면서 남보구 달래."

이태의 말투에 불쾌감이 묻어있었다. 김금철은 대꾸하지 않았다. 박태영은 김금철이 무안해서 대꾸를 안 한다고 생각하고 정면을 보고 한 발 한 발 조준 사격을 했다.

이태도 최근에 바꾼 성능이 좋은 99식으로 열심히 사격을 했다.

얼마 쯤 후,

"김동무, 어이, 연대장 동무."

하고 이태가 김금철을 불러, 박태영은 김금철 쪽을 보았다. 김금철의 앉은 자세가 이상하다고 느꼈다. 자세히 보니 김금철은 담배를 떨어뜨린 채 죽어 있었다.

"이 동무, 김금철 연대장이 죽었소."

"뭐라구?"

이태의 얼굴에 놀람과 비통의 그림자가 교차했다. 자기가 퉁명스럽게 대한 데 대한 뉘우침도 있었는지 이태는

"아아 연대장 동무"하고 울먹거렸다.

박태영은 승리사단에 전속되어 그 부하로 들어갔을 때 들은 김금철의 첫 번째 훈시를 상기했다. 빨치산은 용모와 복장이 깔끔해야 한다고 전라도 사투리를 마구 쓰며 강조했었다.

김금철은 여순사건 이래 수많은 전투를 겪었다. 국기 훈장 2급을 타기고 하고 연대장까지 지낸 14연대의 고참이었다. 그 역전의 용사 김금철의 최후치곤 너무나 어이없는 죽음이었다.

박태영은 사격을 계속하면서도 김금철에 대한 상념을 지워버릴 수가 없었다.

– 그는 당당한 연대장이었다.

일본 육군 대학을 나온 일본의 연대장 이상의 작전 능력을 지닌 연대장이었다. 졸병으로 출발한 사람이었던 만큼 졸병의 마음을 잘 파악하는 지휘자였다. 연대에서 가장 용감한 병사였다. 몸을 사릴 줄을 몰랐다. 그리고 언제나 솔선수범했다. 두 번이나 입은 부상은 그 때문이었다. 그의 전라도 사투리는 어떤 국어보다 훌륭했다. 그는 평안도 사투리, 함경도 사투리, 심지어 서울말까지도 흉내내려고 하지 않았다. 그의 전라도 사투리 훈시는 시저의 웅변보다 훌륭한 웅변이었다.

아아, 김금철 연대장! 그의 일생은 과연 무엇이었을까. 사기당한 일생이 아니었을까. 횡령당한 일생이 아니었을까. 늘어지게 한숨자고 싶다더니 소원대로 된 것일까. 누구도 그의 잠을 깨울 수 없게 되었으니.

– pp.240~243.

『지리산』 제7권 <가을바람, 산하에 불다>의 일부이다. 여기에 이태가 등장하고 있다. 작가 이병주가 이태의 <수고 초고>를 보지 않았다면 어떻게 이태를 알았고, 또 어떻게 이렇게 썼을까. 또한 경찰과 빨치산의 휴전회담이 있었음도 보여준다.

"앉읍시다, 우리."

하고 바위에 앉았다. 6명이 모두 앉았다.

경찰관이 담배를 꺼냈다.

"우린 악수할 처지는 아니지만 담배는 나눠 피웁시다."

하고 담배를 한 개비씩 권하더니, 박태영 차례가 되자 아직 꽤 많이

남아 있는 담뱃값을 그냥 넘겨주며,

"당신이 가지시오"

하고 호기를 부렸다. 그리고 제안했다.

"인질 하나씩을 데리고 정확하게 보수步數를 헤어려 5백보 갔을 때 인질을 동시에 돌려보내도록 하는 방법이 어떻겠소."

"우리가 서로 양해한다면, 그런 복잡한 방법 쓸 것 없이, 아무 일 없었던 것처럼 통과합시다."

문춘의 말이었다.

경찰관은 "우린 공산당을 믿지 않기로 했소."

하고 껄껄 웃고 덧붙였다.

"당신들도 경찰을 믿지 못할 것 아니오."

"당신의 제안대로 하겠소."

문춘이 말했다.

"이로써 협상되었소."

하더니, 경찰관은

"실례가 될지 모릅니다만 내 의견을 말해보겠소."

라고 했다.

"말하시오."

"어떻소, 당신들은 저 산위로 갈 것이 아니라 우리들과 같이 평지로 내려갑시다."

"쓸데없는 말은 안 하기요."

문춘이 노기를 띠고 말했다.

"강요하는 건 아니오. 그러나 내 말을 듣기나 하시오. 당신들은 지금 무슨 생각을 하고 있는지 모르지만 머잖아 죽을 운명에 있소. 대한민국은 결코 호락호락하지 않소. 지리산 속에서 죽는 것보다 살아 장차 당신들이 좋아하는 공화국을 위해 일하면 될 것 아니오. 만일 당신들이 나를 따라가겠다면 절대로 안전하게 모시겠소. 원하신다면 거제도 포로 수용소로 보내주겠소. 지금 휴전 회담에서 포로를 교환하는데 합의해서 교환 절차만 남아 있소."

"듣기 싫으니 인질 선정이나 합시다."

문춘이 딱딱하게 말했다.

"우리 측은 선정할 필요가 없소. 내가 인질이 되어 따라갈 테니까."

그 때 옆에 있던 경찰관 두 사람이

"대장님, 그건 안 됩니다. 제가 인질이 되겠습니다."

하고 거의 동시에 말했다.

문춘이 입을 열기 전에 박태영이 나섰다.

"내가 가겠습니다."

"그렇게 해주시오."

문춘이 나직이 말했다.

결국 부하 경찰관 한 사람이 남부군의 인질이 되고 박태영은 경찰의 인질이 되었다.

부대가 각기 움직이기 시작했다.

5백 보를 정확하게 헤아리더니 경찰대장이 박태영에게

"어쩐지 당신만은 데리고 가고 싶지만 우리 부하가 저기에 있으니 할 수 없군. 그러나 기회를 보아 귀순하도록 하시오. 내 이름은 김용식이오. 경찰에 붙들리거든 내 이름을 대시오."

하고 옆구리에 차고 있던 가방에서 한 다발의 신문과 캐러멜 두 통을 주며 말했다.

"빨리 돌아가시오."

박태영은 돌아오다가 중간에서 인질이 되었던 경찰관과 스쳤다. 그 경찰관은 지나치려다 말고 포켓에서 담배 한 갑과 성냥을 꺼내 얼른 박태영의 손에 쥐어 주었다. 그리고 박태영이 고맙다는 말을 할 사이도 없이 미끄러지듯 비탈길을 내려갔다.

박태영은 느릿느릿 숨을 조절해가며 걸었다. 얼마를 가니 문춘이 박태영의 배낭을 들고 서 있었다. 주위가 갑자기 어두워졌다.

긴 봄날의 해도 어느덧 저물어 가고 있었던 것이다.

박태영은 방금 있었던 일을 꿈속에서 있었던 일처럼 생각하며 문춘의 뒤를 따랐다. 동족끼리의 싸움이기에 더욱 비참하고, 동족끼리의 싸움이기에 뜻밖의 정이 오갈 수도 있다는 상념이 애처로웠다.

"그놈, 참으로 대단한 경찰관이다."

"공산당원이 되었더라면 모범 당원이 되었을 놈이다."

등등, 김용식 경찰관은 한동안 남부군의 입에 오르내렸다.

박태영은 경찰관이 준 신문을 몰래 읽었다.

4월 9일자 신문에는 다음과 같은 기사가 있었다.

'전황 ─지상 전투는 지극히 평온하다. 유엔군 정찰기가 문등리 계곡에서 공산군 부대를 습격하여 7명을 사살했다. 유엔군 폭격기가 전주, 순천 간의 철도를 폭격하고, B29폭격기는 선천의 군사 시설을 파괴했다.

'미 국방성 발표 ─한국 전선에서의 미군 사상자 총수는 107,143명이다. 이것은 지난 주 발표에 비해 178명이 증가된 수이다.'

'4월 9일 현재 지리산 지구의 종합 전과 ─공비사살 12286명, 생포 8438명, 귀순1120명, 각종 포51문, 기관총 269정, 소총 4690정, 수류탄 2793개 노획.'

'휴전회담 ─6개월 내에 평화가 달성 될 것이라고, 영국 극동 지상군 사령관 게이트리 장군이 언명했다.'

'국내 정세 ─국회전원 위원회는 비공개로 예산안 본격심의에 들어갔다. 장 국무총리가 미군 병원에 입원했다. 사회부가 4월분 구호 양곡을 각 도에 배당했다.……'

4월 10일자 신문도 지상 전투는 평온하다고 하고 공군의 활약상만 보도했다. 내각 책임제 개헌안 서명 의원이 10일 현재 125명에 달했다고 했다. 휴전 회담 진행 상황 보도도 있었다.

4월 11일의 신문은 미 육군이 발표한 공산군의 손해를 보도했다. 4월 3일까지 공산군 사상자는 1648456명이고 포로가 132268명이라고 했다. 160만여 명이 죽고 13만여 명의 포로가 있다면 공산군은 궤멸된 거나 다름없지 않을까 하는 생각이 들었다.

이태가 없어졌다는 사실은 날이 갈수록 박태영을 침울하게 했다. 어느덧 정이 들 대로 들어 있었던 것이다. 박태영은 보초를 설 때에도 행군을 할 때에도 이태를 생각하며 멍청해져버릴 때가 있었다.

죽었을까, 생포되었을까, 귀순했을까, 그 사실을 확인하기 위해서
라도 탈출하고 싶은 충동을 빈번히 느끼게 되었다.

사실을 말하면 이태는 생포되었다. 물론 박태영이 알 까닭이 없었
지만 이태는 그 후 자기가 생포된 경위를 다음과 같이 썼다.

이태의 수기 −

내가 떠나려고 하자 문춘이 내 작업복 포켓 언저리가 터져있는 것
을 보고 여성대원 원명숙에게 지시했다.

"원동무, 이태 동무의 작업복을 꿰매주시오."

원명숙은 내 윗도리를 이곳저곳 뒤적이며 몇 군데 터진 곳을 얌전
하게 꿰매주었다. 그리고 다소곳한 소리로 말했다.

"자, 됐어요, 돌아서봐요. 바지는? 바지는 괜찮아요?"

나는 실을 도로 감고 있는 원명숙의 하얀 손등을 내려다보았다. 춘
풍 추위를 겪고 찌는 듯한 여름의 태양에 그을리고, 엄동설한을 견디
고도 하얀 빛깔로 우아하게 손을 간수할 수 있었다는 사실만으로도
대견하다고 생각했다. 그러자 문득 고약한 예감이 들었다.

'원명숙하고도, 모든 대원들하고도 이게 영 이별이 되는 게 아닌가?'

토벌군의 거점이 되어 있는 거림골 주변으로 들어간다는 것은 사지
死地를 찾아드는 거나 다를 바 없으니까.

− pp.270~274.

앞에서 보시다시피, 작가 이병주는 『지리산』에서 <이태의 수기>라
고 본명을 밝혀 놓고 있다. 더욱 중요한 것은 이 <수기>를 기초로 활용
했다는 사실이다. 뿐만 아니라 이렇게까지 썼다. "이 소설의 마지막 부분
은 등장인물의 한 사람인 이태의 수기가 없었다면 서술이 가능하지 못했
을 것이다. 그의 본명은 밝힐 수 없어 유감이지만 그는 현재 한국의 중요
한 인물로 건재하다는 사실만은 밝혀 둔다"(「작가의 후기」). 그렇다면
<파렴치한 한 문인의 <표절>이라고 이태가 말한 사람은 누구를 가리킴

이었을까. 추측컨대 그동안 '빨치산'을 소재로 장편과 단편소설을 써온 작가들이 아닐까. 그들은 <이태의 수기>를 활용했음을 밝히지 않은 작가들일 터.

이 점을 좀 더 잘 보기 위해서는 『지리산』의 분석이 불가피하다. 이 문제는 다음의 논문으로 검토해 볼 것이다. 여기서는 그 논문의 제목만 밝혀 놓기로 한다.

「『지리산』의 박태영과 이규」.

『지리산』의 박태영과 이규

1. 이규의 성장기

대하소설 『지리산』의 중심인물은 이규와 박태영이다. 둘은 함께 <지리산>을 바라보며 자랐다. 이규는 부잣집 귀공자이지만 박태영은 독학을 하지 않을 수 없는 환경이었다.

먼저 이규의 유년기를 보기로 하자. 「병풍 속의 길」이 그 대목인데, 이는 이규가 『지리산』의 첫째 인물임을 보여준다.

봉선화가 담장 그늘 속에서 이슬을 머금고 수줍은 분홍 빛깔이었다. 장독대 언저리에 심어진 닭벼슬꽃이, 이제 막 솟아오른 해의 빛을 반겨 의기양양한 장닭의 볏처럼 짙은 연지색으로 요염했다. 빛과 그늘의 경계가 차츰 자리를 옮겨가면서도 선명하게 그어진 뜰이 말쑥하게 비질되어 있고, 그 뜰 가득히 가을 아침이 상냥하게 서렸다. 눈을 들면, 사랑채 지붕 위로 펼쳐진 하늘도 이미 가을 빛깔이었다. 뜰한 구석에서 거목으로 커버린 감나무의 반들반들 윤기 흐르는 녹색잎사귀에 섞여 황금빛으로 익어가는 감들은 방울방울 탐스런 모양 그대로 소리 없는 가을의 노래였다.

이것은 1933년 추석날, 이규(李圭)의 회상 속에 새겨놓은 풍경의 한 토막이다. 그해에도 국내·국외에서 사건이 많았다. 그 내용을 연표에서 대강 간추려보면 다음과 같다.

윤봉길(尹奉吉)의사가 상해에서 시라카와(白川)대장을 죽인 전년의 사건에 이어 2월, 조선혁명당이 중국의 구국회(救國會)와 합작해서 항일전선을 결성했다. 4월, 만주에 있는 한국 독립군이 일본을 격파했다. 8월엔 조선 혁명군 총사령인 양세봉(梁世奉) 선생이 일본 경찰에 붙들려 죽었다. 스페인에선 내란이 폭발하고, 독일에선 히틀러가 등장했다. 미국 상원이 '필리핀 독립안'을 가결했는데, 독립을 위해 퇴원한 사람들이 선두에 서서 그 독립을 보류해달라고 미국 대통령에게 진정 소동을 벌인 희비극이 있었다. 미국 재계의 공황이 혹심한 고비에 이르렀을 때 프랭클린 루스벨트가 대통령으로 취임했다.

그러나 그때 규가 이 모든 일을 알았을 까닭이 없었던 것처럼, 지리산이 남해를 향해 뻗어간 지맥 가운데 조그마한 분지에 자리 잡고 있는 규의 마을은 단 하나인 일본인 순사의 군림 아래 겉으론 거짓말같이 조용하고 평화로운 추석을 맞이한 것이다. 그런데 규가 보통학교(초등학교) 4학년이었던 해의 그 추석날을 유독 생생하게 기억하고 있는 것은, 국내·국외의 정세나 사건 때문이 아니고, 자기 자신이 겪은 조그마한 일 때문이었다.

그 추석날 규는 처음으로 할아버지 산소에 성묘하러 갔었다. 그리고 그해가 저물 무렵, 큰아버지가 할아버지 대에 이어 60년 넘게 살아왔다는 그 집에서 딴 곳으로 이사를 했기 때문에, 그 집에서의 추석은 그날이 마지막이었던 것이다.

그 집을 규는 '큰집'이라고 불렀다. 규는 그 집에서 태어났고, 보통학교에 입학할 때, 아버지가 건넛마을로 분가하기까지 거기서 자랐다.

아버지가 분가해 간 집은 작고 초라했지만 규는 덩실하게 크고 아름다운 뜰이며 감나무를 가진 큰집이 있다는 사실로 해서 동무들 사이에서 위축되지 않아도 되었다. 큰집에 곧 자기의 집이라고 생각했기 때문이다. 그런데 그 큰집이 초라한 집으로 이사를 했으니 어린 가슴에 충격이 아닐 수 없었다. 그 충격으로 해서 그 집에서의 마지막 추석이 회한처럼 가슴 밑바닥에 서리게 되었는지 모른다.

뒤에 생각하니 바로 그 추석날에도 집 안에 침울한 기분이 감돌고 있었던 것 가운데, 그 때 규가 그런 것을 느꼈을 리는 만무했다. 큰아버지의 아들인 사촌 동생 태(泰)는 누르스름한 갈포로 만든 새 옷을 입고 연방 싱글벙글 웃고 있었고, 규는 옥색으로 물들인 모시옷을 입고 역시 천진한 웃음을 띠고 제상을 차리는 어른들을 지켜보았다.

분향이 있고, 한주에 이어 배례가 시작되었다. 규는 '현고학생부군신위'라고 쓴 지방과 그 뒤에 있는 병풍 속의 길을 향해 정성을 다한 절을 거듭했다.

제상 뒤의 병풍이 막연하나마 어떤 의미를 띠고 규의 마음에 다가선 것도 그날이었다. 울창한 숲이 있고 기광(奇光)이 있고 개울이 있는 병풍 속의 풍경이 살아 움직이는 것처럼 느껴지기조차 했다. 그 병풍 속의 길을 걸어보고 싶은 충동도 일었다. 그 길은, 양쪽 절벽 사이로 흐르는 개울의 굴곡을 따라 거슬러 올라가 병풍 한 가운데 부분에서 심산유곡으로 사라져 버렸다. 그림 자체가 사라져버린 그 길을 계속 걸어보았으면 하는 감동을 자아내는데, 할머니의 말씀으로 인해 그 감동은 신비감을 띠었다. 할머니는 곧잘 규에게

"느그 할아부지는 이 길을 걸어 저 산속으로 들어가서 신선이 되셨단다."

하며 그 길을 가리키곤 했던 것이다. 처음 그 말을 들었을 대 규와 태는 병풍 뒤로 돌아가서 병풍을 두르려보는 법석을 떨고,

"할머닌 괜한 소릴 한다."

라고 응석을 부렸다. 그래도 할머니는 조용한 소리로,

"할머니는 거짓말을 안 한다. 느그 할아부지가 거기 안가고 어딜 갔겠노."

라고 되풀이했을 뿐이다. 그러나 어린 규로서도 할머니의 말을 그대로 믿을 순 없었는데, 갑자기 그 추석날 아침 규는 할머니의 말을 곧이곧대로 병풍 속으로 할아버지가 들어가셨다는 뜻으로서가 아니라, 병풍에 그려진 곳 같은 곳으로 가셨다는 뜻으로 들어야 한다는 생각에

부딪혔다. 규는 그런 생각을 한 스스로가 대견하다고 여겼다. 제사가 끝나면 할머니에게 그 말을 여쭈어보리라고 마음먹었다.

그런데 제사가 끝나자 그 말을 꺼낼 겨를도 없이 할머니께서 말씀이 계셨다.

"오늘은 규랑 태랑 느그 할아부지 뵙고 오너래이."

그리고 할머니는 규의 둘째 큰아버지인 둘째 아들에게 말했다.

"규랑 태랑 데리고 갔다 오너래이."

규는 할머니의 그 말을 듣고 적잖게 놀란 눈으로, 아직 치우지 않아 그대로 있는 병풍을 보았다. 저기에 가는구나 하는 생각이 뒤따랐다. 그렇다면 물어볼 필요가 없다는 마음도 들었다.

"아직 어린애들인디 그 먼 곳을 우찌 갔다 오겠습니꺼."

큰아버지가 난처한 표정으로 말했다. 그 때 규는 열 살, 태는 아홉 살이었다.

"우리 규나 태는 벌써 의젓한 어른인디 갔다 올 수 있고말고. 생전에 보지도 못한 손주들이 요래 장성한 걸 보문 할아부지가 얼마나 기뻐하시겠노."

이렇게 말씀하시는 할머니의 말투와 표정에서 규는 어린 마음으로도 간절한 소원 같은 것을 느꼈다. 그래서 아버지의

"우짤래? 가고 싶나 안 가고 싶나?"

하는 물음의 채 끝나기도 전에 규는

"가자, 태야? 할아부지 뵈러 가자."

라고 말했다. 태도 고개를 끄덕했다. 할머니는 와락 규와 태를 한 아름에 안으면서 기뻐했다.

"장하다. 그래야 내 손주지."

부득이 인솔 책임을 맡게 된 규의 둘째 큰아버지는 아무 말 없이 우울한 눈빛으로 규와 태의 얼굴과 할머니 쪽을 슬쩍 훔쳐보고 고개를 돌렸다. 규가 느낄 정도로 둘째 큰아버지의 눈빛은 우울했지만, 할머니의 기뻐하는 얼굴을 보니 규도 기뻤다. 그러나 규는 물어보지 않을 수 없었다.

"할아부지 산소는 어디에 있습니꺼?"

"지리산."

둘째 큰아버지가 짤막하게 답했다. 규는 깜짝 놀랐다. 지리산이라면, 청명한 날씨면 아득히 구름 사이에 봉우리를 나타내는 높디높은 산이 아닌가.

"지리산이라도 저 멀리 있는 데가 아니고 가까운 곳에 있단다."

아버지가 안심시킬 요량으로 말했다. 규는 다시 물었다.

"그러몬 거기까지 몇 리나 됩니꺼?"

"삼십 리쯤 된다더라."

할머니의 대답이었다.

"삼십 리지만 태산을 몇 개나 넘어야 하는디."

큰아버지는 여전히 근심스러운 표정이었다.

"요새는 그 밑에까지 신작로가 나 있다는데."

할머니가 조금 강한 투로 말했다.

"삼십 리면 괜찮습니다. 우린 소풍도 간 일이 있는데 뭐, 그자?"

하고 규는 태를 돌아보았다.

"응."

하고 태가 대답했다. 규는 삼십 리쯤이면 자신이 있었다. 지난 봄 바닷가까지 소풍을 갔는데, 그 거리가 삼십 리라고 했다. 규나 태는 너끈히 소풍을 다녀온 것이다.

이러한 응수가 있는 동안에 식사가 끝났다. 미리 준비시켜놓았던 모양으로 할머니의 분부가 내려지자 수돌이란 이름의 하인이 뒤뜰에서 나오더니 성묘에 쓸 음식을 챙겨 지게에 실었다. 수돌이를 먼저 보내고 규와 태와 둘째 큰아버지는 대강 옷매무시를 고치고 집을 나섰다.

"거게 가서 하룻밤 자야 할 끼니께 천천히 쉬어가면서 가라."

아무래도 걱정스럽다는 듯, 큰아버지가 등 뒤에서 말했다. 아버지는 뒤쫓아 오더니 말없이 오십 전짜리 은전 한 닢씩을 규와 태에게 쥐어주었다. 모두들 만류해도 할머니는 길고 비탈진 골목길을 지팡이를 짚고 동네 어귀까지 따라 내려왔다. 거기서 한 번 더 규와 태의 등을 어루만지고는,

"잘 댕겨오너라. 느그들이 가문 할아부지가 참말로 기뻐할 끼다."

하면서 눈에 눈물을 띄웠다. 그리고 부축하느라고 따라온 연(蓮)을 돌아보고 한숨을 섞으며 말했다.

"너도 머슴애가 됐더라면 함께 할아부지 산소에 갈 낀디."

연은 태와 같은 나이인데, 둘째 큰아버지의 딸이었다. 둘째 큰아버지에겐 사내아이가 없었다.

백 미터쯤 걸어 모퉁이를 돌면서 뒤돌아보았더니, 할머니는 지팡이에 굽은 허리를 의지한 채 아까의 그 자리에 서 있었다. 모퉁이를 돌기에 앞서 규와 태는 소리를 합쳐 외쳤다.

"할무니 댕겨올께요."

그 뒤에 짐작한 일이지만, 할머니는 규 등을 할아버지의 산소에 보낼 날을 손꼽아 기다린 것 같았다. 언제 죽을지 모르는 운명을 앞에 두고 할머니는 자기의 생전에 손주가 할아버지의 산소에 성묘하러 갈 수 있는 날이 있기를 소원하고, 규가 열 살이 되는 추석에 그 소원을 이뤄보리라고 마음속에 다짐하고 있었던 것이다. 만일 그런 일이 아니었더라면, 세상의 누구가 시켜도 그렇게 먼 길로 손주를 내보내길 결코 반대했을 할머니였다.

　　　　　　　　　　　　　 － 한길사판, pp.7～13. 이하 모두 이 판에 의거

여기에 나오는 규圭는 큰아버지의 아들 태泰와 함께 지리산을 보고 자랐다. 이 장면은 1933년 둘이 함께 둘째 큰아버지를 따라 지리산에 있는 조부의 무덤에 제사하러 가는 대목. 그것은 추석 차례를 지낸 후, 조모의 명령에 가까운 권고였다. 손주 놈들은 이미 초등학교 4학년이었다. 천석 꾼 집안의 당주 이규.

사람들은 21권짜리 대하소설 『토지』를 기억할 것이다. 이 책 『토지』에 대한 저자의 연구서 첫줄은 이렇게 시작된다.

"1897년의 한가위. 대한제국의 건국 원년, 곧 광무 원년이다. 전라도와 경상도를 가로지르는 하동 평사리. 거기 만석꾼 최참판 댁의 당주 최치수가 살고 있었다. 한가위, 추석. 모든 것이 풍요로운 계절. 이로부터 격동기를

거쳐 최참판댁이 몰락하고 딸 서희가 만주로 가서 돈을 모아 귀국, 8 · 15를 맞아 끝난다. 등장인물만 600여명. 이 나라 근현대사 속에 그들 삶의 애환을 풀어 놓았던 것(졸저, 『박경리와 <토지>』, 강, 2009).

이에 비해 『지리산』은 1933년 미국의 경제공황, 히틀러의 등장, 스페인 내란, 윤봉길 의사의 거사(1932), 조선혁명당이 일본군을 격파하고 항일전선이 구축되었을 때를 시대적 배경으로 한다. 또한 이청천 장군의 낙양군관학교 한인 특별반 설치, 조선어학회의 맞춤법 통일안, 이효석, 정지용 등의 구인회 결성 등등이 동시대의 일이다.

일제하의 교육을 받은 이규는 국민학교를 마치고 상급학교로 진학했다. 천하 수재들이 간다는 니시다 기타로(西田幾多郞)가 있는 철학의 성소인 3고(넘버 스쿨의 고등학교, 경도 소재. 조선에는 고등학교가 없었음)를 거쳐 동경제대 코스.

이에 비할 때 박태영은 <고리키 전집>－고학 코스. 착취계급과 피착취 계급의 우정.

2. '실록소설'로서의 『지리산』－하준수와 하준규

이 소설의 표제 '실록대하소설'이란 말은 모순으로 가득 찬 표현이다. 소설이 허구이며 상상력의 소산이라면, 실록은 사실의 영역에 속하기 때문이다. 상상력의 과학이란 보편성을 가리키는 것으로서 그 나름의 빈틈없는 법칙이 작용하고 있는, 아주 제한된 것이어서 주관성이 감히 얼굴을 내밀 수 없는 영역이다. 소설이란 이러한 극히 제한된 구속 속에서 그

규칙에 따라 생산되고 제작되는 것이기 때문에, 상상력의 구속에 자신을 단련할 능력이 없는 작가가 아니라면 소설 앞에 '실록'이라는 말을 덧붙이지 못할 것이다. 그렇기 때문에 '실록소설'은 상상력에 대한 능력부족을 실록으로 채우거나, 반대로 실록의 취약점을 상상력으로 넘어서는 불확실성의 영역으로 떨어질 우려가 있다. 그럼에도 불구하고 이처럼 모순적이고 위험스러운 '실록'을 작가가 소설에 도입하는 것은 '지리산'에 접근하는 것이 현실적으로는 금기사항이었음과 무관하지 않아 보인다. 그 금기를 범하는 것은 상상력의 소관이 아니라 현실 쪽의 영역이다. 작가가 실록을 내세우지 않을 수 없었던 것도, 그리고 하준규를 중심으로 인물들이 움직일 수밖에 없는 것도 이 때문이 아니었을까. 만일 하준규의 실록이 없었더라면 결코 작품 『지리산』은 쓰일 수도 없었고, 설사 씌어졌더라도 높이나 무게를 가지기 어려웠을 것이다.

그렇다면 하준규는 누구인가. 「신판 임꺽정－학병거부자의 수기」(『신천지』, 1946. 4~6)에 그 해답이 있다. 이 글의 필자는 하준수. 이 글에는 중앙대학 법학부 졸업반인 그가 학도병 지원제 실시(1943년 8월)를 맞이하여 겪었던 고민이나 학병을 거부하고 덕유산에 은신하기까지의 과정, 덕유산을 거쳐 괘관산(지리산)으로 가 보광당普光黨을 조직하여 해방을 맞이하는 과정이 그려져 있다. 그 자신의 기록에 따른다면 그는 지리산을 바라보는 함양의 지주집안 출신으로 일본유학생이었으며, 무술에 뛰어난 인물로 요약할 수 있다. 게릴라전에 가장 적합한 무술 능력을 그가 가지고 있으며, 치밀하고 냉정한 논리와 감각, 직관력을 그가 가지고 있다면, 그리고 그것이 그로 하여금 보광당의 두목이 되게끔 만들었다면, 이와는 맞서는 감상주의적인 측면도 또한 이 글 속에서 번뜩이고 있다. 이 글의 제3회분은 실성한 과부의 이야기로 가득 차 있다. 남편은 징용으로 죽고 유복자 수돌도 홍역으로 잃은 실성한 과부의 외침은 이러한 것이었다. "흥, 이놈들, 내일 봐라, 어디 내일도 너 이놈들이 힛자를 부릴 텐가……." 실성한 과부의 외침으로 글의 말미를 장식한 하준수의 열정주의와 감상주의는, 그를 보광당 두목으로 만든 엄격한 이성적 판단력과 마찬가지로 수기를 지배하는 중요한 요소이다.

그렇다면 『지리산』의 작가의 눈에 비친 하준수는 어떠한가. 2권 중반에 비로소 하준규라는 이름으로 등장하는 하준수는 이 작품의 중심에 놓여 있다. 순이의 입으로 전해진 하준규의 체포 소식으로 이 작품을 끝맺고 있는 데서도 그것을 알 수 있다. 작가에 의해 포착된 하준규의 결정적인 판단은 세 단계로 나뉠 수 있다. 첫째는 일제의 항복을 알았을 때 보광당 두령으로서의 하준규의 태도. 보광당에는 이현상과 권창혁이라는 두 고문이 있었는데, 이현상의 사상에서 역사의 열정과 논리를, 권창혁의 사상에서 허무주의를 본 그는 공산당에 가입하기를 보류한다. 둘째는 해방된 지 1년 만에 다시 지리산으로 도피해야 되었을 때의 하준규의 판단. 해방과 함께 공산당 조직책이 된 그는 하향식 지령에 반발하면서 "나는 무식하니까 조리 있게 분석하고 비판할 수 없지만"이라고 하면서 이지적 판단력에서 벗어나고자 애썼다. 무예를 몸에 익힌 하준규가 동시에 이지적이고 기민한 동작과 감각을 지녔지만, 역사적 상황 속에 놓인 현실적 조직 운용이나 제도적 장치로서의 당의 구조에 대해서는 무지했다. 셋째는 하준규의 내적 갈등의 극복과정. 당과의 갈등이 극에 달한 그는 탈당과 보광당으로의 복귀도, 공산당에의 굴복도 선택하지 못하는데, 이것을 해결한 것은 남로당 간부 김삼룡의 전략적인 판단이었다. 그는 하준규의 부대에 중앙당 지령 이외의 어떤 지령도 따를 필요가 없는 독립부대의 성격을 부여했던 것이다. 이것으로 소영웅주의에서 벗어난 그가

1948년 8월 16일 덕유산을 떠나 육로로 양양을 거쳐 해주에 도착한 것은 20일이었고, 그는 남한에서 파견된 최고인민회의 대의원 360명 가운데 한 사람이 되었다.

『지리산』제7권, 그러니까 이 작품의 마지막 부분이 하준규의 체포를 알리는 순이의 울음소리로 이루어져 있는 것은 주목에 값한다.

두령님이 서울로 압송되는 것을 보고 박도령을 찾았어요. 지난겨울 두령님의 말씀이 있었거던예. 해동하면 순이는 지리산에 가서 박도령을 데리고 오라고예. 그런데 이젠 박도령을 데리고 갈 수도 없어예. 두령님은 서울로 가고 그곳 유격대는 해체되어 버렸구예.

이렇게 보아올 때, 작품 『지리산』은 '실록'으로서의 면모를 크게 부각시키고 있음이 판명된다. 학병출신의 하준수가 보이지 않는 곳에서, 이 작품의 중심부에 놓여 있음을 부인할 수 없기 때문이다.

3. 근대의 두 얼굴 – 이규와 박태영

작품 『지리산』은 이데올로기 비판소설도, 빨치산 소설도 아니다. 일종의 교육소설의 범주에 드는 것이다. 계몽소설처럼 이것은 교사와 학생 관계가 중심 구조를 이루며 이 구조는 유사한, 또 다른 작은 구조를 낳는다. 이 관점에서 보면 하영근이야말로 이광수의 『흙』에 나오는 한민교 선생과 흡사하다. 그는 수만 권의 원서를 갖춘 만석꾼의 지주이며, 일본 여자와의 사이에 딸을 두었으며, 일본 외국어학교 출신의 인텔리이다. 그의 사상은 넓은 뜻에서는 허무주의이지만, 근대의 몸짓을 하고 있음이 특징이다. 그에게는 두 명의 제자가 있으며, 이 둘은 모두 하영근이라는 공통된 뿌리에서 나온 쌍생아에 지나지 않는다.

하영근이 표상하고 있는 한 측면, 즉 제도적 성격=보편성으로서의 근대성을 보여주는 인물은 이규이다. 그는 전주의 중학, 경도 삼고, 동경제대라는 근대의 교육과정을 거친 인물이다. 이러한 교육과정은 한국인의 처지에서 보면, 서양의 근대와 동격인 보편성으로서의 근대성과 밀접한 관련을 가지고 있는 반면에, 자본주의·제국주의의 원리에 의해 만들어진 제도적 장치이다. 이규는 '삼고→동경제대' 코스를 지상목표로 밀고 나갔으며, 그것으로 그는 출세할 수 있었고, 그것이 그가 바라던 근대적 삶이고 보람이었다. 그에게 보편성과 제도적 성격으로서의 근대성 사이에는 아무런 모순도 없었다. 근대는 그 자체가 제도적인 장치에 이어진 합리주의이기 때문에, 그 제도가 지배하는 영토에서는 언제나 정당한 것이라 할 수 있기 때문이다. 일제 강점기를 통해 이러한 제도적 장치가 식민지에서도, 일본이 만들어주었건 아니든 간에 불가피하게 만들어진 마당에서는, 이규의 '삼고→동경제대' 코스는 긍정적인 측면을 갖추고 있다.

이에 비해 하영근의 또 다른 얼굴인, 반제도적 성격=보편성으로서의 근대성을 보여주는 인물은 박태영이다. 그는 가난한 집 출신이며, 머리와 체력이 뛰어나 고학으로 이규에 육박하며, 마침내 하준규 노선에 서고, 공산주의 운동에 뛰어들지만 끝내 당원이 되기를 거부한다. 그러나 이러한 반제도적 성격조차 일본제국주의의 구조 자체, 더 나아가면 근대 자체에서 연유되고 있음을 그는 알지 못한다. 그러니까 제국주의와 민족주의가 자본주의를 모태로 한 이복형제임을 몰랐다는 사실이다. 민족주의와 제국주의가 동일한 것임을 모른다면, 그것에 맞설 수 있는 다른 사상을 모른다는 뜻에 가깝다. 박태영은 다만 눈먼 행동주의자에 지나지 않으며, 그 범위에서 끝내 벗어나지 못하고 죽게 된다.

이 둘을 한 몸에 지니고 있는 인물이 바로 하영근이다. 소작인을 착취하는 일과, 이에 반역하는 일을 동시에 할 수 있는 것, 그러니까 제도적인 장치로서 근대성을 받아들였으면서도 이에서 벗어나고자 하는 관념에의 지향성을 지니고 있었던 것이다. 이를 두고 '허망한 정열'이라 부르는 것은 아주 적절하다. 교사의 처지에 있는 하영근은 두 제자를 두고 있다. '삼고→동경제대' 코스를 대표하는 이규와 '고리키 전집→고학' 코스를 대표하는 박태영이다. 이 둘은 근대가 낳은 쌍생아이다. 소작인의 착취와 그것에의 반역이 한 몸에 들어있는 정신구조이다. 이 구조는 1930년대 일본 제국주의의 정신구조와 똑같은 것이다. 1930년대 일본사회는 소작인, 노동자를 착취하는 일을 제도적인 차원에서 완성하였으며(근대화), 이에 대한 역기능의 분출로 말미암아, 고리키 전집(사회주의)을 어느 수준에서 허용하지 않으면 안 되었다. 이러한 사실이 교육상으로 드러난 것이 '삼고→동경제대' 코스와 '고리키 전집→고학' 코스였다. 이규와 박태영은 실상은 일본의 이러한 사실을 반영하는 인물이며, 이런 인물을 만들어낸 하영근은 일본의 30년대 교육 자체를 알게 모르게 대변하고 있다. 말을 바꾸면 이규와 박태영은 이복형제인 만큼 어느 다른 쪽을 비판할 수도 극복할 수도 없는 형편에 놓여 있다. 이규와 박태영이 그들이 아무리 지리산 곳곳을 헤매고 총 쏘며 뛰어다녔다 해도, 한갓 허수아비에 지나지 않는다. 하영근의 운명이 거기에 있다. 하영근은 일제 근대교육의 더도 덜도 아닌 수준에서 멈춘 일종의 허수아비에 지나지 않는다. 계몽주의치고는 수준 낮은 것이라 규정되는 이유도 이 때문이다.

4. 이데올로기의 두 얼굴 – 권창혁과 이현상

근대성의 보편적 성격과 제도적 성격 사이에 벌어지는 모순과 매개 현상은 이데올로기 속에서도 벌어진다. 그것을 공산주의를 포함한 이데올로기의 사상적 성격과 제도적 성격으로 말해볼 수 있다. 이는 『지리산』의 또 다른 교사인 권창혁과 이현상으로 대별되어 나타난다.

권창혁이란 어떤 인물인가. 작품에서는 하영근의 입을 빌어 다음과 같이 말해지고 있다.

> 권창혁씨의 고향은 경북 안동이다. 나와는 동경외국어학교 동문인데 권씨는 노어과를 나왔다. 그 뒤에 하르빈 학원의 강사로 초빙되었다가 만철조사부로 자리를 옮겼는데 만철 재직서부터 사상운동에 가담하여 몇 번인가 옥고를 치뤘다. 나와는 유일무이한 친구이고 금번 6년형을 치루고 출옥하자 곧 내게로 왔기에(……)

권창혁은 사상 운동가이며 6년의 감옥생활을 치른 대단한 투쟁력을 지닌 인물이지만, 공산주의에 환멸을 느껴 전향한다. 그의 전향 동기는 부하린의 재판기록을 읽은 데에서 비롯된다. 부하린의 억울한 죽음과 비합리적인 재판과정을 보고 공산주의야말로 신뢰할 것이 못된다고 느끼고 전향한 권창혁은, 요컨대 어리석게도 공산주의라는 것을 한갓 사상으로만 파악하고자 했던 것이다. 공산주의란 사상이자 일종의 조직(당)이며 제도의 일종임을 깨닫지 못했던 것이다. 이 문제는 1930년대에서 1940년대에 걸쳐 있는 지식인의 두 유형을 구별 짓게 하는 거멀못이라 할 만한 것이다. 공산주의를 순수하고 단순한 사상으로만 본다면 그것은 참으로 이상적이며 유토피아에의 도래를 눈앞에, 그리고 그것으로 열정적으로 나갈 수 있다. 그러나 그들은 항상 사상을 현실로 매개하는 제도 속에서는 좌절할 수밖에 없으며, 그 결과 허무주의에 빠질 수밖에 없다. 책상물림의 지식인 권창혁의 전향은 바로 이를 의미한다. 『지리산』에서 작가가 제일 공들인 인물, 다시 말해 주인공 중의 주인공 격인 박태영은 권창혁의 직계 제자로서 스승의 노선을 그대로 따라가는 인물이다. 그가 빨치산 최고의 자질과 능력을 갖추고 행동하지만 끝내 당에 가담하지 않는 것은 이 때문이다. 이데올로기의 사상적 성격과 제도적 성격을 매개시키지 못하고 사상으로만 치달을 때 허무주의로 빠질 수밖에 없는 것은 근대성이 가진 보편성과 제도적 성격을 매개시키지 못하고 보편성으로만 치달을 때 허무주의로 빠질 수밖에 없는 것과 대응한다. 권창혁이 허무주의자인 것은 하영근이 허무주의자인 것과 동일한 의미를 지니는 것이다.

한편 공산주의를 일종의 조직, 제도적 장치의 하나로 보는 지식인도 있다. 자본주의가 그러하듯, 공산주의도 엄격한 제도적 장치이며 그 때문에 사회적 변혁이 가능하다고 생각하는 쪽은 제도, 즉 당과 조직을 강조할 수밖에 없다. 이를 대표하는 인물이 『지리산』에서는 이현상이다. 그는 조선공산당 창당 멤버이며 12년간 옥살이를 한 인물로 쾌관산 보광당 위에 권창혁과 나란히 군림하고 있다. 그가 보광당 앞에서 교육에 임할 때 내세운 모든 연설은 "진실한 공산주의자가 되려면 공산당 당원이 되어야 한다"로 집약된다. 사상적 측면과 제도적 측면을 확연히 구별하고, 후자의 처지에 서는 일이야말로 이현상의 신념이자 과학이었다.

『지리산』에는 보광당 위에 군림하는 두 교사, 권창력과 이현상이 있고, 이들이 각각 대표하는 노선에 따라 공산주의자의 두 가지 인간유형이 훈련되고 교육받는다. 지리산의 빨치산 운동의 중심부는 공산주의의 두 가지 유형의 실험장의 성격을 보여주고 있다. 사상으로서의 공산주의(권창혁─박태영)와 당과 조직으로서의 공산주의(이현상)의 대결 · 실험 ·

결말을 보여주는 것이 작품『지리산』의 참주제가 놓인 곳이며, 이 때문에
『지리산』은 갈 데 없는 교육소설이자 계몽소설이라 할 수 있다.

5. 허망한 정열

　『지리산』이 권창혁과 이현상, 이 두 사람의 교사를 축으로 한 교육소
설이라면 작가의 세계관은 어떠한 것일까. 이 두 인물이 각각 공산주의의
사상적 측면과 제도적인 측면을 대변하고 있다면 이 가운데 공산주의의
사상적 측면이란 한갓 허망에 지나지 않는다고 보는 것이 작가의 세계관
이다. 다시 말해 권창혁의 공산주의 부정은 공산주의의 사상적 측면에서
왔을 뿐이라는 점이다. 공산주의의 사상적 측면에서 보면, 공산주의의 제
도적 측면은 이해 불가능하며 용납할 수 없는 것이었다. 자본주의의 경우
도 사정은 똑같을 것이다. 모두 허망한 정열에 지나지 못한다. 작가가 말
하고자 하는 것은 바로 공산주의 사상의 허망함이었다.

　　백뭇골에서 주능선을 넘어 거림골에 다시 정착한 남부군은 상훈 수
　여식을 거행했다. 집합한 전원은 2백명 내외. 먼젓번 상훈 수여식에
　비하면 박태영의 가슴이 덜컹 내려앉을 만큼 초라한 의식이었다.
　　영웅적인 활동을 치하하는 사령관의 훈시도, 격앙된 어휘를 쓸수록
　공허하게 들리는 건 어찌할 수 없었다.
　　"우리는 최후의 승리를 믿어야 한다."
　라는 말은, '이제 우리는 최후의 승리를 믿을 수 없다.'는 말로 들렸고,
　　"앞서 간 동지들의 죽음을 헛되이 말라."
　라는 말은 결국, '우리는 헛되이 죽을 수밖에 없다.'는 말로 들렸다.

물론 이것은 박태영만의 감정인지 몰라도, 조금이라도 사태를 객관적으로 볼 줄 아는 대원이면 모두 엇비슷한 감정이 아니었을까.

상훈 수여식을 계기로 하여 부대의 호칭이 바뀌었다. 사단을 지대(支隊)라고 부르게 되었다. 토벌군의 정보망을 어지럽히기 위해선지, 빨치산의 세를 과장하기 위해선지, 그밖에 무슨 목적이 있어서인지, 아무튼 남부군의 호칭은 빈번히 바뀌었다.

직속 81사단과 92사단을 합쳐 남부군 제4지대라고 하고, 경남 부대인 57사단을 제5지대, 전북 부대를 제6지대라고 호칭하게 되었다. 이름을 어떻게 바꾸든 쇠잔해져가는 전력이 회복될 까닭이 없었고, 앞으로 새로운 희망이 돋아날 가망도 없었다.

이 무렵 박태영이 지니고 다닌 국민학교 아동용 공책엔 다음과 같은 짤막한 글이 적혔다.

ㅡ 걸어다니는 돌멩이.

ㅡ 극히 절약된 본능만 남아 있는 곤충.

ㅡ 무모가 빚은 죄악의 책임을 누구에게 추궁해야 하느냐.

빨치산들은 이미 연월일을 잊고 있었지만, 캘린더는 벌써 1952년에 들어서고도 1월 중순에 이르고 있었다.

남부군 제4지대는 거림골에서 제2차 군단 공격을 받았다. 이 세찬 국군의 공격에 맞서 싸울 순 도저히 없었다. 결국 이 골짝 저 골짝을 전전하며 예봉을 피했다. 그리고 5일쯤 후에 다시 백뭇골로 돌아왔다. 그동안 차폐물이 없는 어느 골짜기에서 항공기의 습격을 받아, 공습으로 인한 사상자를 처음으로 냈다. 낙석에 허리를 크게 다쳐 며칠 동안 업혀 다니게 되었다.

밤중에 숲 사이를 헤매던 정찰대가 슬리핑백 속에서 잠자고 있는 군인 6명을 발견하여 한꺼번에 카빈총으로 사살한 사건도 이 무렵에 있었다.

어느 골짜기에선 취침 중에 국군의 습격을 받아 10여 명의 사상자를 내기도 했다.

어느 날은 주능선의 사면을 기어오르다가 맹렬한 포격을 받았다.

이 때 박격포탄이 박태영 바로 옆에 떨어져, 박태영의 앞과 뒤에서 걷고 있던 대원 둘이 즉사했는데, 박태영은 거짓말처럼 무사했다.

하얀 눈에 뿌려진 피가 금세 얼어붙어 꽃가루처럼 보였다. 아름답기조차 한 그 피의 꽃가루를 보며 박태영은 삶과 죽음의 불가사의를 새삼스럽게 생각하게 되었다.

'탄환 한 발이면 죽어버리는 인간이 어째서 정신적인 통일체인가.'

'오직 허망, 허망이 있을 뿐이다.'

바로 1미터도 안 되는 거리를 두고 두 사람의 죽음이 있었는데, 그 사이에 끼여 찰과상 하나 입지 않았다는 것은 운명이 아닌가. 기적이 아닌가. 박태영은 '나는 불사신이다.' 하는 신념을 가꾸고 싶었다. 그러나 그런 신념조차도 허망했다. 내일의 죽음을 위한 오늘의 유예일 뿐이고, 다음 순간의 죽음을 위한 이 순간의 유예일 뿐일 테니까.

박태영의 뇌리에 갑자기 하나의 시구가 떠올랐다.

'나는 죽을 수 없으니까 죽는다.'

하영근의 서재에서 읽은 '가르시아 로르카'의 시 일절이다. 어떻게 그 깊은 망각 속에 묻혀 있던 이 시 일절이 지금 떠오를까. 박태영의 병적일 만큼 날카로운 기억력이 또 상기한 것은 '로버트 페인'의 문장이었다.

'스페인 전쟁이 끝났을 때 이 지옥에서 살아남은 사람들은 자기들이 겪은 경험의 의미를 찾아내려고 했다. 그 싸움의 궁극적인 동기를 발견하고자 애썼다. 그런데 아무도 성공하지 못했다. 조각조각으로 파괴된 신념의 파편을 주워 모았을 뿐이다.'

박태영은 '나는 살아남을 수 있을까?' 하고 생각해보았다. '만일 살아남을 수 있다면 이 전쟁의 궁극적 동기를 찾아내리라. 이 전쟁의 원흉을 밝혀내어 내 손으로 단죄하리라.' 하는 분노가 끓어올랐다.

분노도 또한 정열이다. 사람은 분노만으로도 역경을 견딜 수 있다. 박태영은 비로소 용기를 얻었다. 그런데도 그의 심상에선 '가르시아 로르카'의 시가 메아리치고 있었다.

— 나는 죽을 수 없으니까 죽는다.

— 『지리산』, pp.136~138.

제도적 측면을 떠난 마당이라면 사상에의 정열이란 하나의 일반적 성격을 띤 것이 아니겠는가. 유독 공산주의만 허망할 이치가 없다. 자본주의도, 민족주의도, 파시즘도, 민주주의도 그것의 사상 쪽만을 보면 저 도스토예프스키가 『악령』에서 스타브로긴의 입을 빌려 말해 놓은 다음 구절에 수렴될 것이다.

> 황금시대, 이것이야말로 원래 이 지상에 존재한 공상 중에서 가장 황당무계한 것이지만 전 인류는 그 때문에 평생 온 정력을 다 바쳐왔고, 그 때문에 모든 희생을 해왔다. (……) 모든 민족은 이것이 없으면 산다는 일을 원치 않을뿐더러 죽는 일조차 불가능할 정도이다.

산다는 일을 원치 않을 뿐 아니라 죽는 일조차 불가능할 정도의 '이것'이야말로 모든 사상의 핵심이 아니었겠는가. 그런 뜻에서 작가 이병주는 옳다. 작가는 파시스트에 저항한 스페인 인민전선의 허망한 정열을 거듭, 거듭 인용하고 있다. 『지리산』에는 이현상만 있는 것이 아니다. 실상은 지리산 골짜기마다 스페인 인민전선의 목소리가 메아리치고 있음이 어찌 우연이겠는가.

> 어디에서 죽고 싶으냐고 물으면 카타로니아에서 죽고 싶다고 말할 밖에 없다.
> 어느 때 죽고 싶으냐고 물으면 별들만 노래하고 지상엔 모든 음향이 일제히 정지했을 때라고 대답할 밖에 없다.
> 유언이 없느냐고 물으면
> 나의 무덤에 꽃을 심지 말라고 부탁할 밖에 없다.

이것은 스페인 내란 때 죽은 시인 가르시아 로르카Garcia Lorca의 시 구절이다.

6. 산천의 울림과 지리산의 울림 –
   박경리의 『토지』와 이병주의 『지리산』

1) '이 산천'을 위하여

『토지』(솔 출판사 – 전 16권, 나남출판사 – 전 21권)는 대하소설로 규정되어 있다. 5부작 『토지』의 첫 장을 열면 맨 먼저 1897년이라는 숫자가 앞을 가로막는다. 아무런 설명도 없는 『토지』라는 이 장대한 바둑판의 첫 돌인 이 아라비아 숫자란 대체 무엇이며 이로써 어찌하겠다는 것인가.

이렇게 물을 수 있는 사람은 제5부에 놓인 마지막의 끝내기 바둑돌에 관심을 가질 만하다. 그것은 8·15라는 또 다른 아라비아 숫자이다. 대대로 복속服屬 신세였던 조선조가 대한제국으로 비상하려다 일제에 강점당한 기간이 거기 시퍼렇게 살아 있다. 대하소설이 감당해야 될 시대적 총체성이 거기 있다.

공간적 총체성은 섬진강을 사이에 둔 하동 땅 평사리 최참판댁. 경상도와 전라도를 어우르는 지리산이 바로 그 총체성이다. 세 개의 큰 동심원으로 되어 있다. 하동 악양 들판의 만석꾼 최참판댁과 그 주변의 인물들이 그 하나. 최참판댁의 실권자 윤씨 부인을 비롯, 당주 최치수, 별당 아씨, 딸 서희 등이 중심원을 이루었다면 무당 월선네, 봉순, 김길상 등 몸종들이 그 다음 동심원을 이루었고, 그를 둘러싼 또 다른 동심원이 매력으로 가득 찬 사내 이용, 생명력 넘치는 임이네, 악녀 귀녀, 그리고 애처로운 기녀 월선, 한을 안은 구천 등이 있다. 그 가장 외곽의 동심원이 중 우관, 혜관, 소지감 등이다.

두 번째는 하동 땅 양반 이부사댁 이동진을 둘러싼 동심원. 세 번째 동심원은 역관 출신의 교육자 임명빈과 그 누이. 놀라운 것은 수백 명에 달하는 등장인물들이 각각 생동하고 있다는 것이다. 작가의 자질이랄까 역량으로 치부하기엔 크게 모자라는 것. 바로 여기에 총체성의 그다움이 있다. 그곳은 작가 개인의 힘으로는 어쩔 수 없는 거대한 무게가 따로 있었기 때문. 그것은 역사를 움직이는 위의 세 개의 동심원 중 두 개가 부딪치는 장면에서 선연하게 드러난다.

최치수와 동문수학한 읍내 청백리 이부사댁 당주 이동진이 독립운동하러 연해주로 떠나면서 작별차 최치수를 방문했을 때 분명 이렇게 말했다. "석운#雲, 자네가 양반임을 의심할 수 없지. 허나 선비는 아닐세." 라고. 재물을 모은 최참판댁이란 경멸의 대상이기에. 이에 발끈한 최치수의 반론은 어떠했던가. "자네가 마지막 강을 넘으려 하는 것은 누굴 위해서? 백성인가? 군왕인가?" 라고. 이에 대한 이동진의 답변이야말로『토지』의 참주제가 깃든 곳.

> 백성이라 하기도 어렵고 군왕이라 하기도 어렵네. 굳이 말하라 한
> 다면 이 산천을 위해서, 그렇게 말할까.
>   – 솔출판사판, 제1부 2권, p.153, 이하 같음.

작가는 이 대목을 그대로 제5부 1권(p.296)에도 제5부 4권(pp.81~82)에서도 커다란 울림으로 복창해 놓고 있다.『토지』의 참주제는 최치수의 오기도, 최서희의 뱀처럼 영리한 처세술도 복수담도 아니다, 하물며 탱화나 그리는 무능한 김길상일까 보냐. 이 '산천'에 비하면 민족주의, 사회주의, 친일파, 독립운동 또는 무슨 평화주의 따위란 얼마나 초라한가. 그렇다면 그 '산천'이란 또 무엇인가. 삶의 영원한 터전, 신식 용어로 하면

'자연'이 아니겠는가. 생명사상 그것 말이다. 이병주가 <조국이 없다, 산하가 있을 뿐이다!>라고 외친 것도 눈여겨 볼 일이다.

2) 산천을 울리는 뻐꾸기 소리

이 사상을 문학적으로 형상화함에 있어 작가의 솜씨는 참으로 민첩하여 경탄스럽다. 뻐꾸기 울음소리와 능소화의 도입이 그것. 그것도 각기 대여섯 번씩이나 반복하기.

(A)
용이는 광포하게 날뛰었다. 여자를 사랑하는 짓이 아니었다. 여자를 짓밟고 자기 자신도 짓밟고 그 폭력에 놀란 월선이는 (……) 희열과 고통스러움, 절정이 지나고 어둠과 정적이 에워싼다. 용이는 여자 가슴 위에 머리를 얹은 채 움직이지 않았다. 어둠 속에는 신위도 제물도 없고 월선네의 힘찬 무가(巫歌)도 없고, 용기 모친과 강청댁의 얼굴도 없었다. 마을도 없고 삼거리의 주막도 없었다. 논가에서 울어쌌는 개구리 소리, 숲에서의 뻐꾸기 소리뿐이었다.

— 제1부 1권, p.175.

(B)
모기가 앵하고 지나갔다. 아까 별당에서의 그 무시무시한 긴장이 되살아났다. 어느덧 글 읽는 소리는 멎었고, 그러나 멀리서 뻐꾸기 울음이 들려왔다.

— 제1부 1권, p.278.

(C)

마을 숲속에서 뻐꾸기가 운다. (……) 차라리 저놈의 새 울지나 말 았으면 이 밤이 이리 적막하고 길지 않을 것을.

— 제2부 2권, p.196.

(D)

넘친 물 작은 도랑을 따라 졸졸졸 소리내며 흐른다. 물소리와 이따금 이는 바람소리, 뻐꾸기 울음.

— 제2부 2권, p.202.

(A)는 용이와 월선의 정사 장면, (B)는 윤씨 부인의 태기를 진찰한 문 원의 난감한 장면, (C)는 구천이 별당아씨의 죽음을 슬퍼하며 탄식하는 대목, 그리고 (D)는 동학 잔당 강쇠와 구천이 함께 듣는 지리산 속의 장면. 어느 것이나 앞이 보이지 않는 장면이 아니겠는가. 그런데 보시라. 어느 장면이든 밤중이라는 사실 말이다. 어째서 뻐꾸기는 밤에만 우는가. 이 의문을 물리치기 어렵다(밤에 우는 새는 올빼미 과의 소쩍새.『토지』에는 소쩍새도 나옴(제5부 1권, p.291). 뻐꾸기는 두견과에 속함. 두견과에는 두견과 뻐꾸기가 들거니와 우리 조상들은 예부터 두견을 소쩍새로 잘못 알고 시가에 자주 읊었음).

3) 어둠을 밝히는 능소화

어릴 적에 뻐꾸기는
동서남북 원근도
모를 소리였다
가도가도 따라오던 뻐꾸기 울음

가도가도 도망치던 뻐꾸기 울음
어느 나무 어느 둥지인지
저승에서 우는가 이승에서 우는가
알 수 없었다
분명
산 속에 있긴 있을 터인데
나는 아직 그 새를 본 적이 없다
내 인생에서도 보이지 않았던
그 많은 것들과 같이
뻐꾸기를 본 적이 없다
　　　　－「뻐꾸기」 전문, 박경리 시집 『자유』, 솔출판사, 1994.

이와 나란히 능소화가 또 대여섯 번 화려하게 피어 어두운 '토지'를 환하게 밝히고 있다.

　　등잔불을 바라보는 환(구천)이 귓가에 부친(김개주)의 목소리가 울려오는 듯하다. "네 아버님. 소자는 …… 그렇지만 아버님 불쌍한 서희에게……" 환이 눈앞에 별안간 능소화 꽃이 떠오른다. 능소화가 피어 있는 최참판댁 담장이 떠오른다. 비가 걷힌 뒤의 돌담장에는 이끼가 파랗게 살아나 있다.
　　　　　　　　　　　　　　　　　　　　　－ 제1부 3권, p.333.

도대체 능소화凌霄花란 무엇인가. 글자 그대로 하늘을 능가하는 꽃이 아니겠는가. 6월에서 8월까지 붉게 무수히 피는, 도도하고도 화려하고 또 천박해 보이는 능소화란 최참판댁을 상징하는 것. 재물과 권위와 천박함을 그대로 보여주는 것. 그러기에 대하소설 『토지』라는 명칭을 붙일 수 있었을 터. 선비 이동진이 최치수를 얕잡아본 것도 이 때문이었을 터.
　한에 맺힌 뭇사람도, 살기 위해 발버둥치는 민초들도 산천 속에 놓고 볼 때 그 문학적 형상화의 최대로 하면 뻐꾸기 소리일 수밖에. 최참판댁으로 상징되는 도도함과 천박함의 형상화 방식의 최대치가 능소화일 수밖에. 여기까지가 『토지』의 작품론이다. 요컨대 총체성을 겨냥한 『토지』의 최종심급이 산천(자연)이라는 것.

4) "山川"으로서의 지리산

그러나 이 총체성은 잘 음미해 보면 구체성을 동시에 갖추었음이 판명된다. 산천의 구체성이란 또 무엇인가. 『토지』 제5부에 그 해답이 감추어져 있다. 8 · 15를 눈앞에 둔 제5부는 모든 인물이 지리산을 향하고 있다. 지리산은 김길상을 불러들여 탱화 관음상을 그리게 했고, 그 장남 최환국도, 김길상을 최길상으로 민적까지 둔갑시킨 교활한 최서희도 그 탱화를 모신 절로 불러들이지 않았겠는가. 주지 소지감은, 또 지리산은 동학 잔당, 징용 · 징병 기피자들, 사상객도 넉넉히 품어 주었다. 역관출신 임명빈과 친일 귀족 첩이었던 그의 누이 명희, 그리고 최서희도 불어난 지리산 식솔을 위해 돈과 곡식을 올려 보냈것다.

그리고 무엇보다 중요한 것은 최서희의 차남 최윤국이 학병으로 끌려갔다는 것. 바로 여기에서 『토지』는 끝났다. 해방이 왔으니까. 이 『토지』가 끝난 자리에서 학병 출신 이병주의, "智異山이라 쓰고 지리산이라 읽는다"라는 실록 대하소설 『지리산』(1978)이 시작된다.

여기까지 오면 독자의 입에서도 이런 소리가 나올 법하다. "『토지』는 외롭지 않았구나" 라고. 그 옆에 『지리산』이 있으니까. 진주 여고생이 쓴 『토지』를 메이지대 전문부 졸업생이 쓴 『지리산』이 버텨주고 있으니까. 좀 더 우리 문학에 관심이 있는 분이라면 『토지』의 앞 단계도 눈여겨볼 수 있을 터. 지리산을 멀리 바라보는 남원땅 매안 마을의 청암부인과 이씨 가문 종손 강모의 운명을 다룬 전북대학 출신 최명희의『혼불』(1983)이 그것.

결론을 맺어야겠다.『토지』앞에『혼불』이 있고『토지』뒤에『지리산』이 있다, 라고.

5) 학병 거부자 하준수

하동군 평사리 최참판댁 당주 최서희가 양녀 이양현의 기별로 8·15해방 소식을 들으며 마당가에 피어있는 해당화 줄기를 휘잡는 장면으로 대하소설『토지』는 마무리된다. 이때 최씨 가문의 둘째 아들 최윤국은 학병으로 끌려가 있었다. 최윤국은 어느 전선으로 갔을까. 김수환(훗날 추기경)처럼 남양으로 갔을 수도 있고, 박수동이나 이가형처럼 버마 전선이거나 이병주처럼 중국 전선이었을 수도 있고, 한운사처럼 일본 본토였을지도 모른다. 혹은 장준하, 김준엽 모양 중국 전선에서 탈출하여 임시정부 쪽으로 갔는지도 모르며 신상초처럼 연안으로 탈출했는지도. 어느 경우이든, 그가 만일 살아있었다면 필시 이병주처럼 하동군 평사리로 귀환했을 터. 또 만일 그가 이병주처럼 지난날의 노예체험을 꿈에라도 몸서리쳤다면, 돼지처럼 살찌우는 대신 또 개처럼 짖는 대신, 지리산으로 향했는지도 모른다. 그 남부군 말이다.

이런 가정만이 전부일 수 없다. 최윤국, 그는 학병으로 끌려갔다고 하나, 이규 모양 어쩌면 아예 중도에서 도망쳤는지도 모른다. 남부군 부사령관 남도부(본명 하준수)처럼 괘관산과 지리산으로 도주했을 수도 있을 것이다. 함양에서 제일 부잣집 아들인 하준수(『지리산』에서는 하준규로 나옴)는 1943년 일본의 중앙대학 법학부 졸업반이었다. 전 일본대학생 가라데(空手) 대표선수로 활동한 인물.

하준수는 일제 말기 학병을 거부하고 지리산으로 피했다. 준수의 집이 넉넉하고 사용인도 많고 해서 일제 경찰의 눈을 피해 의복, 식량, 약품 등을 그의 아버지는 준수가 숨어 사는 곳에까지 보내줄 수 있었다. 그러는 동안 여러 가지 이유로 지리산에 숨어 사는 사람들이 준수의 주변에 모이게 되었다. 수호지의 양산박(梁山泊) 같은 얘기다. 준수 자신은 신판 임꺽정(新版林巨正)이란 말을 즐겨 쓰더라고 했다.
　　　　　　　　　－ 이병주, 『관부연락선』, 동아출판사, 1995, p.608.

하준수 자신은 '학병 거부자의 수기'라는 부제를 단 「신판 임꺽정」(『신천지』 1946, 4~6월호)을 쓴 바 있다. 첫줄을 이렇게 썼다.

1943년 8월 20일! 일본 군국주의는 패전의 마지막 고비를 앞두고 조선인 징병제 실시의 전주곡으로 조선인 학생들에게 소위 학병 되기를 강요하였다. 당시 중앙대학 법학부 졸업반이었던 나는 같은 동류들과 더불어 고국에서 전하는 신문 보도를 읽어가며 우리들이 취할 바를 의논하였다. 즉, 우리들은 학병이 될 것이냐 그렇지 않으면 학병을 거부할 것이냐, 이었다. 그리하여 그때 일치된 의견은 일본이 패할 것은 당연한 일이니 우리는 일본을 위하여 출전하기를 거부하자는 것이었다.
　　　　　　　　　－『신천지』 1946. 4, p.96.

처음 모였던 동류는 13명. 그들은 백운산으로, 괘관산으로 스며들었고 대원이 불어났고, 또 노출될 우려도 있어 보다 깊은 지리산으로 옮겼고, 70여 명의 동지들이 마침내 보광당普光堂을 조직했다. 그 두목이 하준수

(졸저, 『일제말기 한국인 학병 세대의 체험적 글쓰기론』, 서울대 출판부, 2007). 여기에 메이지 대학 전문부 졸업반인 이병주와 하준수의 갈림길이 있다. 또 4385명으로 말해지는 조선인 학병 입영자와 학병 거부자 하준수의 변별점이 있다.

그렇다면 최참판댁 둘째 아들 최윤국은 어느 쪽이었을까. 이에 대해 『토지』는 아무런 언급이 없다. 다만 이렇게 은밀히 말해놓고 있을 따름이다.

> 최참판댁에 자금을 무제한 내어 놓으라 할 수는 없었다. 게다가 실의에 빠져 있는 최서희는 다분히 수동적이었으며 또 현실적으로도 어려움이 있었다. 화폐가치가 떨어진데다가 전시에 부동산 매매는 쉬운 일이 아니었다. 그리고 만석꾼의 지주이기는 하나 곡물은 이미 공출에 묶여버렸고 현금이 무진장 있는 것도 아니었다. 환국(최서희의 장남)이 적극적으로 나온다 하지만 그것에도 한계가 있었다. 학병을 피해온 청년들, 그 중에는 애당초 교묘하게 많은 거점을 거쳐서 루트를 만들어놓은 축이 있긴 있었다. 그들은 그 길을 통하여 식량이며 의복, 심지어 서적까지 공급받고 있었다. 그러나 대부분은 무계획하게 뛰쳐 나와 집과의 교통은 절대 불가능하게 되어 있었다. 애초 계획으로는 그 같은 사람, 대개 부유한 그들 가정과 통로를 마련하여 다소나마 자금 조달을 할 생각이었다. 그러는 데는 상당한 위험이 도사리고 있을 것이며 기술적으로, 또 면밀한 행동이 요망된다는 것을 알고 있었다.
> ─『토지』(16), pp.400~401.

이 속에는 많은 의미가 숨어 있다. 지리산을 먹여 살리기 위해 최참판댁이 얼마나 애썼는가, 하는 점이 눈에 선하다. 거금 5천원을 지리산에 두고 간 임명희도 있었고, 최환국도 아버지 김길상도, 그리고 임명빈도 뭉치와 해도사가 있는 지리산으로 향하고 있었다.

6) 수재 박태영의 산천의 사상

대체 지리산이란 무엇인가. 이 물음에 대한 대답은 『토지』에서 우리가 이미 결정적으로 듣고 있었다. 선비 이동진이 말한 '산천山川'이 그것. 지리산이란 그러니까 조국도 아니지만 사상도 아니었다. 인내천人乃天의 동학도 아니지만 그렇다고 오온개공五蘊皆空의 불교도 아닌 것. 민족주의도 아니지만 사회주의거나 공산주의도 아닌 것. <산천>인 까닭이다. 그 증거는 『토지』를 펴기만 하면 대번에 뻐꾸기 울림으로 대답하고 능소화의 빛깔로 화답한다. 이 절대적 울림, 이 절대적 색깔만큼 분명한 것은 달리 없다.

그렇다면 이병주의 『지리산』은 어떠할까. 『토지』가 키워낸 그들은 『토지』에 어떻게 호응하며 화답하고 있었을까. 이렇게 감히 물어볼 수도 있을 법하다. 부호의 아들 하준수 등은 혹 모르겠으나, 70여 명을 헤아리는 보광당 당원들은 어떠했을까. 알게 모르게, 또 많건 적건 최참판댁의 도움 없이 살아남을 수 있었을까. 물론 살아남았겠지만 그것이 훗날의 남부군의 혈액이 되었음도 의심키 어렵다.

이 모두가 지리산의 일이고 보면 그 남부군이 최참판댁에 보답할 길은 무엇인가. 두말하면 군소리. 지리산이 그 정답이다. 지리산에 보답하기. 이 산천에 보은하기가 그것. 지리산을 울리는 뻐꾸기 소리에 귀 기울이기가 아닐 수 없다.

남부군이란 무엇인가. 이 물음은, 당원인 총사령관 이현상과 맞서며 끝까지 비당원인 박태영에게서 제일 깊게 던져져야 한다. 당원이 아니면서도 남부군에 가담한 이 대단한 지식인이자 수재 박태영은 뭐라 대답했을까. 그는 김경주의 입을 빌려 '허망한 정열'이라 규정했다. 또 그는 말했다. "이것이 가슴팍에 새겨진 고정관념이 되었다"라고(지리산(6), p.36).

그럼에도 박태영은 지리산을 절대로 외면할 수 없었다. 어째서? 이규와
더불어 그의 몸과 맘은 지리산의 물과 흙으로 빚어졌으니까.

1952년 5월 초순, 남부군은 붕괴 직전에 있었다. 여자 파르티잔 정복희
와 함께 박태영은 초승달 아래에 앉아 있었다. 두 사람의 귀에 울린 것. 잠
시 보도록 하자.

5월 말일이었다. 그날 밤엔 초승달이 제법 살이 쪄 있었으니 음력
으론 7, 8일이나 되었을까. 박태영 단위조는 정찰과 초계의 임무를 겸
해 쑥밭재 중허리에 있었다. 이곳과 중봉의 중허리를 지키면 조갯골
에 접근하려는 적의 움직임을 미리 알 수 있었다.

단위조는 한 사람이 자고 두 사람이 깨어 있게 돼 있었다. 이순창이
바위 틈으로 자러 가고 박태영과 정복희의 차례가 되었다.

때는 오후 세시쯤.

만산이 신록 냄새로 훈훈한데, 산속의 정적을 새소리가 누볐다. 정
복희는 그 새소리에 귀를 기울이는지, 새소리가 바뀔 때마다 물었다.

"저건 뻐꾹새?"

"뻐꾹뻐꾹 하니까 뻐꾹새겠지."

가끔 두견새 소리도 섞였다.

"두견새는 슬픈 새라면서요?"

"글쎄."

"저 새소리 들어봐요."

"풀국 풀국."

"무슨 새예요?"

"풀국새."

"저 새는?"

들어보니 '씹죽 씹죽' 들렸다.

"저 샌 씹죽씹죽 구루새라고 하지."

"참말?"

"참말이고말고."

"저건?"

"소쩍소쩍으로 들리잖아. 저건 소쩍새야."

"박 동무는 어쩌면 그렇게 새 이름을 잘 알지?"

"내 고향이 지리산 근처니까. 지리산에 있는 새만도 백 가지가 넘을 거요. 그 가운데 내가 아는 것만 들먹여볼까?"

"그래요."

"뻐꾸기, 구루새, 뱁새, 물방아새, 수례기, 우홍이, 비졸이, 매새저리, 비둘기, 홍조, 부엉새, 까막수리, 올빼미, 꿩, 물새, 딱깐치, 꾀꼬리, 멩멩이, 소쩍새, 벤치새, 두견새, 꿍꿍이, 풀국새, 쑥스러기, 썹죽썹죽 구루새, …… 이 이상은 생각이 안 나는데."

[……]

"어쩌면 그 많은 새 이름을 알고 있죠?"

"고향이 바로 이 근처라니까."

"그래도 그렇긴 어려워요."

"사실은, 나는 일제 시대에도 지리산에서 파르티잔 노릇을 했소."

"아아, 그래요?"

말이 났으니 얘기를 안 할 수 없었다. 하준규 이야기, 이규 이야기, 이현상 이야기, 권창혁 이야기, 그리고 일제 때의 그 암담했던 시절 이야기.

"그러나 그땐 희망이 있었지. 머잖아 일본이 물러갈 거라는 확신이 있었으니까, 매일매일이 무슨 축제일이나 다를 바 없었어. 조그마한 공화국을 만들고, 보광당이란 당을 만들고, 두령 하준규로부터 당수를 배우며 지냈으니까. 창창한 앞날이 있었고……."

"지금 우리에겐 희망이 없을까요?"

박태영은 선뜻 대답할 수 없었다. 당성이 강하기로 소문난 여자 앞이어서 솔직할 수 없었다. 그렇다고 해서 마음에도 없는 거짓말을 할 수도 없었다.

"우리에겐 희망이 없을까요?"

정복희가 재차 물었다.

"그건 이현상 사령관이나 문춘 참모가 대답할 수 있는 질문이오."

박태영은 덤덤하게 말했다.

"전 박 동무 개인의 의견을 듣고 싶어요."

"파르티잔에겐 개인이란 건 없소."

"박 동무는 비관하고 계시는구먼요."

— 『지리산』(6), pp.300~304.

맨 먼저가 뻐꾹새 소리, 바로 그것이었다. 초저녁에도 뻐꾹새가 울까.『토지』에서도 그렇지 않았던가. 이는 누가 보아도 고의적 실수. 중요한 것은, 그러니까 무의식 속에서도 지리산, 그것은 뻐꾸기 울림으로 표상된다는 것. 이데올로기도 조국도 아닌 산천이라 할 밖에.

어째서 박태영은 지리산을 '울림으로서의 지리산'으로써 온몸으로 체득했을까.

7) 박태영과 박경리의 마주하기

절대로 당원이 되지 않기로 신조를 삼은, 경남 함양 산골 출신으로 이규보다 한 살 위인 박태영은 하급 관리의 아들로 태어났다. 총명하기로 소문난 박태영은 중학시절부터 일제 교육에 반항했고, 퇴학당했고, 도일하여 우유 배달로 전문학교 검정시험에 최고점을 얻은 수재(이 점은 전문학교 검정시험에 나아간 진주공립농업학교(27회) 출신의 이병주를 연상시킴). 그가 어느 대학에도 들지 않고 사회운동에 들고자 모색하던 중, 학병 도피를 결심한 하준규(수)와 뜻이 맞아 마침내 백운산, 괘관산, 그리고 지리산으로 도피했던 것. 작가 이병주는 대하소설 『지리산』의 초입에서 이렇게 적었다.

> 박태영은 규보다 한 살 위였으나 학급은 같았다. 고향은 함양의 어느 산골. 그의 말을 빌리면, 규나 태영이나 똑같은 지리산의 흙과 물로 만들어진 소년이었다. 박태영은 비상할 정도의 수재였다.
>
> — 『지리산』(1), p.58.

이 두 소년이 『지리산』의 참 주인공일 수밖에. 지리산의 흙과 물이 빚어낸 인물이니까. 그러기에 '智異山이라 쓰고 지리산으로 읽는다'라고 할 수밖에. '쓸' 수도 있지만 '읽을' 수도 있는 사람은 오직 위의 두 사람이니까. 토호의 후손 이규는 프랑스어를 배우고 넘버 스쿨로 명성 높은 경도 삼고三高를 거쳐 동경제국대학에 들어갔고, 프랑스 유학에 나아갔지만, 미천한 박태영은 퇴학에, 고학에 전검시험에 합격했으나 독일어를 배워 사회개혁운동에 기울었고, 마침내 지리산으로 스며들었다.

제국대학생 이규는 어디로 향했을까. 학병에도 가지 않고 그렇다고 제 3의 길을 택했을까. 참으로 당연하게도 제3의 길이란 없었다. 이규 역시 결국 지리산으로 합류할 수밖에. 두 사람은 결국 지리산의 물과 흙으로 만들어진 인물이었던 것. 그 산천이야말로 『토지』에서처럼 『지리산』의 참주제가 아니었을까. 겉으로는 그것이 '허망한 이데올로기에로 향한 정열'의 묘사였지만, 속의 진짜 주제는 산천, 그 지리산의 흙과 물, 골짜기와 봉우리였던 것. 거기에 울리는 울림이었던 것. 불변하는 그 울림 말이다.

> 박태영의 가슴속에서 한 가락의 노래가 흘렀다. 무더위를 견디기 위해서라도 그 가락을 끝까지 쫓았다.

뻐꾹뻐꾹 산속에서 울면
똑딱똑딱 나무 찍는 소리.
뻐꾹 소리 장단 맞춰 울고
찍는 소리 소리 맞춰 찍는다.
뻐꾹뻐꾹 깊은 산속에
똑딱똑딱 해가 저문다.

　음치에 가까운 박태영이 끝까지 부를 줄 아는 유일한 노래가 이것
이었다.

―『지리산』(6), p.92.

이병주의 『山河』와 『그해 5월』

조국이 없다, 山河가 있을 뿐이다.

1.『山河』의 두 인물

대하소설『山河』(『신동아』, 1974. 1~1979. 8)에는 중심인물인 이종문과 이동식, 송남수가 등장한다. 이 중 진짜 주인공인 이종문은 경상도 출신의 노름꾼으로 돈 버는 일에 눈이 벌건 천한 잡놈이자 설쳐대는 깡패이며 협잡꾼이다. 그는 해방공간에 경무대의 이승만 박사에게 돈줄을 대고 <아부지!>라고 부르며 온갖 공사를 따낸다. 또 6·25 때는 금괴를 집 마당에 숨겨두었던 인물. 그럼에도 작가 이병주가 이런 인물을 주인공으로 삼은 것은 정치 또는 정권을 희화화해서 독자를 웃겨보겠다는 소설 본래의 목적에 있지 않았을까. 그러기에 이종문에 대한 작품의 내용은 별반 의미가 없다고 할 것이다. 그렇지만 한갓 조연에 불과한 이동식과 송남수는 사정이 다르다. 그들은 작가 이병주처럼 <학병> 출신이기 때문이다. 이런 학병출신들이 어떻게 이종문을 도왔으며 또 비판했는가 하는 것은 단연 의미가 크다고 볼 것이다. 작가 이병주에게 있어 <학병>이란 글쓰기의 원점이자 종착역에 해당되기 때문이다.

6월의 나날은 화려하게 펼쳐졌다. 그런데 화려한 6월의 나날처럼 싱싱하고 발랄한 사람은 동식의 눈으로선 하숙집 주인 이종문밖에 없었다. 아침이면 일찍 일어나 밖으로 나가선 밤이면 떠들썩하게 웃음소리를 안고 돌아온다. 온통 세상이 재미나 견딜 수가 없다는 그런 표정이다.

송남수가 하는 말이 있다.

"이 집 주인 이종문 씨는 세상의 재미를 혼자 도맡아 사는 사람 같고, 이동식 군은 그완 정반대로 세상의 고민을 혼자 도맡아 있는 것 같고……. 그러다가 보니 나는 낙천주의와 염세주의의 양 극단 사이에서 사는 꼴이 되었다."

송남수의 말 그대로 동식에겐 6월에 들어서도 우울한 날만 계속되었다.

그날 오후도 동식은 교실에 들어갈 마음이 내키지 않아 도서관 뒤 플라타너스 나무 밑에 앉았다. 한창 무성해가는 잎 사이로 토막토막 보이는 푸르른 하늘이 허허했다.

동식은 한번쯤은 읽어야 할 것이라면서 송남수가 준 '공산당선언'의 영문판 팸플릿을 꺼냈다. 그것을 읽고 송남수의 의견과 대비해보고 싶었다.

'공산주의란 괴물이 유럽을 방황하고 있다…….'

확실히 공산주의는 괴물이다. 덩지는 하나이고 대가리는 여덟 개나 되는 히드라 같은 괴물일는지도 모르지. 그 괴물이 지금 극동의 이 반도에도 상륙했다. 마을마다 거리마다 그 괴물의 눈과 촉수가 살아 움직이고 있다.

'종래 인류의 역사는 계급투쟁의 역사다. 자유인과 노예, 영주와 농노…… 압박자와 피압박자…….'

사실일는지도 모른다, 아니, 그럴 것이다. 그러나 투쟁하는 사이에도 계급의 협조가 있었을 것 아닌가. 오늘의 사회형태는 투쟁의 산물이라고 할 수 있어도 역사가 지닌 문화의 유산 같은 것은 모든 계급이 협조한 결과라고 할 수 있지 않을까. 하지만 기어이 투쟁을 유도해야 하는 공산당의 선언으로선 이러한 대전제가 있어야 한다. 그러나

'부르주아가 만들어내는 것은 결국 그들의 묘혈(墓穴)뿐이다. 부르주아의 몰락과 프롤레타리아의 승리는 꼭 같이 불가피한 일'이란 결론은 지나친 독단이라고 아니할 수 없다, 그보다도 '계급과 계급간의 적대가 있는 부르주아 사회 대신 각인의 자유로운 발전이 전체 사회의 자유로운 발전의 조건이 될 수 있는 결합체를 이룬다.'고 되어 있는데, 과연 그런 유토피아가 이 지상에 건설될 수 있을까. 공산주의를 시행하고 있는 오늘의 소비에트에는 과연 각 개인이 자유로운 발전을 기도할 수 있는 환경이 조성되어 있을까.

'공산주의자들은 그들의 관심을 주로 독일에 돌려야 한다. 독일은 가장 선진된 유럽 문명의 조건 하에 수행되는 부르주아 혁명의 전야에 있기 때문이다……그리고 독일에 있어서의 부르주아 혁명은 곧 뒤이을 프롤레타리아 혁명의 서곡이 될 것이기 때문이다…….'

그런데 왜 독일은 부르주아 혁명이 곧 나치스의 독재로 전화되고 말았을까. '공산당선언'은 그 시대적 통찰에서 실패하고 말았다.

이 증거 하나만으로도 '공산당선언'은 진리의 선언으로선 파산하고 만 것이 아닌가. 소련이 혁명 20여 년을 경과하고도 아직 시행착오를 거듭하고 있다면, 그것 역시 진리로서의 공산주의 자체의 파산을 증명하고 있는 것이 아닐까.

'공산주의자들은 그들의 견해와 목적을 숨기는 것을 경멸한다, 그들은 그들의 목적이 현존하는 사회조건을 폭력으로 전복함으로써만이 달성될 수 있다는 견해를 공공연하게 선언한다. 지배계급으로 하여금 공산혁명에 대해 전율하게 하라! 프롤레타리아는 그들을 묶어놓은 철쇄 이외에 잃을 것이란 없다. 그들에겐 쟁취할 세계만이 있을 뿐이다. 전 세계의 노동자들이여, 단결하라!'

이것은 진리의 전달이라고 하기보다 엄청난 선동이다. 투쟁에 있어서 노동자들에겐 잃을 것이 없다는 건 복수심리에 불을 붙이기 위한 언어의 궤변이다. 노동자들에게도 다소곳하나마 지켜야 할 가정이 있고 그들의 생명이 있다. 노동자 한 사람 한 사람에게 이렇게 물어보면 알 일이다.

"당신은 화려한 꿈을 위해 생명을 버릴 것인가, 이대로라도 좋으니

가족과 함께 구차한 살림을 꾸려나가며 연명할 길을 택할 것인가."

"'공산당선언'을 읽고 흥분하지 않는 사람은 이미 감수성을 잃은 타락된 인간이다."

이동식은 일본 병정으로 있을 때 안영달이란 자칭 공산주의자로부터 들은 이 얘기를 상기하고, 두 번이나 '공산당선언'을 읽고 난 뒤의 스스로의 감상을 정돈해보았다.

'안영달의 말이 진실이라면 나는 타락된 인간이다.'

동식은 쓸쓸하게 웃었다. 흥분은커녕 뭉게구름처럼 회의의 감정만 떠올랐다.

우선 현존 사회질서의 폭력에 의한 전복을 열렬히 주장하는 것은 도리어 적대세력의 경각심을 높이는 결과가 되지 않을까 하는 생각이 떠올랐다. 뒤이어 계급투쟁의 논리를 정당화함으로써 부르주아 계급의 대항태세도 정당화하는 결과가 되지 않을까 하는 생각도 들었다, 프롤레타리아가 수단과 방법을 가리지 않는 폭력으로써 부르주아를 때려눕히려고 하면 부르주아도 꼭 같은 수단으로써 대항할 것이 아닌가. 그리고 세계의 모든 나라가 소련만 빼놓으면 거개가 자본주의 국가이고, 그 정부가 원자폭탄을 가지고 있다면 프롤레타리아에 의해 멸망당하길 기다리지 않고, 원자탄을 사용해서 공멸하는 방법도 취할 수 있을 것이 아닌. 정부가 원자탄을 가지고 있으면 프롤레타리아의 수가 아무리 많고 그 힘이 아무리 강해도 폭력혁명은 무망한 노릇이 될 게 아닌가. 폭력혁명을 권장한 '공산당선언'은 원자탄이란 무기를 상상조차 못했을 때 쓰여진 문서다. 공산당이 득세하려면 그 선언에서 탈피해야 한다.

동식은 이런 생각 저런 생각으로 해서 '공산당선언'에서 흥분은커녕 조그마한 감동도 얻지 못했다. 그러나 그 선언에서 밝혀놓은 '각인의 자유로운 발전이 전체의 자유로운 발전의 조건이 될 수 있는 사회를 만들어야 한다.'는 구절은 간직해야 하겠다고 다짐했다.

'그러한 사회는 어떻게 만들어야 하는 것일까. 공산당 이외의 방식이란 과연 불가능한 일일까'

동식은 6·10만세 기념대회에 운집한 군중들의 열기를 뇌리에 떠올렸다. 연단에선 내용 없는 아우성이 터져 나오고 있었고 군중들은 그 내용도 파악하지 않은 채 미친 사람들처럼 고함을 지르며 박수를 치고 있었다.

'그 군중들을 프롤레타리아라고 할 수 있을까. 공산당 정권이 서면 그 프롤레타리아가 정치를 하는 것일까. 핏발 선 눈을 가진 그 군중이, 내용도 모르고 박수를 쳐대는 그 순중이 정치의 주체가 되는 것일까!'

동식은 그 대회장을 먼발치로 보면서 느꼈던 허망감을 되씹어보았다. 그리고 군중들의 열기가 고조될수록 더욱 허망감을 느꼈던 당시의 감상을 씁쓸하게 되살렸다.

공산당이 정권을 잡으면 그 군중들은 온데간데없어 질 것이다. 간지와 악의만으로 만들어진 안영달 같은 인간이 배후에 앉아 모든 조종을 할 것이다.

그러면서도 이동식은 우익들에겐 생각을 미쳐보기도 싫었다. 자기와는 사상도 의견도 달랐지만 엊그제 일본군의 쇠사슬에서 풀려나온 학병동맹의 친구들이 우익의 테러에 처참하게 죽어간 것을 생각할 때 문자 그대로 간이 떨려 견딜 수가 없었다.

'어떤 환경에서라도 좋든 나쁘든 자기의 의견은 말할 수 있어야 할 것이 아닌가. 나름대로의 단체를 만들어 정치활동을 할 수 있는 자유는 있어야 할 것이 아닌가. 가령 학병동맹에 잘못이 있었으면 대판으로 다스려야 할 일이지 테러로 박살해선 안 될 일이 아닌가…… 그리고 그 테러범들이 지금도 공공연하게 그런 짓을 하고 있지 않은가……'

동식은 다시 고개를 들어 플라타너스의 잎 사이로 보이는 하늘을 쳐다봤다. 그러고 있는 동식에게로 4, 5명의 학생이 몰려오더니 그를 둘러싼 자세로 섰다. 동식은 하늘을 보고 있던 시선을 그들에게 돌렸다. 회색 남방셔츠를 입은 거무스레한 얼굴의 학생이 물었다.

"형씬 무슨 과죠?"

"난 철학과요."

왜 묻느냐고 하고 싶었지만 동식은 순순히 대답했다.

"혹시 학생동맹에 가입하지 않았소?"

"가입하지 않았소."

"그럼 가입한 단체는 없소?"

"없소."

그 가운데 하나가 동식이 들고 있는 '공산당선언'의 표지를 보더니

"얘기해볼 만한 분인 것 같은데."

하며 잔디에 앉았다. 다른 학생들도 앉았다.

"나는 현이라고 합니다. 사학과 학생이죠."

아까의 거무스레한 학생이 말했다.

"나는 이요."

동식이 무뚝뚝하게 말했다. 그때부터 얘기는 주로 그 현이란 학생과 동식 사이에 오갔다.

"이형은 이승만의 정읍 발언을 어떻게 생각합니까?"

"정읍 발언이라면?"

"거 남조선에 단독정부를 세우겠다고 이승만이 말하지 않았소?"

"글쎄요, 난 별반 의견이 없는데요."

"이승만이 그 따위 소릴 해도 의견이 없단 말요?"

"그렇소."

"남조선에 단독정부를 세우면 어떻게 되는지 아시죠?"

"난 모르겠소."

"국토의 분열, 민족의 분열을 초래한다는 예상도 못해요?"

"지금도 그렇게 분열돼 있지 않소?"

"그걸 항구화한단 말이오."

"그러지 않아도 항구화하는 것 아뇨?"

"그것을 방지해야 한다고는 생각하지 않소?"

"어떻게 하면 방지하는 건지 나는 그걸 모르겠는데요."

"우선 단정單政은 반대해야 할 것 아뇨? 그렇게 생각하지 않소?"

"글쎄요, 나는 그런 건 생각하지 않기로 했습니다."

"책은 그럴 듯한 걸 읽고 있으면서 생각은 왜 그 모양이우?"

"난 학생의 신분으로 공부할 양으로 이 책을 읽고 있는 거지, 공산당원이 되려고 읽고 있는 건 아니니 오해하지 마시오."

"그 책을 똑바로 읽으면 옳은 길을 발견할 수 있을 텐데?"

"내 나름대로 그렇게 노력하고 있소."

"그렇다면 이승만의 정읍 발언에 관심을 가져야 할 것 아뇨?"

"차차 갖게 될는지 모르겠소."

"그럼 또 하나 물어봅시다. 도상록 교수와 백남운 교수가 파면되었는데 당신의 의견은 어떻소?"

"그 교수들이 왜 그렇게 되었는지 모르니까 의견이 있을 까닭이 없죠."

"그걸 잘된 일이라고 생각하우?"

"사정을 모르는데 잘된 일인지 잘못된 일인지 어떻게 알겠소?"

"도 교수나 백 교수 같은 진보적인 교수가 반동들에 의해 파면을 당했는데 전연 관심이 없단 말요?"

"그렇소."

"교수단의 반대성명을 읽어보지도 않았소?"

"그건 읽었소."

"그런데도 사정을 모른다고 말해요?"

"교수단의 성명이라고 해서 그걸 전부 믿으란 말요?"

"믿을 만한 것은 믿어야죠."

"나는 어떤 것을 믿고 어떤 것을 믿지 말아야 할지 그걸 모르겠소."

"진보적 교수의 성명은 믿어야죠."

"난 그 진보적이란 것의 뜻을 모르겠소."

"당신은 철저한 반동 학생이구먼."

"나는 반동이 뭔지도 모르오."

"모른다는 그 태도가 곧 반동이란 말이우."

"그렇다면 그렇게 생각해도 좋소."

"배짱 한번 좋구먼."

"……."

"내친 김에 또 하나 물읍시다. 군정청이 발표한 서울국립대학안은 어떻게 생각하시죠?"

"……."

"우리가 적을 두고 있는 대학의 운명에 관한 문제인데 그처럼 무관심하단 말요?"

"내 생각, 내 힘으로 될 일이 아니니까 무관심할 수밖에요."

"왜 우리 힘으로 안 된단 말요. 민주주의 세상인데 우리 대다수의 힘을 합치면 안 될 일이 있겠소?"

"나는 미군정청을 그렇게 호락호락하게 보지 않는데요."

"그렇다고 해서 미군정의 반동정책을 그대로 받아들여야 한단 말유?"

"반동정책을 쓰고 있다면 민주주의적 주장을 받아들일 턱이 있소?"

"그러니까 우리의 힘을 합해 그 힘으로써 제합하잔 말 아뉴?"

"당신은 그만큼 미군정청을 민주적인 기관으로 알고 있는 모양이네요."

"반동을 우리의 민주세력으로 제압하잔 말요."

"하고 싶은 사람이나 그렇게 하시오."

"당신은 우리들의 노력에 반대하겠단 말이우?"

"난 반대도 찬성도 안 하겠소."

　　　　　　　　　　　　　－『산하』(2), 한길사, pp.91~99(이하 한길사판).

이런 이동식이 이종문의 힘으로 하숙집을 옮기고 마침내 모 대학의 교수가 되어 이종문을 도우기도 하고 또 비판하기도 한다.

『山河』는 이렇게 끝난다.

사람은 가도 문제는 남는다는 얘기인 것이다.

이동식은 이종문이 묻어놓았다는 사직동 집의 금괴를 상기했다. 그것이 제 구실을 할 수만 있다면 우선 경제적으론 해결될 것이지만, 백에 하나 그것을 종문에게 유리하게 이용할 수 있는 가능성은 없어보였다. 언젠가는 모아놓고 그 문제를 의논해보아야 하겠지만 지금 섣불리 입 밖에 낼 수 있는 문제도 아니었다.

그러나 그런 문제가 죽은 이종문과 무슨 관계가 있단 말인가.

누렇게 나락이 익어 있는 들 사이로 은빛으로 반짝이며 강이 흐르고 있었고, 멀리 갈수록 추상적인 담청색으로 되면서 산과 산은 파도를 이루고 있었다.

아아, 이 산하山河! 이 땅에 생을 받은 사람이면 좋거나 나쁘거나, 잘났거나 못났거나 모두 이 산하로 화하는 것이다.

이미 이종문은 산하로 되어버렸다.

살아 있는 사람은 일단 산을 내려가야 하는 것이다.

시심관 먼 곳에 있는 이동식의 가슴에 시를 닮은 구절이 고였다.

태양에 바래지면 역사가 되고
월광에 물들면 신화가 된다

― 『山河』(7), pp.288~289.

누가 역사이고 누가 신화인가. 태양은 또 무엇이며 월광은 또한 무엇인가. 이 둘이 山河를 이루는 것이 아닌가. 그렇다면 『지리산』은 무엇일까, 그것은 <땅>이 아니겠는가. 곧 <天地>다. 이병주 문학의 목표가 아니었을까.

『山河』에는 이런 후기도 붙어있다.

<후기>

사직동 집에 금괴를 묻어두었으니 그 집을 사라고 한 이종문의 말은 항상 이동식의 마음에 걸려 있었다. 그러나 그것을 결행하지 못하고 있다가 1년 뒤에야 아버지로부터 승낙을 받았다. 그래서 동식은 차진희 여사와 송남수 씨(그땐 출감해 있었다)와 의논한 결과 그 집을 사기로 작정하고 교섭을 시작하기로 했는데, 그에 앞서 집을 확인해둘 필요가 있었다.

늦은 가을의 어느 날 이동식 · 차진희 · 송남수는 사직동 그 집을 찾아갔다. 그런데 그 집은 온데 간 데가 없었다. 불도저 시장으로 불리는 시장이 등장해서 대대적인 도시계획에 착수했는데, 그 도시계획의 일환으로 그 집과 그 인근의 집은 몽땅 뜯겨 넓은 도로가 되어 있었던 것이다.

동쪽 담장 구석의 장독대 아래라고 했는데, 그렇게 되어버리고 보니 그 지점을 가늠조차 할 수 없었고, 설혹 가늠할 수 있다고 해도 어쩔 수 없는 것이었다. 그렇게 해서 이종문이 생명의 위험을 무릅쓰고 평양으로부터 운반해온 수십억 원어치의 금괴는 지금 사직동 근처의 도로 밑에 영원히 침묵하고 있게 되어버린 것이다.

－『山河』(7), pp.289~290.

결국 남은 것은 이종문도 아니고 이동식과 송남수. 학병세대 뿐이지 않았던가.

2. 사마천과 이사마

『그해 5월』(『신동아』, 1982. 9~1988. 8)은 두루 아는 바 5 · 16 군사혁명을 작품의 배경으로 한다. 1960년 4월 19일, 이승만 대통령의 독재를 물리치고 학생들이 중심이 되어 일으킨 4 · 19 혁명이 일어난 지 불과 일년 만에 박정희의 군사혁명이 일어났다. 4 · 19혁명은 <옆으로부터의 혁명>이지만 5 · 16 혁명은 <위로부터의 혁명>이었다. <옆으로부터의 혁명>은 혁명주체가 없었기 때문에 극도의 혼란에 빠졌고 이를 계기로 군사혁명이 일어났다. 당시 이 나라의 조직령이 집중, 가능한 집단은 군인뿐이었다. 그리고 이 군사 혁명으로 인한 희생자가 부산『국제신보』의

주필이 이병주였고, 그것은 중편 『소설 · 알렉산드리아』(『세대』, 1965)
로 형상화 되었다.

　말을 바꾸면 『그해 5월』은 작가 이병주 자신을 주인공으로 삼은 셈이
다. 따라서 작품의 주인공 이사마는 곧 이병주이다. 그렇다면 이사마는
어떤 인물이었던가. 그 첫대목은 아래와 같다.

　20수 년 전의 일이다. 중미 과테말라에서 그런 일이 있었다.

　대통령 알폰소가 그의 친위대원의 한 사람으로부터 저격을 당해 죽
었다.

　알폰소는 바로 이틀 전 방탄차를 구입했다. 미국 대통령도 가지고
있지 못한 어마어마한 방탄차를 링컨 콘티넨털을 만든 회사에 주문해
서, 기관포의 습격을 받아도 끄떡도 하지 않을 자동차를 마련한 것이
다. 그 한 대의 자동차 값이 고스란히 1백50만 달러였으니까 미루어
짐작할 만하다.

　알폰소 대통령은 특히 자신의 안전 보장에 관해선 치밀한 신경을
썼던 모양으로 반경 2킬로미터 지역 내에 있는 모든 빌딩의 대통령 관
저를 향한 창문은 모조리 봉쇄해버렸다. 뿐만 아니라 친위대원을 제
외하곤 어떤 사람도 무기를 휴대하고는 관저에 접근하지 못하도록 엄
명을 내려놓고 있었다.

　주치의는 하루 세 번 알폰소를 진찰했고, 어떠한 물자도 엄격한 검
사를 받아야만 관저에 들어올 수 있었고, 음식은 역시 검사관에 의해
시식이 있은 다음에야 대통령의 식탁에 오를 수가 있었다.

　이를테면 어떠한 형식, 어떠한 통로로써도 죽음이 그에게 접근할
수 없게 되어 있었던 것인데, 난데없는 곳에서 죽음이 알폰소를 찾아
들었던 것이다.

　박정희 대통령이 중앙정보부장 김재규가 쏜 총탄을 맞고 죽었다는
보도를 들었을 때 나는 『타임』 지의 한 페이지에서 읽은 적이 있는 과
테말라의 사건을 연상했다. 박정희 대통령은 '有備無患'이란 글귀를

즐겨 쓰던 어른이다. 액자에 넣은 '유비무환'이란 그 어른의 필적을 우리는 어느 관청에서나 볼 수가 있다.

유비무환이로되 죽음 앞에 유비有備가 불가능한 것일까. 아무튼 죽음은 뜻밖인 곳에서 뜻밖인 방식으로 나타나는 것이다.

이런 감회가 그대로 꼬리를 끌고 있던 바로 그날 이사마가 나를 찾아왔다. 돌연한 방문이었다.

이사마는 대문을 들어서자 내 비좁은 뜰의 추색秋色을 점검이나 하려는 듯 뜰 가운데 서서 이곳저곳 둘러보고 있더니

"아아, 목련이 이렇게 커버렸구나. 10년 세월의 의미가 이 목련에 있는 것 같군."

하고 아래채 2층 높이를 능가해버린 목련이 벌써 10월의 빛깔로 시들어가는 나뭇잎을 한참 동안이나 바라보며 중얼거렸다.

"나무를 심어야 하는 기라, 나무를."

그 말에 나는 아득한 옛날에 읽었던 이사마의 수필을 상기했다. 「산에 가서 나무나 심어라」라는 제목으로 된 수필을 읽었을 때의 묘한 느낌이 되살아나기도 해서

"나무 심으란 사상은 아직도 변하지 않았구나."

하고 웃으며 나는 그의 손을 끌다시피 하여 서재로 안내했다.

그와 나는 아주 가까운 사이인데도 10년 넘어 만나지 못했으니 피차 물어야 할 일들이 많았다. 그런 얘기가 대강 끝났을 대 화제는 자연 어젯밤 있었던 사건으로 옮아갔다.

"아까운 인재가 죽었다."

는 것은 내 말이었고

"박정희 씰 그렇게 죽게 해선 안 되는 일인데……."

5·16혁명으로 인해 인생의 방향이 엉뚱하게 바뀌어버린 이사마로선 복잡한 생각이 있어 그런 말을 했을 테지만 나는 그 말의 뜻을 굳이 캐고 들려고 하지 않았다.

어떻게 해서 그런 사건이 발생할 수 있었을까 하고 이런 말 저런 말이 있었지만 막연한 추측을 넘어서는 말들이 아니었기 때문에 기록할 필요도 없다.

다음과 같은 문답이 있었다.

"이래저래 제3공화국도 끝장이 나는 모양인데, 후세 사가들의 평가는 어떻게 될까."

"백 년 후의 고등학교 역사 교과서에 한 페이지쯤 차지할까."

"백 년 후에 한 페이지면 2백 후엔 반 페이지?"

"3백 년 후면 서너 줄?"

"천 년 후면 흔적도 없어질까?"

"아냐, 어젯밤의 사건 때문에 길이 기록엔 남을 거야."

이어 역사란 무엇이냐 하는 문제로 화제가 번졌다.

"무의미한 흐름 같으면서도 의미가 있는 것이 역사가 아닐까."

한 것은 나였고

"억지로 역사에서 의미를 찾으려고 하면 되레 역사를 잘못 보게 될 염려가 있다."

며 이사마는

"하나의 인물, 하나의 사건으로 세상이 온통 뒤바뀌게 된다면 역사는 우연의 연속이랄 수밖에 없지 않은가."

하고 나폴레옹을 예로 들었다.

"나폴레옹이 코르시카의 아작시오란 마을에서 탄생한 것은 1769년 8월 15일, 공교롭게 8·15가 돼서 날짜를 외고 있는 것이지만. 그런데 바로 전년 1768년 5월에 루이 15세가 제노아 공국으로부터 코르시카를 사들여, 프랑스령으로서의 선포를 한 것이 1768년의 8월 15일이지.

루이 15세가 무엇 때문에 수백만 프랑이나 주고, 특별한 생산품도 없고 복잡한 문제만 안고 있는 코르시카를 샀겠느냐 말이다. 이유는 단 한 가지, 당시의 재무대신이 제노아 공국으로부터 뇌물을 먹은 거라. 제노아 공국으로선 코르시카는 골칫거리였거든. 세금을 낼 생각은 안 하고 독립투쟁만 하고 있었으니 말야. 그렇다고 해서 그냥 내버리는 것도 뭣하고 해서 프랑스의 재무대신에게 뇌물을 주고 꼬신 거지. 말하자면 뇌물을 주고 뇌물을 먹고 한 수작이 없었더라면 코르시카는 제노아의 영토로 남아 있었을 것이고, 그랬더라면 나폴레옹이 프랑스의 국적을 갖게 될 리가 만무했을 것이고, 그랬더라면 나폴레옹과 프랑스 혁명과는 무관한 것으로 되어 나폴레옹 황제가 나타날 까닭도 없으니 유럽은 오늘의 유럽과 전연 달라 있었을 것 아닌가. 말하자면 오늘의 유럽이 있는 것은 루이 15세의 재무대신이 제노아로부터 뇌물을 먹은 그 행동에 근거가 있다는 얘기야. 이게 우연이 아니고 뭔가."

나폴레옹의 얘기가 나오면 나는 그의 적수가 아니다. 잠자코 귀를 기울일 수밖에 없다.

"나는 최근 프랑수아 비고 르쉰이란 사람이 쓴 『나폴레옹 전선 종군기』란 책을 입수했어. 놀라지 마. 필자는 45년 동안 군에 복무하며 70여 전투에 참가한 사람이야. 그 기록 속에 나오는 나폴레옹은 전연 인상이 달라. 영웅 나폴레옹이 아니라, 어쩌다 영광의 대좌에 올라버린 나폴레옹이었어. 그런데, 나도 그 점이 소중하다고 생각해. 별 볼일 없는 것 같은 사람이 어쩌다 풍운을 타고 영웅 나폴레옹이 되었다는 그 사실, 거게 인간사는 있어. 나는 르쉰의 기록을 전부 그대로 믿는 것은 아니지만 종래 유포되고 있는 나폴레옹상이 허상이었다는 것만은 알았어. 그런 사실로 해서 르쉰의 기록은 가치가 있다고 생각해."

하고 그는 르쉰의 기록 속의 얘기를 몇 개 들먹였다.

"그러나 종래 유포되고 있는 것이 나폴레옹의 허상이라고 하더라도 그가 프랑스 황제였다는 것은 사실이고 지금 파리의 앵발리드에 어떤 제왕도 모방할 수 없는 호화스런 무덤 속에서 잠들어 있지 않은가."

기껏 내가 해본 소리에, 이사마는 그 말이 퍽이나 마음에 들었던 모양으로 외치듯 말했다.

"바로 그거라니까. 일단 허상아 정립되고 나면 어떠한 진실을 갖고도 그 허상을 파괴할 수가 없어. 그러니까 서둘러야 하는 거라."

나는 그의 말뜻을 단번에 알아차렸다.

"그래, 자네 제3공화국의 역사를 쓸 작정이군."

"역사를 쓰다니, 역사를 쓰기엔 시간적인 거리가 아직 일러. 다만 나는 허상이 정립되지 않도록 후세의 사가를 위해 구체적인 기록을 정리 해볼 작정이야."

하고 그는

"그러려면 자네의 도움이 필요해."

라고 했다.

"내가 도움이 될 게 있을까?"

나는 일단 사양했다.

"아냐, 기록의 공정을 기하기 위해선 자네의 의견이 있어야 해. 이렇게도 저렇게도 해석할 수 있는 경우엔 나는 그 모든 의견과 해석을 망라할 참이니까."

나는 이사마의 집념을 알고 있었기 때문에 가능한 한 협력을 아끼지 않겠다고 약속했다.

이사마는 후일 구체적인 계획을 만들어 다시 찾겠다는 말을 남겨놓고 그날은 그냥 돌아갔다.

이윽고 그와의 공동 작업이 시작되었는데, 그 작업의 과정을 말하기에 앞서 이사마란 인간을 미리 소개해둘 필요를 느낀다.

그는 30대에 이미 출중한 논객이었다. 35세에 K신문사의 주필 겸 편집국장으로 있으면서 백만 독자의 경애를 한 몸에 모으기도 했었다. 그의 논객으로서의 일면을 보여줄 겸, 아까 들먹인 적이 있는 「산에 가서 나무나 심어라」라는 수필을 인용해보고자 한다.

— 장안에 남아가 있어, 나이 20에 마음은 이미 썩었다.

당대唐代의 귀재 이하李賀의 「증진상贈陣商」이란 시 가운데의 일절이다. 이 시에 덧없는 공감을 가진 20대를 지금 회상해본다.

2차 대전 말기, 각박한 세정 속에서 우리 연배는 우리의 젊음을 감당할 수가 없었다. 희망은 애매하고 공포는 확실했다. 우리는 20세가 넘은 사람 이상으로 지쳤다. 그래서 첫머리의 시구를 이어받은 다음과 같은 일절이 더욱 절실했던 것이다.

— 지금 길은 막혔는데, 하필이면 백수白首가 되길 기다려 뭣할까.

이하의 시에 가슴을 설렌 지 어언 20여 년 가까운 세월이 흘렀다, 확인한 것은 우리에겐 청춘이 없었다는 사실이다. 청춘은 동경이었고 회상이었다.

이제 40의 고개를 넘으려는 고비에 와서 나는 청춘을 모방해보려는 것이다. 모방하려고 몸부림친 나머지 영원히 젊은 마음이 늙어가는 육체에 깃든 비극을 발굴하고 아연할 뿐이다.

이미 썩었다고 생각한 20대의 마음은, 지금에 와서 생각해보니 하잘 것 없는 센티멘털리즘이었다. 말하자면 청소년 때는 노인의 심사를 모방하고 노년에 이르러선 청춘의 마음을 기탁하는 데 우리의 불행이 있다. 그런데 묘한 일이 있다. 인간은 좋건 나쁘건, 밉든 곱든, 자기 나이를 중심으로 인생을 율律하고 세상을 대한다.

공간적으로 자기가 밟고 선 땅이 곧 지구의 중심이라고 생각하는 사고의 타성과 아울러, 인간은 취약하기 짝이 없는 스스로의 삶을 반석위에 세워진 궁전처럼 착각하고 산다. 그러니 나의 연령에 관한 견식을 말하려고 하면 부득이 그것에 관한 나의 착각을 말하는 셈으로 된다.

공자의 유명한 연령관은 15에 지학하고 30에 이립하고, 40에 불혹하고, 50에 지천명하고, 60에 이순하여, 70엔 마음이 원하는 대로 행동해도 어긋남이 없는 것으로 되어 있다.

지성至聖의 말꼬리를 잡고 시비를 거는 것은 죄송한 일이지만 냉정하게 평해서 공자의 이 말엔 다분히 쇼맨십이 있지 않을까 한다.

대체 마음이 원하는 대로 해도 어긋남이 없는 정도가 아니고서는 이순도, 지천명도, 불혹도 있을 수 없는 것이라면, 어찌 불혹함이 없이 입立할 수가 있겠는가 말이다.

그러나 공자의 시대엔 연령의 순에 따라 인생의 각 시기를 의미적으로 구분할 수 있었던가 하는 시사는 된다. 그만큼 가치가 안정되어 있었다는 뜻으로도 통한다.

오늘날처럼 가치가 혼란해 있는 상황으로선 인생 각 시기의 의미적 구분 자체가 무의미하다. 결국 우리는 우리의 연령을 정서적으로밖엔 파악할 수가 없다. 그리고 육체의 노쇠와 싸워 이길 마음의 젊음을 어떻게 유지해야 할 것인가의 이법을 체득할 밖엔 없다.

내 마음으로 말한다면 나는 내 나이를 먹어 없앨 작정이다.

지금 내 나이가 40이라면 내년에 한 살을 먹어 없애 39세가 되고,

그 다음해 또 먹어 없애 38세가 되어 나이 영세零歲가 되도록 청년과 소년을 향해 역코스를 걷겠다는 얘기다.

과연 내 나이 영세가 되도록 내게 세월이 허용될 것인지는 천명에 맡기기로 하고 그저 오늘을 충실히 살아보겠다고 다짐하는 것인데, 이 말을 친구에게 했더니 그 친구의 반응은 이랬다.

"너도 늙었구나."

그리고 덧붙인 말이 있었다.

"하루하루를 살며 이 세상에 아름다움을 보태든지, 어떤 가치를 생산하지 못하는 인간은 오래 살수록 자기를 독毒하고 주위에 해독을 끼칠 뿐이다. 엉뚱한 생각일랑 아예 말고 산에 가서 나무나 심어라!"

산에 가서 나무나 심어라!

나는 대단한 진리를 얻은 것 같은 감동을 얻었다. 40의 고갯길에 섰다고 해서 갈팡질팡하게 된 내 자신이 부끄럽게만 여겨졌다. 모든 것은 미망으로 돌리고 산에 가서 나무나 심을까.

그러나 「중진상」의 마지막 구절을 생략해버릴 순 없다.

天眼何時開 천안하시개
古劍庸一吼 고검용일후

풀이하면 "만사가 똑바로 보이도록 하늘의 눈이 뜨일 때가 언제일까. 그런 때가 오면 이미 낡은 칼처럼 된 나도 한번 큰소리를 쳐볼 수 있을 텐데……." 하는 말이다.

그런데 나에겐 비록 그런 때가 온다고 해도 큰소리를 칠 건덕지가 없다. 산에 가서 나무나 심으라고 할 이상의 말이 어디에 있겠는가…….

이 수필을 썼을 무렵의 이사마는 열렬한 연애 중에 있었다. 아까 묘한 느낌을 얻었다고 한 것은 그 때문이다. 20세 연하의 여성을 사랑하게 되었기 때문에 나이에 관한 콤플렉스가 두드러져 있었던 것이다. 그 연애와 그 후 이사마의 동향과는 밀접한 관계가 있기도 하지만 그 사연은 우선 다음으로 미루기로 하고…….

사마는 그의 본명이 아니다. 그는 어떤 시기부터 본명을 묻어버리고 이사마라는 이름으로 살기를 발심했다.

사마라고 하면 누구이건 연상하는 사람이 있을 것이다. 사마천이란 사람. 한나라의 사관, 『사기』의 저자.

이사마는 사마천의 성을 따서 스스로 그렇게 명명했다. 명명했을 뿐만 아니라 사마천의 집념을 배우려고 했다. 사마천과 같은 기록자가 되려고 했다. 그리하여 그의 일체의 다른 기능을 봉해버리고 20세기 한국의 사마천으로 되려고 스스로 맹서한 것이다.

어떻게 해서 무슨 까닭으로 그가 사마천의 집념을 닮으려고 했던가. 그 사연만으로도 한 권의 스토리가 엮일 수 있다. 그러기에 앞서 사마천의 생애를 대강이나마 설명해둘 필요를 느낀다. 닮고자 하는 사람을 설명하기 위해선 그 원형을 제시해놓아야 하기 때문이다.

옛날 중국엔 다섯 가지의 형벌이 있었다. 사형, 궁형, 단족형, 비절형, 입묵형, 사형은 죽이는 것이고, 단족형은 발을 자르는 것이고, 비절형은 코를 베는 것이고, 이 가운데 궁형은 부형腐刑이라고도 하는데, 남자의 생식기를 잘라버리는 형벌이다. 궁형은 사형 다음의 형벌이라고 되어 있지만 생각하기에 따라선 사형보다도 더 가혹한, 사내로서는 참기 어려운 수치스런 형벌이다.

사마천은 한무제의 명령으로 궁형을 받은 사람이다. 38세 때의 일이다.

이사마는 이 대목을 얘기했을 적 내게 물었다.

"자넨 자지를 끊기고도 살 생각이 나겠는가"

그때 나는 얼굴을 붉혔을 뿐 대답하진 않았다. 상상도 못 할 일이었기 때문이다.

도대체 무슨 죄를 지었길래 사마천이 그런 가혹한 형벌을 받았을까. 이사마는 일단 다음과 같이 말했다.

"누구보다도 인간답게 행동했기 때문이다. 억울한 친구를 구하기 위해서 구명운동을 한 것이 원인이었다. 누구보다도 인간답게 행동한 사람이 가장 비인도적인 박해를 받았다는 사실, 이것이 중요하다."

사마천의 친구에 이릉李陵이란 장군이 있었다. 이 장군이 흉노에게 항복했다. 조정은 발칵 뒤집혔다. 궐석재판으로 이릉을 처단하고 그의 가족을 몰살해야 한다는 의견이 압도적이었다. 당시의 황제 무제도 밥맛을 잃을 정도로 낙담하여 그 의견에 따르려는 기맥을 보였다. 이때 사마천이 이릉을 그렇게 처리해선 안 된다고 무제에게 아뢰었다. 무제는 노발대발 사마천을 하옥시키고 드디어는 궁형에 처했다.

"그간의 사정을 잘 밝힌 것이 사마천의 임안任安에게 보낸 답서이다. 임안은 반역죄에 몰려 감옥에 있었는데, 감옥에 가기 전에 사마천에게 쓴 편지가 있었다. 그 편지에 대한 답장이「임안에 보報하는 서」이다. 이 편지를 읽고 눈물을 흘리지 않는 사람은 아마 없을 것이다."

하고 권하는 바람에 나는 사마천의 그 편지를 읽었다. 사마천의 면목을 전하는 것이기 때문에 다음에 옮겨본다.

― 사마천 재배하고 몇 자 올립니다. 소경小卿(임안의 자)의 편지를 받았습니다. 편지에 이르길, 사람과의 교제를 삼가고 현사를 추천하길 힘쓰라고 했습니다만, 귀하께선 내가 귀하의 충고를 무시하여 일반 도배의 말과 같이 취급하고 있다고 생각하고 계시는 것 같은데, 내 마음은 전연 그렇지가 않습니다. 나는 형편없는 놈입니다만 그래도 長者장자의 유풍쯤은 들어서 알고 있습니다. 그러나 조용히 생각해보건대 나는 형여刑餘의 슬픈 신세입니다. 사소한 일로 비난의 대상이 되고 좋은 일을 한다는 것이 나쁜 결과를 가져오는 처지에 있습니다. 때문에 말동무도 없이 울적한 기분으로 그날그날을 지내고 있습니다. 속담에도 이런 말이 있지 않습니까. 누구를 위해 이 일을 할까, 누구에게 이 말을 들려드릴까. 종자기鍾子期가 죽자 백아伯牙는 평생 거문고를 켜지 않았습니다. 선비는 자기를 아는 사람을 위해서 노력을 하고, 여자는 자기를 좋아하는 사람을 위해 몸치장을 한다는 말도 있지 않습니까. 나는 육체적으로 이미 병신입니다. 가령 수후隨侯의 주珠, 화씨和氏의 벽璧 같은 재능을 갖고 허유許由ㆍ백이伯夷처럼 고상한 행동을 한다고 해도 영예를 얻기는커녕 되려 비웃음을 받아 스스로를 더욱 욕되게 하는 것이 고작일 것입니다. 빨리 답장을 쓸 작정이었습니다만 번거로운 일에 사로잡혀 뜻대로 못 하고 있었는데, 귀하께선

뜻밖인 죄에 몰려 하옥되신 지가 벌써 수개월, 판결이 내릴 시기도 가까워지려고 하고 있어, 언제 귀하에게 죽음이 닥칠지도 모르는 지금, 이대로 내 마음을 피력하지도 못하고 끝난다면 세상을 떠난 귀하의 혼백이 길이 원망할 것이 아니겠습니까. 그래서 내 가슴속에 있는 생각을 전하려고 합니다. 오랫동안 답장 드리지 못한 점 너그럽게 용서해주옵소서.

修身수신은 지혜의 징표이며, 호시好施는 인의 시작이며, 취여取與는 의의 표현이며, 치욕恥辱은 용기가 결정할 바이며, 이름을 높이는 것은 행위의 궁극적인 목표라고 듣고 있습니다. 선비 된 자, 이 다섯 가지의 영예가 있고서야 비로소 세간에 나가 군자의 숲 속에 참여할 수가 있는 것입니다. 그런 까닭에 이욕에 눈이 먼 것처럼 안타까운 화가 없고, 마음을 상하는 이상으로 고통스러운 슬픔은 없고, 선조를 욕되게 하는 것처럼 추한 행동은 없고, 궁형 이상의 치욕은 없는 것입니다. 형여의 인간을 천하게 여기는 것은 옛날부터의 일이고 오늘 시작한 일은 아닙니다. ……지금 조정에 인재가 부족하다고 하지만 형벌을 받은 사나이의 추천을 받아 인재를 등용할 필요까진 없을 것으로 압니다.

나는 부업父業을 이어 천자를 모신 지 수십여 년이 되었습니다. 부끄러운 일이지만 나는 상에 충신을 다하여 명주明主의 신임을 받지도 못하고, 안으로 버린 것을 줍고 모자라는 것을 보충하여 현자를 초빙하고 능자를 추천하여 숨은 인재들을 현창하지도 못하고, 밖으로 군려軍旅를 따라 공성야전攻城野戰하여 공을 세울 수도 없고, 아래에 대해선 높은 지위, 많은 봉록을 얻어 친족과 교유하는 보람을 누릴 수도 없습니다. 이러한 자가 억지로 자신을 나타내려고 해보았자 아무것도 되지 않는다는 건 뻔한 일 아니겠습니까. 그래도 한동안은 나도 사대부의 말석을 차지한 적이 있었습니다만 판단이 명확하지 못하고 사려가 부족해서 이렇다 할 일을 하지 못했는데, 하물며 지금 육체 불구자로서 노예의 처지가 되어 더럽혀질 대로 더럽혀진 꼴을 하고 고개를 들어 정색을 하고 외람되게도 시비를 노하려고 든다면 그야말로 조정을 업신여기고 당대의 선비들을 모욕하는 짓으로 되지 않겠습니까.

오호라, 나 같은 자, 무슨 할 말을 가졌겠습니까…….

　나는 이릉과 더불어 같은 문하에 있긴 했습니다만 그다지 친한 사이는 아니었습니다. 행동도 각각 달라, 주석에 어울려 술잔을 들고 서로의 우정을 가꾸는 일도 없었습니다. 그러나 내가 그의 인품을 관찰하건대 그는 나면서부터 기특한 사람입니다. 부모를 받드는 데 효, 선비와 사귀는 데 신, 재물에 대해선 청렴, 취하고 주는 데 있어선 의, 어떤 경우라도 친구에게 양보하여 공검했으며 겸손했습니다. 언제나 분발하여 자신의 몸을 돌보지 않고 나라의 위급이 있으면 순국하려는 정성이 그의 흉중에 축적되어 있었습니다. 이릉에겐 국사國士의 풍이 있다고 나는 보았습니다. 인신人臣된 자 만사萬死를 무릅쓰고 자기 자신을 돌보지 않고 국가의 난을 구하려 한다면 그것만으로도 기특하다고 해야 옳지 않겠습니까. 그런데, 그가 한 번 실수를 했다고 해서, 일신의 안전만을 생각하고 처자를 편안하게 거느리고 있는 관리들이 그의 잘못을 추궁하여 죄인으로 만들려고 했을 때 내 마음은 실로 견딜 수 없을 만큼 슬펐습니다. 이릉은 3천에 미달하는 보병을 이끌고 흉노융마凶奴戎馬의 땅 깊숙이 진입하여 선우禪于의 왕정王庭을 짓밟고, 먹이를 호구虎口에 디밀어 과감히 강적호병强敵胡兵의 수만군사를 요격하여 선우와 싸우길 10여 일, 적의 사자는 우리의 사자보다 훨씬 많아 적들은 공포에 떨었습니다. 이에 적들은 좌우현왕左右賢王을 남김없이 징집하고 강궁선사强弓善射하는 자를 총동원하여 일국일단一國一團이 되어 이릉을 포위·공격했던 것입니다. 전전천리轉戰千里 이릉의 군대는 시진도궁矢盡道窮했는데도 원군은 도착하지 않고 사졸들은 사상자는 속출했습니다. 그래도 이릉의 한마디가 있으면 사졸들은 하나 빠짐없이 몸을 일으켜 눈물과 피를 닦고 공궁空弓을 겨누어 백인白刃을 무릅쓰고 사력을 다해 싸웠던 것입니다.

　이릉이 흉노에 항복하지 않았던 동안엔 그로부터 보고의 사자가 있으면 나라의 공경 왕후들은 모두들 축배를 올리고 기뻐했습니다. 그러다가 수일 수 이릉이 패전했다는 소식이 들리자 천자는 식욕을 잃을 정도로 낙담하고 대신들은 어쩔 줄 몰라 했습니다. 이에 나는 비천한 몸을 돌보지 않고 천자의 비탄을 차마 볼 수가 없어, 내 충직한 의견을 개진하려 했던 것입니다. 즉 이릉은 병졸들과 간고를 같이하고 기쁨을 같이 나눠 그들로 하여금 사력을 다하게 했습니다. 이점 옛날의 명장에 비해 조금도 손색이 없었습니다. 이릉의 몸은 패배·항복했다고 하지만 그 진의는 언젠간 한나라를 위해 보답함이 있을 것으로 기약하고 있을 것입니다. 이제와서 어떻게 하겠습니까. 그의 실패는 묻지를 말고 그의 흉노 격파의 공을 크게 현창하는 것이 좋을 것입니다. ……마침 소문訊問을 받은 기회가 있어, 이상과 같은 뜻으로 이릉의 공적을 들먹여 천자의 마음을 넓히고, 군신의 편잔을 완화하려고 했던 것인데, 내 본심을 몰라주고 나를 옥관에게 넘겼습니다. 결국 상을 업신여겼다는 중리의 판결이 있었습니다. 집안이 가난하여 재산으로써 속죄할 수도 없고, 친근자 가운데 나를 도우려 하는 자도 없고, 좌우 친구들도 한마디 나를 위해 변호해주지 않았습니다. 낸들 목석이 아닙니다. 깊은 감방에 유폐되어 형리들의 감시를 받고 있는, 어느 누구에게도 호소할 길이 없는 슬픔과 고통, 지금 귀하께서 겪고 있는 그대로입니다. 내 운명도 귀하와 동일했던 것입니다. 이릉은 살아 있는 채 흉노에 항복하여 가명家名을 더럽혔고, 나는 또한 잠실蠶室의 몸이 되어 천하의 웃음거리가 되었습니다(자지를 끊은 후, 상처가 아물 때까지 누에똥으로 찜질하게 되어 있었다). 슬프고도 슬픈 이 사정을 누가 알아주기라도 하겠습니까.

내 아버지는 부부단서剖符丹書를 받을 만한 공적도 없는 단지 문사성력文史星曆을 주관하는 자이므로 그 아들인 내가 주살당했다고 해도 구우가 일모를 잃는 격밖엔 안 될 것이며 버러지가 죽는 거나 다를 바가 없을 겁니다. 세상 사람들은 내가 절의를 위해 죽었다고는 생각하지 않고, 지혜에 궁하에 죄에 강박되어 이러지도 저러지도 못해 드디어 죽었다고 생각할 것입니다. 이게 바로 내 처지입니다. 죽으려고 해도 죽지 못할 처지란 말입니다. 이것도 오로지 내 자신의 탓이니 누굴 원망하겠습니까,

죽음은 하나입니다. 그런데 그 죽음은 어느 때는 태산보다 무겁고 어느 때는 홍모鴻毛보다도 가벼운 것입니다. 그건 죽음의 용도가 다르기 때문입니다. 선비의 행위엔 갖가지가 있습니다. 조선祖先을 욕되게

안 하는 일, 스스로를 욕되게 안 하는 일, 도리를 욕되게 안하는 일, 말을 욕되게 안 하는 일 등이 있는데, 신체를 부자유스럽게 하는 욕을 당하는 일, 죄수의 옷을 입는 욕을 당하는 일, 머리를 깎이고 목에 철퇴를 둘러 욕을 당하는 일, 가죽을 벗기고 수족을 잘리는 욕을 당하는 일, 그리고 최하등의 부형 등은 치욕의 극치입니다. 『예기』엔 '대부에겐 형을 가하지 않는다.'고 되어 있습니다. 이것은 사대부를 천하의 의표로 인정하고 선비 된 자의 도를 엄격하게 여행勵行할 것을 가르친 것입니다. 그러나 사태는 이처럼 간단한 것이 아닙니다.

맹호가 심산에 있을 땐 백수가 겁내어 몸을 떱니다. 그러나 함정에 빠져 우리에 갇히면 맹호도 꼬리를 치며 먹이를 구걸합니다. 하물며 수가족가手架足架를 차고 살을 드러내어 매질을 당하고, 옥리를 보면 땅에 닿도록 머리를 숙이고, 사환과 인부의 모습만 보아도 가슴이 철렁합니다. 그러면서도 스스로 욕되지 않았다고 하는 것은 괜한 소리에 불과합니다.

그 옛날 주나라의 서백, 즉 문왕은 구주九州의 장인 백伯의 지위에 있으면서도 폐소에 갇힌 바 있었고, 이사는 진나라의 재상이면서도 5종의 형을 골고루 받았고, 팽월 · 장오는 왕을 칭하면서도 감옥 신세를 졌고, 강후주발은 한가漢家의 원구인 여씨일족을 주멸하여 권세비견할 바 못 되는 몸이면서도 심문실에 들었고, 의기는 대장의 신분으로 죄인의 옷을 입었고, 임협任俠으로 유명한 계포는 종놈으로 팔렸으며, 무용의 장군 관부도 하옥되어 욕을 당했습니다. 이 모두 위位는 장상에 있고 그 이름을 널리 떨친 사람들입니다. 그런데 그들은 죄에 몰려 갖가지 치욕을 받으면서도 자살하지 않고 진애 속에서 생명을 이어갔습니다. 요컨대 용감과 비겁은 때의 세에 따르는 것이며, 강하고 약하고는 때의 흐름을 말하는 것뿐입니다. 사람 된 자 형벌을 받기 전에 자살하지 못하고, 형틀 아래 놓이고 나서 절의를 다하려고 해보았자 되는 일이 아닙니다.

생명 탐하고 죽음을 싫어하고 처자와 친척을 생각하지 않는 자가 없을 겁니다. 이것이 인정이긴 합니다만 일단 의분심이 끓어오르면 그렇지도 않게 되는 것은 실로 어쩔 수 없는 경우라고 하겠습니다. 나는 불행하게도 양친을 일찍 여의고 서로 도울 형제도 없는 독신고립의 사태였습니다. 평소의 나를 알고 있는 귀하께선 내가 처자를 위해 이렇게 존명하고 있다고는 생각하시지 않을 것입니다. 용기 있는 자라고 해서 반드시 절의에 죽는 것도 아니며, 비겁자도 어쩌다 의분에 이끌려 스스로 명을 끊는 경우도 있습니다. 나는 죽기를 두려워하는 비겁자이긴 합니다만 그래도 다소의 도리는 알고 있습니다. 죄와 욕을 받으면서도 이렇게 살고 있는 것이 내 본의가 아니란 것쯤은 알고 계실 줄 믿습니다. 노예와 노비도 자살하는 경우가 있습니다. 그런데 진퇴가 궁한 내가 어지 자살하지 못할 까닭이 있었겠습니까. 은인하여 살며 분토에 유폐되어 있으면서도 참고 견디는 것은 내 소원이 이루어지지 않은 채 내 문장이 후세에 전해지지 않을까 하는 두려움 때문입니다.

고래로 부귀한 사람으로서 그 이름이 마멸된 사례는 이루 헤아릴 수가 없을 정도로 많습니다. 그러나 탁이비상卓異非常한 인물만은 그 이름을 후세에 전하고 있습니다. 주나라 문왕은 유폐된 몸으로서『주역』을 만들었고, 공자는 액을 만나『춘추』를 만들었고, 좌구명은 실명한 연후 주어周語를 만들었고, 손자는 양 다리를 끊긴 후 병법을 완성했으며, 여불위는 촉나라에 유배되어 여람을 만들었고, 한비는 진나라에 붙들렸기 때문에『세난說難』,『고분孤憤』을 펴냈습니다. 시 3백 편도 성현들이 발분하여 만든 것입니다. 이 모두 맺힌 마음이 풀어지지 않고, 마음을 통할 수가 없었기 때문에 지난 일들을 적어 다음 세대의 사람들에게 알리려고 했던 것입니다.

나도 외람되게 천하에 산일되어 있는 유문을 모아 그 사실의 대강을 연구하여 그 시종을 통합하고 성패흥괴成敗興壞의 이를 규명하여서, 상고로부터 현재에 이르기까지를 표 10, 본기 12, 서 8장, 세가 30, 열전 70, 합계 1백30편으로 만들어 천인지제天人之際를 밝히고 고금지변古今之變을 통하여 일가지언一家之言을 이루고자 기도했던 것입니다.

그런데 이 사업이 미완성으로 있는 가운데 이릉의 화를 당했습니다. 이걸 미완성으로 둔다는 건 참지 못할 짓이었습니다. 그 때문에 극형을 받으면서도 나는 노색을 나타내지 않았습니다. 내가 만일 이 책을 완성하여 내 뜻을 수도 장안을 비롯하여 천하 방방곡곡에 알릴수만 있다면 내가 여태껏 받아온 치욕은 보상되는 것으로 될 것이며 앞으로 만번 형륙을 당한다고 해도 뉘우칠 것이 없다고 생각한 것입니다.

그러나 이러한 말을 귀하와 같은 지자에게나 할 수 있을까 누구에게 하겠습니까. ……나는 입으로 만든 화로써 이런 꼴을 당하고 있는데, 이 위에 다시 향리 사람들의 웃음거리가 되어 조상을 욕하는 일이 거듭된다면 나는 조상의 묘에 참배할 수도 없게 되어 백세에 걸쳐 그 치욕을 씻지 못할 것이 아닐까 합니다. 그 대문에 나는 하루 동안에도 아홉 번 장이 뒤틀리는 고통으로 집에 있으면 망연자실 얼빠진 사람 같고 바깥에 나가면 어디를 가야 할지 분간 못 할 때가 있습니다. 하여간 이 치욕을 생각할 적마다 냉한삼두, 등의 땀이 옷을 적시는 형편입니다.

내 신분이 조정에 있는 이상 지금 와서 깊은 동굴에 숨어 있을 수도 없습니다. 그저 동료와 더불어 적당하게 지내며 부침부앙浮沈府仰, 선을 알고도 행할 생각을 않고, 악인 줄 알면서도 고칠 생각을 않고 무사주의로만 나가고 있습니다. 그러고 있는 차인데, 귀하로부터 현자사인賢者士人을 천거하라는 말씀이 있었습니다. 그런데 그 충고는 현재의 나완 너무나 어긋난 얘기가 되는 것이 아니겠습니까. 현재의 나는 아무리 좋은 말을 해보았자 누구의 도움도 되지 않을 것이고, 누구도 믿어주지 않을 것이고, 치욕만 더할 뿐인 것이 명백합니다. 요컨대 죽은 연후에야 일의 시비는 판정이 날 것이라고 믿습니다. 서면으로써 뜻을 다하지 못하겠습니다만 내 가슴에 있는 생각을 대강 말씀 드려 본 것입니다.

재배 돈수

나는 이 편지를 읽고 느낀 충격을 어제 일처럼 기억하고 있다. 2천년의 세월을 한꺼번에 뛰어넘어 가슴에 와 닿는 인간의 슬픔이란 것, 그 슬픔의 깊이라는 것에 새삼스럽게 눈이 뜨이는 기분이었던 것이다.

그러나 내가 이 편지를 읽고 느낀 충격 따위는 문제가 아니다. 이사마는 이것을 옥중에서 읽었다. 이사마는 이 편지를 읽고 2천 년 저편의 사마천과 자기가 동일한 운명에 있다는 것을 느꼈다. 그때부터 이사마는 사마천에게 경도했다. 옥중에서의 생활 대부분을 읽는 데 소비했다.

"이 편지엔 세 사람의 운명이 새겨져 있다."

고 하고 이사마는 다음과 같이 풀이했다.

"쓴 사마천의 운명은 물론이고 이릉의 운명, 임안의 운명. 이릉은 당시 흉노의 땅 호지胡地에서 산송장이 되어 있었다. 그때의 이릉의 심정을 담은 것으로선 소무蘇武라는 친구에게 보낸 편지가 있다. 이릉의 심정은 정치적으로도 윤리적으로도 비장하기 짝이 없었다. 그 편지엔 '상거만리相去萬里 인절로수人絶路殊, 살아선 별세別世의 사람으로 되고, 죽어선 이역의 귀신이 된다'는 말이 있다. 사마천은 이릉을 관대하게 처우함으로써 이릉의 마음속에 조국을 남겨주고 싶어 했다. 그의 공만 찬양하고 비非를 묻지 않으면 이릉이 어떻게 해서든 탈출로를 찾아 다시 한나라로 들어올 수 있을 것이라고 생각했고, 그러지 못하더라도 그 땅에서 한나라를 위해 무언가 할 수 있을 것이라고 믿었다. 사마천은 이릉의 인물을 그처럼 아꼈다. 그만한 인물에 대한 아량은 나라의 인재를 키우는 데 있어서도 도움이 된다고도 믿었다. 이처럼 사심 없이 나라를 아끼고 인물을 아낀 사마천을 무제는 극형에 처하고 말았던 것이니 처참하지 않은가. 이 편지의 상대자 임안도 대단한 인물이었던 모양이다. 무제의 정화 2년 여태자가 반란을 일으켰을 때 병을 이끌고 가담한 사람이다. 사마천이 이 편지를 쓰고 있을 무렵엔 체포되어 옥중에서 사형을 기다리고 있었다. 말하자면 이 편지엔 이미 산송장이 되어버린 두 사나이와 죽음을 기다리고 있는 한 사나이의 원념이 서려 있다. 이 편지가 뿜어내는 살기가 바로 그것이다. 나는 이 편지가 산일되지 않고 2천 년을 살아남아 우리의 눈앞에 있다는 기적도 그 원념 때문이 아닌가 한다."

자지가 끊긴 사나이가 인적을 멀리한 골방에 들어앉아 희미한 불빛 아래 한자 한자 역사를 쓰고 있는 광경을 상상하면 귀기가 닥치는 것 같다.

중서령인가 하는 직책에 있었으니까 낮엔 관청에 나가 있었을 것이고 집필은 주로 밤에 했을 것이다.

그런데 당시엔 글을 쓴다고 하는 행위 자체가 오늘날 종이에 펜으로 쓰는 것처럼 수월한 일이 아니다. 사마천이 살고 있던 2천 년 전엔 종이란 게 없었다. 죽간에 썼다.

죽간이란 대를 넓게 깎은 것을 말한다.

이사마의 표현을 빌리자면

"봉두구면, 피골은 상접하여 도깨비 같은 형상이었을 것이다. 그런 몰골을 하고 상고 이래의 사적을 뒤져 한무제에 이르기까지의 역사를 대쪽에 써넣고 있는 상황을 상상해볼 필요가 있다. 그것은 이미 사람이 아니고 집념의 화신이다. 그는 글을 쓰고 있는 것이 아니라 원념을 새겨 넣고 있었던 것이다."

이렇게 사마천은 자지가 끊기도 나서도 8년 동안 그 일에 몰두했다.

그는 죽간에 두 벌을 썼다. 한 벌은 태산에 묻고 한 벌은 궁중에 바쳤다.

무제는 자기의 치적이 기록된 부분을 보고 대로하여 그 죽간을 팽개치며 불살라버리라고 호통을 쳤다.

"그놈을 당장 잡아 가두어 목을 치라."

고까지 격분했다.

그러나 이미 자지까지 끊어놓은 사마천을 다시 형장에 끌어낼 수 없었던지 관직을 삭탈하는 것으로써 그쳤다.

궁중으로 들어간 것은 그런 사정으로 해서 없어져버렸지만 태산에 묻어놓은 것은 살아남았다. 그것이 오늘날 전해져 이사마의 심금을 울리게 된 『사기』를 읽고 그처럼 진노했는가는 「무제본기」를 보면 당장 짐작할 수가 있다.

사마천의 기록에 의하면 무제는 정사엔 마음이 없고 신선술과 방술, 복술에만 미쳐 있는 사람으로 나타나 있다. 아니, 무제에 관한 기록 전체가 점쟁이에게 휘둘리는 무제의 광태인 것이다.

예컨대 다음과 같은 기록들이 있다.

－ 이때 천자(무제)는 신군을 찾아내어 상림원에 모셨다. 신군은 장릉의 여자로서 아이가 죽은 것을 슬퍼한 나머지 자기도 죽었는데, 그 영혼이 오빠의 아내인 원약苑若에게로 옮아 영험을 나타냈다. 원약은 그 신령을 자기 방에 모셔놓고 있었다. 무제는 즉위하자마자 예를 후하게 하여 상림원에 원약을 모시게 된 것이다.

－ 이때 또 이소군李少君이란 자가 있었다. 그는 부엌에 신을 모셔놓고 복을 구하는 도술, 신선이 되는 도술, 도는 불로장생하는 도술에 통달한 사람으로 되어 있었다. 주상은 이소군을 대단히 존중했다.

－ 천자는 몸소 부엌에 신을 모시고 방사를 해상으로 보내 봉래의 선인을 찾게 하고…….

－ 천자는 남대라는 방사에게 시복 천 명, 승여乘輿, 척차마斥車馬, 유장帷帳 등 기물을 하사하고 위장공주와 혼인을 시켜 금 1만 근을 지참케 했다. 그러고는 천자 스스로 그 집을 찾아 남대에게 문안을 드렸다. ……그에게 대도장군大道將軍이란 인수를 주어 그자가 천자의 신하가 아니란 증표로 삼았다…….

요컨대 무제의 이러한 광태만을 열거한 짓이 『무제본기』의 내용인 것이다.

반고의 『한서』, 또는 그 밖의 기록을 보면 한무제는 명군으로 되어 있는데, 사마천의 무제는 이렇게 되어 있다는 것은 무슨 까닭일까. 이사마의 말을 들어보자

"사마천이 무제를 싸늘한 눈으로 보았을 것은 사실이다. 사마천도 역시 감정의 동물이었을 테니까. 그러나 나는 사마천이 무제의 행실을 고의로 조작했거나 왜곡했다고는 생각하지 않는다. 그럴 수도 없었다. 사마천의 『사기』는 언제인가는 무제가 읽을 것으로 전제한 것이니까. 그러나 다음과 같은 비난은 있을 수 있다. 무제인들 점쟁이에게 미쳐 돌아다닌 것만은 아니다. 그 밖에 많은 업적이 있었을 것인데, 그것을 전연 기록하지 않은 것은 잘못이라고. 그러나 사마천의 말이 들리는 것 같다. 무제가 한 업적이란 이릉과 같은 명장을 비호할 줄

모르고 자기와 같이 옳은 말을 한 사람의 자지를 자르는 그런 따위의 일이고 나머지는 누가 해도 할 수 있는 일을 했을 뿐인데, 기록할 가치가 어디에 있겠느냐는. 공정하게 생각해도 그렇지 않은가. 복술, 방술, 신선술에 미쳐 날뛰고 있는 자가 명군일 순 없는 것 아닌가. 요컨대 사마천은 무제를 시시한 인간으로 본 것이다. 만일 사마천과 한무제 사이에 승패를 가린다면 승자는 사마천이고 무제는 패자다. 천 년 후에 승부를 가리자는 밸이 곧 기록자의 밸이다.”

『사기』가 완성된 3년 후에 무제가 죽고, 그 죽음이 있은 지 다시 3년 후에 사마천이 죽었다.

향년 60이었다.

“나는 이처럼 처절한 생애를 상상할 수가 없다. 사마천이야말로 역사이며 역사의 정신이다. 세계의 모든 기록자는 일단 사마천을 배워야 한다. 사마천의 중심 과제는 인간이었다. 왕후와 장상도 희로애락하는 개인으로서만 파악했다. 사실 그렇지 않은가. 지르면 피가 나고 때리면 아픈 생신生身을 가진 인간의 기쁨과 고통을 외면하고 나라의 흥륭쇠망에만 중점을 둔 역사에 무슨 가치가 있겠는가. 그런 뜻에서도 사마천은 역사의 선구자다.”

이사마의 말이었다.

사마천의 얘기를 하려면 한량이 없다. 이젠 어떻게 해서 이사마가 사마천을 만나게 되었는가. 무슨 까닭으로 본명을 묻어버리기까지 하며 이사마란 이름으로 살게 되었는가의 그 만남의 사연을 얘기해야 할 차례가 되었다

— 『그해 5월』(1), 한길사, pp.9~31(이하 한길사판).

여기에 나오는 화자인 <나>는 H대 교수. 이사마는 K신문 주필. <이>는 성이겠지만 본명 대신 사용한 <사마>라 했음은 위에 자세히 설명되어 있다. 『사기』의 저자 사마천을 가리킴인 것.

사마천은 『사기』를 어떤 방심으로 썼던 것일까.

3. 『사기』의 저자 사마천의 방법론

사마천 부자는 역사의 기록 또는 서술을 太史令의 임무라고 누차 강조하였으며, 그 임무의 수행상 『春秋』를 계승한 史書를 저술하지 않을 수 없었다는 주장을 펴고 있다.

太史令自序에서 사마천 부자는 역사의 기록 또는 서술을 太史令의 임무로 누차 강조하고 있으며, 그 임무의 수행상 『春秋』를 계승한 史書를 저술하지 않을 수 없었다는 주장을 펴고 있는 것은 사실이다. 그러나 사마천이 父 사마담의 직분(太史令)을 文史 · 星曆의 담당으로 묘사하고는 있으나, 실제 漢代 관계상 규정된 太史令의 위차와 직분은 종묘 제사와 儀禮를 관장하는 太常(奉常)의 屬宮으로서, 天時 · 星曆을 관장하여 연말에 새해의 曆을 奏上하거나 국가의 제사 · 喪禮 · 婚禮 時 吉日 및 禁忌의 時節을 판단 奏上하는 것, 그리고 국가의 瑞應과 災異를 기록하는 것에 불과하여, 국가 대사의 기록이나 史書의 편찬과는 무관한 존재라 해도 과언은 아니다. 따라서 『史記』의 저술은 관료로서의 공식 업무수행이 아니라 오히려 사마천 부자의 개인적인 활동이었다고 보는 것이 타당하지만 문제는 왜 그들이 그것을 太史令의 직분과 결부시켜 주장하였느냐는 점이다. 이것은 결국 그들이 현실의 관제상 규정된 太史令의 성격과 기능을 넘어선 그 이상의 의미를 스스로 부여한 것인데, 그렇다면 그들이 그런 의식을 가질 수 있었던 근거는 무엇인가? 이 문제를 위해 먼저 사마천이 스스로 규정한 太史令의 성격, 즉 <掌天官 不治民>(太史令自序)의 의미를 주목해 보자. 이것을 '天官 즉 天文 · 曆法을 관장하기 때문에 직접 民을 다스리는 牧民官의 역할은 하지 않았다'라는 의미로 일단 해석할 수도 있다. 그러나 太史令이 牧民官이 아니라는 (당시로서는) 극히 상식적인 사실을 구태여 지적한 것도 납득하기 어렵지만, 모든 관리는 그 구체적인 업무야 어쨌든 본질적인 황제의 <治民>을 分掌하는 것이라면 고유한 업무가 규정된 관리를 <不治民>으로 규정하는 것도 이해하기 어렵다. 그럼에도 불구하고 太史令을 <掌天官 不治民>으로 규정한 것은 단순히 太史令이 현실적으로 관장하는 제도상 직분의 성격을 지적한 것 이상의 특별한 의미가 있었기 때문일 것이다.

　　　　　－ 이성규 편역, 『사기』, 서울대출판부, 1987, pp.17~18.

그러나 『사기』의 진짜 창작 동기는 따로 있었다. 곧 이릉 변호사건(이릉화)이다.

　『春秋』 계승의 역사적 과제를 스스로 담당하지 않을 수 없는 근거를 전통적인 太史 직분의 계승자라는 자신의 위치에서 발견하고 그 사명의 완수를 위하여 『史記』의 저술에 착수한 사마담의 사후(B.C. 110), 그 정신과 유업의 계승에 전념하던 사마천은 B.C. 98년 일생일대의 비극을 경험하였으며, 이것은 『史記』의 저술에 지대한 영향을 주었다. 『史記』에는 이 충격적인 사건이 극히 간단하게 "太史公이 李陵의 사건에 연루되어 감옥에 갇혔다."고만 기술되어 있으나, 훗날 사마천이 친구 任安에게 보낸 편지 「報任安書」(『春秋』卷62, 司馬遷傳所收)에는 사건의 전말과 사마천의 비통한 심경이 비교적 상세하게 나타나 있다.
　사건의 발단은 B.C.99년 漢의 장군 李陵이 對匈奴戰에서 분전 끝에 중과부적으로 투항한 데서 비롯되었다. 이 소식이 전해지자 武帝는 진노하였고, 그 직전까지도 李陵의 勝報가 전해질 때마다 황제를 축하하던 群臣들도 모두 李陵을 비난할 뿐, 누구 한 사람 그를 변호하는 사람이 없었다. 당시 일개 太史令에 불과한 사마천에게 武帝가 의견의 개진을 요구한 경위는 알 수 없지만, 어쨌든 사마천은 이 기회를 이용하여 李陵을 적극적으로 변호하고 나섰다. 즉 사마천은 李陵이 평소 <奇士>요 <國士>의 풍모가 있었던 명장이었고, 투항 전까지 많은 전공을 세웠으며, 투항한 것도 중과부적의 형세상 불가항력이었지만 장차 기회를 보아 공을 세우고 돌아올 것이라는 의견을 올린 것이다. 평소에 별 친분도 없는 李陵을 이토록 변호한 것은 대신들의 부박한 인심을 개탄하기도 하였지만, 결국 武帝의 마음을 위로하려는 충정 때문이었다는 것이 사마천의 주장이다. 그러나 그 충정은 그의 불행을 자초하였다. 朝議의 대세에 반한 사마천의 발언이 廷臣들의 빈축과 분노를 자극하였으리라는 것도 넉넉히 짐작할 수 있는 일이지만, 武帝는 그것을 자신이 총애하는 李夫人의 오빠 貳師將軍 李廣利를 상대적으로 비난함으로써 자신을 비판하려는 의도로 받아들인 것이다. 武帝가 李廣利를 大宛 정벌의 장군으로 기용한 것도 사실 李夫人을 위하여 李廣利에게 立功의 기회를 주기 위한 것이었지만, 大宛 정벌은 외견상의 성공에도 불구하고 4년간에 걸친 대원정의 성과는 실제 별것이 없었다. 또 李陵이 분전하던 당시 李廣利는 주력부대를 지휘하면서도 전과를 별로 올리지 못한 실정이었다. 寵姫를 위한 私心에서 중용한 장군이 기대에 부응하지 못한 데서 오는 武帝의 미묘한 심적 갈등, 바로 이것을 사마천이 건드린 것이다. 사마천의 충정을 곡해한 武帝의 심정도 이해할 수 있으나, 이 때문에 사마천의 비극은 시작되었다.

진노한 武帝는 사마천을 하옥시키고 그의 처벌을 명하였다. 옥중에서 겪은 갖은 수모와 고초를 사마천은, <손발이 나무 족쇄에 묶인 채 살이 터지도록 매를 맞았으며, 獄使만 보면 머리를 땅에 대고 獄使를 보좌하는 刑徒만 보아도 두려움에 마음이 떨렸다>고 회고하였지만, 그에게 내려진 판결은 誣罔罪, 이것은 腰斬으로 처벌될 죄목이었다. 그러나 그가 죽음을 면할 수 있는 길은 두 가지, 하나는 50만 정도의 돈을 바치는 것, 또 다른 방법은 宮刑을 자청하는 것이었다. 그러나 그에게는 50만 정도의 돈을 바칠 재력도, 그것을 내줄 만한 친구도 없었다. 그렇다면 사형을 면하는 길은 오직 宮刑을 감수하는 것뿐이다. 그러나 이것은 얼마나 치욕적인 일인가! 그 자신 누구보다 <宮刑보다 더 큰 치욕이 없다>는 것도, 宮刑을 받고 宦官이 된 자들이 自古로 얼마나 천시된 존재인가도 잘 알고 있지 않은가? 그렇다면 宮刑도 腰斬도 피할 길은 스스로 목숨을 끊는 길뿐이 아닌가? 그러나 옥중에서

자결한다면 현재 자신의 죽음이 무슨 의미가 있겠는가? 그것은 九年
一毛가 사라지고 개미 한 마리가 죽는 것과 무엇이 다르겠으며, 단지
지혜가 궁하고 罪가 지극하여 죽음을 면치 못하였다는 평가밖에 받지
않겠는가? 자신은 이미 말을 잘못하여 이런 화를 당하였다고 비웃음
거리가 되었고 조상을 욕되게 한 것이 아닌가? 그렇다면 宮刑의 치욕
을 감수하고 살아남아 이 치욕을 씻는 길이 낫지 않는가? 결국 사마천
은 궁형을 택하였으며, 그 명분을 『史記』 저술의 완성에서 찾았고, 앞
에서 언급한 바와 같이 그는 『史記』 저술의 역사적 필연성과 중대성
을 자각하였던 만큼 담담하게 宮刑을 받을 수도 있었다. 그리하여 목
숨을 부지한 사마천은 2년 후 다시 中書令에 기용되었다. 中書令은 尙
書와 함께 奏事의 出入을 관장하는 秩 1,000石, 오히려 太史令(秩 600
石)보다 높은 관직이었고, 더욱이 武帝는 그를 총애하고 신임하였다고
한다. 그러나 사마천은 이 현실적인 지위에 결코 만족할 수 없었으며,
자신이 宮刑을 받은 사실을 상기할 때마다 <식은땀이 등에 나서 옷이
젖지 않는 적이 없었고> <하루에도 창자가 아홉 번이나 뒤틀렸으며,
집에 있으면 마치 무언가를 잃은 것처럼 정신이 불안정하였고, 나가
면 어디를 갈지 모르는 사람처럼 우왕좌왕하는> 극도의 수치감에서
오는 육체적·심적 고통에 시달렸던 것이다. 이러한 상황에서 그의
유일한 위안은 자신이 宮刑을 선택한 명분, 즉 『史記』의 저술 목적을
보다 개인적인 차원에서 설정하기 시작하였다는 것은 다음과 같은 자
기변호에서 뚜렷이 확인된다.

　　노비조차도 (욕된 상황에서) 능히 자결할 수 있는데 하물며 내가 그
것을 못할 리가 있었겠는가? (그러나) 내가 은인자중하며 구차히 살려
고 糞上 중에 덜어지는 것도 불사한 것은 ① 개인적으로 마음속에 미
진한 바가 있는 것을 恨으로 여겼고, ② 죽은 후 文采가 후세에 드러나
지 않는 것을 수치로 여겼기 때문이다.

　　인용문 중 ①과 ②가 사마천이 宮刑의 치욕을 감수하고 구차히 살아
남은 절실한 명분이었다면, 결국 마음속에 못 다한 것을 풀고, 死後에

文采를 남기려는 것이 宮刑 이후 사마천이 새로 추가한 『史記』 저술의 목적이었다고 보아도 좋을 것이다. 그렇다면 이 목적의 구체적인 의미는 무엇이며, 그것이 『史記』에 어떤 성격을 부여하였는가? 먼저 死後에 文采를 남긴다는 문제부터 검토해 보자.

文采를 남긴다는 것은 결국 명성을 남기는 일이며, <君子는 사후에 이름이 알려지지 않는 것을 싫어한다>는 공자의 말이나 <立名은 行의 極>이라는 사마천의 明言을 소개할 필요도 없을 정도로 자고로 중국인들의 최대 관심사가 立身揚名이었다는 것은 주지의 사실이다. 따라서 사마천이 『史記』의 완성을 통하여 <立名>을 기대하였다는 것도 당연한 일인지 모른다. 그러나 문제는 宮刑 이후에 그가 이것을 강조한 사실인데, 일차적인 이유는 자신의 불효를 다소나마 씻으려는 강박관념에서 비롯된 것 같다. 즉 그는 宮刑을 받음으로써 가문의 명예를 더럽혔을 뿐 아니라 부모로부터 물려받은 신체의 일부를 손상하였고, 자손을 더 이상 생산하지 못하는, 요컨대 불효의 극치를 범한 것이며, 그대로는 도저히 다시 부모의 묘 앞에도 설 면목이 없었다. 무언가 그것을 다소나마 씻는 방법을 찾아야 할 것이 아닌가? 그러나 불효는 결국 더 큰 효로써 씻을 수밖에 없다면, 그가 효를 행할 수 있는 길은 무엇인가? 그것이 『史記』의 완성이란 것은 자명하였다. 『史記』의 완성은 父의 遺囑을 충실히 수행한 것이라는 점에서도 孝의 실천이지만, 사마담의 말대로 <후세에 이름을 날려 부모를 빛내는 것, 이것이 가장 큰 효>(太史公自序)라면 그가 후세에 揚名할 수 있는 길은 『史記』의 완성 이외에 또 무엇이 있었겠는가?

그러나 사마천이 立名·揚名에 깊은 관심을 갖게 된 것은 단지 <가장 큰 孝>를 실천하려는 욕구 때문만은 아니었고, 宮刑을 계기로 인간의 도덕과 현실적인 禍福의 문제를 省察하지 않을 수 없었다는 것도 중요한 이유였다. 자신이 왜 그토록 커다란 불행을 겪어야 하는가? 자신은 『春秋』의 계승이라는 역사적 과제를 성실히 담당하여 왔으며, 도덕적으로 비난받을 행동도 한 일이 없지 않은가? 李陵을 변호한 것도 당연히 해야 할 일이 아니었는가? 이러한 의문은 宮刑

이후 사마천의 뇌리를 잠시도 떠날 수가 없었을 것이다. 사마천은 이 문제에 대한 자신의 모색과 결론을 伯夷列傳을 통해 감동적으로 보고하고 있다.

— 위의 책, pp.18~29.

그렇다면,『사기』를 편찬한 방법은 어떠했던가. <발로 쓴 역사>라는 것. <古文>이나 <史書> 등을 신빙하기보다는 이를 직접 확인하기. 맹자 왈, <글을 다 믿으면 글이 없는 것보다 못하다>라고 하지 않았던가.

하루의 일을 무조건 빠짐없이 기록하는 일기가 있을 수 없는 것처럼 과거에 있었던 모든 사실을 기록하는 史書도 존재하지 않는다. 이것은 단순히 사료의 不左나 그 수집의 현실적인 한계 때문이라기보다는 저자의 현재적인 관심과 주관에 의해서 기록할 만한 가치가 있다고 판단된 것만 기록되기 때문이다. 그러므로 특정한 史實의 採錄與否 또는 그 서술의 詳略과 비중 자체가 저자의 관심과 가치관, 저술의 주제와 목적을 표현하는 중요한 수단이지만, 동시에 그 史書의 성격은 물론 그 成敗도 이 과정에서 크게 좌우된다고 해도 과언은 아니다. 따라서 사료 비판이 일단 끝나면 史家는 확정된 史實 중 무엇을 어떤 비중으로 서술하느냐는 문제로 부심하게 마련인데, 사마천은 대체로 다음과 같은 5가지 원칙에 따라 이 문제를 처리한 것 같다.

첫째, 그는 가까운 시대일수록 상세하게, 시대가 멀수록 간략하게 서술하는 <詳近略遠>의 원칙을 세웠다. 그가 <三代는 간략하게 推及하고 秦漢의 (역사를) 가록하였다>(太史公自序)고 밝힌 것은 바로 이 원칙을 천명한 것이지만, 실제 本紀의 경우 五帝를 합하여 1卷으로, 夏·殷·周 3代를 각 1卷씩으로, 秦을 2卷으로 처리한 반면 漢代 이후는 매 황제마다 1卷씩을 할애한 것이라든지, 총 卷數의 과반수를 점한다는 사실은 사마천이<詳近略遠>의 원칙을 얼마나 중시하였는가를 잘 말해 준다. 물론 이것은 시대가 멀수록 믿을 만한 사료가 적은 반면 시대가 내려올수록 자료가 풍부하다는 현실적인 문제와 결코 무관한 것은 아니다. 그러나 前章에서 지적한 바와 같이 그가『春秋』의 계승의식과 관련하여 當代史의 서술을 강조한 것을 상기할 때, 이 원칙은 오히려 시대적인 관심의 차이에서 비롯된 것으로 이해하는 것이 타당한 것 같다. 즉 그의 주된 관심은 漢興 이래의 盛事와 그 역사적 배경을 서술하는 데 있었기 때문에 그 이전의 역사는 漢代史의 배경적 이해에 필요한 범위 내에서 다루었고, 그 결과 시대가 올라갈수록 서술의 비중이 감소될 수밖에 없었다는 것이다.『史記』가 通史의 형식을 띠고 있으나 실제 當代史의 성격이 강한 것은 이처럼 前시대의 역사를 當代 이해의 부차적인 의미로 간략하게 취급한 때문이지만, 어쨌든 사마천이 제시한 <詳近略遠>의 서술원칙은 모든 시대에 동등한 비중과 의미를 부여하지 않을 뿐 아니라 시간의 장단에 따라 기계적으로 지면을 할당하지 않은 通史 서술의 입장을 분명히 밝힌 것으로서, 오늘날의 通史的인 개설서도 모두 이 원칙을 준용하는 것을 볼 때 그 타당성은 더 이상 논할 필요도 없는 것 같다.

둘째, 천하의 存亡과 무관한 사실은 가급적 생략하였다. 張良과 漢高祖의 대화 중 <천하의 과 存亡관계가 없는 것>은 일체 저록하지 않은 것, 三代 이래 春秋時代까지 명맥을 유지하였으나 그 정치적 역할과 비중이 미미한 江 · 黃 · 沈 등 小國의 역사를 생략한 것은 바로 이 원칙을 따른 것이다. 이것은 결국 史家가 기록할 만한 가치가 있는 것은 역사의 흥망을 좌우하는 천하의 大事뿐이며, 모든 개인이나 집단의 존재와 활동도 그 시대 도는 이후 역사의 방향과 관련하여 일정한 역할이 인정될 때 비로소 그 의미가 있다는 주장인데, 이 대문에『史記』에 위대한 정치가, 장군의 언행과 공적이 크게 부각된 것도 사실이다. 그러나 사마천이 세속적인 권력과 부귀 그 자체에 특별한 의미를 부여하지 않은 것이라든지, 비록 시정의 장사꾼이나 遊俠의 무리일지라도 현실적으로 그 사회를 움직인 사람들을 위하여 따로 列傳을 설정한 것, 불과 6개월 만에 실패한 陳涉의 반란을 秦帝國 붕괴의 기폭제로 인정, 그를 世家에 편입한 것 등은 모두 그가 강조한 천하의 大事가 과연 무엇을 의미하는가를 잘 말해주고 있다. 요컨대 그는 역사의 방향을 좌우하고 推動하는 요인을 追究하는 것을 史家의 임무로 인식하였기 때문에, 그것과 무관하다고 판단한 것은 일체 생략한 것이다.

셋째, 비록 천하의 大事와의 일견 무관한 것처럼 보이지만 한 시대의 성격 또는 개인의 성격이나 일생의 成敗와 관련된 일화는 가능한 한 수록하였다. 여컨대 管晏列傳에는 유명한 管鮑之交즉 管仲과 鮑叔牙의 우정을 전하는 일화가 대서특필되어 있다. 齊桓公의 霸業을 주도한 대재상의 생애에서 개인적인 우정은 극히 사소한 문제 같으며, 더욱이 그의 정치적인 활동이나 공적이 거의 언급되지 않은 채(이것은 齊太公世家에 나온다)官晏列傳의 대부분이 이 일화로 메워져 있다는 것은 확실히 균형을 잃은 서술처럼 보이는 것도 사실이다. 그러나 管仲 자신이 「나는 낳은 것은 父母나 나를 알아주는 것은 鮑子」라고 술회한 것을 보면, 鮑叔牙의 우정이 인간 管仲에게 있어서 가장 중요한 의미를 가졌던 것은 분명하며, 실제 그가 齊의 재상이 되어 정치적 능력을 발휘할 수 있었던 것도 鮑叔牙가 그를 桓公에 추천하였기 때문이었다. 그러므로 와의 우정은 인간 의 생애를 이해하는 데 불가결한 요소이자 동시에 대재상이 탄생된 직접적인 계기였다고 해도 과언은 아니며, 사마천이 그 일화를 대서특필한 일차적인 이유도 일단 이러한 관점에서 이해할 수도 있다. 그러나 사마천의 의도는 보다 깊은 데 있었다는 점을 주의하지 않으면 안된다. 즉 씨족질서가 해체되기 시작한 春秋時代 이후 혈연적 유대를 초월한 개인간의 인적 결합이 보다 중요한 사회적 관계로 등장하였다. 이에 따라 개인간의 우정과 신의는 단순한 애정과 情誼의 문제가 아니라 사회구성의 중요한 원리로서 의미를 갖기 시작하였으며, 이 역사적인 변화를 사마천은 중시하였고, 이것을 管鮑之交의 佳話를 빌어 상징적으로 표현하려는 것이 사마천의 궁극적인 목적이었다는 것이다.

한편 官晏列傳 중 晏嬰에 관한 부분도 사마천이 일화를 광범위하게 채록한 의도를 잘 말해주고 있다. 즉 이 부분 역시 명재상으로의 치적과 능력에 대한 언급이 거의 생략된 채, ① 노예로 전락한 越石父라는

현인의 사람됨을 알아보고 즉시 그를 속면시켜 上客으로 모셨다는 것
과, ② 마치 작시가 재상인 양 으스대던 그의 마부가 처의 이혼 압력으
로 겸손해진 것을 보고 그를 大夫로 천거하였다는 간략한 2개의 일화
로 구성되어 있다. 이 일화들은 결국 사람을 알아보는 안영의 뛰어난
능력, 현인을 존대하고 스스로 겸손할 줄 아는 그의 겸양, 출신성분을
가리지 않고 인재를 발탁하는 개방성과 포용성을 표출시킨 것으로써
인간 안영의 개성과 그 위대성을 부각시키는 동시에 과연 명재상의
요건이 무엇인가를 시사하는 역할을 하고 있는 것이 분명하다. 물론
이 점을 직설적으로 서술해도 안영이 대체로 어떤 성격과 장점을 가
진 인물이었다는 것은 어느 정도 전달할 수 있을 것이다. 그러나 그것
은 무미건조한 찬사에 그치게 될 것이며, 체구는 왜소하지만 천하에
명성을 날린 거인 晏嬰, 당대는 물론 후세의 중국인들까지 깊은 애정
과 존경을 바치는 이상적인 재상의 전형인 인간 안영의 생생한 모습
을 전하기는 어려울 것이다.

　　한 가지 예만 더 들어보자. 蘇秦과 함께 전국시대의 대표적인 說客
으로 유명한 張儀의 列傳에는 다음과 같은 일화가 소개되어 있다. 즉
그는 일찍이 楚 재상에 빈객으로 연회에 참석한 일이 있었는데 마침
그대 도난 사건이 발생하였고, 의심을 받은 그는 혹독한 고문 끝에 겨
우 방면되어 집으로 돌아온 직후 그의 처와 다음과 같은 대화를 나누
었다고 한다.

　　妻 "아아! 당신이 독서를 하여 에 나서지 않았다면 어찌 이런 곤욕
을 당했겠읍니까!"
　　張儀 "내 혀를 보라, 아직도 있는가?"
　　妻 "혀는 있습니다."
　　張儀 "(그렇다면) 되었다!"

　　여기서 혀가 붙어 있는지의 여부를 남에게 물어본다는 것 자체가 우
습다거나 혀가 없었다면 어떻게 말을 하였겠느냐는 것을 따지는 독자
는 아마 없을 것이며, 그 대신 혀가 없는 張儀는 張儀가 아니라는 점을

실감하기 마련이다. 사마천이 이 일화를 삽입한 이유는 바로 이 효과를 노린 것이며, 그는 이 일화를 통하여 세 치도 못되는 헛바닥을 무기로 각국을 돌아다니며 부귀와 공명을 좇는 전국시대 士의 전형적인 모습을 극명하게 부각시킬 수 있었던 것이다.

이와 같이 사마천이 보통 역사가들에게는 관심의 대상조차 될 수 없는 것처럼 보이는 사소한 일화들을 채록한 이유는 바로 그것으로 시대의 변화와 역사적인 전형을 보다 생생하게 묘사할 수 있다고 판단한 때문이지만, 이것은 전체적인 역사의 흐름과 성격에 대한 통찰력을 가진 史家만이 취할 수 있는 방법이며, 범용한 史家가 선불리 흉내 낼 수 없는 것이다. 그러므로 우리는 여기서 그의 예리한 史眼을 다시 한번 높이 평가하지 않을 수 없지만 사실『史記』에서 가장 정채를 발하는 것은 역시 적절한 곳에서 적절한 일화를 종횡으로 이용한 부분에서 찾을 수 있다고 해도 과언은 아닐 것이다.

넷째, 官府에 보존된 일상적이고 구체적인 儀法과 제도는 기록하지 않았다. 사마천은 이것을 封禪書의 最末尾에서 명기함으로써 역대 祭儀의 연혁과 그 의미의 변화를 상세히 추적하면서도 祭儀의 구체적인 절차와 作法은 가능한 한 생략한 封禪書의 서술이 이 원칙에 따른 것임을 분명히 밝혔지만,『史記』에 官制나 法令의 체계적인 소개나 서술이 결여된 것도 대체로 이 원칙에서 비롯된 것 같다. 이 때문에 오늘날 우리가 漢大의 성격을 보다 구체적으로 분석 할 수 있는 중요한 자료가 기록되지 못한 것도 사실이다. 그러나 한편의 通史가 그런 부분까지 세세하게 기록하는 것을 기대하는 것도 무리지만, 사마천이 이런 자료를 생략한 것은 <掌天官>하는 자신의 명확한 직분의식에서 비롯된 것 같다. 즉 그는 자신의 임무는 인간과 사회규범의 원리적인 문제를 追究하는 것이므로 자신은 祭儀·制度·儀法·法令 등의 이념적·윤리적 기초와 그 당위적인 정신이 무엇이며, 시대의 변화에 따라 그것이 어떻게 調和·屈折·변화하였느냐는 문제만 다룰 뿐, 그 구체적인 내용·절차·규정은 그 관계 관원의 所管事라는 생각에서 그 부분의 자료를 의도적으로 배제하였다는 것이다.

다섯째, 세상에 널리 알려진 著作이나 타인의 문장은 가급적 소개

또는 전재하지 않았다. 管仲의 <牧民>, <山高>, <馬>, <輕重>, <九府>, 晏嬰의 『晏子春秋』, 申子, 韓非의 저술, 『司馬兵法』 『孫子』 등을 전재하지 않은 이유는 바로 이 원칙에 따른 것이며, 이 경우 사마천은 <世多有 故不論>이란 住記를 덧붙이는 것을 잊지 않았다. 『史記』가 文集叢書 또는 文章 모음이 아닌 만큼 이것은 너무나 당연한 일이라 하겠지만, 실제 후대의 史書와 달리 上奏文·천자의 册文·誥令, 개인의 時賦가 거의 수록되지 않은 것은 확실히 『史記』의 커다란 특색이며, 이것을 『史記』의 장점으로 지적하는 견해가 있는 것도 사실이다. 그러나 이 때문에 중요한 문서, 여컨대 文帝時개혁을 주장한 賈誼의 上疏, 발전의 중요한 계기로 평가되는 의 天人三策 등이 누락된 것도 문제지만(『漢書』는 이것을 모두 수록하였다), 이 원칙에도 불구하고 韓非子의 등의 긴 문장이 작자의 불우한 운명에 공감하지 않을 수 없는 자신의 심경을 표현하기 위하여 수록된 것도 일관성을 잃은 처사라 하겠다. 그러므로 사마천이 이 원칙에 의해서 『史記』를 보다 간결하게 저술한 것도 인정되지만, 바로 이 때문에 중요한 이 누락되기도 하였고, 실제 이 원칙을 철저히 지키지도 못한 것을 아울러 고려할 때, 여기서 『史記』의 장점만 일방적으로 지적하는 것은 온당치 않은 것 같다.

이상으로 사마천이 저술의 목적과 서술의 주제를 보다 간결하고 효과적으로 표현하기 위하여 史實로 판정된 자료를 어떤 기준과 원칙으로 取士하였는가를 검토하였다. 비록 몇 사지 문제점은 있으나 전체적으로 볼 때 그 원칙은 대체로 타당한 것 같으며, 실제 그 방대한 양에도 불구하고 『사기』에서 무의미한 내용을 거의 찾아볼 수 없다는 사실은 무엇보다 그가 이 원칙들을 성공적으로 적용한 증거라 하겠다.

— 위의 책, pp.50~56.

이상은 이성규 교수의 상세한 해설이려니와 <이사마=이병주>는 과연 어떤 방식으로 사마천을 자기의 모델로 했을까. 이 문제에 대한 답을 주필 이사마(이병주)에게서 찾아보기로 하자.

4. 이사마의 재판 과정과 주변 인물들

화자인 <나>는 대학교수인데 라디오를 듣다가 K신문사 주필인 이사마에게 전화를 걸었다.

1961년 5월 16일은 화요일이다. 그날 나는 대학의 강의가 오후부터 있었으므로 늦잠을 자기로 하고 있었던 것인데, 누운 채 손을 뻗어 스위치를 틀었던 라디오에서 뜻밖인 소리가 튀어나왔다.

"……혁명 정권인 군사위원회는 공안과 안녕질서를 유지하기 위해 서기 1961년 5월 16일 9시 현재로 대한민국 전역에 걸쳐 비상계엄을 선포한다……."

이것이 무슨 소린가하고 나는 벌떡 일어났다. 북조선에서 흘리는 모략 방송이 아닌가 하고 다이얼을 살폈으나 그렇지도 않았다. 라디오는 계속 똑같은 내용을 되풀이하고 있었다.

나는 K신문사로 전화를 걸어 주필을 불러달라고 했다.

곧 이사마의 음성이 울려왔다.

"지금 라디오를 듣고 있는데 어떻게 된 건가?"

숨 가쁘게 묻는 나의 질문에 그는 천천히 대답했다.

"그렇게 된 모양이야."

"쿠데타가 발생했단 말인가?"

"그렇다니까."

"지금의 상황은 어떤가?"

"아직 몰라."

"장도영이가 한 짓인가?"

"그것도 잘 몰라. 그러나 그 녀석에게 그런 배짱이 있었을까 싶어."

이사마의 음성은 침통했다. 장도영은 일제 때의 학병 관계로 나와 이사마와는 잘 알고 있는 처지였다. 더욱이 이사마는 중국 소주에서 장도영과 한동안 같은 병영에서 지낸 적이 있었다. 그래서 장도영의 성격을 비교적 잘 알고 있는 것이다.

이사마는 정세가 판명되는 대로 알려주겠다며 전화를 끊었다.

―『그해 5월』(1), pp.33～34.

장도영과 <나>, 이사마는 학병으로 소주에서 일군에 복역했고 더구나 이사마와 장도영과 같은 병영에 있었다는 것. 그러니까 이사마와 <나>는 이른바 학병세대. 그런데 갑자기 이사마가 구속되었다는 것.

6월 15일, 배달되어 온 K신문을 보고 깜짝 놀랐다. 신문의 제호 밑에 '주필 겸 편집국장 이 모'라고 붙어 있던 이 주필의 이름이 다른 사람의 이름으로 바뀌어 있었기 때문이다.

K신문의 사장에게 전화를 걸었다. 사장은 부재중이어서 전무를 바꿔 달라고 했다. 전무의 대답은 침통했다. 당국으로부터 이 주필의 이름을 삭제하라는 지시가 왔다는 얘기였다.

"풀려나긴 어려울 것 같지요?"

하는 내 질문에 대해 전무는

"풀어줄 사람을 이름까지 삭제하라고 하겠습니까?"

하고 풀죽은 대답을 했다.

전화를 끊고 멍청해 있는데 전화벨이 울렸다. 성유정 씨의 전화였다.

성유정 씨는 나와 이 주필의 선배이다. 우리는 그의 각별한 총애를 받고 있었다.

성유정 씨도 신문에서 이 주필의 이름이 사라진 것을 보고 나에게 전화를 걸어온 것이다. 저녁에 만나 술이나 같이 하자는 약속의 나누고 전화를 끊었다.

또 전화벨이 울렸다.

수화기의 저편에 여성의 음성이 있었다.

"이 교수님이세요?"

"그렇습니다만……."

"절 모르시겠어요?"

귀에 익은 듯했으나 갑자기 생각나지 않아 우물우물하고 있는데,

"저 한혜련이에요."

하고 화려한 웃음소리를 냈다.

―『그해 5월』(1), p.70.

성유정은 또 누구인가.

"유정은 천 년 묶은 소주(蘇州)성 위에 일본제의 총칼을 들고 선 10
년 전의 자기를 조각달 속에서 봤다. 4천 2백 몇 십 년으로 헤아리는
이 나라의 시간과 일천구백 몇 십 년으로 헤아리는 시간이 교차되는
좌표처럼 조각달은 우주의 세계를 극동반도의 그리고 남단의 항구에
그 하늘 위에 걸린 유정의 눈 안에, 박치열의 눈, 안익수의 눈이 겹쳐
괴인 눈에 걸린 달이었다."

―『내일 없는 그날』, <부산일보> 연재소설(1957. 8. 1~1958. 2.
28), 제145회분.

철학교수 성유정은 학병으로 끌려간 세대. 바로 이병주 자신이 아니었
던가. 안형수보다 <두 살 위>라 했것다. 성유정과 <나>의 군사정권에
대한 토론장면.

"이미 되어버린 일을 왈가왈부할 필요가 없다고 싶어 이 교수에게
도 말하지 않았지만, 내 감상을 솔직히 털어놓으면 이렇소. 이 쿠데타
는 1년이 늦었고 4년이 빨랐소. 꼭 쿠데타가 있어야 한다면, 아니 쿠
데타에 뚜렷한 명분이 있으려면 과도정부 때 해버려야 하는 거요. 과
도정부의 역할을 우리가 맡겠다고 나서는 거요. 이승만이 임명한 과
도정부 믿을 수 없다. 부정선거로써 과반수의 국회의원이 채워져 있
는 국회 믿을 수 없다, 이미 발언권을 잃은 자유당 의원을 협박 또는

회유해서 자기네들에게 유리한 헌법을 만들려는 민주당의 획책을 용서할 수 없다, 국민의 총의를 새로 미루어 국회를 구성하고 정부를 조직해야 하는데, 그 과도적 임무를 정치에 오염되지 않은 우리 군인이 맡겠다고 나서면 그대로 그 명분이 통할 수 있었지. 그런데 새 국회의원이 선출되어 불과 1년도 채 못 되는 시기에 있어서의 쿠데타는 아무리 그럴듯한 명분을 내세운다고 해도 무리가 있게 마련이오. 몇몇 지방에 난동이 있고 전국적으로 음성적인 부정선거의 수작이 있었다고 해도 지난해의 선거는 거의 공명선거에 가까웠던 것이오. 국민으로선 마음먹고 뽑은 거라. 그 마음먹고 뽑은 국회를 부정해버렸다는 사실을 국민이 마음속으로부터 납득하겠소? 말하지 않는다고 해서 불만이 사라진 것은 아니오. 4년이 빨랐다는 건 민주당 정권이 부패를 거듭했을 때의 얘기요. 1년도 채 되지 못한 정권이 우왕좌왕할 것은 당연한 사실이 아니어? 자유당 이래의 시행착오가 그냥 남아 있고 말요. 4년 동안 맡겨두어 보았다가 싹이 노랗다는 판단이 섰을 때, 국회의원의 임기가 얼마 남지 않았을 때, 그때 해치우면 명분이 그런대로 통할 거다 하는 게 나의 의견이오."

성유정 씨의 말에 수긍이 되지 않은 바 아니지만 나는

"1년 전이고 4년 후이고 간에 쿠데타의 필연성이 있었다고 하면 시기가 문제될 것은 아니지 않습니까. 어떻게 하건 나라를 정상적인 궤도에 올려 세워놓기 위해서라도 군사정권을 긍정적인 방향에서 지원해야 할 줄 아는데요."

하고 맞섰다. 그리고

"차제에 지식인들은 그 우물쭈물하는 타성을 청산할 줄도 알아야 할 겁니다."

하는 말을 덧붙였다.

"되게 세게 나오는군."

씁쓸하게 웃곤 성유정이 중얼거렸다.

"공자의 말에 이런 게 있어. 유용무의자위란有勇無義者爲亂이라구. 용기만 있고 의미를 분별하지 못하는 자가 난을 일으킨다는 거요.

— 『그해 5월』(1), pp.88~89.

이주필의 죄목은 이러했다.

"형법 제37조, 경합범競合犯—판결이 확정되지 아니한 수 개의 죄 또는 판결이 확정된 죄와 그 판결 확정 전에 범한 죄를 경합범으로 한다."

"형법 제 38조, 경합범과 처벌 예

1. 가장 중한 죄에 정한 형이 사형 또는 무기징역이나 무기금고인 때에는 가장 중한 죄에 정한 형으로 처벌한다."

2, 3항은 생략.

도대체 이 주필과 변노섭의 경우 이런 법조문이 무슨 까닭으로 필요한지 알 수가 없다. 적용 법률을 많이 제시함으로써 범죄의 인상을 보다 거창하게 할 작정이었는지도 모른다.

이상에서 보아온 바와 마찬가지로 이 주필과 변노섭을 특별법 제6조에 걸려면 정당·사회단체의 간부라야 하는데, 공소장에 기록한 바에 의하면 이 주필은 부산시 중고등학교 교원노동조합의 고문이란 것이고, 변노섭은 사회당 경남도당 준비위원회의 무임소 상임위원이란 것이다.

다음에 그 공소장을 옮겨본다.

피고인 등은 저시와 여히 각 사회단체 및 정당의 운영 전반에 관여하는 주요 간부로서, 북한 괴뢰집단이 국헌을 위배하여 정부를 참칭하고 국가를 변란할 목적으로 불법 조직된 반국가단체로서 특히 4·19혁명 이후 국내 정세의 급격한 변천과 무제한으로 허용된 자유에 편승하여, 북괴에서는 위장 평화통일을 주임무로 하는 각종 간첩을 남파하여 대한민국의 정치·경제·문화·군사 등 각 분야의 진서를 교란시키는 일방 민족자주적인 감정에 호응한다는 명목으로 서신·문화 경제의 교환 및 기자·체육인·학생 등의 교류와 대한민국과 북괴를 동등시한 남북협상을 통한 평화통일을 제창하고 나아가서는 대한민국의 지리적·장치적·경제적 제 조건 등으로 보아 실현 불가능한 중립화 조국통일이란 그럴듯한 관념과 의식을 일반 국민에게 주입하여서 반미 감정을 유발시켜 한미 간의 군사적 제협정을 부인하고, 미군 철퇴를 주장하는 등 상투적인 기만책으로 선전 선동하고 있다는 사실과 한편 국내에서는 구정권의 부패 무능으로 인한 민심의 불안정, 언론 · 출판 · 결사 · 집회의 자유를 빙자한 용공적인 언동과 각종 데모의 난발 등으로 치안의 유지와 반공태세가 필요불가결하다는 일련의 사실 등을 충분히 인식하고 있을 뿐만 아니라 피고인 등의 각 소위所爲는 전시한 반국가단체인 북한 괴뢰집단의 이익이 된다는 점을 알면서

제1피고인 이李는

1. 서기 1960년 12월호 『새벽』잡지에 「조국의 부재」라는 제호로써 "조국이 없다. 산하가 있을 뿐이다. 조국은 또한 향수에도 없다."는 등의 내용으로 조국인 대한민국을 부인하고, 어떠한 형태로든지 새로운 조국을 건설해야 되는데, 대한민국의 정치사에는 지배자가 바뀐 일이 있어도 지배 계급이 바뀌어본 일이 없을 뿐만 아니라, 이 나라의 주권은 노동자 농민에게 있다는 등의 내용으로써 일반 국민으로 하여금 은연중 정부를 전복하고 노동자 농민에게 주권의 우선권을 인정한 프롤레타리아 혁명을 일으켜야만 조국이 있고, 이러한 형태로서의 조국이 아니면 대한민국은 조국이 아니라고 하고, 차선의 방법으로서 중립화 통일을 하여 외국과의 제 군사협정을 폐기하고 외군이 철수해야만 조국이 있다는 등의 선전선동을 하여 용공사상을 고취하고,

2. 동인은 동 1961년 4월 25일 『중립의 이론』이란 책자 서문에 「통일에 민족역량을 총집결하자」는 제호로서, 대한민국과 북괴를 동등시하고 어떠한 형태로든지 통일을 하는 전제로서 장면과 김일성이 38선상에서 악수하여 통일 방안을 모색하고, 경제 · 문화 · 학생의 교류 등 어떻게 해서든지 판문점에 통일을 위한 창문을 열어 남북이 협상을 통한 평화통일을 하자고 선동하는 일방, "같은 국토를 갈라놓고 총과 총이 맞서 있다. 한풍설야 속에서 누구를 경계하는 것이냐? 오디로 향한 총부리냐? 무엇을 하자는 무장이냐? 38선을 지키기 위해서 백성은 중세重稅에 허덕이고, 유위한 청년은 생명을 바치고 민주적 권리마저

희생해야 한다. 이러한 우열, 이러한 무의미는 또다시 있을 수 가 없다."는 등을 기재하여 국가의 안전과 간첩의 침투를 막는 일선 장병에게는 무장해제를, 이로 인한 순국한 영령 등에게는 모멸을, 그리고 일반 국민에게는 신성한 납세 의무의 불이행, 38선 때문에 국민의 민주적 권리마저 희생당하고 있다고 선동하면서, 서상敍上한 통일 문제에 관하여는 위정자에게만 맡길 것이 아니라 민중의 정열을 더욱 팽배시켜 위정자가 민중의 의욕에 따라오도록 세력화시켜야 한다고 주장하여 은연중 일반 국민으로 하여금 상기한 민중의 의사에 따라오지 않으면 폭동을 일으켜야만 통일이 되는 것같이 선동하여 용공사상을 고취하고,

—『그해 5월』(2), pp.10~13.

이주필은 징역 10년에 처해졌다.

그렇다면 장도영의 경우는 어떠했던가.

　　장도영은 자기가 자기의 묘혈을 팠다는 것을 새삼스럽게 느낀다.
　　'그렇다. 나는 죽어 마땅한 놈이다. 그러나 그가 들고 나온 나의 죄상 때문이 아니라, 그 사람을 내가 끝끝내 돌봐주었다는 나의 어리석음으로 해서 나는 죽어 마땅하다. 나에게 이럴 수가 있단 말인가!'
　　이런 상념으로 바뀌면서도
　　'그 사람이 나를 죽일까? 설마 그럴 리가 있을라구. 아니, 죽이지 않을 바에야 무슨 까닭으로 엉터리없는 연극을 꾸몄겠는가. 허나 죽이진 못할 거다. 세상의 눈이 있으니까, 미국인들이 있으니까.'
　　하며 구원의 빛깔을 찾으려고 서둔다. 그러곤 다시 상념이 바뀐다.
　　'미국인은 나를 어떻게 생각할까. 쓸개도 없는 놈이라고 생각하겠지. 우유부단으로 나라를 망치고 자신을 망친 어리석기 작이 없는 놈이라고 생각하겠지. 그런 놈은 만번 목 졸라 죽어도 동정할 가치가 없는 놈이라고 생각하겠지.'
　　이 대목에서 절망의 짙은 안개가 에워싸기 시작한다. 그러나 절망

하기에도 용기가 필요하다. 절망이란 그렇게 쉬운 것이 아니다.

그의 망막에 아내의 얼굴이 새겨졌다. 아이들의 얼굴이 겹쳤다. 육군 참모총장인 아버지를 가졌다고 해서 자랑스러워하던 아이들이 지금은 속절없이 사형수의 자식이 되어버렸다. 어떻게 쉽사리 절망할 수가 있겠는가. 염치 불구하고 '살려달라'고 고함을 냅다 지르고 싶은 충동이 일기도 한다. 그러나 그럴 순 없다.

그는 철학도가 되길 희망하여 대학 철학과에 다니던 시절을 회상했다. 하필이면 그 많은 학과를 제쳐놓고 왜 철학과를 지망했을까. 그 선택엔 오늘의 운명을 무의식중에 예견한 본능의 작용 같은 것이 있었을지 모른다. 그런데 일제의 학병으로 나가기 위해 중단된 철학도로서의 짧은 기간에 익힌 지식으로 지금의 불안을 진정하기란 어림도 없는 노릇이다.

그가 학병으로 중국의 서주로 끌려갔을 때, 같이 간 친구들이 대부분 탈출해서 중경 또는 연안으로 달아났다. 김준엽 · 장준하 · 최덕휴 등의 이름이 기억 속에 되살아났다.

장도영도 탈출을 생각하지 않았던 바는 아니다. 우물쭈물하고 있는 동안에 소주에 있는 부대로 전속되어버렸다.

장도영은 소주서 초년병 생활을 끝내고 남경 예비사관학교에 입학했다. 예비사관학교를 졸업하고 견습사관이 되었을 대 해방이 되었다. 날짜를 소급시켜 일본군 소위로 발령이 났다.

그리고 고향인 평양으로 돌아와 모교인 동중학교에서 교사 노릇을 했다.

공산당이 득세하는 꼴을 보고 머물러 있을 곳이 못 된다고 느꼈다. 서울로 왔다. 군사영어학교에 들어갔다. 대한민국 군인으로서의 경력이 시작되었다.

장도영의 회상은 자기의 생애 어느 국면에서 '그 사람'을 만났는가 하는 데 초점을 맞추어 나갔다.

1947년의 어느 비오는 날이었다. 당시 소령으로서 38선의 경비 상황을 시찰하고 있었을 대 그는 38선의 송청에서 제4경비대장으로 근무하고 있던 '그 사람'을 만났다. 그때 그 사람의 계급은 중위, 나이는 장도영 자신보다 5, 6세 위였지만 장은 군사영어학교 출신이고 '그 사람'은 경비사관학교 2기생이어서 장이 선배가 되었다.

비 내리는 38선에서 만났다는 것이 그 만남에 정서적인 빛깔을 띠게 했다. 장은 나이 많은 하급자인 '그 사람'에게 얼만가의 동정을 느꼈다.

— 『그해 5월』(2), pp.128~129.

여기에서 지적할 수 있는 점은 한 가지. 예비사관학교를 졸업하고 견습사관이 되었을 때 해방이 되었다는 것. <날짜를 소급시켜 일본군 소위로 발령이 났다>라는 대목. 군사혁명 판결문에 이병주가 육군소위로 발령이 난 것과 같은 사항이 아니었을까. 이사마는 결국 석방되었고 또한 신문사에도 사표를 냈다.

K신문의 S사장은 사표를 수리하지 않겠다고 했지만 이사마는 일단 작정한 마음을 바꿀 의사는 없었다.

"월남 파병에 관해선 이 주필에게 부탁하지 않을 테니 나오시오."

하는 S사장으로부터의 전화가 있었다.

"그 문제로 신문사에 나가지 않겠다는 게 아닙니다. 사표에 썼듯이 순전히 일신상의 문제로 그만두려는 겁니다."

하고 이사마가 얼버무렸으나 S사장은 무슨 말을 해도 다 안다고 껄껄 웃으며

"아무튼 이 주필은 월남 파병에 반대하는 것 아니냐?"

고 물었다.

"반대는 반대할 수 있는 사람이 반대하는 일이지 내 처지로선 반대고 뭐고 없습니다."

하고 일전 Y가 이사마에게 한 것 같은 대답을 했다.

"그렇다면 굳이……."

"반대는 안 하지만 찬성도 안 합니다. 더구나 찬성하는 글을 꾸밀 순 없습니다."

"그러니까 그 문제는 그만두자는 것 아니오."

"아무튼 나는 신문사를 그만두겠습니다. 내 형편으로선 신문사에 근무할 수 없다는 걸 절실하게 깨달았습니다. 신문사란 생활 때문만으론 있을 수 없는 직장이란 것도 깨달았습니다."

"앞으론 뭣 할 거요."

"소설이나 쓰지요."

"소설은 신문사에 있으면서도 쓸 수 있을 텐데요."

"아닙니다. 소설이 그렇게 쉬운 것은 아닙니다."

"꼭 그렇다면 할 수 없지요. 기회를 보아 우리 신문에 이 주필의 소설을 연재합시다."

"그럴 기회가 있었으면 좋겠습니다."

— 『그해 5월』(4), pp.70~71.

그렇다면 이주필, 아니 이사마가 쓰고자 하는 <소설>은 어떤 소설일까. 그는 이렇게 답했다.

5. 국내 망명의 문학행로

"글을 써야 하는 것이 내 사명이라면 나는 민족의 가슴팍에 못 하나라도 박아놓고 떠나든 말든 해야겠다. 문학은 필연적으로 망명의 문학이다. 외국으로 떠나는 것만이 망명이 아니다."

— 『그해 5월』(6), p.251.

자살할 수는 없는 법. <망명의 문학>을 하기.

실존이란 무엇이냐.

무색투명한 물리적 시간이 돌연 운명적 시간으로 내용을 바꾸는 찰나를 말한다. 그 운명적 시간은 어느 인생적 시간으로 번역될 수도 있고, 어쩌면 역사적인 시간으로 확대될 수도 있다.

1979년 10월 27일의 아침, 이사마는 이러한 '실존'을 깨달았다. 카프카의 주인공 잠자는 어느 날 아침 돌연 한 마리의 갑충으로 변신되어 있는 스스로를 발견하게 된 것인데 이날 아침 이사마는 이미 곤충으로 화해 있던 스스로가 실존철학을 깨닫게 된 것이다.

그날 아침 이사마는 요란한 전화벨 소리에 늦잠을 깼었다. 머리맡의 시계가 10시를 가리키고 있었다.

송수화기를 들었다.

"아직 모르고 계십니까?"

대뜸 이런 말이 흘러나왔다. C신문사에 근무하는 Y기자의 목소리였다.

"난 이제 막 잠을 깼을 뿐이야. 도대체 무엇을 모른단 말인가."

이사마가 되물었다.

이사마에겐 몇 사람 전화를 걸 수 있는 상대가 있었다.

먼저 성유정 씨에게 전화를 걸었다.

"어찌 된 일이었어."

성유정 씨의 다급한 말소리가 들렸다.

"겁을 먹여둘 작정이었던가 봅니다. 상세한 얘기는 다음에 하지요."

이어 김선에게 전화를 걸었다.

연행되면서 그녀에게 전화를 해두었기 때문이다.

별 일 없이 나왔다고 하자 김선의 말은 이랬다.

"별 일이 또 있어서야 되겠어요? 아무튼 당신은 이 땅에선 살 수 없는 사람인가 봐요,"

땅이 꺼져라 한숨을 쉬곤 덧붙였다.

"오늘 밤 오세요, 꼭."

그 말이 다정하게 이사마의 귓전을 울렸다.

이런 사람들이 있기 때문에 하고, 이사마는 성유정 씨와 김선의 얼굴을 눈앞에 그려보며 가슴속으로 중얼거렸다.

'아직 자살할 순 없다.'

— 『그해 5월』(4), p.255~256.

작가 이병주는 끝으로 『그해 5월』에 이런 후기를 남겼다.

5·16쿠데타에서 10·26사건이 있기까지가 이 작품의 시간적인
스팬이다. 등장하는 사람들은 5·16쿠데타에 의해 희생된 군상이다.

5·16쿠데타가 후일 어떻게 평가될는지는 알 수가 없다. 작자의 요
량으로서는 그 때문에 희생된 군상의 실상을 적어 역사의 심판대에
제공할 자료를 기록한 것이다.

그러나 시간적으로 너무 근접해 있고 쿠데타 세력이 18년간이나 지
속되었기 때문에 아직도 막강한 실세를 가지고 있는데다가 묻혀 있는
사실이 하도 많아 결국 빙산의 일각을 더듬은 결과가 되었을 뿐이다.

장차의 역사적 심판이 어떠하건 5·16쿠데타가 우리 민족사적으
로 민주정치사적으로 결정적인 비극이었다는 사실은 분명하다. 해방
된 지 15년 후라는 시점에서 다시 말해 일제 통치 36년, 그 야심하에
신음하길 80여 년에 걸친 세월 끝에 아직 그 비분의 눈물이 마르기도
전에 일본군 출신의 하급 장교를 국가의 원수로서 받들게 되었다는
사실이 민족사적으로 비극이 아닐 수 없다는 것이며, 겨우 돋아난 민
주헌정의 싹을 유린한 쿠데타로 인해 정권이 찬탈되었다는 사실이 민
주정치사적으로 비극이었다는 것이다.

따지고 보면 제5공화국은 5·16쿠데타의 연장선상에서 나타난 것
이며, 5·16의 비극이 없었더라면 제5공화국의 비극이 있을 수 없다
고 생각할 때 민족의 통한을 새삼스럽게 되뇌게 된다. 5·16 쿠데타와
그 쿠데타에 이은 갖가지의 비리를 청산하지 못하고 지나버렸기 때문
에 오늘의 혼란이 있게 된 것이라고 결론을 지을 수가 있다.

작자로선 혁명검찰, 혁명재판에서 희생된 사람의 생의 행방을 오
늘의 시점에까지 철저하게 추궁하지 못한 점, 이른바 동백림 사건·

인민혁명당 사건·4대 의혹 사건 등 허다한 사건들의 진상을 파고들지 못하고, 특히 한일협정의 배후에서 진행된 암거래 등을 정확하게 구체적으로 파헤치지 못한 점 등이 아쉽기 한량없다.

그런데 최근 나는 일본의 관보를 통해 작년(1987년) 9월 29일 일본 국회가 대만 주민의 전몰자 유족 등에 대한 조의금에 관한 법률을 의결 공포했다는 사실을 알았다.

그 법률에 의하면 2차 대전 때 일본군에 속해 있던 대만인의 전몰 또는 전상자는 21만인데, 전사·전상을 불문하고 일본 돈으로 1인당 2백만 엔씩을 지불한다는 것이다. 일본 돈 2백만 엔이면 미화로 약 1만 7천 달러에 해당한다. 그러니 대만의 당시 전사상자 21만 명의 유가족은 일본 정부로부터 35억 달러의 조의금을 받게 되는 것이다.

이것을 발표한 관보엔, 조선 출신의 일본의 군인·군속의 전사상자 수는 약 2만 2천 명인데 이들에 대한 보상의 문제는 1965년에 체결된 "재산 및 청구권에 관한 문제해결 및 경제협력에 관한 일본국과 대한민국과의 협정에 의해 해결되었다."고 발표되어 있다.

대만의 예에 의해 우리가 조의금을 받게 된다면 242,000×17,000$= 4,114,000,000 즉 약 42억 달러를 받아야 하는 것이다.

우리의 기억으로서는 1965년의 한일협정으로 우리가 받은 돈은 무상 3억 달러, 유상 2억 달러이다. 그렇다면 42억 달러를 받아야 하는데 2억 달러를 받고 말았다는 얘기가 아닌가.

이 전말을 살피기 위해서라도 '장군의 시대'는 계속 씌어져야 하는데, 얼만가의 시일을 더 기다려야만 하겠다.

　　　　　　　　　　　　　　　－『그해 5월』(4), p.285〜287.

학병세대 심정을 후기에서도 남기고 있다. 그러나 <노예의 사상>이 <장군의 시대>에 의해 변절된 곡절은 무엇일까.

작가연보

1921 │ 3월 16일 경남 하동군 북천면에서 아버지 이세식과 어머니 김수
조 사이에서 태어남.

1933 │ 양보공립보통학교 13회 졸업.

1940 │ 진주공립농업학교 27회 졸업.

1941~1943(9. 25) │ 일본 메이지대학 전문부 문과文科 별과別科.

1944(1. 20) │ 학병으로 동원되어 중국 쑤저우(蘇州)에서 지냄.

1946(2월) │ 귀국.

1948 │ 진주농과대학과 해인대학(현 경남대학)에서 영어, 불어, 철학을 강의.

1955 │ ≪국제신보≫에 입사, 편집국장 및 주필로 언론계에서 활동.

1957 │ 문단에 등단하기 전 ≪부산일보≫에 소설 ≪내일 없는 그날≫ 연재.

1961 │ 5 · 16때 필화사건으로 혁명재판소에서 10년 선고를 받고 복역 중
2년 7개월 후에 출감. 외국어대학, 이화여자대학 강사를 역임.

1965 │ 중편 <소설 · 알렉산드리아>를 ≪세대≫에 발표함으로써 문단
에 등단.

1966 │ <매화나무의 인과>를 ≪신동아≫에 발표.

1968 │ <마술사>를 ≪현대문학≫에 발표.
≪관부연락선≫을 ≪월간중앙≫에 연재(1968. 4.~1970. 3).
작품집 ≪마술사≫(아폴로사) 간행.

<뒤돌아보지 마라>를 ≪경남매일신문≫에 연재(1968. 7.~1969. 1).
1969 | <쥘부채>를 ≪세대≫에, <배신의 강>을 ≪부산일보≫에 발표.
1970 | ≪망향≫을 ≪새농민≫에 연재, 장편≪여인의 백야≫(문음사) 간행.
1971 | <패자의 관>(≪정경연구≫) 등 중단편을 발표하는 한편, ≪화원
　　　의 사상≫을 ≪국제신보≫, ≪언제나 은하를≫을 ≪주간여성≫
　　　에 연재.
1972 | 단편<변명>을 ≪문학사상≫에, 중편<예낭풍물지>를 ≪세대≫
　　　에, <목격자>를 ≪신동아≫에 발표. 장편≪지리산≫을 ≪세대≫
　　　에 연재(1972. 9~1977. 8). 장편≪관부연락선≫(신구문화사) 간행.
　　　영문판 <예낭풍물지>, 장편≪망각의 화원≫ 간행.
1973 | 수필집≪백지의 유혹≫(강남출판사) 간행.
1974 | 중편<겨울밤>을 ≪문학사상≫에, <낙엽>을 ≪한국문학≫에 발표.
　　　작품집 ≪예낭 풍물지≫ 영문판(세대사) 간행.
　　　대하소설 ≪산하≫를 ≪신동아≫에 연재(1974. 1.~1979. 8).
1976 | 중편 <여사록>을 ≪현대문학≫에, 단편<철학적 살인>과 중편
　　　<망명의 늪>을 ≪한국문학≫에 발표, 창작집 ≪철학적 살인≫
　　　(한국문학), ≪망명의 늪≫(서음출판사) 간행.
1977 | 중편 <낙엽>과 <망명의 늪>으로 한국문학작가상과 한국창작
　　　문학상 수상, 창작집 ≪삐에로와 국화≫(일신서적공사), 수필집
　　　≪성-그 빛과 그늘≫(서울물결사), ≪바람과 구름과 비≫(동아
　　　일보사) 간행.
　　　1972년부터 ≪세대≫에 연재했던 ≪지리산≫ 완결.
1978 | 중편<계절은 그때 끝났다>, 단편 <추풍사>를 ≪한국문학≫에
　　　발표. ≪바람과 구름과 비≫를 ≪조선일보≫에 연재, 창작집 ≪낙
　　　엽≫(태창문화사) 간행, 장편 ≪망향≫(경미문화사), ≪허상과 장
　　　미≫(범우사), ≪조선일보≫에 연재되었던 ≪미와 진실의 그림자≫

(대광출판사), ≪바람과 구름과 비≫(물결출판사) 간행. 수필집 ≪사랑받는 이브의 초상≫(문학예술사), ≪허상과 장미≫(범우사), 칼럼집 ≪1979년≫(세운문화사) 간행.

1979 | 장편 ≪황백의 문≫을 ≪신동아≫에 연재, 장편 ≪여인의 백야≫(문음사), ≪배신의 강≫(범우사), ≪허망과 진실≫(기린원) 간행, 수필집 ≪사랑을 위한 독백≫(회현사), ≪바람소리, 발소리, 목소리≫(한진출판사) 간행.

1980 | 중편 <세우지 않은 비명>, 단편 <8월의 사상>을 ≪한국문학≫에 발표. 작품집 ≪서울의 천국≫(태창문화사), 소설 ≪코스모스 시첩≫(어문각), ≪행복어 사전≫(문학사상사) 간행.

1981 | 단편 <피려다 만 꽃>을 ≪소설문학≫에, 중편 <거년의 곡>을 ≪월간조선≫에, 중편 <허망의 정열>을 ≪한국문학≫에 발표. 장편 ≪풍설≫(문음사), ≪서울 버마재비≫(집현전), ≪당신의 성좌≫(주우) 간행.

1982 | 단편<빈영출>을 ≪현대문학≫에 발표. ≪그해 5월≫을 ≪신동아≫에 연재(1982. 9.~1988. 8). 작품집 ≪허망의 정열≫(문예출판사), 장편 ≪무지개 연구≫(두레출판사), ≪미완의 극≫(소설문학사), ≪공산주의의 허상과 실상≫(신기원사), 수필집 ≪나 모두 용서하리라≫(대덕인쇄사), ≪용서합시다≫(집현전), 소설 ≪역성의 풍·화산의 월≫(신기원사), ≪행복어 사전≫(문학사상사), ≪현대를 살기 위한 사색≫(정음사), ≪강변 이야기≫(국문) 간행.

1983 | 중편 <그 테러리스트를 위한 만사>를 ≪한국문학≫에, <소설 이용구>와 <우아한 집념>을 ≪문학사상≫에, <박사상회>를 ≪현대문학≫에 발표, 작품집 ≪그 테러리스트를 위한 만사≫(홍성사), 고백록 ≪자아와 세계의 만남≫(기린원), ≪황백의 문≫(동아일보사) 간행.

1984 | 장편 ≪비창≫을 문예출판사에서 간행, 한국 펜문학상 수상, 장편 ≪그해 5월≫(기린원), ≪황혼≫(기린원), ≪여로의 끝≫(창작문예사) 간행. ≪주간조선≫에 연재되었던 역사기행 ≪길 따라 발따라≫(행림출판사), 번역집 ≪불모지대≫(신원문화사) 간행.

1985 | 장편 ≪니르바나의 꽃≫을 ≪문학사상≫에 연재. 장편 ≪강물이 내 가슴을 쳐도≫와 ≪꽃의 이름을 물었더니≫, ≪무지개 사냥≫(심지출판사), ≪샘≫(청한), 수필집 ≪생각을 가다듬고≫(정암), ≪지리산≫(기린원), ≪지오콘다의 미소≫(신기원사), ≪청사에 얽힌 홍사≫(원음사), ≪악녀를 위하여≫(창작예술사), ≪산하≫(동아일보사), ≪무지개사냥≫(문지사) 간행.

1986 | <그들의 향연>과 <산무덤>을 ≪한국문학≫에, <어느 익일>을 ≪동서문학≫에 발표, ≪사상의 빛과 그늘≫(신기원사) 간행.

1987 | 장편 ≪소설 일본제국≫(문학생활사), ≪운명의 덫≫(문예출판사), ≪니르바나의 꽃≫(행림출판사), ≪남과 여−에로스 문화사≫(원음사), ≪남로당≫(청계), ≪소설 장자≫(문학사상사), ≪박사상회≫(이조출판사), ≪허와 실의 인간학≫(중앙문화사) 간행.

1988 | ≪유성의 부≫(서당) 간행, 역사소설 ≪허균≫을 ≪사담≫에, ≪그를 버린 여인≫을 ≪매일경제신문≫에, 문화적 자서전 ≪잃어버린 시간을 위한 메모≫를 ≪문학정신≫에 연재, ≪행복한 이브의 초상≫(원음사), ≪산을 생각한다≫(서당), ≪황금의 탑≫(기린원) 간행.

1989 | ≪민족과 문학≫에 ≪별이 차가운 밤이면≫ 연재. 장편 ≪소설 허균≫, ≪포은 정몽주≫, ≪유성의 부≫(서당), 장편 ≪내일 없는 그날≫(문이당) 간행.

1990 | 장편 ≪그를 버린 여인≫(서당) 간행, ≪꽃이 된 여인의 그늘에서≫(서당), ≪그대를 위한 종소리≫(서당) 간행.

1991 | 인물평전 ≪대통령들의 초상≫(서당), ≪달빛 서울≫(민족과 문학사) 간행, ≪삼국지≫(금호서관) 간행.

1992 | ≪세우지 않은 비명≫(서당) 간행. 4월 3일 오후 4시 지병으로 타계. 향년 72세.

1993 | ≪소설 정도전≫(큰산), ≪타인의 숲≫(지성과 사상) 간행.

2006 | ≪이병주 전집≫(전30권), 한길사 간행.

2009 | 유작 장편소설 ≪별이 차가운 밤이면≫(문학의 숲) 간행.

※저자가 작성한 것임을 밝힙니다.

이병주 연구

초판 1쇄 인쇄일	2015년 4월 27일
초판 1쇄 발행일	2015년 4월 28일

지은이	김윤식
펴낸이	정구형
편집장	김효은
편집/디자인	김진솔 우정민 박재원
마케팅	정찬용 정진이
영업관리	한선희 이선건
책임편집	우정민
표지디자인	박재원
인쇄처	월드문화사
펴낸곳	국학자료원 새미 (주)
	등록일 2005 03 15 제25100−2005−000008호
	서울특별시 강동구 성안로 13 (성내동, 현영빌딩 2층)
	Tel 442−4623 Fax 6499−3082
	www.kookhak.co.kr
	kookhak2001@hanmail.net

ISBN	979−11−86478−04−2 *93800
가격	18,000원